誘拐ジャパン

（ゆうかい）

横関大

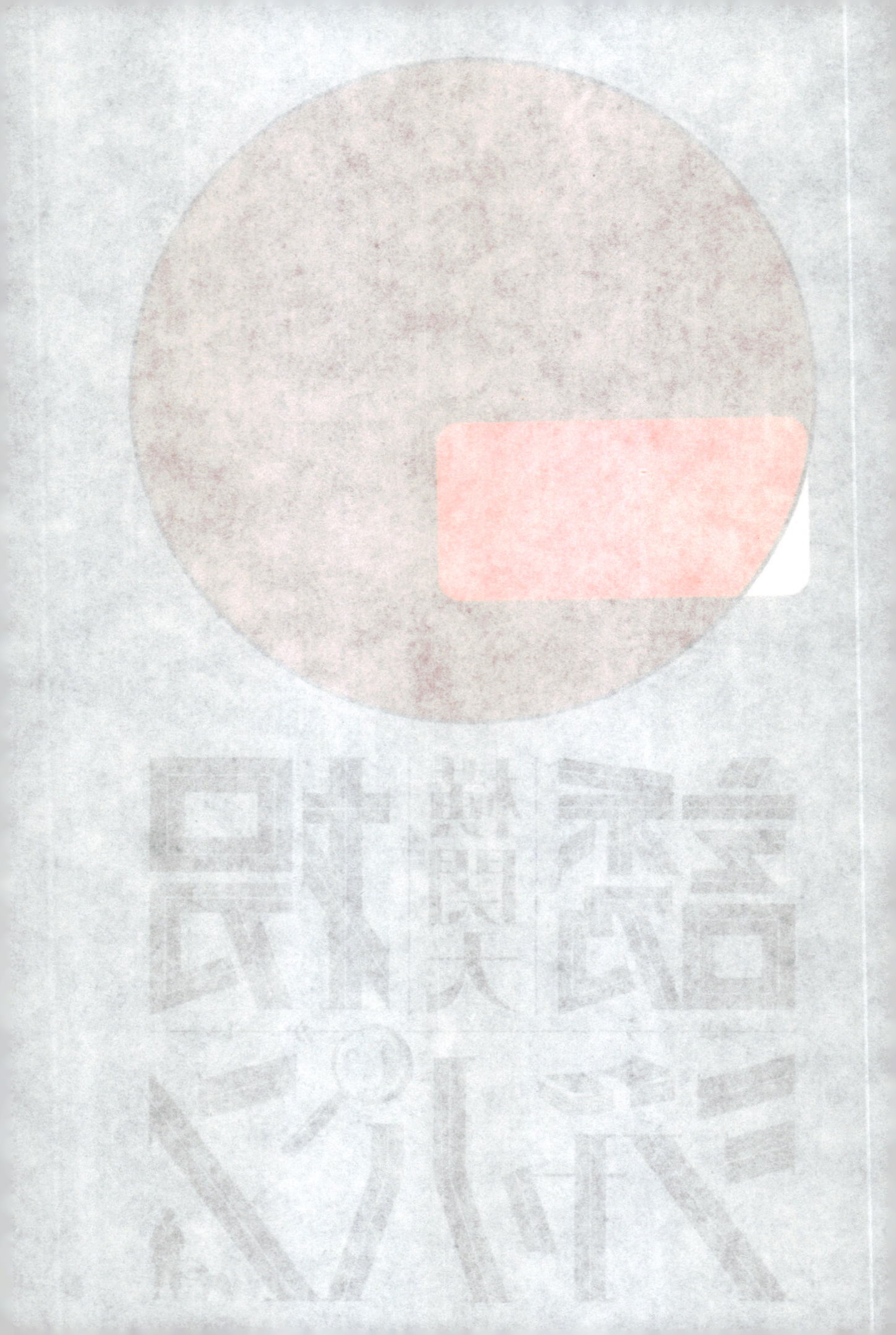

誘拐ジャパン

ブックデザイン　佐々木信博＋鈴木成一デザイン室

主な登場人物

天草美晴（あまくさみはる）　無職。人に言えない過去を持つ
染井吉乃（そめいよしの）　元自衛隊員。現デイトレーダー
鮫島千秋（さめじまちあき）　元自衛隊員。現警備員
百合根剛（ゆりねつよし）　衆議院議員。元政界のキングメイカー

桐谷俊策（きりたにしゅんさく）　総理大臣
桐谷俊一郎（きりたにしゅんいちろう）　父・俊策の私設秘書
桐谷美沙（きりたにみさ）　俊一郎の妻
桐谷英俊（きりたにえいしゅん）　俊一郎の息子

猪狩虎之（いかりとらゆき）　大京テレビ政治部。内閣官房長官番記者
水谷撫子（みずたになでしこ）　元週刊ファクト記者、現フリー記者
唐松政宗（からまつまさむね）　内閣官房長官

乙部祐輔（おとべゆうすけ）　品川警察署刑事課刑事
鈴木ルーカス太郎（すずきたろう）　品川警察署総務部

熊切優一（くまきりゆういち）　総務官僚
菊田寛輔（きくたかんすけ）　財務官僚
鳥越美由紀（とりごえみゆき）　法務官僚

六月十日(月)　1

細かい雨が降っていた。天草美晴(あまくさみはる)は軽ワゴンの後部座席に座っていた。車は静まり返った夜の住宅街を走っている。

運転席にはほぼ角刈りレベルといってもいいほどのショートカットの女が、助手席には眼鏡(めがね)をかけたポニーテールの女が座っている。二人とは今日が初対面だ。これから三人でバイトに出かける算段になっていた。SNSを通じて斡旋(あっせん)されたバイトで、ゴミ屋敷の大掃除だった。いわくつきの屋敷らしく、こうして夜に人目を忍んでおこなう必要があるらしい。

美晴は現在無職。半年前に会社を辞め、いまだに再就職先は見つかっていない。貯金も底をつき、来月分の家賃さえも払えない状況にまで追い込まれていた。そうした窮状や心の不安をSNSに投稿していると、一通のダイレクトメッセージが届いた。簡単なバイトがあるからやってみないか、と。最初は怪しいバイトではないかと疑っていたのだが、メッセージをやりとりしているうちに単なる掃除の仕事だと教えられた。

「次の角を右だな」と助手席のポニーテールの女がスマートフォンを見て言った。彼女が一応リーダー格であり、唯一雇い主と連絡をとれるようだった。ポニーテールの指示に従うように車は次の角で右折した。

車内には重苦しい空気が流れている。今日初めて顔を合わせたのだし、共通の話題など何もない。二人とも年齢は美晴と同じくらいに見えた。今日のバイト、報酬は一人につき二十万円という破格の金額だ。相当散らかったゴミ屋敷だと想像がついた。

「ところで」とポニーテールが振り返って美晴の顔を見て言った。「あんた、美晴ちゃんだよね。あの有名な」

とある事情により、美晴の顔と名前は広く世に知れ渡っている。しかし一般的に美晴のことを知っているのは四十代より上の年代で、街で声をかけてくるのも年配の人たちだ。若い人にはほとんど知られていないと思っていたのだが。

「ええ。よくご存じで」

「そりゃね。あんた、有名人だから。あ、そろそろ到着だな。停(と)めてくれ」

車が停まった。運転席のショートカットの女がシートベルトを外すのが見えた。

「行くぞ。試合開始だ」

ポニーテールの声に美晴も車から降りた。一応動き易(やす)い格好をしている。ジーンズにパーカー、運動靴を履いている。雨が降っているが、傘をさすほどの雨量ではなかった。

時刻は午後九時を過ぎたところ。たまに会社帰りのサラリーマンらしき姿は見えるが、さほど人通りは多くない。屋敷は高さ二メートルほどのコンクリートブロックの塀に囲まれていた。裏口のような木戸があり、てっきりそこから中に入るのだと思っていると、予想外のことが起きた。いきなりポニーテールがジャンプをして、塀の上に飛びついた。それをフォローするかのようにショートカットが下から押し上げる。あっという間にポニーテールは塀の上によじ登った。

「来い」

上からポニーテールが手を差し伸べてくる。どういうこと？　これでは不法侵入ではないか。

「早くしろ」と急かされる。美晴は狼狽えた。

「ちょっと待って。これってどういう……」

「鈍臭い女だな」

いきなり背後からショートカットに抱えられてしまう。凄まじい怪力だ。上からポニーテールの手が伸びてきて、首根っこを摑まれる。気がつくと塀の上に持ち上げられていた。

混乱に襲われる。これは何なのだ。ゴミ屋敷の掃除ではないのか。

「飛び降りろ」ポニーテールに命じられる。「たいした高さじゃないだろ。せいぜい捻挫がいいところだ。早く」

美晴は絶望的な気分になる。どうしてこんな目に遭わなきゃいけないのだ。泣きたい気持ちを堪え、庭に向かって飛び降りた。下は芝生になっていて、着地の衝撃を和らげてくれた。

「こっちだ。行くぞ」

ポニーテールに先導される形で暗い庭を歩く。美晴は己の境遇を嘆くことしかできなかった。

どうして私の人生、こうもツイていないのか。

たとえば目の前に分かれ道があるとする。片方はバラ色の未来が開けていて、もう片方は地獄へ一直線のイバラ道。美晴の場合、ほぼ百発百中の確率でイバラ道を選んでしまうのだ。

二人の背中を追って前に進む。庭というより、鬱蒼とした森の中を歩いているようだ。しばらく歩くと一棟の建物に辿り着いた。二人がドアの前で身を屈めた。ドアは四桁の暗証番号を入力しないと開かないようになっているらしい。ポニーテールが番号を入力するとドアはゆっくりと開いた。二人は躊躇（ちゅうちょ）することなく中に入っていく。どうしようかと逡巡（しゅんじゅん）していると、中からポニーテールが押し殺した声で言った。

「もたもたするな。入ってこい」

　仕方なく足を踏み入れる。もしかして強盗の片棒を担がされてしまうのか。この時点で単なる掃除のバイトではないことくらいは美晴も想像がついていた。

　草っぽい匂いがする。電気を点（つ）けると、室内の様子が明らかになる。かなり広い畳の和室だ。テニスコート半面ほどの広さだろうか。畳をとり囲むようにいくつかの美術品が置かれていた。甲冑（かっちゅう）や壺（つぼ）、絵画や掛け軸などなど。いかにも金持ちが集めそうなものばかり。

　正面の床の間にそれは置かれていた。小型冷蔵庫ほどの大きさの金庫だ。金庫の脇には日本刀が飾られている。二人は真っ直（す）ぐ金庫に向かって歩いていく。ほかのものなど眼中になさそうなので、この金庫の中の物を盗み出すのが目的なのだろう。

「暗証番号のロックがかかってますね。ここは自分が……」

　ショートカットがそこまで言って、ハッとしたような顔をして口に手を当てる。どうやらこの二人、面識があるらしい。しかも今の言葉遣いからしてポニーテールの方が立場が上と推測できた。

「待て」とポニーテールが前に出る。「私がやってみる。警報が鳴った場合、すぐに退散するよ。各自、身構えて」

　この二人は強盗なのだ。しかし美晴は何もできなかった。その場に硬直し、ポニーテールが細い指でボタンを連続四回押すのを呆然と見ているだけだった。赤く光っていたランプが緑色に変わった。ショートカットが深く息を吐いた。解除できたらしい。

「家主の生年月日を入力しただけ。簡単でしょ」ポニーテールが当然のような顔つきで言う。

「敵を知り己を知れば百戦危うからず。孫子の兵法よ。勝敗は戦う前に決まっているの」

ショートカットが金庫を開ける。中を覗き込んだ彼女が首を傾げた。

「ん？　何も入ってないな」

ショートカットの肩越しに金庫を覗き込む。たしかに空っぽだ。これでは何も持ち出せない。

「ちょっとどいて」

ポニーテールが前に出て、みずから手を入れて金庫の中を隈なくチェックする。やはり何も入っていないらしい。

そのときだった。不意に人の気配を感じる。振り返ると一人の老人が立っている。鋭い眼光。日に焼けた浅黒い肌。老人はなぜか柔道着に身を包んでおり、巻いている帯は黒帯だった。

「かかってこい」

老人がそう言って身構えた。掃除のバイトだと思っていたら、実は強盗だった。しかも家の主らしき者に遭遇してしまった。美晴の混乱はピークに達した。何なの？　この状況は――。

「チッ」と舌打ちをして、ショートカットが前に出る。拳を軽く握り、体を上下に揺らしている。格闘技の経験があるのはその構えでわかる。身長差がかなりあった。二十センチはあるのではないか。普通に戦えばショートカットの有利は動かないはずなのだが。

ショートカットが飛びかかる。次の瞬間、信じられない光景を見た。ショートカットが舞い上がり、一回転してから畳の上に落ちたのだ。老人は一歩たりとも動いていないように見えた。

自分の身に何が起きたのか、ショートカットは気づいていないようだった。それでも立ち上がり、再び老人に飛びかかっていったが結果は同じ。再び一回転して畳に叩きつけられる。

老人がこちらを見る。今度はお前たちの番だぞ。そう言われているような気がした。すると今度はポニーテールが一歩前に出た。腹が据わっている。彼女も格闘技の経験があるようで、膝を曲げて両手を前に出し、ゆっくりと寄っていく。

しかし結果は無残なものだった。ポニーテールは宙に舞い、そのまま畳の上に叩きつけられた。彼女もダウンしてしまった。

「お前に残された道は二つ」老人が言う。息一つ乱れていない。「お前たち一味の情報を包み隠さず話せ。それならば助けてやろう。それができないというなら、私の技を受けるがよい。どうする？　お前に任せるぞ」

言葉が出ない。そもそも自分はＳＮＳを通じて誘われ、騙されてやってきただけ。老人は勘違いしているようだが、私は一味の人間ではない。この老人が満足するような情報など持っていない。

美晴は畳の上でダウンしている二人を見た。ショートカットとポニーテール。今日会ったばかりの名前も知らない、赤の他人だ。

「答えぬか。ではこちらから参るぞ」

老人が近づいてくる。美晴は奇声を上げ、老人に向かって突進した。どうにでもなれ。そんな心境だった。老人を殴りつけようとしたが、あっけなくかわされる。そして次の瞬間、体が舞い上がっていた。

受け身などできない美晴は、後頭部を畳に打ちつけ、軽い脳震盪(のうしんとう)状態となる。薄く目を開けると老人の顔が見える。満面の笑みを浮かべ、彼は大きくうなずいた。

「よかろう。合格じゃ」

意味がわからない。薄れていく意識の中で美晴は思った。このおじいさん、どこかで見たことあるな、と。

六月十日(月) 2

港区六本木(ろっぽんぎ)にある外資系ホテル。その地下一階のバーには予約しなければ入れない特別な個室がある。天井が低く、ともすれば狭苦しい感じもするのだが、秘密基地めいた雰囲気が何とも男心をくすぐるのだ。

猪狩虎之(いかりとらゆき)はスマートウォッチで時間を確認した。待ち合わせの午後十時ジャストだった。ちょうどそのとき、ドアが開いて一人の男が個室に入ってくる。グレーのスーツに赤いネクタイ。髪はきっちりと七・三に分けられている。猪狩は立ち上がって男の到着を出迎えた。

「お疲れ様です、長官」

男はさっと右手を出した。気を遣わなくてもいい、という意味だ。彼は唐松政宗(からまつまさむね)内閣官房長官。内閣の顔とも言える存在で、現政権を支える要(かなめ)だった。

「何をお飲みになりますか?」

「そうだね。スコッチをもらおうか。ソーダ割りで」

猪狩は個室から顔を出し、スコッチのソーダ割りを二杯、注文した。当然、個室の前には二人の男が立っている。警視庁警備部警護課の警察官、セキュリティポリスだ。

「長官、時差ボケは直りましたか？」

「何とかね。夕方は眠くてたまらなかったよ」

唐松は一週間にわたるヨーロッパ外遊から戻ってきたばかりだった。官房長官が単独で欧州を訪問するのは珍しい。各国で大きな歓待を受け、副大統領クラスとの面談が続いたらしい。イギリスでは急遽首相との会談が実現したとも伝えられている。極めて異例のことだ。

「僕なんかが言うのもおこがましいですが、長官、政治家としての格が上がりましたね」

「たしかに虎ちゃんが言うのはおこがましいね」

唐松はそう言って笑う。かなり機嫌がよさそうだ。基本的に陽というよりは陰の方が強い男だった。唐松は運ばれてきたスコッチのソーダ割りを喉を鳴らして飲んだ。

猪狩が唐松と出会ったのは四年前だった。猪狩は当時、大京テレビの報道局社会部に勤務しており、主に刑事事件を担当していた。自分はしばらく社会部にいるのだろうな。そんなことを思っていた矢先、玉突き人事の影響で政治部へ移ることになった。しかもそこで待っていたのは官房長官番というポストだった。

官邸記者クラブに所属する新聞・テレビ・通信各社は、それぞれが官房長官担当の番記者を置く。政治部のエース級が揃うとも言われていて、ズブの素人である猪狩には重圧のかかる仕事だった。番記者となった初日、午前中の官房長官会見のあと、唐松を追いかけて猪狩は名刺を差し出した。唐松はニコリともせずに名刺を受けとり、無言で去っていった。

どうにかして唐松との距離を縮められないものか。猪狩は唐松のプロフィールを調べ、自分との共通項を発見する。唐松は猪狩と同じさいたま市大宮出身だった。小・中・高と一切被っていなかったが、これを利用しない手はなかった。

ある日のぶら下がり取材のあと、猪狩は唐松を追いかけてその背中に声をかけた。

「官房長官、大宮光暁、三回戦まで勝ち進んでいますね」

唐松の足が止まった。それを見て猪狩は内心ガッツポーズをした。大宮光暁高校というのは唐松の母校であり、夏の甲子園の埼玉県予選を順調に勝ち進んでいた。

「君、名前は、ええと……」

「大京テレビの猪狩です。自分も大宮出身なんですよ。高校は大宮第二です」

「へえ、第二か。今度昼飯でも行こうや」

「ありがとうございます」

その日から唐松との付き合いが始まった。今では一週間のうちに二、三度は一対一で顔を合わせ、飯を食ったり酒を飲んだりする間柄だ。数多いる番記者の中でも自分ほど唐松の懐に食い込んでいる者はいないと自負している。

「……イタリアはやっぱり飯が旨いね。パスタなんか絶品だった。俺は普段、あまりパスタとか食わんだろ。だから余計旨く感じたよ」

唐松は上機嫌に話している。外遊の成果を感じている証拠だった。ここ最近、政権内においてもこの男の存在感が増していた。

唐松は今年で六十二歳になる。母子家庭に育った唐松は奨学金を使って高校まで進学、家庭の事情により大学は諦めさいたま市内（当時の大宮市）の建設会社に就職した。そこの社長の勧めで某市議会議員の秘書となり、それが唐松の運命を分けることになる。三十歳のときに大宮市議となり、二期務めたあと国政に打って出て、見事初当選を果たす。真面目な性格で、地道にコツコツと仕事をする実務家タイプの政治家だった。

彼を官房長官に抜擢したのは前総理である椿和臣だった。椿の長期政権を陰で支えた功労者の一人として、誰もが唐松の名前を挙げた。そして三年前、椿が持病を発表して政界から引退した。新たに総理大臣に就任したのは父も祖父も国務大臣経験者という、名門中の名門の出である政治家、桐谷俊策だった。桐谷は就任後も官房長官の大役を唐松に託した。それほどまでに唐松の仕事ぶりは民自党内でも評価されていたのである。

「長官、おかわりされますか？」

「うん。同じものにしよう」

三杯目のスコッチソーダ割りが運ばれてきたときだ。店員が個室から姿を消すと、唐松が右手の親指を立てて言った。

「で、あっちはどう？」

あっち。総理大臣である桐谷俊策のことだ。唐松の外遊中、桐谷がどう動いていたのか。それを気にしているのだ。

「特に大きな動きはありませんでした。可もなく不可もなくという、無難な感じでしたね」

「俺がいなかったから無茶しなかったのかな」

「かもしれません。問題が起きたら大変ですから」

「数字も三十パーセントでほぼ横這いだ」

内閣支持率のことだ。三年前の就任当時は五十パーセントを超えていた内閣支持率も、今や三十パーセント付近を推移している。複数の国務大臣の失言などが支持率低下の大きな要因だが、桐谷自身の臆病さ、他人任せにも見える政権運営が最近では国民の支持を得られずにいた。

「残り三ヵ月。正念場ですね」

猪狩がそう仄めかしても唐松は返事をしなかった。

九月には民自党総裁選がおこなわれる。唐松も出馬するのではないか。そういう噂がここ最近聞かれるようになったが、唐松は出馬を匂わせることもなく、現総理に滅私奉公するという立場を貫いている。それでも近くにいる猪狩には伝わってくるものがあった。このまま行けば唐松は総裁選に出馬するだろうという、そんな予感が。

「虎ちゃん」唐松はスコッチソーダ割りを飲み干した。心なしかピッチが速い。険しい顔をして唐松は言った。「あっちの動きをこれまで以上に探ってくれ。大きなネタがあると助かる」

桐谷総理に打撃を与えるようなネタを探してくれ。そう言っているのだ。総理の女房役に徹してきた唐松による初の反逆か。猪狩は内心驚いた。

「お任せください、長官」

猪狩もグラスを空にして、おかわりを二杯注文した。それが運ばれてくると唐松は言った。

「我が大宮アルディージャの近況はどうなのよ」

「前節終了時で七位でしたね。今年もＪ１に上がるのは難しそうです」

「レッズとの差は開く一方か。さいたまダービー、また観に行きたいものだよ」

さきほどの険しい顔はどこへやら、唐松は楽しげに笑っている。

六月十日(月)　3

気がつくと美晴は会議室のような部屋にいた。パイプ椅子に座らされている。幸い怪我はないようだ。両隣にはショートカットとポニーテールの姿もある。が、二人とも異様な風体だった。迷彩服を着ており、同じく迷彩柄のベレー帽を被っている。履いているのは編み上げブーツ。このままサバイバルゲームに参加しそうな格好だ。

ガラガラと音が鳴り、ドアから例の老人が入ってくる。さきほどと同じく柔道着を着ているが、黒い袴を穿いていた。

思いもよらないことが起きる。老人が入ってくるや否や、美晴の両隣にいるショートカットとポニーテールが勢いよく立ち上がったのだ。それだけではない。右肘を鋭角に曲げ額に当てた。敬礼だ。しかも二人とも様になっている。

老人がうなずいた。それが合図となったのか、二人は敬礼の姿勢を解き、手を腰の後ろに回して「休め」の姿勢になる。

「座りなさい」

老人が声を発した。太く、低く、威厳に満ちた声だ。美晴はこの老人を知っている。さきほど投げられたときに思い出した。彼の名前は百合根剛。数々の要職を歴任した元警察官僚の政治家だ。百合根あるところに戦（いくさ）あり。そう揶揄（やゆ）されるほどに好戦的な政治家として知られていた。さほど政治に詳しくない美晴でも知っているくらいなので、その知名度は推して知るべしだ。

「ここはかつて教室と呼ばれていた」

そう言って百合根は室内を見回した。たしかに教室のように見えなくもない。正面には黒板があり、モニターも完備されている。今は使われていない机や椅子は後ろの方に乱雑に並んでいるが、きちんとそれらを並べれば教室の体裁が整うはずだ。

「以前は若手を集めて、よく勉強会をやったものだ。消費税増税の議論を朝まで交わしたこともある。懐かしいな。いい時代だった」遠くを見るような目をしてから、真顔になって百合根が続ける。「すまんすまん。自己紹介がまだだったな。私は衆議院議員の百合根剛だ。本作戦におけるコードネームはサンゾウホウシ」

何を言っているのだろうか、この人は。美晴は呆然としたまま老人の話を聞いていた。口を挟めるような空気ではなかった。

「中国四大奇書の一つ、西遊記（さいゆうき）を知ってるか？　唐の僧、三蔵法師（さんぞうほうし）が三人の供を従え、天竺（てんじく）を目指して旅をする物語だ。君たち三人は私の供として旅をする仲間だ。だから西遊記になぞらえてみた」

両隣の二人、ショートカットとポニーテールは背筋をピンと伸ばし、百合根の話に耳を傾けている。先生の言葉を聞き逃すまい、そんな風に授業に臨む優等生のようだ。この二人は最初からグルだったのか。

「特に天草君には申し訳ないことをした」美晴の心の内を見透かしたように百合根が言った。口元には笑みが浮かんでいる。「是非とも君の力を借りたかった。しかし正面からお願いしても断られてしまうと思ってな。こうして手の込んだ芝居を打ったんだ。あと勝手ながら君の胆力のようなものを試してみたかった。あ、そうそう。この者らも紹介しておいた方がよかろう。まずは染井(そめい)」

　百合根がその名前を呼ぶと、ポニーテールが「はっ」と返事をして立ち上がった。百合根が紹介する。

「彼女は染井吉乃(よしの)。東京都三鷹(みたか)市出身の三十二歳。防衛大学校を卒業後、航空自衛隊に入隊。将来の幹部候補として期待されるが、一身上の都合により四年前に除隊。現在は株のトレーダーとして生計を立てている。染井二尉、いや、染井君。株は儲(もう)かるかね？」

「はっ。日々の生活費を賄(まかな)うくらいには」

「君のことだ。さぞかし優秀なトレーダーなんだろう。染井君には本作戦の企画・立案に携わってもらう。当然、指揮を執るのも君だ。コードネームは沙悟浄(さごじょう)。日本では河童(かっぱ)の妖怪として知られている沙悟浄だが、本来は天帝を守護するお側役(そばやく)。冷静沈着な君に相応(ふさわ)しいと考える。よろしいな？」

「身に余る光栄です。粉骨砕身、頑張ります」

　ポニーテール改め染井吉乃は百合根に向かって敬礼してから着席した。百合根が続ける。

「次は鮫島(さめじま)」

「はっ」とショートカットが立ち上がった。やや緊張しているようで鼻の穴が膨らんでいる。

「鮫島千秋(ちあき)、三十四歳。神奈川県横須賀(よこすか)市出身。大学卒業後、一年間の社会人経験ののちに航空自衛隊に入隊。成績も優秀、勤務態度も良。将来を期待される若手自衛官として幹部の信頼も厚かったが、四年前に一身上の都合により除隊。現在は警備員として働く傍ら、フリーの災害ボランティアとして全国を駆け回っている。鮫島君、頑張ってるようじゃないか」

「はっ。ありがとうございます」

二人とも元自衛官なのだ。道理で、と納得する一方で、この場にいる自分があまりに浮いているように感じられた。

「鮫島君は指揮官補佐として、作戦全般に関わってもらうことになる。偵察、必要物資の調達等、あらゆる分野において君の力が必要になるだろう。コードネームは猪八戒(ちょはっかい)。豚の容姿が特徴的で、コミカルな役回りで知られている猪八戒だが、人間臭い性格から中国では人気の高い神仙だ。鮫島君、君には期待しているぞ」

「はっ。全身全霊をかけて、本作戦に従事いたします」

「よろしく頼む。次は天草美晴君」

名前を呼ばれる。美晴は「はあ」と少々頼りない返事をしながら立ち上がった。自分が置かれている状況がいっこうにわからない。

「君に関しては染井君や鮫島君とは若干経緯が異なるため、まずは新しい環境に慣れていってもらいたい。本作戦についてわからないことがあったら二人に訊(き)き給(たま)え」

本作戦、とさきほどから老政治家は連呼している。つまり何かの作戦を遂行するため、この三人が集められたというのだ。しかも三人のうち、二人は元自衛官。いったい私たちは何をさせられるのか、全貌が見えない。

「天草君、君のコードネームは孫悟空。言わずと知れた猿の神様だ。そのうち君の出番が必ず訪れるはず。それまで待っていてくれ」

百合根が手を前に出し、手の平を下に向けた。着席しろ、という意味だと解釈して美晴は座った。

「さて、本題に入るとしよう」

百合根がそう言うと、室内の緊張感が俄然高まった。両隣の二人もさらに背筋を伸ばした。おそらく二人とも作戦の詳細を知らされていないのではないか。美晴はそう感じた。

「今回、君たちにやってもらうのは誘拐だ。ただ、そんじょそこらの金持ちを誘拐して身代金をいただこうとか、そんな陳腐な誘拐ではない」

百合根は不敵な笑みを浮かべながら、指を鳴らした。黒板の隣にあるモニターのスイッチが入り、ある映像が流れ始める。

『……今後の景気の動向と併せて、注視していきたいと思っているところでございます。金融市場におきましても……』

記者会見の映像だ。多くのマイクが置かれた演壇には内閣総理大臣である桐谷俊策の姿がある。穏やかな表情で淡々と政策について語っている。よくニュースなどで見る光景だ。

「これが君たちの標的だ。桐谷俊策総理大臣本人、もしくは二親等以内の親族を誘拐する。君たちが従事することになる作戦だ。この国のために、この国の未来のために、是非力を貸してほしい」

百合根は深々と頭を下げた。総理を誘拐する？　何を言っているのだ、この年老いた政治家は。

美晴はぽかんと口を開け、モニターに映る桐谷総理を見つめることしかできなかった。

六月十日(月)　4

「あなた、英俊（えいしゅん）がサッカーやりたいって言い出しているのよ。どう思う？」

妻の言葉は桐谷俊一郎（しゅんいちろう）の耳を通り抜けていった。今、俊一郎は自宅リビングのソファーに座り、ヘネシーをロックで飲みながらスマートフォンを見ている。お笑い芸人がキャンプをしている動画で、これがなかなか面白（おもしろ）い。

「ねえ、あなた。聞いてるの？」

「ん？　何が？」

ようやく妻の声に気づき、俊一郎は顔を上げた。妻の美沙（みさ）がキッチンの方から歩いてくる。顔にパックをしており、ローラーのような美容器具で首筋のあたりをゴリゴリほぐしている。

「英俊のことよ。サッカーやりたいんだって」

「やらせればいいんじゃないか。本人がやりたいって言ってるんなら」

「でもどうせサッカーやらせるならそのへんの安っぽいチームじゃ駄目よね。やっぱり一流の指導者に任せないと。だって英俊は総理の孫なんだから」

英俊は総理の孫なんだから。美沙の口癖だ。総理の孫なんだからこんなものは食べさせられない。総理の孫なんだからこんな場所には連れていけない。ことあるごとに美沙は言い、そのたびに俊一郎は心の中で不貞腐（ふてくさ）れる。ふん、俺だって総理の息子なんだけどな。

俊一郎の父、桐谷俊策が内閣総理大臣に就任したのは三年前のこと。以来、俊一郎の生活は文字通り一変した。勤めていた大手商社を退職し、父の私設秘書となった。麴町（こうじまち）にある四階建てのマンション――一、二階が事務所、三階より上に桐谷家親族が暮らしている――に引っ越し、そこで暮らすようになった。

「別に一流の指導者に任せる必要はないだろ。英俊の通ってる小学校にもサッカー部くらいあるだろうし」

「駄目よ、小学校のサッカー部なんて。だって英俊は総理の孫なんだから」

俊一郎からしてみれば、総理の孫であるからこそ小学校のサッカー部でいいと思うのだ。おそらく英俊がどれほどサッカーの才能を有していようが、Jリーガーには決してなれない。彼に待ち受ける未来は俊一郎とほぼ同じ、一流大学を卒業し、一流企業に就職し、しかるべき時機に選挙に出馬する。それが政治家一家に生まれついた者の宿命だ。

「明日FC東京のスタッフに話を聞いてみようと思ってるの。ジュニアチームっていうの？　英俊を受け入れてくれるチームがあるかどうか」

美沙は基本的に従順な妻なのだが、こと息子の件となるとなかなか強情になる。俊一郎はうなずいた。

「FC東京か。まあいいんじゃないか。最初はフットサルもいいかもしれないし」

「そうね。あなたも賛成してくれるのね。よかったわ」

別に賛成したわけじゃないんだけどな。そんな風に思ったところでスマートフォンにLINEのメッセージが届く。大学時代の友人からで今から銀座（ぎんざ）で飲まないかという内容だった。アフターで連れ出したキャバクラ嬢が数人いるとのこと。この手の誘いは断らないことにしている。

「悪い、美沙。ちょっと出てくる」

「えっ？　今何時だと思ってんの？　もうすぐ十二時よ」

「親父の秘書も大変なんだよ、いろいろと」

アプリを使ってタクシーを呼び、俊一郎は手早く身支度を整えた。下に降りるとちょうどタクシーが到着した。「銀座まで」と行き先を告げる。

私設秘書といっても俊一郎はそれほど難しい仕事を任されているわけではない。基本的にベテラン秘書が代わりに動いてくれるし、自分なんか必要ないんじゃないかと思うことも多々ある。それでも総理の息子という肩書きはそれなりの影響力を有しているらしく、父の代理としてパーティーなんかに顔を出すと、ひっきりなしに挨拶される。芸能人にでもなったような気分だが、寄ってくるのは脂のテカテカしたオッサンばかりだ。

「あ、運転手さん、このあたりでいいよ」

領収書をもらってからタクシーを降りる。店の場所を検索しようとスマートフォンを出したところで着信が入ってくる。あまり出たくない相手だったが、出ないと延々とかけてくるのは自明なので、俊一郎は仕方なく通話ボタンを押す。

「俊ちゃん、俺。遅い時間に悪いね。もしかして寝てた？」

かけてきた相手は学生時代の悪友、伊藤将太だ。伊藤は都内で美容器具を輸入販売する会社を経営している。さきほど美沙が使っていたローラーも伊藤からもらった代物だ。

「寝てるわけないだろ。それよりどうした？」

「例の件、どうなったのかと思ってさ。あれから進展あった？」

あまり思い出したくない案件だ。その案件について考えれば考えるほど、底なし沼に沈んでいきそうな暗鬱（あんうつ）な気分になってくるのだ。

きっかけは二年前。伊藤の知り合いの投資コンサルタントから美味（おい）しい話を持ちかけられた。一年後には数倍になる暗号資産を買わないかというものだった。商社時代の伝手（つて）を使い、あれこれと調べてみると、その男の話は本当のようだった。できればまとまった金額を投資したいと金策を練ったが、なかなかいい方法が思い浮かばなかった。

そんなときだ。悪魔が耳元で囁（ささや）いた。一時的に借りるだけだ。増やして返せばいい。俊一郎は麹町の事務所兼マンション――父名義になっている――を担保に金融機関から五千万円を融資してもらい、その金を使って暗号資産を購入した。伊藤も知り合いから金をかき集め、二千万円分を購入した。

暗号資産の価値はみるみるうちに上昇し、一年後には三倍の一億五千万円になった。まだまだ上がるはずだ。投資コンサルタントの助言を信じ、暗号資産を所有し続けた。しかし――。

三ヵ月前のことだった。事態は急変する。きっかけはある法案が国会で可決、即座に施行されたことだ。緊急外国為替（かわせ）等取引禁止措置法と名づけられたその法案は対ロシア制裁の一環であり、ロシアに協力する姿勢を見せる諸外国への措置も追加されていた。その諸外国の中に中東の小国、ランサルバル共和国の名前があった。

あろうことか、俊一郎の所有する暗号資産の交換業者はランサルバル共和国に拠点を置いていた。暗号資産なんだし別にたいした問題ではないだろう、と楽観していた俊一郎だったが、そう甘くはなかった。俊一郎の所有していた暗号資産は一夜にして取引停止状態に陥った。

「心配するなよ、伊藤」敢えて俊一郎は明るい口調で言う。「ロシア情勢が好転すれば、きっと規制も解除されるはず。そしたら換金すればいいだけの話だ」

「親父さんにはバレていないのか？」

「大丈夫。そのあたりのことは抜かりがないよ」

どうにかなるんじゃないか。生来の楽天家である俊一郎は事態をそう重くは受け止めていなかった。別に暗号資産がなくなったからといって飯が食えなくなるわけではない。金は使い放題だし、家や車だってあるのだ。何しろ俺の親父は総理大臣なのだから。

「俊ちゃん、悪いけど少しばかり都合してくれないかな」

ようやく伊藤が本題を切り出してくる。暗号資産を購入したときに方々から金を借りた伊藤は、今もその返済に追われている。

「わかった。週末あたり飯でも食おうぜ。そのときに渡すよ」

「ありがとう、俊ちゃん。恩に着るよ」

通話を切ってスマートフォンを懐にしまう。すっかり時間を食ってしまった。俊一郎は夜の銀座を歩き出した。

六月十一日（火）

百合根邸は広大だった。二百坪ほどの敷地の中に三つの建物があった。百合根が寝起きする平屋建ての母屋。それに二階建てのゲストハウスが一棟と、道場兼所蔵品置き場のある離れだ。美晴たちにはゲストハウスがあてがわれた。二階に美晴と鮫島千秋が、一階の奥に染井吉乃がそれぞれ寝泊まりする部屋を決め、共同生活を送るようになった。もっとも美晴自身は自分の置かれた状況を正確に理解しているわけではなかった。掃除のバイトのつもりがなぜか老政治家にぶん投げられ、総理もしくは親族の誘拐事件の実行犯に祭り上げられようとしているのだ。

一夜明けた朝、美晴が自室を出て一階に降りると、すでに鮫島千秋がダイニングテーブルの椅子に座っていた。今日も彼女は迷彩服を着ていた。テーブルの上にはサンドウィッチが載った皿が置かれている。

「食べるか？　冷蔵庫の中にドリンクも入ってるぜ」

美晴は冷蔵庫からアイスコーヒーのペットボトルを出し、それをグラスに注いでからテーブルの椅子に座った。サンドウィッチは手作りのようだった。

「朝昼晩と食事が出されるらしい。基本的に私たち三人は新たに加わった使用人という体のようだな」

邸宅には住み込みの家政婦がいて、百合根の身の回りの世話をしているという。ほかにも秘書などがひっきりなしに母屋に出入りしているが、裏手にあるゲストハウスにまで足を運ぶことは滅多にないそうだ。

「目立たないに越したことはないが、それほどナーバスになる必要もない。誰かに見られてしまっても構わないということだ。私は基本的には日中はここにはいない。隊長、いや、沙悟浄の命を受け、あれこれ調べなきゃならないことがあるからな」

隊長。染井吉乃のことか。防衛大学校を卒業した幹部候補だったと昨夜百合根が話していた。今回の作戦でも重要なポジションを任されているらしい。

「孫悟空の出番はもう少しあとになりそうだから、しばらく大人しくしているんだな。作戦が始まってしまえば忙しくなるだろうから」

千秋は見た目は近寄り難い雰囲気を醸し出しているが、話してみるとそれほど怖い感じはしない。むしろ人好きのするタイプの女性だった。バイトリーダーにいそうな感じだ。

「あのう、ちょっといいですか」美晴は恐る恐る口を開く。「本気なんですか？　総理かその親族を誘拐するって話。あまり現実的じゃないっていうか、ちょっと信じられないんですけど」

千秋がこちらに目を向けた。その眼光は鋭いものだった。

「本気に決まってるだろ。先生がああおっしゃっているんだ。この国のために、この国の未来のために、やらなきゃならないんだよ」

やや狂信的というか、危ういものが見てとれた。元自衛官。そのあたりに何かありそうな気がするが、そこを深く追及するのは憚られた。

本来であれば逃げ出したい。総理の誘拐計画に加担するなど、断じてあってはいけないことだし、捕まった場合は重罪だ。しかし美晴の頭の中にあるのは、百合根が語った言葉だった。

――成功報酬として、一人一億円用意するつもりだ。それとは別に必要とあれば真新しい戸籍も用意してやろう。まったくの別人に生まれ変われるんだ。悪い話ではないと思うがな。

一億円という報酬も破格な金額だが、美晴の場合は二つめの特典に気持ちが吸い寄せられた。新しい戸籍を手に入れられる。そんなことが可能なのか。この天草美晴という忌まわしい名前とおさらばできるのか。

「しばらくしたら私は出かける。あ、隊長の邪魔はするんじゃないぞ。部屋に籠もって作戦を練ってる。ああなったら声をかけても無駄だから」

千秋はリビングから出ていった。美晴もサンドウィッチを食べ終え、リビングを出た。階段を上って自室に戻ろうと思ったのだが、試しに外に出てみることにした。玄関は施錠されていたが、ロックを解除するとドアは開いた。監禁されているわけではないらしい。

一面緑の庭が広がっている。庭というよりもちょっとした雑木林のような趣（おもむき）だ。林を抜けた向こうが母屋だ。人の気配はまったくない。腕時計を見ると朝の七時を回ったところだった。

少し歩いてみる。歩きながら考える。本当に新しい戸籍を入手することなど可能なのか。百合根は誰もが知る政治家で、多くの要職を歴任してきた。彼ほどの権力者になれば二、三本電話をかければ済む程度の話なのかもしれない。

考えごとをしていたせいか、直前まで気がつかなかった。向こうから百合根本人が歩いてくるではないか。しかも彼は一匹の犬を連れている。白くて大きな犬だ。

「おはよう。よく眠れたか？」

「あ、おはようございます」

思わず美晴は頭を下げていた。絶対に逆らってはいけないという、独特の雰囲気をこの老政治家は身にまとっている。

「君は犬が好きか？」

不意に訊かれ、美晴はうろたえる。

「い、犬ですか？　それほどでも」

好きではないが、なぜか犬に好かれる傾向がある。公園に行くとなぜか犬が寄ってきて美晴の靴の匂いを嗅いでいる、なんてことも少なからずあった。

「これを持ってみろ」

百合根がリードを寄越（よこ）してくる。美晴は訳もわからぬままそれを受けとる。犬は特に暴れることなく、舌を垂らしている。

「名前はキング。秋田犬だ。プライドが高くてな、私以外には懐こうとしない困った犬だ」

唐突に思い出した。百合根にはかつてキングメイカーという異名があったことを。キング、すなわち総理大臣を作る陰の支配者として君臨していたのだ。今は高齢ということもあり、政界の第一線から退いているが、まだ衆議院議員のバッジは失っていない。

「朝昼晩の三回、キングの散歩を頼む。三十分ほど屋敷の敷地内を歩いてくれ。頼んだぞ」

そう言い残して百合根は来た道を引き返していった。美晴はリードを持ったまま、しばしその場に佇（たたず）んでいた。キングが振り返ってこちらを見ている。「行かないのか？」と言われているような気がして、美晴はリード片手に歩き出す。

この日から、キングの散歩が美晴の日課に加わった。

六月十八日（火）

美晴がキングの散歩を任されるようになってから一週間が経過した。鮫島千秋は常にどこかに出かけていて、染井吉乃は相変わらず部屋に閉じ籠もっていた。美晴は朝昼晩のキングの散歩以外の時間は、自室で過ごしていた。与えられたタブレット端末でネットフリックスを観て過ごした。誘拐事件に関わっているとは思えないほど、ゆったりとした時間が流れていた。食事、キングの散歩、ネットフリックス。この繰り返しだ。

逃げ出そうと思ったことは幾度となくあったが、そのたびに報酬の件が頭にちらついた。一億円と、新しい戸籍。この二つがあれば私は人生をやり直せるかもしれない。結局逃げ出す勇気を振り絞ることができなかった。

その日の夜、ようやく招集がかかった。向かった先は母屋の中にある、教室と呼ばれる部屋だ。

「お集まりいただき感謝する」

教壇に立った百合根剛が声を響かせる。今日は柔道着ではなく、青い作務衣(さむえ)を着ている。ギョロリとした目と浅黒い肌。人間国宝の陶芸家のようないでたちだ。

「沙悟浄が基本計画の原案を完成させたようだ。沙悟浄、あとは頼む」

そう言って百合根が教壇から降りると、沙悟浄こと染井吉乃が前に出た。今日も迷彩服を着ているが、髪は下ろしていた。千秋とは食事の際に世間話程度は交わすようになっていたが、部屋に閉じ籠もりっぱなしの彼女とはほとんど話せていない。

「まずは対象者について説明します」吉乃は淡々と話し出す。「桐谷俊策、五十九歳。広島県広島市出身。桐谷家は代々政治家を輩出している家柄であり、桐谷の父も祖父も国会議員でした」

三十八歳のときに父の逝去に伴い衆議院選挙に立候補。当選を果たす。以降は国会議員として順調にキャリアを重ねていく。

「三年前のことでした。前総理が病気療養を機に総理を辞任したことを受け、民自党の総裁選がおこなわれました。僅差でしたが、桐谷は当選。内閣総理大臣に就任しました。これが桐谷家の家系図になります」

吉乃が手元のタブレット端末を操作すると、モニターに家系図が映し出された。

「桐谷自身ですが、当然彼の周囲は警視庁のSPが警護に当たっているので、桐谷は外します」

当然だろう。一国の総理大臣を誘拐するなど、それこそ不可能に近い。だからこそ「二親等以内の親族」という注釈がついているのだ。

「桐谷の妻、房江（ふさえ）は京都府出身です。房江の実家は京都市内で老舗（しにせ）の旅館を経営しています。房江には兄と弟がいますが、事前に百合根先生、失礼しました、三蔵法師より妻側の親族は控えるようにと指示を受けていたので、これらは除外することといたします」

吉乃がタッチペンで×印を書くと、モニターにもそれが反映される。

「房江に関しては春先に体調を崩して以降、公邸内で過ごしているようです。詳細は不明なので、彼女も除外とします」

「ちょっといいか」百合根が口を挟んでくる。「総理を警護しているのはセキュリティポリス、警視庁警備部警護課に所属する警察官だ。総理の家族に関しては原則的に警護対象外となっている。ただし自費で民間のSPを雇い、家族の警護に当たらせる総理もいる。ちなみに桐谷は家族にSPをつけていない」

事前に調べたうえで、百合根が今回の計画を始動させたのは疑いようがない。もし桐谷総理が自費でSPを雇い、家族の警護に当たらせているのであれば、誘拐のハードルは格段に跳ね上がる。

「続けます」とタブレット端末片手に吉乃が言う。「桐谷の母親は広島市内に住んでいます。八十歳を超える高齢のため、自宅から出てくることは少ないようです。地理的観点からも広島での計画遂行は難しいと判断し、母親は誘拐対象から外します。桐谷には弟が一人いますが、外交官である彼はアメリカの日本総領事館に勤務しており、同様の理由により対象から除外します」

さらに×印が増える。残った候補者は三名だけだ。

「桐谷の息子、俊一郎と妻の美沙、そしてその息子の英俊。この三名が残りました。俊一郎は現在父の秘書を務めており、美沙は専業主婦をしております。息子の英俊は小学二年生。誘拐する際に抵抗された場合等を考慮すると、必然的に息子の英俊が候補に挙がります」

俊一郎と美沙に×印がつき、残ったのは英俊だけだった。

「総理の孫、桐谷英俊。彼が本作戦におけるメインターゲットです。いかがでしょうか？」

そう言って吉乃がいったん言葉を切る。美晴は唾をゴクリと飲み込んだ。総理の孫を誘拐する。そんな大それた真似(まね)、果たして可能なのか。


しばらくの間、教室内は沈黙に包まれた。最初に口を開いたのは百合根だった。

「いいだろう。英俊君には悪いが、彼が適任だろうな。沙悟浄、君のことだ。すでに腹案があるのだろう？」

「はい」と吉乃は返事をして、タブレット端末を操作した。モニターに複数枚の写真が映し出される。どれも隠し撮りした写真のようで、被写体は桐谷母子だった。

「この一週間、千秋、いえ猪八戒には桐谷英俊の周辺を探ってもらいました。まだ一週間なのでこれが毎週同じとは限りませんが、彼のスケジュールはこちらです」
モニターにはこう書かれていた。

六月十一日(火)　8:30~15:00　小学校(麹町)　16:20~18:00　ピアノ教室(上野)
六月十二日(水)　8:30~16:00　小学校(麹町)　17:00~18:00　学習塾(四谷三丁目)
六月十三日(木)　8:30~15:00　小学校(麹町)　16:00~17:45　フットサル教室(新橋)
六月十四日(金)　8:30~15:00　小学校(麹町)　16:00~18:00　学習塾(四谷三丁目)
　18:30~19:45　プログラミング教室(新宿)
六月十五日(土)　午前中は家族とともにボランティアの清掃運動に参加。午後は外出せず。
六月十六日(日)　午後から家族とともに(総理も同行)クラシックコンサートへ。銀座のレストランで食事後、帰宅。
六月十七日(月)　8:30~15:00　小学校(麹町)　16:00~18:00　学習塾(四谷三丁目)
　18:30~20:00　英会話教室(四谷三丁目)

「英俊が通っている小学校は公立校ですが、かなりセキュリティを強化している学校のため、侵入はなかなか難しいとみていいでしょう。四谷三丁目にある学習塾も同様です。中学受験を目指すエリートが集まっていて、大企業の御曹司なども通っている有名塾です。当然セキュリティには力を入れています。ちなみに英俊の通学や習い事の送迎をしているのは母親の美沙で、彼女が一人でやっているようです。車はレクサス」

モニターに写真が拡大された。日傘をさした女性が白いレクサスの前に立っている。大きめのサングラスをかけていた。彼女が桐谷美沙か。着ている服も上等なもので、別世界の住人のようだ。少なくとも美晴の周りにはいないタイプの人間だ。

「週末の予定に関しては、なかなか摑みづらいところがあります。基本的に俊一郎、美沙、英俊の三人で動くことが多いですが、総理に同行する形で出かけるケースもあるようです。やはり決行するとしたら平日が狙い目、着目すべきは比較的警護が薄い火曜日のピアノ教室、もしくは木曜日のフットサル教室だと考えます」

モニターに一軒家の写真が映った。二階建ての一般住宅だ。

「上野にあるピアノ教室です。高名なピアニストの自宅で、ここに通っているようです。ご覧の通り、ごく普通の住宅ですので、さほどセキュリティレベルは高くないと思われます。先週の観察によると、英俊がピアノを習っている間、母の美沙は上野駅近くのパーラーで友人らしき女性とお茶をしていました。次にフットサル」

モニターに動画が再生される。小学校低学年くらいの少年たちがフットサルをやっていた。FCバルセロナのユニフォームを着た少年がアップになる。彼が桐谷英俊だろう。

「調べたところによると、英俊がフットサル教室に通い始めたのは先週からです。コーチは貝沼(かいぬま)秀樹(ひでき)という元Jリーガーで、非常に口の軽い男のようです。美沙は最初のうちは見学していましたが、すぐに席を立って銀座にあるエステティックサロンに向かったことが確認されています」

ずっと黙って話を聞いていた百合根が手を挙げた。

「フットサルのコートだが、ロケーションはどんな感じだ？」

「二十階建ての商業ビルの屋上です。コートは四面、平日の夕方は小中学生たちで賑わっていて、かなりの人出です。相手は小学生とはいえ、人を連れ去るのに適した場所ではありません」

「ふむ。となるとピアノ教室の方が狙い目か？」

「そこは何とも。今後も監視を続け、作戦を練り上げたいと考えています。いずれにしても標的を桐谷英俊と定めるとしてよろしいでしょうか？」

「異論はない。他の者もよろしいな」

隣を見ると千秋は黙ってうなずいている。美晴も何も言わなかった。仮に意見があったとしても発言できるほどの度胸はない。

「承認ありがとうございます。では本計画をこのまま進めさせていただきます。ご清聴ありがとうございました」

吉乃がタブレット端末片手に教壇から降りた。それを見て百合根が口を開く。

「今日のミーティングは以上だ。解散」

六月二十四日(月)

毎週月曜日の午後一時。大京テレビの政治部では定例会と呼ばれる会合が開かれる。参加するのは政治部の主だった記者で、猪狩虎之も官房長官番記者として必ず顔を出す。その日、猪狩は官邸記者クラブの自席のノートパソコンの前にいた。

『……今週は特に目立った予定はないね。水曜日に民自党の役員会が開かれるくらいかな』

画面の中で政治部のデスク、荒木岳人が説明している。デスクというのは各記者から上がってきた原稿をチェックし、オンエアするかしないかを判断する立場の人間だ。

『……金曜日に神宮球場でヤクルト対広島の試合があって、その始球式で桐谷総理が投げるみたいだ。絵的には押さえておきたいね』

大京テレビの本社は築地にある。以前はいちいち築地の本社まで足を運んでいたが、最近はリモートでの参加も可能になった。今日の参加者は八名だが、荒木以外の記者はそれぞれ取材先からリモートで参加している。

『ほかに何かあるか？』

荒木が問うても誰も答えない。先週、通常国会が閉会したばかりで、政治関連でさほど大きな動きはない。猪狩も提供できるネタを持っておらず、それはほかの記者たちも同様らしい。

『じゃあ今日は終わりかな。お疲れさん』

会合は終了となる。猪狩はイヤホンを外して官邸記者クラブから出た。官邸記者クラブというのは文字通り首相官邸内にある記者クラブであり、主に総理大臣、官房長官、官房副長官や内閣府の取材を担当する。正式には内閣記者会という名称だが、官邸クラブや永田クラブと呼称される場合が多い。

廊下を歩いていると、前から一人の男がやってきた。百八十センチ超え、百キロオーバーの巨体を揺らしている。大学時代はラグビー部に所属し、日本代表に選出されるほどのフォワードだったという。大京テレビ官邸記者クラブのキャップ、藤森司だ。

近づいてくる藤森に対し、苦笑を浮かべて猪狩は言う。

「藤森さん、今日が何曜日か知ってます？　月曜日ですよ。キャップが定例会サボっちゃまずいでしょうに」

「朝から腹の調子が悪くてな。サブに出るように言っておいたはずだが」

とぼける藤森。その容姿が表すように豪快な男だが、実は緻密な理論派の一面もある。政治部一筋で、猪狩も信頼している上司だ。

「何か動きはあったか？」

藤森に訊かれたので、猪狩は答えた。

「特に何も。しばらく凪っすね。自分、外に出てきますんで」

そう言って歩き出したところで背後から藤森に声をかけられた。

「虎、ランサルバル共和国って知ってるか？」

「中東の小国ですよね。ロシアに近いと噂されてる」

「そうだ。実は昨夜、社会部の同期と飲んだんだが、そのときに話題に上ったんだ。ランサルバル共和国内に暗号資産の交換業者があってな、その会社が扱っている暗号資産が一夜にしてパーになったんだとさ」

話は三ヵ月前。緊急外国為替等取引禁止措置法の成立を受け、ランサルバル共和国との取引はできなくなった。その煽りを受けたのが暗号資産の所有者たちだった。

「大損した奴もいたみたいで、消費者庁にも相談が寄せられているらしい。それでな、その大損を食らった連中の一人に『大物政治家の息子』がいたって噂が流れてるようだ」

「大物政治家の息子？　誰ですか、それ」

「知らん。だからお前に訊いてんだよ」

心当たりはない。扱いは社会部になりそうだが面白そうなネタではある。

「一応頭の隅にでも入れておいてくれ」

猪狩の肩をトントンと叩き、藤森は巨体を揺らして廊下を去っていく。猪狩はその背中を見送ってから階段を駆け足で降り、建物の外に出た。正門前に停まっていたタクシーに乗る。

向かった先は日比谷だった。五階建ての商業ビルの一階にある〈悠々庵〉という甘味処。その一番奥の個室に唐松官房長官の姿があった。湯呑みの茶を啜っている。

「長官、遅れて申し訳ありません」

「気にしないで。俺も今来たところだから」

唐松の真向かいに座る。この店は唐松のお気に入りの店の一つで、先代が上野で店を開いていたときから唐松は常連だったという。

「唐松さん、いつもお世話になっております」

先代の妻、女将が姿を見せる。厨房を仕切るのは先代の息子だが、いまだに接客は女将が一手に引き受けている。腰が痛いとか、原材料費が高騰して大変だとか、女将の愚痴めいた話に対し、唐松は嫌な顔もせずにいちいちうなずいている。もともと市議会議員からスタートした苦労人であり、国民の声に耳を傾けることを第一とする政治家だ。

猪狩が政治部に配属された四年前。最初に驚いたのは二世議員の多さだ。衆議院には国会議員や県会議員の息子、娘ばかりだった。そんな中、唐松は違った。裸一貫からここまでのし上がった男であり、その点でも好感が持てる政治家だった。

「それでは唐松さん、ごゆっくり」

女将と入れ替わりに店員が透明の容器に盛られた抹茶クリームあんみつを運んでくる。最初食べたときはその旨さに驚いた。一度藤森を連れてきたところ、二杯もおかわりをしてしまい、交際費では落ちなかった。

「長官、ランサルバル共和国ってご存じですか？」

さきほど藤森から仕入れたネタを話したが、唐松はさほど興味を示さなかった。

「そういえば」と思い出したように唐松が言う。「あの子から取材依頼が来たよ。虎ちゃんの元カノから」

官房長官の口から元カノという言葉が出ると少し可笑しい。猪狩は笑って言った。

「水谷ですね。取材、受けるんですか？」

「受けるわけないだろ。馬鹿らしい」

一年半ほど前。桐谷総理が長年私的に開催している『流星群研究会』なる会合がマスコミに取り沙汰された。桐谷が高校時代に天文部に所属していたことから、〇〇流星群が見えるときに支持者を集め、そこで夜空を見ながら語らおうというのが会の趣旨だった。その会の飲食費が桐谷の懐から出ており、それが公職選挙法に違反していると、週刊ファクトが独占記事を出したのだ。

ファクトビーム炸裂！　世間は色めき立ち、マスコミ各社もこぞって桐谷を批判したが、その矢面に立って対応したのがほかならぬ唐松だった。やましい点は一切ない。会見でもそう主張し続けた。結局、あくまでも私的な会であり、帳簿等を精査しても公職選挙法には抵触しないという東京地検特捜部の見解が出され、騒動は収まった。しかし腹の虫が治まらないのが唐松だった。

流星群問題の急先鋒として知られることになったのは、週刊ファクトの水谷撫子という女性記者だった。歯に衣着せぬ記事で政府を責め立て、一時はXのフォロワー数も二十万人を超えるという、一記者としては破格の数字を誇った。実は彼女、猪狩の元恋人だった。学生時代、同じ大学のサークル仲間であったことから交際に発展した。当時から気の強い女性ではあったが、まさか時代の寵児のように注目を浴びる記者になるとは思ってもいなかった。

流星群問題の騒動が収まったあと、彼女は総務部に異動になった。唐松が裏から手を回したのだ。権力に逆らった者の末路だった。

「いやあ、あんみつが旨い季節になってきたね」

「おっしゃる通り。今日も美味しいですね」

猪狩は相槌を打つ。唐松官房長官は満足げな顔であんみつを食べている。

六月二十六日(水)

美晴は一人、リビングにいた。手元にはファイルがあり、中にはタイムスケジュールや現場周辺の地図、写真等がファイリングされていた。もう何度見たかわからない。三日前に配られたこの資料には『天竺作戦』という表題がついていた。天竺とは西遊記において三蔵法師一行が目指した土地であり、仏教の聖地であるインドあたりをさす言葉らしい。資料には桐谷英俊を誘拐する計画の詳細が記されていた。作戦決行日は六月二十七日。なんと明日に迫っている。

美晴にも一応役が与えられている。ちょっとした偵察任務と、車の運転だ。楽な役割ではあるのだが、それでも資料に目を通さないわけにはいかない。道に迷ってしまった、なんてことは許されないのだ。

「随分熱心だね」

染井吉乃がリビングに入ってくる。シャワーを浴びた直後らしく、頭からバスタオルを被っている。吉乃は冷蔵庫からノンアルコールビールの缶を出し、ダイニングテーブルの椅子に座った。

「あの、いいですか」思い切って美晴は吉乃に訊く。彼女と会話を交わした回数は片手で足りる程度だ。「本当にこの作戦、うまくいくんでしょうか?」

答えてくれないのではないかと思ったが、予想に反して吉乃は口を開いた。

「人事を尽くして天命を待つ。あとは神のみぞ知る、だよ」

この人、諺（ことわざ）とか引用するの好きっぽいな、と思っていると、彼女が続けて言った。

「勝算はあると私は見ている。なぜなら総理の孫を誘拐しようなんてバカげた真似、誰も予期してはいないからだよ」

それはそうだ。百合根の話によると、桐谷総理は自分の家族に警護をつけていないという。まさか自分の孫の誘拐計画が水面下で進行しているとは、夢にも思っていないはずだ。

「染井さんはどうしてこの作戦に参加しようと思ったんですか? やっぱりその、お金ですか?」

気がつくと疑問が口から出ていた。気分を害してしまったかしら? 上目遣いに様子を窺（うかが）うと、吉乃はノンアルコールビールを一口飲んでから答えた。

「金が目的じゃない。私は百合根先生、三蔵法師と言った方がいいかな。彼のやりたいことがこの国のためになると信じてるだけだよ。あ、吉乃って呼んでくれて構わない。それにそのかしこまった口調も何とかならないか。私たち、同じ年だよ」

「す、すみません。あ、ごめん」

百合根のやりたいこと。それが果たして何なのか、美晴にはさっぱりわからなかった。総理の孫を誘拐して多額の身代金を要求する。完全に犯罪だ。

「私からも質問。あんた、どうして逃げなかった？　逃げるチャンスなんていくらでもあっただろ？　正直、あんたが逃げずに今日を迎えたことが私は不思議なんだよ」

「それは、まあ……報酬に目が眩んだというか……あ、一億円じゃなくて、新しい戸籍をもらえるってやつ」

「そんなに自分の経歴が嫌いかい？　美晴ちゃん」

吉乃が皮肉めかして言った。美晴は自分の経歴が嫌いだった。あれから二十年以上経った今でも、街を歩けば声をかけられてしまう。世間が忘れた頃に、「あの人は今」的なテレビ番組が流され、それを面白おかしく編集した違法動画がYouTubeにアップされたことも一度や二度ではない。美晴が答えられずにいると、吉乃が続けて言った。

「あんたの背負ってる過去は私も大体知ってる。あんたの経験が活きるような瞬間がこの先きっと訪れるはず。だから百合根先生はあんたを本作戦に招き入れたんだと思う」

私は吉乃や千秋のように元自衛官でもない。世間に背中を向け、隠れるように生きてきた三十二歳の平凡な女だ。そんな私に何ができるというのだ。

「心配要らない。あんたの出番はきっと回ってくると思うよ」

吉乃はあっけらかんとそう言った。

六月二十七日(木) 1

屋上にはフットサルコートが四面あり、今はすべてのコートで試合がおこなわれていた。美晴は緊張しつつも何気ない感じを装い、コートの脇を歩いている。美晴に与えられた役割は簡単な偵察だ。ターゲットである桐谷英俊の姿を確認する。それだけだ。もしも病気などでフットサル教室を休んでいる場合、今日の誘拐計画は後日に持ち越される予定になっていた。

テントが張ってあり、その下では保護者らしき人たちが観覧している。桐谷英俊が通っているフットサル教室は貝沼秀樹という元Jリーガーがコーチを務めているらしい。Aコートを使用しているると案内表示に記載されていた。

美晴はAコートでフットサルをしている子供たちの様子を窺った。Aコートでは五対五に分かれて、試合がおこなわれているようだ。小学三年生以下のクラスのようで、子供たちが必死にボールを追いかけている姿が可愛い。

いけない、いけない。可愛いとか言ってる場合じゃないぞ。

美晴は子供たちを観察する。すでに先々週、鮫島千秋がここを訪れ、桐谷英俊の姿を隠し撮りしている。紺と臙脂を基調としたユニフォームで背番号は十番——FCバルセロナ時代のリオネル・メッシのレプリカユニフォーム——であるのは事前情報として知っている。

いた。あの子だ。

桐谷英俊の姿を発見する。ちょうど彼は味方からのパスを受けて、ドリブルを始めたところだった。そのままシュートを放つが、惜しくもゴールには入らなかった。悔しそうだ。

「いいぞ、英俊。その感じだ」

サングラスをかけた派手な男が手を叩いている。彼がコーチの貝沼か。いずれにしても英俊がフットサル教室に参加していることは確認できたので、美晴はすぐに退散する。

屋上から出る。エレベーターは使用するなと指示を受けていたため、階段を使って一階まで下りる。下層階のショッピングフロアでは若い女の子たちが買い物を楽しんでいる。できるだけ目立たないようにビルから出た。そのまま通りを歩き、路上駐車中の軽ワゴンの運転席に座った。助手席には染井吉乃が座っている。

「桐谷君、いました」

「そうか」と吉乃はうなずき、ヘッドセットのマイクに口を寄せた。「千秋、聞こえるか。ターゲットを確認。これより作戦を開始する」

吉乃はマイクを外し、スマートフォンを出した。それを操作して耳に持っていく。しばらくして彼女は話し出した。

「突然申し訳ありません。私、桐谷俊策の秘書をしております、山田と申します。そちらが運営されているフットサル教室に桐谷英俊君という男の子が通っていると思われるのですが、その件でお電話いたしました。……はい、左様でございます。私、桐谷総理の秘書でございます」

すでに話すことが頭の中に入っているのか、吉乃は何も見ずにすらすらと話している。万が一の場合に備え、自然な感じに声質を変えるボイスチェンジャーのアプリを使用しているらしい。

「実はですね、これは内密にしていただきたいのですが、総理が体調を崩しまして、病院に運ばれたんです。……いえいえ、命に関わるようなことではございません。ただ、ご家族に関しては病院まで足を運ぶようにと、そういう次第になったわけでございます。……交通手段はこちらで用意しました。すでにビルの下にタクシーが到着している頃だと思います。英俊君をそのタクシーに乗せるよう、取り計らっていただけますでしょうか。……お母様とはすでに連絡がとれていて、彼女も病院に向かわれました」

母の美沙はフットサル教室が始まると同時にここをあとにして、銀座にあるエステティックサロンに入っていくのを見届けてある。

「本件はくれぐれもご内密に。それではよろしくお願いします」

通話を終えた吉乃は再びヘッドセットを装着し、マイクに向かって言った。

「千秋、聞こえるか？　電話で伝えた。頼むぞ」

すでに千秋はビルの一階に入っており、エレベーター前でターゲットの到着を待ち受けている。美晴はエンジンをかけ、いつでも発車できるようにした。緊張して心臓がドキドキしている。本当にうまくいくのだろうか。一分、二分と時間が経過していくなか——。

「出てきたぞっ」

吉乃が鋭い声で言った。紺色の制服を着た千秋が姿を現した。彼女はタクシー運転手に扮しており、口にはマスク、ロン毛のウィッグをつけていた。彼女の後ろから桐谷英俊が姿を見せる。まだユニフォーム姿のままだ。彼の後ろには貝沼コーチがついている。

千秋がタクシーの運転席に乗った。足のつかないルートで手に入れたものだと聞いている。後部座席のドアが開くと、桐谷英俊が中に乗り込んだ。それを見て安堵した美晴だったが、次の瞬間、目を疑うような光景を見た。何を思ったのか、貝沼コーチも一緒にタクシーに乗ってしまったのだ。

ドアが開いた状態のまま、タクシーはなかなか発車しない。吉乃は真剣な顔をしてヘッドセットの音声に耳を傾けていた。やがてタクシーのドアが閉まり、ゆっくりと走り出す。美晴も慌てて車を発進させた。

「どういうこと？　あのコーチも連れていくの？」

「俺も行く。その一点張りらしい。余計な責任感を発揮してくれたみたいね」

「大丈夫？　予定とはだいぶ違っちゃったけど」

「備えあれば患いなし、だよ。予備のスポーツドリンクを用意しておいてよかった」

今後の作戦はこうだ。乗車早々、運転手に扮した千秋はスポーツドリンクを出し、『よかったらお飲みください』と桐谷英俊に渡す。そのドリンクには睡眠薬が混入されている。それを飲み、ぐっすり眠ったのを確認したのち、アジトである世田谷の百合根邸まで彼を運ぶというものだ。通る道などはあらかじめ決まっていて、Nシステムや防犯カメラの少ないルートを選んでいるようだ。吉乃が作戦を考え、千秋が下見をしたうえで決めているという。

走り出して五分ほど経った頃だ。赤信号で止まった。美晴の車のすぐ前に三人を乗せたタクシーが止まっていた。タクシーの後ろの窓から車内の様子が少しだけ見える。貝沼コーチが隣に座る桐谷英俊に何やら話しかけているようだった。

「千秋から報告があったぞ。コーチの男がドリンクを飲もうとしないらしい。甘い飲み物が好きじゃないそうだ。わがままな男だよ、まったく」

早くも問題発生か。手の平が汗ばんでいることに気づき、美晴はハンドタオルで手を拭いた。

美晴はモニターを眺めている。あまり集中して見続けているせいか、少し頭が痛くなってきた。目頭を押さえていると、隣に座る吉乃が笑って言った。

「そんなに気合い入れなくても大丈夫だ。逃げられることはないんだから」

美晴たちは百合根邸の敷地内にある離れにいた。今、美晴の前には四つのモニターが並んでいる。て、地下室の様子がリアルタイムで映っている。この離れには地下室があり、そこを改造して監禁場所としているのだ。中央には簡単な応接セット。その奥にあるベッドに桐谷英俊は横たわっている。ここに運び入れてから三十分ほど経過したが、よほど睡眠薬が効いているのか、彼はいっこうに目を覚ます気配がない。常夜灯の淡い光の中、ベッドの上で英俊は眠っていた。

「もしかして死んじゃったとか？」

「まさか。睡眠薬の量的にそろそろ目を覚ましていい頃なんだが」

千秋はまだ帰ってきていない。ここに英俊を運び込んだあと、貝沼コーチの身柄を別の場所に運んでいったのだ。都内のどこかに置き去りにするつもりらしい。

「お、目を覚ましたみたいだぞ」

吉乃の声を聞き、美晴はモニターを凝視する。ベッドの上で英俊が体を起こしたのがわかる。吉乃が手元のスイッチを操作すると、監禁室の蛍光灯が明るくなった。すべてこちら側で遠隔操作できる仕組みになっている。

英俊が立ち上がった。自分の置かれた状況に戸惑っているのは明らかだった。モニター越しに彼の様子を見守る。生まれたばかりの仔馬(こうま)を見ているような心境だ。

恐る恐るといった感じで英俊は部屋の中を歩いている。そしてそれに気づいたようだった。部屋の四隅に仕掛けられた監視カメラ。そのうちの一つを見上げていた。子供にしては落ち着いている。私だったらこの段階で泣き出しているかもしれないが、彼には周囲を観察するだけの余裕がある。

英俊は部屋の中央に向かった。テーブルの上に置かれたタブレット端末に気づき、それを手にとった。画面には付箋が貼ってあり、そこには『君の誕生日』と記されている。意味を理解したらしく、英俊は自分の誕生日を入力して、タブレット端末のロックを解除した。それを見た吉乃が「合格だ」と短く言った。

英俊が手にするタブレット端末は基本的に外部とは通信できないように制御されている。ただし、こちら側からはチャット方式でメッセージを送れる。吉乃がキーボードで文字を入力した。

『ハロー。桐谷英俊君』

英俊は画面に視線を落としている。吉乃はさらに入力した。

『お目覚めはどうだい？』

英俊は振り返り、こちら――美晴が見ているモニターと繋(つな)がっている監視カメラの方に向かって歩いてくる。監視カメラを見上げる形で立ち止まり、はっきりとした口調でこう言った。

「僕は誘拐されたってこと？」

『正解だ。君は誘拐されたんだ。残念ながら』

彼は肩をすくめる。自分が置かれた状況を悲しんでいるようだが、さほど悲愴感はない。英俊は口を開いた。

「要求は何？　僕はいつまでここにいればいいの？」

吉乃は素早くキーボードを打つ。しかし長文だったせいか、向こう側に届くまで一定の時間がかかってしまう。

『悪いがその質問には答えられない。状況は刻一刻と変化している。三日後に解放されるかもしれないし、一年後かもしれない。まずはここでの生活について説明する。食事については一日三回、朝昼晩に出す。今、君がいる場所から見て、左側の壁にスライド式の窓がある』

英俊が左側の壁に向かい、スライド式の窓を開けた。そこは棚になっていて、中にはペットボトルの水が一本、置かれている。英俊はそれを手にとった。

『食事はそこに置かれる。飲料についてはいつでも提供できる。足りなくなったら言ってくれ。着替えについても同様だ。一日一回、そこに衣服を提供するので、着替えたら脱いだものはそこに置くように。次は逆、右側にあるドアを開けてみてほしい』

英俊はペットボトル片手に逆側のドアに向かう。そこはトイレ付きのユニットバスで、シャンプーやボディソープなども完備されている。ユニットバス内に監視カメラは仕掛けられていなかった。

『見ての通り、トイレとユニットバスだ。中央のテレビのある場所まで戻ってほしい。テレビ台のキャビネットを開けるんだ』

吉乃の指示に従って英俊は動く。キャビネットの中にゲーム機が入っている。Nintendo Switch

だ。その隣には新品のソフトがいくつか、重ねられているはずだ。さらにその隣には数冊の本が置いてある。

『教科書を用意した。君が小学校で使用しているのと同じものだ。それといくつかのドリル、参考書も用意させてもらった。基本的に毎日午前中は勉強してもらう。場合によっては私が家庭教師を務めてやってもいいが、まあ、そのあたりについては今後検討するとしよう』

英俊は教科書などを出し、テーブルの上に置いた。誘拐した人質に勉強をやらせる。それは百合根の方針らしい。誘拐されている間に学力が落ちるようなことはあってはならない、のだそうだ。

『外部と連絡をとることはできない。テレビやそのタブレット端末やゲーム機もネットには繫がっていないからね。勉強して、ゲームで遊んで、ぐっすり眠る。君にできるのはそれだけだ』

英俊は一つ一つ、吟味するかのようにゲームソフトのパッケージを見ている。

『何か質問はあるか？』

しばらく思案したのち、英俊は監視カメラに向かって訊いてきた。

「貝沼コーチは無事なんですか？」

『彼は無事だ。ほかに質問は？』

迷ったような素振りを見せた英俊だったが、小さく首を振った。

「特にありません」

『夕飯を用意する。何か食べたいものはあるか？』

一瞬悩み、英俊は答える。

「じゃあカレーライスを」

『わかった。しばらく待て』

こうして人質との最初の対話は終了した。

「ふう。思っていた以上に頭のいい子みたいだね。動揺している様子もない。精神年齢は十五歳くらいじゃないかな」

大きく息を吐きながら染井吉乃が背もたれに体を預けた。美晴はモニターに目を向けた。英俊はソファーに座り、ゲームを始めようと配線などをセットしている。やがて少年はコントローラー片手にテレビの前に移動した。この状況でゲームをやろうとするその落ちつきぶりに驚かざるを得ない。

「でも大変だよね。朝までずっと見張っているんでしょう?」

美晴が訊くと、椅子の上で伸びをしながら吉乃が答える。

「最近の監視カメラ、結構優秀なんだよね。センサーが動きに反応して警告音が鳴る仕組みになってんの。だから多少居眠りしても平気かな」

この先、二十四時間態勢で桐谷英俊を見張ることになる。すでに向こう一週間の当番表もできており、その中に美晴の名前も入っていた。経験不足を考慮されたのか、昼間の当番が多く割り当てられていた。最初の当番は明日の午前だ。

「あ、千秋にカレーを買ってきてもらおうか。そろそろ着く頃じゃないか」

そう言って吉乃がスマートフォンを出した。美晴はモニターを見る。桐谷英俊はゲームをして遊んでいる。それにしても、と美晴は思わずにいられない。この子は内閣総理大臣の孫なのだ。こんな簡単に誘拐できてしまっていいものなのか。

「ここまでは簡単だ」まるで美晴の心を見透かしたように吉乃が言った。「総理の孫だろうが、大企業の御曹司だろうが、連れ去るのは簡単。これがアメリカの大統領とか、コロンビアの麻薬カルテルのボスの息子とかだったら話は別だけどね。それだけ日本という国は危機管理がなっていないんだ。はっきり言ってザルだよ、ザル」

何となく理解できる。自分が犯罪に巻き込まれることはない。そんな安心感があるのは事実だ。その安心感は国のトップの身内にまで及んでいるというわけだ。

「問題はここから。要求を突きつけ、金品もしくはそれに準ずるものを受けとる。それが一番の難関なんだ。身代金目的の誘拐事件の成功率が低いのもそれが原因だね」

身代金の受け渡し問題だ。現金を回収するためには必ず生身の人間がその場に行かなければならない。警察側にとっては犯人を逮捕する絶好の機会だ。

総理とその家族に対してどんな要求を突きつけるのか、まだ美晴は知らない。吉乃たちも知らされていないようだった。すべては百合根剛の思惑次第だ。美晴たちに一人一億円の成功報酬が約束されていることから、最低でも三億円以上の身代金を要求するはずだ。十億、いや五十億？総理の孫にどれだけの価値があるのか、美晴には見当もつかなかった。

それから十五分ほど経った頃、来客を知らせるインターホンが鳴り、スピーカーを通じて千秋の声が聞こえた。

「私だ。ただいま戻りました」

しばらくしてドアが開き、鮫島千秋が姿を見せた。タクシー運転手の制服を着たままだ。手には白いビニール袋を持っている。カレーライスを購入してきたのだ。

「美晴、お前も来い。飯出しの方法をお前にも覚えてもらわないとな」

「あ、はい」

千秋と一緒にいったん外に出て、地下へ続く階段を下りた。一枚のドアがあり、それには鍵がかかっている。監禁室に入る唯一のドアだ。ドアの隣にスライド式の窓があるが、そこもクレセント錠でロックされている。千秋がロックを解除し、中の棚にカレーの容器を袋ごと置いた。

「こうするんだ。絶対に鍵をかけ忘れるなよ」

千秋がクレセント錠を再びかけた。この地下室の改造や一階にあるモニタールーム──吉乃たちは司令室と呼んでいる──の設備類など、かなりの金がかかっているのは想像がついた。それにこの地下室はそもそも何なのか。階段を上りながら前を歩く千秋に訊くと、地上に出たところで説明してくれる。

「百合根先生、いや、三蔵法師には娘さんが一人いる。彼は娘さんのことを溺愛していてね。この地下室も娘さんがバイオリンを思い切り演奏するために作られたものだし、私たちが寝泊まりしているゲストハウスも結婚した娘さん夫婦が住むために建てられたと聞いている」

「今、娘さんはどこに？」

「二度目に結婚したお相手がオーストリア国籍のチェロ奏者で、ウィーンに住んでいるみたいだ。日本に帰国する予定はないって話だ」

再び司令室に戻る。それを見た吉乃がパソコンのキーボードを操り、監禁室の中にいる男の子に向かってメッセージを送る。それに気づいた彼が立ち上がり、飯出し窓からカレーの入った袋をとった。

「一人で食べるのは淋しいかもしれないけど、当分の間は我慢してもらうしかないね」

独り言のように吉乃が言ったので、美晴はモニターに目を向けた。中央のテーブルで桐谷英俊が一人カレーライスを食べている。その背中はやけに小さく見えた。

六月二十七日(木)　2

最高の眺めだ。桐谷俊一郎は緩やかな膨らみに目を奪われている。下着の色は紫。E、いやFカップくらいはありそうだ。

女は今、常連客にＬＩＮＥをすると言い、手元のスマートフォンに集中していた。俊一郎は無防備となった女の胸元をチラ見している。いや、チラ見というよりガン見に近い。

「お客様、お肉の焼き加減はいかがいたしましょうか？」

その言葉で我に返る。背後に黒い制服を着た店の従業員が立っていた。何だよ、邪魔しやがって。不快になったが、それを悟られぬように俊一郎は言った。

「俺はミディアムでお願い。エリリンは？」

Ｆカップ美乳を持つ女、エリがスマートフォンを裏返して置きながら答えた。

「私はミディアムレアで」

「かしこまりました」

従業員が去っていく。ここは銀座にある高級鉄板焼き店だ。隣に座るエリは銀座のクラブで働くホステスで、ここで食事を終えたら彼女が働く店、〈クラブラキシス〉に向かうことになっていた。いわゆる同伴というやつだ。

　エリと出会ったのは半年ほど前。地方から上京した某県の民自党県連幹部を接待する形でクラブラキシスに行き、そこで彼女を見初めた。元ＣＡで、コロナ禍で航空会社を辞めて銀座で働き始めたという話だった。すれていない感じに好感を持った。七、八回ほど個人的に店に通い、ようやく同伴することに相成った。

「そういえば英俊君、サッカー始めたの？」

　ワイングラス片手にエリが訊いてくる。彼女が飲んでいるのは一杯五千円のムルソーだ。

「うん、先々週からね。サッカーじゃなくてフットサル。あいつ、結構運動神経いいみたい」

　エリとの会話でよく英俊の話題が出る。彼女は子供好きで、保育士を目指していたこともあるらしく、英俊の話を聞きたがるのだ。

「英俊君、一人っ子だよね。二人目を作る気はないの？」

「今のところはないね」

　妻との関係はさほど悪くないが、以前のような恋人同士というより、英俊という息子を介したビジネスパートナーに近い関係だ。実際、社交的な美沙はパーティーなどでも桐谷家の嫁として上手に立ち回っている。

「エリリン、来週の週末って何してる？」

「来週？　特に決まってないけど」

「よかったら俺と箱根でも行かない？　ほら、前にも言ったろ。商社時代に世話になってた人が箱根の旅館をプロデュースしてね。優待券を持ってるんだ」

今、店のカウンター席は俊一郎たちによく似たカップルが大半を占めている。同伴出勤前のホステスとその客という組み合わせだ。男の方は企業の重役や経営者、医師や弁護士といったステイタスだろう。女たちもそれなりに綺麗だが、今日のこの面子の中ではエリが群を抜いている。美貌でも、若さでも、胸の大きさでも。

「箱根かあ。その宿ってサウナある？」

「どうだったかな」

とにかく今夜、箱根行きの約束をとりつける。それが俊一郎の目標だった。そして来週、箱根の温泉宿の貸し切り風呂に二人で入り、彼女のＦカップを拝んでやるのだ。

「ちょっと調べてみるよ」

俊一郎はポケットの中からスマートフォンを出し、電源をオンにした。やがて起動した画面を見て驚く。何と美沙からメッセージが入りまくっているではないか。少し体をずらし、エリに背中を向ける形でＬＩＮＥを開く。

最初に入っていたメッセージは二時間半前の午後五時三十分のこと。『英俊がいなくなった。どうしよう？』という内容だった。それから立て続けに不在着信が入っており、午後六時の段階で『英俊、誘拐されたかも』という物騒なメッセージが届いていた。さらにそこから五月雨のように不在着信が入っている。

不穏な内容だ。無視できるものではない。「エリリン、ちょっとごめんね」と断ってから俊一郎は席を立ち、少し離れた通路に向かい、そこで電話をかけた。すぐに繋がって、絶叫に近いヒステリックな美沙の声が聞こえてくる。

「あなたっ、この非常時にどこにいるのよっ。何度電話したと思ってんのっ」

「ごめんごめん」と俊一郎は謝る。ごめん、が妻に対する挨拶の一つになっている。「ずっと打ち合わせをしてたんだ」

五時に三越前(みつこしまえ)でエリと待ち合わせをして、シャネルやグッチなどのブランド店を回り、一時間前にこの店に入った。エリといる時間を邪魔されたくなくて電源を切っていた、とは絶対に言えない。

「で、どういうことだよ。英俊が誘拐されたなんて嘘(うそ)だよな」

「まだそうと決まったわけじゃない。でもその可能性が高いわ」

冗談を言っているような感じではない。チラリとカウンター席の方を見る。エリはワイングラスを傾けている。俊一郎は壁に身を寄せた。

「詳しく教えてくれ」

「今日、英俊はフットサル教室の日だったの。その途中、フットサル教室の事務局に電話がかかってきたんだって。総理の秘書を名乗る女はこう言ったそうよ」

桐谷総理が体調を崩して病院に搬送されたため、お孫さんの英俊君もすぐに病院に来てほしい。ついてはタクシーを一台用意するので、それに乗せるように、と。

「ちょっと待て。親父が倒れたって本当なのか？」

「倒れてないって。ピンピンしてるわよ。だから心配なんじゃない」

「英俊とは連絡とれないのか？」

　一応英俊にはキッズ携帯を持たせている。電話の向こうで美沙が言った。

「フットサル教室の間は私が持ってるの」

「携帯の意味がないだろ、それじゃ」

「だったら何？　首から携帯ぶら下げてフットサルやらせればいいの？　そんなサッカー選手いる？　私が知ってる限りそんなJリーガー一人もいないわよっ」

　話が横道に逸れたのを感じ、俊一郎は軌道修正した。

「で、どうなったんだ？　警察には知らせたのか？」

「韮沢さんに相談したら、すぐに警察に通報すべきだって言って、彼が麹町署に通報してくれた」

　韮沢というのは父の秘書の一人だ。五十人以上いる父の秘書の中で、番頭格の秘書だ。俊一郎も公私ともに世話になっている。

「極秘で捜索が始まってるわ。お義父さんの耳にも入ったみたいで、警視庁にも話をしてくれたって」

　思っていた以上に大事だったので驚く。呑気にクラブに同伴している余裕などなさそうだ。ただ、誘拐なんて何かの間違いに決まっている、と俊一郎自身は内心思っていた。だって英俊は総理の孫なんだぞ。総理の孫を誘拐するなんて国家権力に楯突くようなものではないか。そんな酔狂な人間がいるわけない。

「わかった。すぐに戻る。待っててくれ」

美沙が何やら喚いていたが、構わずに俊一郎は電話を切った。そしてカウンターに向かい、自分のワイングラスを手にとった。残っていたムルソーを一息で飲み干し、エリの肩に手を置いた。

「すまない、エリリン。仕事の都合で同伴は難しくなった」

「えー、楽しみにしてたのに」

「本当にごめん。この埋め合わせは必ずするから」俊一郎は指を鳴らして従業員を呼んだ。「こちらの女性に濃い赤を、そうだな、カリフォルニアあたりのカベソーを一杯出してやってくれ。それからお会計を」

「かしこまりました」

俊一郎が立っているせいか、エリの胸の谷間を見下ろせる。ずっと見ていたい絶景だったが、踏ん切りをつけて俊一郎は言った。

「じゃあね、エリリン。また連絡する」

カウンターの向こう側でコックが二枚の分厚いフィレ肉を鉄板の上に置いた。ジュッと煙が立ち上り、肉の焼ける匂いが漂ってくる。あの肉、俺たちのかもしれないな。後ろ髪を引かれつつも俊一郎はその場をあとにする。カードで支払ってから外に出た。

銀座では平日夜十時以降、所定の乗り場以外でタクシーを拾うことができない。銀座ルールというやつだが、まだ夜の八時過ぎ。早い時間で助かった。俊一郎はみゆき通りでタクシーを拾った。自宅の番地を告げたところで手に持っていたスマートフォンが震え出した。相手は非通知だった。非通知の着信は無視することにしているのだが、胸騒ぎがしたので電話に応じた。

「もしもし」

「桐谷俊一郎さんですね」

その声は機械的に加工されていた。ボイスチェンジャーというやつだ。おそらくこいつは――。

「え、ええ。桐谷ですが」

平静を装ったつもりだが、声が裏返ってしまった。咳払い（せきばら）をして俊一郎は続ける。うまく舌が回らない。

「ど、ど、どういったご用件でしょうか？」

「息子さんの件です。すでにお察しかもしれませんが、あなたの息子さん、桐谷英俊君を預かっています。まずはご挨拶をと思い、お電話させていただきました」

俊一郎は言葉に詰まる。息子を誘拐した犯人だと名乗る者に対し、何て言えばいいのだろうか。息子を返せ、と叫んでも、そう簡単に返してくれるはずがない。とりあえず出てきた言葉がこれだった。

「息子は……無事なんだろうな」

どうして俺の携帯番号を知っているのか、という疑問が浮かんだが、俊一郎はパーティーなどで名刺を配りまくっている。今年だけで何百枚もの名刺を配っており、そのうちの一枚が犯人の手に渡っても不思議はないのかもしれない。

「もちろん。息子さんに危害を加えるつもりはございません。明朝八時、また電話をかけさせていただきます。よろしくお願いします」

電話は一方的に切れる。俊一郎は流れていく窓の景色に目をやる。息子が、総理の孫が誘拐された。これからいったいどうなってしまうのか。いきなり自分が戦場の真っ只中（まっただなか）に放り込まれたような感覚。

もしかしたら俺、来週エリリンと箱根行けないかもしれないな、と俊一郎は漠然と思った。

六月二十七日(木) 3

「虎、よかった。まだ帰ってなかったんだな」

午後八時半。猪狩虎之は官邸記者クラブの自席で夕刊各紙に目を通していた。そろそろ帰ろうかと思っていた矢先、大きな足音を鳴らして部屋に入ってきたのは大京テレビの官邸キャップの藤森だった。

「こっちですか?」

猪狩は右手で酒を飲む仕草を見せる。てっきり飲みの誘いと思ったが、藤森は表情を崩すことなく、首をクイッと振って記者クラブから出ていく。いったい何だ? 猪狩はスマートフォンと手帳だけ持ち、藤森を追いかけた。

藤森が向かった先は官邸三階にあるエントランスホールだった。天井の高いエントランスホールは薄暗く、人の気配がなかった。総理の出・退邸時には多くの記者でひしめき合う場所だ。すでに桐谷総理が退邸したことは猪狩も知っていた。

柱の陰から一人の男が顔を覗かせる。梅野(うめの)という大京テレビの若手記者だ。彼は総理の日々の動向を取材する、総理番なる記者だった。体力が必要となることから、どの社も総理番には若手を起用することが多い。梅野も大京テレビの官邸チームの中では一番の若手だった。

「どうしたんですか？」

官邸キャップと総理番。その組み合わせに不穏な匂いを感じつつ、猪狩は訊いた。答えたのは藤森だった。

「総理が夜の予定を丸ごとぶっちぎったらしい。他社も騒ぎ出している。梅野、説明しろ」

「はい」と梅野が答え、スマートフォンを出した。そこには一枚の画像が表示されている。今日一日の総理のスケジュールだ。出邸の時刻から閣議や来客の予定、参加する会議等々、総理が一日にこなす日程が書き込まれている。このスケジュールは前日の夕方、官邸の報道室がここエントランスホールに貼り出すことになっている。

「これが総理の今日の予定です」

夕方十六時以降のスケジュールは次のようになっていた。

16：00　アメリカ下院エネルギー・商業委員会のケイン議員らの表敬訪問。
16：30　広島県知事・広島市長から新規ダム建設等の治水政策に関する要望書受け取り。
17：00　鴨居(かもい)幹事長らと面談。
18：00　千代田区のロイヤルリーガホテルにて、岩田勝元(いわたかつもと)日本経団連会長の旭日大綬章(きょくじつだいじゅしょう)受章記念祝賀会に出席。
19：00　赤坂にて、安藤(あんどう)厚生労働大臣、友近(ともちか)日本医師会会長と会食。

「異変が起きたのは十七時からの鴨居幹事長との面談終了直後でした。総理が退邸するかもしれない。そんな噂が流れたんです。慌てて僕もここに来ました。すると総理一行がここを通って官邸から出ていったんです。我々の問いかけにも一切応じずに」

総理はその後、隣接している首相公邸に入ったという。そして夜の予定を消化することなく、今も首相公邸にとどまっている。

「おかしいだろ」藤森が腕を組んだ。「厚労大臣や医師会の会長との会食はともかくとして、岩田さんの祝賀会をキャンセルするなんて、よほどの何かが起きたってことだ」

岩田経団連会長は経済界の重鎮であり、政界にも多大な影響を及ぼす大人物だ。しかも旭日大綬章は旭日章の最高位であり、その受章の祝賀会に総理が出席しない理由となると、たとえば某国がミサイルを発射したとか、災害・危機管理上の理由くらいしか思い浮かばない。

「地震などの災害が起きたってニュースも入っていない。だからどいつもこいつも首捻ってんだよ。なぜ総理が夜の予定をドタキャンしたのかってな」

たしかに妙だ。猪狩が憶えている限りでは、桐谷政権が発足して以降、災害・危機対策以外の理由で総理が予定を変更したことは一度もない。

「健康上の理由は考えられませんか？」

猪狩がそう発言すると、総理番の梅野が答えた。

「元気そうでしたけどね。昼過ぎにフラダンスの国際大会で優勝したチームが表敬訪問したんですけど、メッチャ嬉しそうに記念撮影してました」

梅野がその写真を見せてくれる。女性フラダンサーたちに囲まれ、桐谷総理は満面に笑みを浮かべていた。

「ちなみに総理ですが、先々月に人間ドックを受診したようです。異常なしだったんじゃないかって僕たちは読んでます。もし何らかの異常があったらかかりつけ医のいる虎ノ門記念病院に行くはずですから」

「謎は深まるばかりだな」藤森が言った。しかし悩んでいるというより、この状況を楽しんでいるようでもある。「総理がなぜ夜の予定をキャンセルして公邸に引き揚げたのか。その理由を突き止めるぞ。虎、唐松官房長官に当たってくれ」

「わかりました」

「面白くなってきやがった。きっと何かあるぜ。こういうときの俺の勘、外れないんだよ」

元ラガーマンの官邸キャップは笑みを浮かべた。二人と別れ、猪狩は一人になった。エントランスホールには誰もいない。静寂の中、スマートフォンを出して唐松官房長官に電話をかけた。留守電に切り替わった。メッセージを吹き込もうとしたところで唐松の声が聞こえてくる。

「はい。唐松だけど」

「お疲れ様です。猪狩です」

「虎ちゃん、もしかして総理のこと？」

こちらから切り出す前に唐松が訊いてきた。これ幸いと猪狩は先を急ぐ。

「総理が夜の予定をキャンセルして公邸に入ったようです。マスコミも騒ぎ始めています。長官、何かご存じありませんか？」

「さっきから俺のところに問い合わせが来てるんだけど、何も知らないんだよね。あれこれ探らせてはいるけどさ」

「そうですか。ところで長官は今どこに？」

「赤坂の〈粋(すい)〉。総理の代理で厚労大臣たちと飯食ってる。二人とも煙草(タバコ)吸いに行ってるよ。厚労大臣と医師会の会長がヘビースモーカーだなんて、国民の信を得られないわな」

唐松が皮肉めいた冗談を飛ばす。日本料理屋〈粋〉は総理が会食でよく利用する店だ。店の喫煙室に行けば政治家に会えるともっぱらの噂だった。

「長官、何かわかったら僕に教えてもらえませんか？　夜中だろうが構いませんので」

「おっ、虎ちゃん。やる気だね」

藤森に発破をかけられたこともあり、このネタを摑んでやろうという気になっていた。唐松官房長官に一番近い今のポジションを利用すれば、少なくとも大きな後れをとることはない。そんな打算もあった。

「あ、二人が帰ってきた。じゃあ虎ちゃん、何かわかったら電話するよ」

電話が切れた。エレベーターに乗って記者クラブに戻る。まだ室内には各新聞社・テレビ局の記者連中が残っている。椅子にふんぞり返って競馬新聞を読んでいるA新聞の記者。カップ麵を啜りながらスマートフォンを見ているBテレビの官邸キャップ。過ごし方はそれぞれだが、水面下では誰もが必死にアンテナを張り、情報収集に明け暮れているものと思われた。

猪狩の脳裏に浮かんだのはスタート直後のマラソンだった。今はまだ団子状態だ。誰が最初に抜け出すか。ランナーたちも互いに牽制(けんせい)し合っている。

猪狩は身支度を整えた。自宅に帰るためだ。寝られるうちに寝ておいた方がいい。長年の勘がそう告げていた。

猪狩は高校時代、野球部に所属していた。野球を始めたのは小学生のときで、主に外野を守っていた。猪狩が通っていた高校は進学校であり、さほどスポーツに力を入れているわけではなかったが、それでも野球部は毎日遅くまで汗を流し、夏の大会の上位進出を目指していた。

猪狩と同じ代にＡという野球部員がいた。親が医師で、自身も頭がよくて医学部志望。野球の才能も申し分ないのだが、性格が最悪だった。一言で言ってしまえば自分勝手な男であった。練習も休みがちで、たまに来たかと思ったら、フリーバッティング以外は女子マネージャーと雑談していたりと、どうしようもない男だった。それでも親がＯＢ会の会長であるため、監督も無下に扱うわけにはいかず、レギュラーが保証されていた。

迎えた三年の夏。埼玉県予選の一回戦で、猪狩たちは僅差の末に敗退した。敗因は数あれど、二度のバントのサインを無視したＡは最大の戦犯だと言えた。噂によるとＡは「その試合で二塁打以上を打ったらデートしてもよい」と女子マネジャーから言われていたそうで、全打席で長打を狙っていたというのだ。しかもＡは逆転負けに繋がる後逸もしていた。守備練習をまともにやろうとせず、準備不足は明らかだった。試合後、ベンチの雰囲気は最悪だったが、Ａだけはどこ吹く風、女子マネージャーをからかっている始末だった。

初戦敗退してから半月ほど経った頃、友人たちと夏祭りに行った帰り道、コンビニの前でガラの悪い連中を見かけた。十代の男たちがたむろし、しゃがみこんで煙草を吸うという、当時お馴染みの光景。その中に猪狩は見知った顔を見つけた。Ａだった。

猪狩は持っていた折り畳み式の携帯電話でＡの姿を撮影した。咄嗟に撮影した割にはよく撮れていて、彼が煙草を吸っている姿がバッチリ写っていた。

問題はこの写真の使い道だった。匿名で学校に送りつけるという方法もあったが、もっと効果的に使えないかとあれこれ思案した。そして思いついたのが壁新聞への掲載だった。

数ヵ月に一度、職員室前に貼り出される壁新聞。記事を作成しているのは新聞部員たちだった。猪狩は自分で記事を書き、印刷した写真もレイアウトした。Aに目線を入れるのも忘れなかった。記事はなかなかの出来栄えだった。

その日、猪狩は一人、学校のトイレに隠れ、誰もいなくなるのを待った。そして夜になり、用意しておいた記事を貼り出されたばかりの壁新聞の隅に貼りつけた。九月号の記事の大半は夏休み中におこなわれた各運動部の大会結果だった。当然、野球部の初戦敗退の記事もあった。

その夜は興奮して眠れなかった。まるで爆弾を投下したような、屈折した快感を覚えた。ベッドに横になり、夜が明けるのを待った。

爆弾の反響は凄まじかった。登校するとその話題で持ち切りだった。学校側も記事の内容に反応し、Aは職員室に呼び出されて事情を訊かれた。壁新聞により全校に知られてしまったため、いくら親がOB会会長といえども見過ごすわけにもいかなくなったのだ。Aには十日間の停学処分が下された。

あの記事を書いたのは誰なのか。校内でも騒がれたが、結局猪狩の仕業であるとバレることはなかった。野球部員たちも言葉には出さねど、各自、溜飲が下がる思いを抱いているのは明らかだった。猪狩も気持ちがよかった。ペンは剣よりも強し。そう実感した。

このときの一連の出来事が影響したのかもしれない。大学に進学した猪狩は、将来の就職先としてマスコミを志望するようになった。そしてテレビ局、新聞社、出版社を中心に就職活動を展開し、最終的に大京テレビへの就職が決まった。最初の三年ほど営業畑にいたが、異動で報道局に配属され、以降は報道一筋だ。

政治部の前は社会部だった。主に刑事事件を担当していた猪狩は、多くの凶悪事件を取材した。しかし、どれだけニュースの原稿を書いても、高校三年の夏に体験した、あの屈折した快感を超えるものには出会えていない。いつか日本中がひっくり返るようなスクープを報じてみたい。それが猪狩の悲願だった。

六月二十七日(木)　4

「ええと、たしか……息子さんに乱暴することはありません、いや違うな、危害を加えることはありません、だったかな」

俊一郎は首相公邸の一室において、警視庁幹部から事情聴取を受けている。首相公邸というのは首相官邸に隣接した場所にある、総理が日常生活をおこなう住まいのことだ。以前は官邸だった建物を曳家(ひきや)・改修したものであることから、旧官邸とも呼ばれている。

「桐谷さん、できるだけ正確にお願いします。一字一句、記憶を辿って思い出してください。ディテールが大事なんですよ、ディテールが」

俊一郎に対して事情聴取をおこなっているのは二名の私服警察官だ。現在、英俊が誘拐された件は超極秘扱いになっており、警視庁でも一部の者にしか伝えられていない。警視庁の幹部数人が公邸に入り、初動捜査をおこなっているようだ。さきほど事情聴取を受ける前の自己紹介によると、一人は警視庁警備部長で、もう一人は警視庁刑事部長だ。二人とも強面で、夜道で会いたくないタイプの男だった。

「会食の途中で奥様からのＬＩＮＥに気づいたんですよね？　会食のお相手はどなたですか？」

まさか銀座のホステスと鉄板焼きを食べていたとは言えない。俊一郎は適当に誤魔化した。

「後援会の関係者ですよ。名前を出すほどの人でもないっていうか……」

「お名前を教えてください。できれば連絡先も」

「名前、何だったかな。ちょっと待ってくれ、頭が混乱していて」

今頃、美沙も別室で事情を訊かれているはずだ。ここ首相公邸に入るまでにも厳戒態勢が敷かれていた。フルスモークのハイヤーが用意され、車から降りた途端にＳＰらしき男たちに囲まれた。とにかくマスコミに情報が洩れぬよう、徹底した配慮がなされているのは明らかだ。

「ではもう一度時系列で整理しましょうか。その方が桐谷さんも思い出すかもしれない」

さきほどまで美沙と延々と話していたので、俊一郎は今日起こった出来事を大体把握している。

それらは次の通りだった。

16：00　フットサル教室始まる。美沙は所用のため席を外す。
17：00　フットサル教室事務局に電話が入る。総理が倒れた旨が伝えられる。
17：10　英俊、貝沼コーチとともにタクシーに乗る。
17：15　美沙、フットサル教室に戻り、英俊の不在に気づく。事務局から説明を受ける。すぐに総理の秘書（韮沢）に電話。総理が健在であると知る。俊一郎にＬＩＮＥ、電話。以降、幾度となく繰り返すが、繋がらず。
17：45　美沙、韮沢ら総理側近と合流する。事態を重く見て、麹町署に相談することに。総理にも報告される。総理、以降の予定をすべてキャンセルすることを決断。
17：50　総理、公邸に入る。
18：40　警視庁幹部で構成された捜査チームが公邸に到着。
20：00　俊一郎、妻からのＬＩＮＥに気づく。電話で詳細を確認。銀座でタクシーに乗る。
20：05　タクシー車内において犯人から最初の着電。

「何か思い出したことがあったら教えてください。我々はずっと公邸内に待機しておりますので」

三十分後、ようやく解放されて部屋を出た。首相公邸には秘書業務の関係で何度も足を運んだことがあるので、内部の造りも頭に入っている。俊一郎は寝室に向かった。しばらくすると美沙が入ってきた。彼女は疲れ切った顔をしており、そのままベッドの上に横になった。一分も経たないうちに啜り泣く声が聞こえてくる。

自分が目を離した隙に息子が誘拐された。その責任を感じているに違いなかった。英俊が習い事をしている間、美沙が買い物やエステで時間を潰しているのは俊一郎も薄々勘づいていたが、それを責める気にはなれなかった。英俊のことはすべて妻に任せきりになっている。その現状に対して俊一郎も忸怩（じくじ）たる思いがあった。

三年前まで俊一郎たちはごく普通の家族だった。休みの日には公園に行くのが日課だった。俊一郎は英俊とサッカーボールを蹴り合い、少し離れたところにあるベンチで美沙が微笑ましく眺めていた。公園で遊んだあとはレジャーシートを広げて三人で美沙が作った弁当を食べた。どこにでもいるような、ありふれた家族だった。ところが三年前に――。

父、桐谷俊策が内閣総理大臣に就任した。父の私設秘書となって以降、毎晩のように会合やパーティーに参加し、クラブに行けば可愛いホステスが向こうから寄ってきた。まさに薔薇色の人生。

美沙は今まで以上に英俊の教育に力を入れるようになった。来る中学受験に向け、まるで自分が受験するかのような勢いで、英俊のスケジュール管理に夢中になった。おそらく美沙の目に映る英俊とは俊一郎の息子ではなく、総理の孫であるのは明らかだった。

息子が誘拐された。通常であれば居ても立っても居られないのが親というものだろう。どうやったら息子を救えるか、自分にできることは何なのか。あれこれ試行錯誤し、一喜一憂するのが親の姿だ。だが、英俊は普通の子供ではない。自分の力など及ばないところで、あれこれと話は進んでいってしまう。だから俊一郎は達観している。達観しているというより、諦めている。自分にできることなど何一つない、と。

ドアがノックされる音が聞こえた。美沙が起き上がるのを待ってから、「どうぞ」と返事をした。「失礼します」という声とともにドアが開き、部屋に入ってきたのは秘書の韮沢だ。

「お耳に入れておきたいことが」と韮沢は前置きして話し出した。「フットサル教室の貝沼コーチが見つかりました。都内で無事に保護されたそうです」

「英俊は、英俊は見つかったんですか？」

すがるような視線を向けた美沙に対し、韮沢は首を横に振る。

「残念ながら英俊君の姿はなかったそうです」

美沙がガックリと肩を落とした。俊一郎は韮沢に訊いた。

「どこで見つかったんですか？　その貝沼ってコーチが犯人側と繋がっているってことは考えられませんか？」

「貝沼コーチが発見されたのは渋谷区内の公園です。タクシーの運転手からもらったドリンクに睡眠薬が入っていたのではないかと、貝沼コーチは言っているそうです」

「だったらその運転手が犯人側の一味ってことですよね？　どんな奴なんですか？　手がかりみたいなものはないんですか？」

「警察が捜査をしています。詳しいことがわかり次第、また報告に上がります。下にお食事を用意しています。簡単なものではございますが、今お二人に倒れられてしまっては大変です。できればお召し上がりください」

韮沢が部屋から出ていった。美沙は再びベッドの上に横になってしまう。食欲はまったくなかったが、美沙の分の軽食をここに運んでこようと思い、俊一郎は部屋から出た。赤い絨毯（じゅうたん）が敷かれた廊下を歩く。英俊は何か食べただろうか。ふとそんな思いが脳裏をよぎった。

六月二十八日(金)　1

日付が変わった深夜一時、猪狩は港区赤坂にあるワインバーに入店した。この店は衆議院の赤坂議員宿舎から徒歩で五分の場所にあるため、緊急の打ち合わせなどに利用されることで知られていた。一応猪狩は店内に目を走らせた。そろそろ閉店時間を迎えるせいか、客の姿は少なかった。政治家もしくは政治関係者らしき者の姿はない。

「虎ちゃん、遅くに悪いね」

地下にある個室に案内されると、唐松がそう言って手を上げた。すでに飲んでいるようだ。大ぶりのグラスには赤い液体が入っている。

「飲むだろ?」

「いただきます」

唐松自らワインをグラスに注いでくれる。一口飲んだ。驚くほどに旨かった。ワインにそこまで詳しくないが、ボルドーあたりの高級ワインであることは想像がついた。

唐松は生ハムを口に運び、流し込むようにワインを飲んでいる。猪狩は辛抱強く待った。唐松との対話にルールはないが、積極的に質問されるのを唐松はあまり好まない。

「この調子で温暖化が続いて地球の平均気温が上がっていくと、二十年後には本州の真ん中あたりだとワイン用のブドウを作るのも難しくなってくるかもしれないよね」

「考えられますね、十分に」

「だろ？　となると北海道しかないと俺は思うわけ。今のうちに山梨や長野のワイナリーを北海道に移転させるべきなんだよ。北海道の知事とは何度か話した。向こうも大乗り気になってる。問題は引っこ抜かれる方だよね。特産品を作ってるワイナリーがなくなっちゃうわけだから」

　唐松は夢を語るだけの政治家ではない。夢を実現させる実務家でもある。市議会議員時代から市民の声に耳を傾け、市政に反映させてきた男だ。官房長官に就任してからも、さまざまな改革を推し進めてきた。だから前総理からは全幅の信頼を寄せられていたし、現総理に変わってからも官房長官を続投しているのだ。

「やっぱり補助金が基本線になるのかな。もしくは北海道内の企業を本州側に移転させて、トレード成立って手もあるけどね」

　グラスを傾けながら唐松は滔々（とうとう）と語る。猪狩はメモこそとらなかったが、頭の中にその内容を記憶させる。酒の席で唐松が語っていた内容が、数ヵ月後に官房長官記者会見の場で発表されたり、もしくはいきなり新聞紙上に出たりすることが過去にもあった。

「そういえば、こっちの情報、何か摑んでる？」

　三十分ほど経った頃、唐松は親指を立てた。来た、と猪狩は気を引き締める。ようやく本題に入ったのだ。猪狩はワイングラスを少し遠くにずらして答えた。

「特に何も。ほかの社も同様です」

　ここに来るまでのタクシーの車中で藤森と電話で話した。藤森は今も官邸記者クラブに詰めて情報収集に当たっているようだが、いまだに大きなネタは入ってきていないようだ。ただし、警視庁の幹部数人が首相公邸に入ったという未確認の情報があったという。

「箝口令が敷かれているみたいだね」

「やはり何かあったんですね」

「俺も手を尽くしているんだけど、なかなかね。あ、電話だ」

唐松は懐からスマートフォンを出し、それを耳に当てた。その会話に耳を傾けつつ、猪狩は空いているグラスにワインを注いだ。通話を終えた唐松が言う。

「溝口君からだ。彼も正確な情報を摑んでいないって」

溝口勝。内閣総理大臣補佐官の一人だ。首相補佐官とも呼ばれ、政策の助言などをおこなう、総理を補佐する重要な役どころだ。桐谷政権においては首相補佐官は五人いて、うち二人は衆議院議員、残り三人が官僚から抜擢されていた。溝口は衆議院議員であり、一時期唐松と同じ政策勉強会に属していたことから、近しい間柄だった。

「家族の誰かが怪我、もしくは大病を患ったんじゃないか。それが溝口君の推測だ」

「ええと、総理の家族となると真っ先に思い浮かぶのは房江夫人ですよね。春先に体調を崩されて以降、あまりお見かけしていませんが」

「順調に回復してるって話は聞いてるよ。来月のアメリカ訪問には同行するって話も出てたし」

「となると考えられるのは……」

「息子さんの俊一郎君と、その妻の美沙さん。あとはお孫さんの、名前は……そうだ、英俊君か。都内に住む総理の家族はこのくらいだね。広島のご実家で何かあったって可能性も捨て切れないが」

家族の体調に異変あり、ということか。そうなると解せないのが首相公邸に入ったとされる警察関係者だ。家族が交通事故などで怪我を負い、そのフォローのために警察が登場したのか。しかし、交通事故ならもっと情報が入ってきてもよさそうなものだ。

「何かもやもやするよね。しっくりこないっていうか」

唐松は不満顔だ。無理もない。官房長官という要職にありながら、総理の動向を完全に把握できていないのだから。

「虎ちゃん、悪いね。付き合ってもらっちゃって。たいした情報を渡せなかったのに」

「構いません。お供しますよ。どうします？　ワインもう一本もらいましょうか？」

「そうだね。あと一本もらおうか。次はバローロあたりがいいかな」

唐松がワインリストに目を落とした。官房長官を蚊帳の外に置くほどの不測の事態が今、総理の近くで起こっているのだ。猪狩は改めて事態の深刻さを思い知った。それと同時にこのネタを獲りたいという、記者としての闘志が沸々とたぎっているのを感じていた。

六月二十八日(金)　2

七時五十分。俊一郎は首相公邸にある応接室にいた。隣には美沙、真向かいには父の桐谷俊策が座っている。父の隣には母の房江もいた。母は体調を崩しがちだったが、最近は快方に向かっていると聞いている。

親子水入らずの団欒ではない。俊一郎たちをとり囲んでいるのは四名の警視庁幹部と、韮沢ら側近中の側近と言われる秘書が三名。あとは父の懐刀でもある首相補佐官が二名、集まっていた。今、ここに集まっている者が、英俊が誘拐された事実を知らされている限られたメンバーだ。

　犯人側が電話をかけると指定した時刻は午前八時。それなのに三十分以上も前からこうしてスタンバイしている。とり損ねたら大変という気持ちもわからなくはないが、少し早過ぎると俊一郎自身は感じていた。

　ブルルッ、とテーブルの上に置いてあった俊一郎のスマートフォンが震えた。それだけで一気に緊張感が増し、取り巻き連中が身を乗り出すのを感じた。画面を見て面喰らう。ＬＩＮＥのメッセージを受信していた。

「すみません。ＬＩＮＥでした」

　溜め息が聞こえる。父はあからさまに不機嫌そうだ。そもそも今回の件は俊一郎夫婦の管理不行き届きだと父は周囲に洩らしているようだ。だったら最初から俺たちにＳＰつけておけよ。そう言いたい気持ちもなくはなかった。

　メッセージを送ってきたのは銀座のホステス、エリだった。昨日食べた牛フィレ肉のステーキの画像とともに、「メッチャ美味しかったです。またご一緒させてください」と絵文字交じりの文章が綴られていた。隣の美沙がこちらを見ている気配を感じたので、俊一郎は慌ててＬＩＮＥを閉じた。

　あと五分。否が応でも緊張感が高まってくる。そもそも犯人側の要求とは何なのか。英俊は一国の総理の孫。どんな要求を突きつけるつもりなのか。

　あと一分。俊一郎はハンカチで手の汗を拭い、そのときを持った。警視庁幹部の一人が身を乗り出し、指でカウントダウンをしていた。午前八時ちょうど。スマートフォンに着信が入る。番号は非通知だ。

三コール目で俊一郎は電話に出た。

「もしもし。桐谷です」

「おはようございます。昨夜はお眠りになられましたか？」

昨夜と同じくボイスチェンジャーで声が変えられている。丁寧な口調にどうも調子が狂う。

「ええ、まあ」

「スピーカー機能をオンにしてください。どうせ周りには警察関係者の方がいらっしゃるのでしょうから」

警視庁幹部たちが少し動揺しているのが見えた。警察に連絡するな、というのが刑事ドラマや映画における誘拐事件での常套句だが、あらかじめ警察の関与を見抜いているのは驚きだった。

俊一郎は警視庁幹部の方に目を向けた。刑事部長がうなずいたので、俊一郎はスピーカー機能をオンにした。

「皆さん、初めましして」とスマートフォンから声が聞こえてくる。「私は三蔵法師といいます。ご存じ西遊記に出てくる僧の名前です。桐谷総理、いらっしゃいますか？」

部屋にいる者たちの視線が父に集中する。桐谷は戸惑いつつも答えた。

「ああ。私が桐谷だ」

「ご機嫌いかがでしょうか、桐谷総理」

「ふざけるな」と桐谷は顔を紅潮させて言う。「今すぐ孫を返すんだ。身代金目的の誘拐は罪が重いぞ。悪いことは言わん。すぐに孫を返しなさい。それが賢明だ」

「アドバイスありがとうございます。ただ、現時点でお孫さんをお返しする予定はございません。もうしばらく我々にお付き合いいただけると有り難いかと」

「我々？　つまりお前たちは複数犯ということだな」

桐谷の言葉に三蔵法師は一瞬だけ間をとった。桐谷の指摘が正しいと認めたも同然だった。やがて三蔵法師が口を開く。

「さすが総理。素晴らしいですね。そのくらい切れ味鋭い答弁を国会でも見たいものです」

父が悔しげに膝を叩いた。父は国会では官僚が作った原稿を読むだけであり、スピーチマシンと野党から揶揄されることもある。さらに三蔵法師が続ける。

「まずはこちらからお願いを一つ。総理のお孫さんを我々が預かっていることにつきまして、今日中にマスコミに発表してください」

壁際にいる警視庁幹部たちが驚いたような顔をしている。声が洩れぬように口に手を当てている者もいた。そうなるのも無理もない要求だった。総理の孫が誘拐された。それが公になったら日本中が大騒ぎだ。父も事の重大さを察したらしく、慌てて身を乗り出した。

「ちょっと待て。そんなことをしたら大変だ。日本中が大騒ぎになるぞ」

「構いません。これは取引をスムーズにおこなうための前提条件とお考えください。今日中にマスコミに発表すること。それをしない限り次の段階には進めません」

「要求はいくらだ？　いくら払えば孫を返してくれるんだ？　マスコミに洩らせば、お前たちも金の受けとりが難しくなるんじゃないか」

「ご心配には及びません。次の連絡は来週月曜日の正午。そのときに要求についてお話しできるでしょう。今日中にマスコミに発表されなかった場合、この取引は中止ということにさせていただきますのでご了承を。皆さんが英俊君を見捨てたということです」

警視庁幹部の一人がこちらに向かって合図を送っている。事前の打ち合わせで指示されていたことを思い出し、俊一郎は慌てて言った。

「す、すみません。息子は、英俊は無事なんでしょうか？　息子が無事であることを確認させてください。取引うんぬんはそれからです」

英俊の無事を確認すること。それが先決だと警視庁幹部から言われていた。考えたくないことだが、英俊が抵抗して犯人側から危害を加えられた可能性だってあるのだ。

「わかりました」無機質な声が返事をする。「その点については検討して、追って連絡いたします。では今回はこれにて失礼いたします」

電話が切れた。ドッと疲れが出て、俊一郎はソファーに背中を預けた。警視庁幹部たちは応接室を出て、本庁に電話をかけているようだ。父の周りには秘書、首相補佐官らが集まり、すでに侃々諤々(かんかんがくがく)の議論が始まっている。

「マスコミに公表するなんて自殺行為です。まずは関係各所に根回しをしないと……」

「犯人側の要求なんだからしょうがないですって。もし公表しないで英俊君の身に何かあったら警視庁が責任をとってくれるとでも？」

「誘拐事件の公開捜査なんて異例すぎます。平成の最初に大きな事件が……」

「総理、今日の日程はどういたしましょうか。午前中には経産省の……」

誘拐されているのは紛(まぎ)れもなく我が子なのだが、この騒ぎを見ていると到底自分の手には負えない事態になっていることを痛感させられた。気がつくと、隣に座っていたはずの美沙がいない。彼女も同じらしく、ちょうど応接室から出ていく背中が見えた。

　議論は終わりそうにない。俊一郎は溜め息をつき、立ち上がって廊下に出た。

六月二十八日(金)　3

　官邸記者クラブは朝から不穏な空気に包まれていた。猪狩は大京テレビのブースにおいて、朝刊各紙をチェックしながら周囲の動向を窺っている。さきほど首相官邸の報道室を通じて、桐谷総理の今日の午前中の予定がすべて白紙になることが発表された。その異例の事態に記者たちはどよめいた。総理の身に何かが起こったことは明らかだった。

「おう、朝から盛り上がってるな」

　そう言いながら入ってきたのはキャップの藤森だった。両手に持っていたレジ袋をデスクの上に置いた。袋の中には菓子パンや弁当、エナジードリンクが大量に入っている。それを見た若手の梅野が言った。

「キャップ、朝からカルビ弁当なんて誰が食べるんですか」

「俺が食べるんだよ。文句あるか」

　こういう非常時、なぜかカロリーを大量摂取したがる記者は多い。カルビ弁当を手にとりながら、藤森は集まっている大京テレビの記者たちに訊く。

「何かネタは？　面白そうなネタは拾えたのか？」

記者たちが顔を見合わせる。昨日夕方からの桐谷総理の不可解な動き。まだ誰も核心を衝(つ)くネタを仕入れてはいない。代表して猪狩が口を開いた。

「まだ何も。他社も同様ですね」

「ここに来る途中で耳に挟んだんだが」箸を割りながら藤森が言った。「解散説まで飛び出してるって話じゃないか。さすがに解散はないよな」

衆議院の解散総選挙。そういう話が出ているのも事実だった。ただ、現政権はさほど支持率が高くはなく、今選挙に打って出ても良くて横這い、悪ければ議席を減らすのは明らかだった。この時期に解散はないと猪狩も思っているが、そう勘繰りたくなるほどに桐谷総理の動きは解せないのだ。

「やっぱり体調不良じゃないですか。ノロウイルスに罹(かか)ったとか」

別の記者がそう言うと、カルビ弁当を口に運びながら藤森が言った。

「だったら裏をとってこい。ここ二、三日に総理が食ったもん、わかる奴いるか？」

誰も答えられない。特に総理番の梅野は縮こまっている。ただし、梅野を責めるのは酷というもの。夜の会食の献立ならまだしも、公邸内で総理が何を食べたかなど、誰もわかりはしない。

「ほかに何かないか？　些細(ささい)なネタでも結構だ」

藤森がそう言ったとき、猪狩のスマートフォンに着信が入った。唐松官房長官からだった。

「失礼します」と席を立ち、記者クラブを出た。廊下の奥まで歩いて周囲に人がいないことを確認してから電話に出た。

「虎ちゃん、おはよう」

「おはようございます。ワインご馳走様でした」

「いいよいいよ。それより虎ちゃん、もう官邸に？」

「はい。記者連中も大騒ぎですよ。解散説まで囁かれていますから」

「ハハハ。いくら何でも解散はないだろ」

官房長官自らが否定したのだから、解散説はほぼ消えた。猪狩は一歩踏み込んで訊いてみる。

「午前中の会見で冒頭発言はありますか？」

平日の午前と午後の二回、官邸の記者会見室において官房長官の定例記者会見がおこなわれる。通常は記者からの質問に官房長官が答える形で進んでいくが、最初に官房長官から何らかの説明——たとえば閣議の概要や発生した事件・事故への政府の対応など——が語られる場合があり、それらは冒頭発言と呼ばれている。午前中の記者会見で総理の不可解な動きに対して説明はあるのか。そう訊いたつもりだった。

「午前中はないね。いつも通りだよ」

午前中はない。つまり午後には何かあるということか。訝っていると唐松が言った。

「虎ちゃん、今日昼飯でも食おうや」

「いいですね」とすぐさま猪狩は応じた。午後の記者会見で何かがある。その前に昼飯を食うということは、そこで事前に情報をゲットできるかもしれないのだ。

「どちらに伺えばいいですか？」

「鰻でもどう？　土用の丑の日にはまだ早いけど」

「わかりました。予約しておきます」

通話を終えて記者クラブに戻る。藤森の耳元に口を寄せた。

「午前中は動きなし。午後に何かあるかもしれません」

「わかった。よろしく頼む。ほかの者も各自アンテナを張りまくれ。何かわかったらすぐに俺に連絡を寄越すんだ」

「はい」

記者たちが散っていく。それぞれ大臣や議員などに独自のネットワークを築いていくのが記者の仕事の一つだった。そうしたネットワークを活かせるか否か。それを問われている瞬間でもあった。

猪狩も馴染みの議員に電話をかけてみようと思い、スマートフォンの電話帳を開いた。ほかの局や社の記者たちも慌ただしく電話をかけている。まだ抜け出したランナーはいないようだ。団子状態は続いている。


その店は日比谷の商業施設の地下にあった。神田（かんだ）に本店がある鰻屋の支店だ。個室に案内され、待つこと五分。店員に案内されて唐松官房長官が姿を現した。

「ごめん。待たせたね」

「いえいえ。長官、どうされます？　ビールでも飲まれますか？」

「やめておこう。午後も仕事だし」

鰻重（うなじゅう）の特上を注文した。唐松が温かいおしぼりで顔を拭くのを見ながら、猪狩はさきほどおこなわれた午前中の官房長官記者会見の様子を思い出していた。

冒頭発言はなく、そのまま質疑応答となった。質疑応答といっても質問の内容は前日までに事前通知したものであるため、官房長官はペーパーを読むだけだ。これでは厳密な意味での質疑応答ではないではないか、官房長官は自分の言葉で答えるべきだ。そういう声も聞こえるが、「正確な情報を国民に届けるため」という名目で、唐松はこのスタイルを踏襲していた。

ただし、何事にもハプニングというものがある。今日も会見の終了直前、政府に対して辛辣（しんらつ）な記事を書くことで知られている某新聞社のベテラン記者が立ち上がってこう言った。官房長官、総理の周辺で不可解な動きがあるようですが、説明してもらえませんかね。

唐松は記者の方を一瞥（いちべつ）しただけで、そのまま会見台から降りた。腑（ふ）に落ちない記者たちは説明を求める声を上げたが、唐松は相手にしないで会見室をあとにした。

「で、マスコミは騒いでる？　総理の件で」

「それはもう。重病説が大半を占めてますね」

今日の午前中もいくつかの重要な会議、表敬訪問等がセッティングされていたが、それらをすべてキャンセルした。

「あ、ごめん」

唐松がスマートフォンを出して耳に当てた。相手の言葉に耳を傾けているだけで、時折相槌を打つように「ああ」とか「うん」とか言うだけだった。通話を終えた唐松が手招きする。顔を近づけろ、という意味だ。個室なのに声を潜める必要があるのか、とも思ったが、猪狩は緊張しながら身を乗り出した。

「総理の件だけど、どうやら身内の誰かが誘拐されたらしい」

ユーカイ。その単語が誘拐という漢字に変換されるのに二秒ほど要した。

「えっ？　マ、マジ、いや、本当ですか？」

「マジだよ」と唐松が真顔で答える。「実は俺も午前中の会見前に知らされたんだ。でも詳細な情報は入ってきていない。十三時に公邸に呼ばれてる。そこで総理から説明を受けるんじゃないかな」

総理の身内が誘拐された。にわかには信じられない事態だ。あまりの事の重大さに思わず口を開いたまま、しばし唐松の顔を見つめてしまった。

「虎ちゃん、涎、涎」

「す、すみません」口元を拭って猪狩は頭の中を整理しながら訊いた。「いったいどなたが誘拐されたんですか？　犯人側の要求は？　そもそも総理のご家族の警備体制というのは……」

「落ち着きなって、虎ちゃん。俺もまだ全体像は把握できていないんだよ。詳しいことは総理に会ってからだ。誘拐されたのはお孫さんの英俊君というが、俺も総理から聞いたわけじゃない。でも驚いたよ。総理の身内が誘拐されるなんて」

「僕もです。信じられません」

「現時点ではオフレコだよ。まだ一部の政府・警察関係者だけしか知らないことだから。午後の会見と同時に全面解禁になる」

「えっ？　誘拐事件ですよね。普通は報道協定が結ばれるんじゃ……」

報道協定。報道各社が警察側の捜査に配慮し、事件の報道を自主的に制限することだ。報道協定が取り交わされると、警察側から逐一情報は提供されるが、協定が解除されるまで報道はできない。犯人を刺激してしまったり、犯人側に情報を与えるのを避けるための措置であり、人命に危険が及ぶ誘拐事件などで主に結ばれる。

「マスコミに発表せよ。それが犯人側の要求の一部なんだって。何考えてるんだろうね」

とんでもないことになるぞ。それが猪狩の率直な感想だった。日本全土を巻き込む大騒動になることは不可避だ。

「お待たせしました」

店員が鰻重を運んできた。「旨そうだ」と唐松は山椒をふり、早速食べ始めた。それを見て猪狩も箸を割って鰻重を口に運ぶ。旨いのはわかるが、それを堪能している余裕はなかった。

二人で黙々と鰻重を食べ続ける。ほぼ同時に食べ終わった。猪狩は湯呑みの茶を飲み干し、おしぼりで口の周りを拭いてから姿勢を正した。膝に手を置いてから唐松に向かって言った。

「長官。この話、うちで速報を流させてください」

「いいんじゃないか。俺もそのつもりだし。でも他社も動いてると思うけどね」

百も承知だ。午後の記者会見終了後、きっとマスコミは誘拐報道一色になる。テレビ局は午後の報道特番を組んで流すだろうし、新聞社は号外を出すかもしれない。どの社よりも一分一秒でも早くニュース速報を出したい。それが猪狩の願いだった。

「マスコミだって裏をとらなきゃ速報出せないよね。だから俺の会見終了後が速報出すタイミングになるんじゃないか」

それでは遅い。他社に先んじて速報を出したい。何としてでもだ。

「午後からは総理との面談も入ってるし、虎ちゃんに連絡してる余裕もないかもしれない。会見を待つしかないんじゃないの」

誘拐されたのは誰か。その確証が欲しかった。唐松は孫の英俊だと言っているが、裏はとれていない。総理の身内の中で考えられる候補は四人に絞られる。妻の房江か、息子の俊一郎とその妻である美沙。そして孫の英俊だ。

「とにかく忙しくなるな。俺も褌(ふんどし)を締めてかからなきゃならん。総理が表に出られなくなったらその代わりは俺しかいないしな」

百戦錬磨の政治家だけあって、唐松は多少のことでは動じたりしない。総理の身内が誘拐されるという大事件を前にしても、堂々の落ち着きようだ。唐松はグレーのスーツに黄色いネクタイを締めている。夏場であっても上着を着るのは唐松の流儀だった。猪狩は不意に思いついた。

「長官、お願いがあるのですが」

六月二十八日(金)　4

「交替だ。お疲れさん」

午後一時少し前。司令室のドアが開き、鮫島千秋が中に入ってくる。後ろには染井吉乃の姿もある。二人は迷彩服に身を包んでいる。モニター前の椅子に座っていた美晴は振り向いて応じた。

「お疲れ様です」

「坊ちゃん、昼飯は食べたか?」

「うん。二つともペロリと」

今日の英俊の昼食はパンだった。英俊自身が希望したもので、二種類の菓子パンを用意して、美晴が飯出し窓に届けた。正午になると英俊は自ら飯出し窓からパンを出し、コーヒー牛乳と一緒に食べていた。今はテレビを観ているようだ。

誘拐されて二日目。今のところ英俊は言いつけを守って監禁室で暮らしている。美晴は午前八時から見張り当番として司令室に来ているが、八時三十分になったら彼は自発的に勉強を始めた。途中、十分程度休憩を挟むことがあり、それはおそらく小学校の時間割に則った休み時間なのだと思われた。普通の子だったら誘拐された状況下で自習なんてできないと思う。

罪悪感は増すばかりだ。自分が犯罪行為に加担しているという現実に戸惑いを覚えていた。しかもその犯罪とは誘拐なのだ。

吉乃が椅子に座り、ノートパソコンのキーボードを打っている。しばらくするとモニター内で反応があった。ソファーの背にもたれていた英俊が体を起こし、テーブルの上のタブレット端末を手にとった。メッセージを受信する音が聞こえたのだ。

『こんにちは。ちょっと頼みたいことがある。食事を受けとる窓を開けてくれないか?』

タブレット端末に送られた文章を読んだ英俊が立ち上がり、飯出し窓の方に向かって歩いていく。中から出したのはスポーツ新聞のようだった。美晴は入れた覚えがないので、吉乃たちの仕業だろう。

スポーツ新聞を手に英俊が戻ってくる。再びタブレット端末のメッセージ受信音が鳴る。

『そのスポーツ新聞の一面を前に出し、ユニットバス側にある監視カメラの前に立て』

「なるほどね。生存確認したいわけか」

英俊がつぶやくように言い、カメラの前にやってきた。美晴はその姿をモニターで確認する。今日の朝刊だ。国際試合でゴールを決めたサッカー選手の写真が掲載されている。

『ご協力に感謝する。その新聞は読んでもいいし、不要ならば回収するからもとの場所に置いてくれ。それではごきげんよう』

英俊はタブレット端末とスポーツ新聞をテーブルの上に置き、再びテレビの前に座った。午後は自由時間なので、このままテレビを観たりゲームをやったりして時間を過ごすのかもしれない。美晴は吉乃に訊いた。

「この画像を総理のところに届けるってこと？」

「そうだ」と吉乃が答える。午後は彼女が見張り当番だ。「速達で送れば明日には届くだろうからね。投函するのは千秋の仕事だ」

吉乃はパソコンを使って、撮った映像を編集していた。やがてパソコンからＵＳＢメモリーを引き抜き、それを千秋に渡した。

「指紋に気をつけてくれ」

「了解」

千秋はいつの間にか透明のビニール製の手袋を嵌めている。ＵＳＢメモリーの表面をアルコール除菌シートで丹念に拭いてから、それを封筒の中に入れた。

「じゃあ行ってくる」

「着替えるのを忘れるなよ」

「そうだった。このまま行ってしまうところでしたよ」

千秋が舌を出しながら司令室から出ていく。迷彩服のまま外出しようものなら、それこそ目立って仕方がない。郵便物からこの場所を特定されるのを防ぐため、おそらく千秋は遠くの郵便ポストまで行って投函するのだろう。

「美晴、あんたも休憩に入りな。飯はゲストハウスに残ってるから」

「うん。お疲れ」

美晴も司令室から出た。朝から何も食べていないから腹ペコだ。昼食は英俊と同じくコンビニの菓子パンだった。外で食べることにする。ゲストハウスにはリビングから続く屋根付きのテラスがあり、そこの椅子に座ってパンを食べてコーヒー牛乳を飲む。テラスから庭が一望できる。自分が総理の孫を誘拐している一味であることなど忘れてしまいそうだ。

今日は金曜日。次の連絡は月曜日の正午を指定している。驚いたことに吉乃たちは誘拐の件を世間に発表するよう、総理陣営に伝えた。吉乃は三蔵法師ではないが、高齢の百合根に代わって三蔵法師と名乗っていた。今日中にマスコミに発表せよ。それが吉乃の要求だが、いまだに実行される気配はない。ネットは大谷翔平（おおたにしょうへい）がホームランを打ったニュースで今日も盛り上がっている。

美晴はコーヒー牛乳を飲んだ。嘘みたいにのどかな時間が流れている。

六月二十八日（金）　5

午後一時十五分、猪狩は新橋の雑踏を歩いていた。梅雨（つゆ）らしいしっとりとした雨が降っている。

傘を鰻屋に忘れてしまったようだが、雨に打たれるのも忘れてしまいそうなほど、猪狩の頭の中は興奮状態にあった。さきほど唐松から仕入れた極秘扱いの情報が渦巻いている。

カラオケボックスに入る。金曜日の午後ということもあってか、店内は空いている。受付を済ませて入室し、スマートフォンで相手に部屋番号を知らせた。五分もせずに一人、また一人と男たちが部屋に集まってくる。最終的に猪狩を含めて四人の男が集まった。メニューを見ている時間も惜しいため、端末でアイスコーヒーを四杯注文してから、猪狩は三人の顔を見回した。

「すみません。お集まりいただいて」

「挨拶はいい」と官邸キャップの藤森が先を急いだ。「虎、総理の件だろ。何かわかったんだな」

「はい。総理のお身内の誰かが何者かに誘拐されたそうです」

三人とも反応は同じだった。鳩が豆鉄砲を食ったような表情とは、こういう顔をさすのかもしれない。三人の表情を見て、まだこの話は外部に洩れていないのだと猪狩は確信する。

「誘拐って、あの誘拐か？　強引に連れ去って身代金を要求するっていう……」

政治部デスクの荒木が訊いてくる。もう一人の男は林という記者で、与党記者クラブのキャップだ。

「そうです。唐松官房長官からの情報なので間違いないかと。誘拐されたのはお孫さんの英俊君、七歳の可能性が高いですが、現時点では裏はとれていません。午後の官房長官会見で発表があるそうです」

「発表ってお前、誘拐事件だぞ。公開捜査なんて有り得ないだろ」

林が発した疑問は至極真っ当なものだった。犯人側の要求であることを明かすと、林は唸るように言った。

「犯人は何考えてんだろうな。いや、でも正直信じられんよ。重病説に傾いてきてるぞ、ほかの社の連中は」

ドアが開き、若い店員がアイスコーヒーを運んでくる。店員が部屋から出ていくのを待っていたかのように、藤森がいきなり猪狩の背中を叩いてくる。

「よくやった、虎。俺は誘拐説を信じるぜ。重病説もなくはないが、だとすると昨日公邸に入った警察関係者の説明がつかん」

「今日の官房長官会見は十五時三十分にセットされています。会見が始まる直前にニュース速報を流せませんか？　他社を抜くチャンスです」

テレビのニュース速報だ。大京テレビだけ速報を流せば、大きな反響を呼ぶのは間違いない。おそらく他社は官房長官会見中に記事を書き始め、それをテレビなり新聞なりネットニュースなりの媒体に出すはず。どこよりも早くニュース速報を出したい。それが猪狩の狙いだ。

「大丈夫か？　本当に裏はとれてんだろうな。誤報だったら飛ばされるだけじゃ済まんぞ」

やはりデスクの荒木は慎重派だ。無理もない。彼は政治部を束ねる責任者。何かあった場合、上層部から真っ先に声がかかるのが彼なのだから。

「大丈夫です。官房長官とサインを決めてあります。そのサインを受けて、僕が現場から指示を送ります。どうせ会見後はイケイケゴーゴーの大騒ぎになるはず。その前にニュース速報を打ってしまえば、完全に僕たちの大スクープです」

サインの内容を説明してから、猪狩はアイスコーヒーを手元に引き寄せた。ガムシロップとミルクを垂らす手が震えていた。どうにかして会見前に速報を流したかった。それができればさらに衝撃的なスクープとなるが、裏をとる前に無茶はできない。狙うのはギリギリのラインだ。

「それで虎、速報案は？」

「現時点ではこれです」

手帳を見せる。『桐谷総理の◯◯（◯歳）、誘拐される』とそこには書かれている。

「シンプルにこれで行きたいと思います」

三人は黙りこくった。藤森が煙草に火をつけた。普段なら文句を言うはずの嫌煙家の林も、何も言わずに目を閉じている。最初に口を開いたのは藤森だった。煙とともに言葉を吐き出した。

「やらない手はないな。指をくわえて見ているわけにはいかないだろ」

その言葉に背中を押されたのか、荒木は取り組み前の力士のように頬を両手で叩きながら言った。

「わかった。やろう。俺も覚悟を決めた。部長の説得は任せておけ」

荒木の言葉にほかの二人が口々に言う。

「さすがデスク、話がわかるぜ」

「でも不思議だよな。こんな大スクープを打つ日が来るなんて思わなかった」

「同感だ。総理の身内が誘拐されるなんて、近年にない大事件だ。夕方から特番が組まれるだろうな」

「今のうちに専門家を手配しておいた方がいいな。過去に誘拐事件に携わった警察関係者あたりか。各社でとり合いになる前に」

「現段階では」と猪狩は口を挟んだ。「部長を含めた五人だけの秘密にしておいた方が無難かと。情報が洩れたらその段階でスクープはスクープでなくなります。徹底的な情報管理をお願いします」

三人が顔を見合わせる。藤森が代表して口を開く。

「わかった。秘密の保持に徹しよう。ほかの社が気づかないことを祈るばかりだな」

分はあると猪狩は見ていた。仮にすでに誘拐説を摑んでいる記者がいたとしても、官房長官記者会見が終わるまでは怖くて記事を出せないはずだ。その点において、官房長官とサインを取り決めている自分は頭一つ抜け出している。

「虎、やったな。こいつは局長賞もんだろ、確実に」

「はしゃぐな、藤森。まだ速報が出せると決まったわけじゃない」

「つうか藤森、お前いつの間に煙草吸ってんだよ」

三人とも、いきなり天から降ってきたかのような大スクープにテンションが上がっているようだ。猪狩は喉がカラカラに渇いていることに気づき、アイスコーヒーに手を伸ばした。


首相官邸一階にある記者会見室は人で埋め尽くされていた。平常時の倍近い記者が押しかけている。総理不在の件について唐松官房長官から発表がある。そういう噂が駆け巡っていた。

百二十ほどある椅子はすべて埋まっていて、その後ろに立ち見も出ていた。誰もが官房長官が出てくるのを今や遅しと待っている。

猪狩はスマートフォンを操作し、テレビのリアルタイム配信アプリを起動してから左耳にイヤフォンを挿し込む。この時間、大京テレビでは昼のワイドショー、『報道ラッシュアワー』を放送している。中堅コメディアンを司会に据えた番組だ。今はグルメ特集が放送されていて、若手お笑い芸人がどこかの飲食店を訪問している。

午後三時三十分。ようやく唐松が会見室に入ってきた。いつものように三人ほどの取り巻きに囲まれているため、猪狩の位置からその姿は確認できなかった。一斉にフラッシュが焚(た)かれる。ようやく取り巻きが離れ、唐松の姿が見える。スーツの上着を着用しているのを見て、猪狩は一気に緊張が高まるのを感じた。まだネクタイの色は角度的に判別できない。

唐松との間で決めたサイン。それはファッションで伝えるものだった。たとえば不測の事態が生じて、誘拐の発表がなくなった場合、スーツの上着を脱いで会見に臨むことになっていた。今、唐松は上着を着ている。つまり速報を出しても可、という意味だ。

あとはネクタイの色。最大の焦点は誰が誘拐されたのか。ネクタイの色でそれを伝える段取りになっているのだ。黄色いネクタイのままなら孫の英俊、猪狩が貸した臙脂色のネクタイだったら妻の房江、その他の家族の場合は別の色で教えてくれる手はずになっていた。

唐松が立ち止まる。日の丸に向かって一礼した。それから中央の会見台に向かって歩いていく。その歩みがやけに遅く感じる。まるでスローモーションを見ているかのようだ。

唐松が会見台に到達し、記者たちに正対する。ネクタイの色は黄色！　誘拐されたのは孫の英俊だ。

すぐさま猪狩はスマートフォンを耳に当てる。ずっと通話状態になっている。電話の向こうにいる藤森に向かって押し殺した声で短く告げた。

「孫です。英俊です」

「わかった。孫だな」

通話を終えた。あとは司会が第一声を発するまでの間に速報が流れればこちらの勝ちだ。一秒、二秒、三秒……。まさに司会がマイクに手をかけた瞬間にその時は訪れた。

左耳のイヤフォンから甲高い音が聞こえてくる。ピッピという、ニュース速報を知らせるアラームだ。猪狩の心臓は高鳴っていた。高校三年の夏、壁新聞に細工をしたときに感じた高揚感。あのとき以来の興奮に包まれていた。

スマートフォンの画面に視線を落とす。お笑い芸人が肉汁溢れるハンバーグを口にする中、画面上にテロップが流れる。

『桐谷総理の孫、英俊君（七歳）、誘拐される』

猪狩はほかのチャンネルも確認する。他局のワイドショー、ドラマやバラエティ番組の再放送。どの局もニュース速報はまだ出ていない。

周囲を見る。皆、一様にスマートフォンを覗き込み、目を剝いている。そんな異変を知らず、司会が会見開始を告げる。

「定刻になりましたので、六月二十八日金曜日の午後の官房長官記者会見を始めたいと思います。まずは官房長官から一言ございます」

記者たちが混乱したまま身を乗り出すのを感じる。

「ええ、皆様もご存じの通り」唐松が話し出す。「桐谷総理におかれましては、昨日より一部予定を変更している次第でございまして、ご心配及びご迷惑をおかけしているところ、私からもお詫び申し上げます」

唐松が頭を下げる。やや薄くなった頭頂部が見えた。顔を上げた唐松が続けて言った。

「よんどころない事情により、今日も総理は日程を変更させていただいております。その事情といいますのは、総理のご家族についてでございます」

旧知の記者たちは大京テレビを探そうと、キョロキョロしている。猪狩は愉快でたまらない。しかしまだ「誤報」の可能性は残されていた。

「桐谷総理のお孫さん、桐谷英俊君、七歳が、昨日から行方不明となっております。そして昨日夜、犯人を名乗る者から総理のご長男のもとに連絡がありました。総理のお孫さん、桐谷英俊君は何者かに誘拐された模様です」

記者たちの間からどよめきが起こる。その瞬間、大京テレビが誤報を飛ばした可能性が消えた。大京テレビの特ダネだ。よっしゃ。猪狩は拳を握り締めた。

「今回こうして皆様の前で発表したのは、犯人側の要求によるものでございます。記者会見にて誘拐の件を公にせよ。それが犯人側の要求です。マスコミの皆様におかれましては、この件を報道していただいても構いませんが、犯人を刺激しないよう、細心の注意を払っていただきたいと存じます」

すでに席を立ち、会見室から出ていく記者の姿もある。速報を出すためだ。

「私からは以上です」

唐松がそう締めくくった。冒頭発言の終了を知らせる言葉であり、普段であれば幹事社の記者が手を挙げ、質疑応答に入っていくのがいつもの流れだ。しかし最初に手を挙げるはずだった記者が、あまりにショッキングな内容に動揺しているためか、なかなか手を挙げなかった。変な間が生まれる中、機転を利かせて猪狩は手を挙げた。

唐松に手を向けられたので、猪狩は立ち上がった。

「大京テレビの猪狩です。ええ、サウジアラビアが原油の自主的な追加減産を八月まで延長すると発表しました。それに伴って……」

事前通告してある質問だ。いまだどよめきが収まらない中、唐松がペーパーを読み上げる。

「政府といたしましては、国際的なエネルギー市場の動向や、物価高を含む日本経済に及ぼす影響について、緊張感を持ちつつ……」

回答を読み終えた唐松がこちらを見た。一瞬だけ視線が合う。「ありがとうございます」と礼を言い、猪狩は着席した。

スマートフォンを見る。ようやく他局のニュース速報が出始めた。してやったり。猪狩は大きな充足感に包まれていた。

六月二十八日(金) 6

「官房長官ってそんなに偉い人なの?」

美晴が発した疑問に対し、すかさず反応したのは鮫島千秋だった。

「美晴、マジで言ってるのか?」

「うん。政治とかあまり興味がないから」

「官房長官っていうのは総理大臣の補佐的な役割をする人だ。実質的には政権のナンバー2だ」

「へえ、そうなんだ」

美晴たちは今、司令室にいた。誰か一人は常にモニターで英俊を見張っている必要があるため、三人で集まる場所は限られる。自然と司令室に集まり、三人で過ごすようになりつつあった。

夕方のニュースでは官房長官の記者会見の様子が繰り返し放送されている。どのチャンネルも同じような内容だ。総理の孫が誘拐されたというニュースは日本全土を駆け巡り、『総理の孫』という単語が検索ランキングのトップに躍り出ていた。ちなみに二位が『桐谷総理』で、三位が『誘拐事件』だった。そして『唐松官房長官』というワードもちゃっかり八位にランキングしている。

美晴は唐松官房長官を見る。やや下を向き、原稿を読んでいる。不機嫌そうな感じの人で、あまり上司とかにはしたくないタイプだ。

「おっ、坊ちゃん、食事が終わったみたいだよ」

吉乃の声にモニターを見ると、夕飯を食べていた英俊が空いた器を飯出し窓に片づけたところだった。今夜の英俊の夕飯は大手弁当チェーンの塩唐揚げ弁当だった。

「私、回収してくるよ」

美晴は司令室を出て、地下へと続く階段を下りた。飯出し窓から空の器を回収する。スライド式の窓を閉めようとしたところで予期せぬことが起こった。なんと向こう側の窓が開いたのだ。

油断した。英俊がこちらを見ている。美晴はその場で硬直してしまう。英俊は不敵な笑みを浮かべ、黙ったままこちらを見ている。何だか不気味だ。

な、何なのよ、この子は。慌てて窓を閉めようとした美晴だったが、それよりも早く英俊の方が先に窓を閉めた。美晴は地上に戻り、司令室に入った。迷った末、吉乃たちに報告する。英俊に顔を見られてしまった顚末(てんまつ)を。

「後悔先に立たず。まあ、悔やんでもしょうがない。今後は気をつけることだな」

まるで他人事(ひとごと)のように吉乃が言ったので、無駄とわかっていても美晴は念を押す。

「本当に大丈夫かな？　だって私、顔見られちゃったんだよ。逮捕とかされちゃうんじゃないの？」

「気にするなって」答えたのは千秋だった。「この一件が片づけば私たちは一億円もらえるんだぞ。整形して顔変えちゃうくらい朝飯前だろ。私は深(ふか)キョンみたいな顔にしてもらおうと思ってる」

「真剣に考えてよ。本気で悩んでいるんだから」

「今後はマスクとサングラスをつけることとしよう」

吉乃が眼鏡ケースを二人に配った。そこにはサングラスが入っていた。

「じゃあ私は深夜勤に備えてひと眠りするよ」

吉乃が立ち上がった。それを見て美晴も言った。

「じゃあ私も」

二人で外に出る。ゲストハウスに向かっている途中、犬の鳴き声が聞こえてきた。キングが吠(ほ)えているのだ。しかもかなり激しく。

「行ってみるか」

吉乃が母屋に向かって走り出したので、美晴も慌ててあとを追った。侵入者か。

母屋の縁側に面した場所にキングの犬小屋がある。その犬小屋の前でキングが吠えていた。鎖に繋がれたままだ。キングの近くに百合根が倒れているのが見えた。吉乃が駆け寄った。

「先生、大丈夫ですか？　先生っ」

そう呼びかけるが、百合根は返事をしない。ただ、息があるのはわかった。苦しそうに喘いでいる。周囲にはドッグフードが散らばっていた。餌をやりに来て、ここで倒れてしまったのか。

「美晴、誰か呼んできてくれ。それと救急車も」

「は、はい」

母屋に誰かいるはず。美晴は靴を脱いで縁側に上がり、そのまま廊下を走った。すると向こうからやってくる人影が見えた。住み込みの家政婦さんだ。名前はお梅さんといい、美晴たちの食事の用意もしてくれる人なので、すでに何度か顔を合わせたことがある。

「大変です。百合根さんがそこで……」

美晴が言い終わる前に彼女は言った。

「わかりました。救急車を呼びます。あなたたちはそれよりゲストハウスへ」

「は、はい」

踵を返し、お梅さんが廊下を急いでいく。美晴も縁側に戻り、百合根たちのもとに戻った。吉乃は取り乱すことなく、気道を確保したうえ、百合根の耳元で呼びかけている。

「先生、大丈夫ですか？　先生、聞こえますか？」

キングは吠えるのをやめていた。舌を垂らし、飼い主を見下ろしている。美晴はキングの頭を撫でてから、吉乃に向かって言った。

「お梅さんに救急車の手配はお願いしました。私たちはゲストハウスへって、お梅さんが……」

「美晴、お前は先に戻ってろ」

「でも……」

「いいから戻れ。千秋にも伝えるんだ。百合根先生が、三蔵法師が倒れたと」

「わ、わかった」

美晴はその場をあとにした。膝がガクガクしてしまい、どうにもうまく走れない。首謀者が倒れてしまったのだ。この計画、どうなってしまうのだろう。そんな不安に駆られながら、美晴は足を前にと動かした。

六月二十九日(土) 1

一夜明け、世間は大騒ぎになっているが、俊一郎の周辺は静かだった。首相公邸に滞在していると、雑音というものが耳に入ってこない。避暑地のホテルでくつろいでいるかのようだ。土曜日というのも大きいかもしれない。朝からワイドショーで報道されることもなく、テレビでは旅番組などを放送している。情報が少ないため、特番を組みたくても組めないというのがテレビ局側の本音だろうか。

午前十時過ぎ。寝室のドアがノックされた。ドアの向こうに立っていたのは秘書の韮沢だった。

「若、総理がお呼びです。会議室にお越しください。奥様もご一緒に」

俊一郎が物心つく以前から韮沢は桐谷家に尽くしていた。その関係で子供の頃から若と呼ばれている。三十五歳になった今でもだ。その呼び方は当分の間続きそうだ。

「わかった。すぐ行く」

そう答えてから俊一郎は奥のベッドに目を向けた。横たわっている美沙に声をかける。

「聞こえてただろ。親父が呼んでるらしい。行くぞ」

「無理よ。化粧してないし」

昨夜、美沙は深夜までぐずぐず泣いていた。泣き腫らした目元を気にしているのだろう。我が子を心配する母親としては当然だと思うが、泣いているだけでは英俊は帰ってこない。

「もしかしたら英俊の件で進展があったかもしれないんだぞ」

「進展って？　手がかりが見つかったとか？」

「知らないよ。それを聞きに行くんじゃないか」

「あなた、冷たいわね。それでも英俊の父親？」

美沙は立ち上がり、パウダールームに入っていった。たしかに冷たい父親だと自覚もある。一晩経ってわかったことだが、おそらく自分は英俊が無事に帰ってくるであろうと、何となく予感している。それは息子の能力というか、彼の持っている先天的な何かに起因している。

父親という贔屓目（ひいきめ）を抜きにして、英俊は頭がいい。クラスでは常に一番だし、テストも大体百点満点だ。こいつ、将来東大とか行っちゃうんじゃないの。そんな風に思ったことも一度や二度のことではない。しかも性格も大人びている。中学生くらいの男の子と話しているんじゃないかと錯覚することもある。

今年の正月、ハワイに行ったときのこと。ホテルの部屋で英俊と二人でオセロをやったのだが、二人の腕前はほぼ互角だった。しかしどの試合でも最終的には俊一郎が僅差で勝った。その都度、英俊は言った。やっぱりパパには敵わないや、と。あとから考えてみたのだが、あれはきっと英俊がわざと負けていたのだ。父に気を遣ってオセロでわざと負ける。しかも結構いい勝負をしたあとで。とてつもない小学二年生だ。

だから俊一郎は漠然と思っている。英俊はきっと助かる。機転を利かせ、犯人たちを手玉にとり、無事に解放される。希望的観測であるとわかっているが、俊一郎は本気でそう思っている。

「お待たせ」

化粧を終えた美沙が姿を現した。二人で寝室を出て、廊下を歩いて会議室に向かう。昨日に比べて警察関係者の数が増えている。やけに目つきの鋭い連中がパソコンをいじったり、スマートフォンで話したりしていた。俊一郎たちの姿に気づいた警察幹部の一人がやってきた。

「こちらです。息子さんの画像が送られてきました」

「英俊の？」

美沙が前に出る。パソコンの前に案内されると、画面には英俊の姿が映っていた。スポーツ新聞を持たされ、やや上目遣いでカメラを見上げていた。警察幹部が説明する。

「さきほど民自党本部に速達で届いたものです。気づいた職員がすぐにこちらに連絡してきました。スポーツ新聞の一面は昨日の朝刊のもので間違いありません。英俊君は無事です」

「英俊……」

美沙は早くも涙ぐんでいる。俊一郎は警察幹部に訊いた。

「何か犯人特定に繋がる手がかりは？」

「消印は新宿郵便局です。宛名などはわざと汚い文字で書いているようでした。指紋などは現在照合中ですが、あまり期待できないでしょう」

もう一度画面を見る。スポーツ新聞の一面を見せるためか、かなりアップで撮影された画像だ。英俊の背後には床と壁が見えるが、場所を特定できるような特徴はないように感じられた。

「とりあえず息子さんの無事は確認されました。あとは明後日（あさって）、犯人からの要求を待つだけです。大変不安だと思いますが、お気持ちを楽にしてお過ごしください。警視庁では過去に例がないほどの捜査態勢で今回の事件に臨む予定ですので」

「お願いします。英俊を助けてください」

美沙が警察幹部に頭を下げている。俊一郎は若干冷めた眼差（まなざ）しでそれを見ていた。そいつに頼んでも無駄だぞ。幹部はここで指示を出しているだけだからな。捜査に従事しているのは現場の捜査員たちなのだから。

父の姿もあった。運び込まれたソファーに座り、秘書や幹部たちと何やら協議しているようだ。英俊の無事を確認したのだから、ここには用はない。寝室に戻った俊一郎は、若手秘書に用意してもらったプライベート用のスマートフォンを手に持った。犯人から電話がかかってくる恐れがあるため、俊一郎の公用スマートフォンは会議室に置きっぱなしだ。ただ、ＬＩＮＥなど主要アプリはこちらに引き継いだため、何の問題もない。

心配する声、励ましの声など、昨夜からＬＩＮＥのメッセージが多数寄せられている。俊一郎は銀座のホステス、エリとのやりとりを眺めた。昨日の朝、彼女からステーキの画像が送られたのが最後の履歴だった。

『おはよう。息子の無事が確認されたよ』

そうメッセージを送ってみる。するとすぐに既読になり、彼女からメッセージが届く。

『そうなんだ。よかったね。助かるといいね』

『うん。助かってほしいよ』

『要求は何？』

『まだわからない。マジで犯人ムカつく』

スマートフォン片手に俊一郎はベッドに寝転んだ。このままだと来週の箱根行きは諦めるしかない。とにかく今は英俊の無事を祈るのみだ。

六月二十九日(土)　2

美晴たちは教室に集まっていた。昨夜、百合根が病院に運ばれてから、十二時間ほど経過している。美晴たち三人は基本的に部外者であり、百合根邸に居てはいけない人間である。そのため百合根の病状を知らされることはなかった。そしてついさきほど、ここに呼ばれたのだ。

教室のドアが開く。入ってきたのは家政婦のお梅さんだった。いつもと変わらぬ無表情のまま、お梅さんは口を開いた。

「あなた方三人には正確な情報を教えてやってくれ、と先生から言われていますので、ご説明いたします。先生は悪性の腫瘍(しゅよう)に冒(おか)されています。腫瘍が発見されたのは半年前のことで、取り除くのは非常に難しいというのが医師の見解でした。もって一年。そう言われました」

あんなに元気な老人が、まさか余命一年の大病を患っているとは思えなかった。

「現在、先生は眠っておられます。当分の間、面会するのは難しいでしょう。退院の目途も立っておりません」

絶望的な状況だ。いわばリーダーを失ったのだ。身代金をいくら要求し、どのように受けとるのか、それさえも知らされていない。

「それでは私は失礼いたします。また何かありましたら、ご報告いたしますので」

お梅さんが教室から出ていった。重い沈黙が流れる。それを破ったのは空元気な千秋の声だ。

「あのお梅さんって、実は先生の愛人らしいぜ。いわゆる事実婚ってやつだな。亡くなった奥さんに気を遣って籍を入れていないそうだ。元は新橋の芸者だ。言われてみれば、何となく雰囲気を感じるよな」

初耳だったが、どうでもよかった。今はこれから先のことが問題だ。私たちはどうなってしまうのか。百合根という柱なくして作戦は遂行できるのか。

「二人とも聞いてほしい」机の中から分厚い封筒を出し、吉乃が言った。「おそらく先生はこういう事態を予期していたんだと思う。一週間前、この封筒を渡されたんだ。もし私の身に何かあったら、これを読め。そう言って渡された。私は昨日から今日にかけて、この中身を熟読した。一言で言うぞ。とんでもない計画だよ、これは」

何がとんでもないのか。まったく想像もつかなかった。身代金の額がとんでもないのか。それとも身代金ではなく、まったく別のものを要求するとでもいうのだろうか。

「今後の計画が事細かに記されている。先生抜きでも行けると思う。が、イレギュラーな事態が発生した場合、それに対処するのは私たちだ。先生を頼ることはできないからね」

吉乃が言わんとしていることは理解できる。すべてが目論見通りに進むとは限らない。誘拐当日、タクシーに男のコーチが乗ってきた例もある。

「多数決にしよう。先生、いや、三蔵法師抜きで作戦を進めてよいか、否か。賛成の者は？」

吉乃の提案に対して、千秋が真っ先に挙手する。それを見て吉乃も同様に手を挙げた。不安だらけだったが、美晴もおずおずと手を挙げた。

「賛成多数。よって天竺作戦は続行とする」

吉乃がそう宣言した。しかし美晴は内心不安で仕方がなかった。本当に私たちだけで大丈夫なのか。

「人質の様子が心配だ。早く戻ろう」

現在、司令室は無人だ。施錠された地下に監禁しているため、そう簡単に逃げることはなかろうと判断し、こうして三人で教室までやってきた。美晴たちは教室を出て、庭を歩いて離れに向かう。司令室に入ってモニターを見る。英俊は中央のテーブルで勉強していた。千秋が吉乃に訊いた。

「ところで隊長、いったい先生は何を総理に要求する気なんだい？」

「お楽しみにってところかな。どうせ明後日になればわかるんだから」

「ケチ臭いこと言ってないで、教えてよ。私と隊長の仲じゃないか」

「駄目だって。秘すれば花なりっていうだろ」

三人で寝食をともにするようになり、三週間ほど経とうとしている。その中で吉乃と千秋、二人の関係性もわかってきた。

吉乃が三十二歳、千秋が三十四歳。二人は自衛隊で知り合ったという。年齢は千秋が上なのだが、階級は吉乃の方が上。だから今でも千秋は吉乃に対して敬意を払っている。自衛隊というのは上下関係が厳しい世界らしい。二人が自衛隊時代、どんな部隊に配属されていたのか。その詳細は教えてもらっていない。

「ん？　あれは何だ？」

吉乃がモニターを食い入るように見ている。その肩越しに美晴もモニターを覗き込む。監禁室の奥のドア。ユニットバスのあるドアから煙のようなものが洩れているではないか。煙は徐々に濃くなっていく。背を向けて勉強しているため、英俊は気づいていないようだ。

「火事かっ」

そう言って千秋が血相を変えて司令室を出ていく。吉乃もその背中を追っていく。美晴も同様に司令室から出た。地下へ続く階段を駆け下りる。

「マスクをつけろ。サングラスもな」

吉乃の指示に従い、マスクとサングラスを装着してから監禁室に入る。突然現れた三人の女を見て、英俊も顔を上げたが、今は説明している暇はなかった。千秋がユニットバスに通じるドアを開けた。黒い煙が勢いよく溢れ出てくる。火元はやはりここらしく、赤い炎が見えた。

「下がってろっ」

千秋は手に持っていた消火器を前に出し、躊躇なく火元に向かって噴射した。さほど火が大きくなかったせいか、白い消火剤とともに鎮火したようだった。吉乃が警戒しながらユニットバスに入っていく。

やがて煙が徐々に消えていく。換気扇が作動しているのだった。吉乃がドアから出てきた。軍手を嵌めた手で燃えカスのようなものを持っている。それを床に置きながら吉乃が言った。

「こんなものが見つかったよ。これは燃えた懐中電灯の破片。それとこっちは新聞の切れ端みたいだ。ここは化学実験室か？　それともサバイバル教室かな」

吉乃の視線の先には桐谷英俊が立っている。火災があった直後とは思えないほど、彼は冷静な顔つきだ。

「私の落ち度だね。生存確認の際に使用したスポーツ新聞、あれを回収しなかったのがまずかった。君はあのスポーツ新聞を丸めてユニットバスに置いた。そして防災用の懐中電灯を新聞に押しつけ、点灯させる。あとは時間の問題だ。熱せられた新聞紙が発火するのはね」

つまりこの子がわざと火事を起こしたということか。

「悪戯（いたずら）はいけないね、桐谷君。どうしてこんな真似をしたんだい？」

英俊はすぐに答えなかった。美晴たち三人の顔をゆっくりと見回してから、口元に笑みを浮かべて言った。

「決まってるじゃない。あなたたち犯人と顔を合わせて話したかったからだよ」

しばらく誰も口を開かなかった。沈黙を破ったのは吉乃だった。

「私たちといったい何を話したいというのかな。待遇に不満があるのか？　私たちのおもてなしに不備があったのであれば許してほしい。何しろ総理のお孫さんと接するのは初めてなのでね」

「不備なんてないよ。むしろ大満足だね。僕、ゲームは一日一時間って決められているんだけど、ここなら制約なくゲームに没頭できる。ところで聞きたいんだけど、犯人グループはこれで全部？」

吉乃は答えなかった。答えられるわけがなかった。すると英俊が続けて言った。

「まあいいか。そこのお姉さん、僕を誘拐したときにタクシー運転手に変装していた人だよね。あのときはカツラをつけていたんだね」

千秋が英俊を睨（にら）んだ。千秋も一応マスクとサングラスを装着しているが、彼女は女性にしては屈強な体格をしており、そこからバレてしまったのかもしれない。英俊が大袈裟（おおげさ）に肩をすくめた。

「怖っ。そんなに睨まないでよ。でも犯人グループの中に女性が三人もいるとは思ってもいなかったな。普通、凶悪犯罪の実行犯は男だって先入観があるからね。これは警察側にとっても盲点になるかもしれないね」

精神年齢は十五歳くらいじゃないかな。最初ここに連れてきたとき、彼と接した吉乃が洩らした言葉だ。たしかに小学二年生にしてはだいぶ大人びている。

「風呂に入りたいなら自分で片づけるんだな」

吉乃はそう言ってからあごを動かした。ここから出るぞ。そう言わんとしているようだった。この子と話しているといろいろとバレてしまいそうで怖かった。出口に向かって歩き出すと、背後で英俊の声が聞こえた。

「ここって世田谷だよね。最寄り駅は経堂（きょうどう）駅じゃない？」

正解だ。思わず三人とも足を止めていた。振り返ると英俊が勝ち誇ったような笑みを浮かべ、小さな紙切れをこちらに向かって見せてくる。

「一昨日、僕がここに連れてこられた夜だ。カレーライスを出してくれたよね。そのときのプラスチック製の容器の裏に貼ってあったシールだよ」

千秋が前に出て、英俊の手からそれを取り上げた。戻ってきた千秋が美晴たちにシールを見せた。商品管理のために店側が貼ったシールのようで、商品名と店の名前のあとに、経堂駅前店と記されていた。

「わざと遠くの経堂駅まで買いに行ったかもしれないだろ」

吉乃がそう言ったが、英俊は動じずに言った。

「あのとき僕がカレーを頼んでから、実際に運ばれてくるまでに三十分程度しかかからなかった。調理の時間や移動のことを考えても、最寄りの駅は経堂だよ。断言してもいい」

「それが何？　ここの最寄り駅がわかっただけで、君にとって得することは何もない」

「それともう一つ。僕がここに運び込まれたときのことだ。あのとき、僕をおんぶしてくれたのはそこの髪の短いお姉さんだと思うけど、実は僕、少し前に目が覚めて、眠ったふりをしていたんだよね」

本当か。思わず三人で顔を見合わせていた。

「庭っていうのかな。ここまで結構な距離を歩いた気がする。あと、犬の鳴き声が聞こえた。昨日の夜にね。そういうことをいろいろ考えた結果、この場所に関するヒントがいくつか浮かび上がってくる。まずは経堂駅近くにあって、庭付きの豪邸で、大きな犬を飼っていて、地下室がある。このくらいかな」

　この子、危険だ。美晴は改めてそう感じた。少なくとも私なんかよりもはるかに頭がいい。同じことを感じとったのか、ほかの二人からも焦りのようなものが伝わってくる。

「警察ごっこはそのくらいにしておいた方がいい」吉乃が冷ややかな声で言った。「人質は人質らしく、大人しくしているんだね。君はどう足掻(あが)いてもここから出られない。我々の目的が達成されるまでは」

　吉乃がドアに手をかけた。すると英俊が言った。

「ここから出してくれ。別にそう言いたいわけじゃない」

　いったい何が目的なのか。吉乃がいったんドアから手を離した。

「君はどうしたいんだい？　待遇の改善なら検討する余地はあるが」

「僕を仲間に入れてほしい。あんたたちの仲間に加えてほしいんだよ」

　何を言い出すのだ、この子は。美晴はまじまじと英俊の顔を見た。真剣な顔つきで、桐谷英俊はこちらに真っ直ぐ目を向けている。

六月二十九日(土)　3

「昼飯、買ってきました」

　乙部祐輔(おとべゆうすけ)は両手に持っていたビニール袋をデスクの上に置いた。するとそれを見た刑事たちがこちらにやってきて、自分が注文したバーガーやドリンクをとっていく。今日は土曜日だが、休日出勤の刑事が多数いて、昼はマックにしようぜという話になり、買いに行かされたのが乙部だった。だいたいこういう役はほぼ確実に乙部に回ってくる。

「おーい、ゼットン。俺のナゲット、バーベキューソース入ってないぜ」

「あ、すみません。今探します」

「ゼットン、このポテト、どう見てもMだろ。俺、L注文したはずだけど」

「すみません。間違えました」

「使えねえな、ゼットンは」

乙部は今年で二十五歳、Z世代だ。Z世代というのは解釈が微妙であるものの、十代中盤から二十五歳くらいまでの間の若者世代をさす。乙部がZ世代の若者であること。そして乙の漢字がZに似ていることからゼット君、そこからなぜかゼットンと呼ばれるようになった。ゼットンというのは初代ウルトラマンに出てくる怪獣のことらしい。ググってみるとゼットンはかなり強く、マニアの間でも人気の高い怪獣のようだが、嬉しくも何ともなかった。

乙部は品川(しながわ)警察署刑事課に所属している刑事だった。刑事課に配属されたのは一年と少し前、去年の春だ。その前は地域課所属で交番勤務だった。警察学校を卒業したのは一昨年の秋のことなので、一年足らずで刑事になってしまったことになる。別に刑事を志望していたわけでもなく、早期退職者の煽りを受けての異動らしい。

乙部はなりたくて警察官になったわけではない。もともと公務員志望であり、できれば都内の区役所勤務を希望していた。公務員試験を受ける中、警察官も同じ公務員だから一応受けておいて損はないぜ、と友人に誘われ、警視庁の採用試験を受けてみた。蓋を開けてみると本命だった区役所はすべて一次試験で落ちてしまい、警視庁の採用試験だけは二次試験に進めた。そして二次試験も合格してしまったのだ。

就職浪人するくらいならば警察官になった方がいい。そう決意して警察官になったのはいいが、やはり仕事は大変だった。特に刑事課に配属されてからは地獄だった。最年少刑事としてこき使われる日々。大好きなゲームをやる時間すらなかった。

「総理の孫、いったいどこに監禁されてんだろうな」

「うちの管内だったら笑えるよな」

先輩刑事たちの会話が耳に入ってくる。昨日の午後、官房長官記者会見で重大な事実が発表された。桐谷俊策内閣総理大臣の孫が誘拐されたというのだ。そのニュースは瞬く間に全国を駆け巡り、今日の朝刊各紙もその話題を取り上げていた。が、どこでどのように誘拐されたのか等々、事件の詳細はまだ伝わっていない。

「千人規模の捜査本部が設置されるって話だぜ」

「千人って随分な数だな」

「何しろ誘拐されたのは総理の孫なんだからな。警察署の規模に合わせて動員されるって話だ」

通常、殺人事件等の凶悪犯罪が発生した場合、事件が発生した所轄署に捜査本部というものが設置される。事件の大きさにもよるが、二十人から三十人程度の刑事が専従で捜査をおこなうのだ。千人を超える捜査本部というのは聞いたことがない。

「じゃあうちからも動員されるのか？」

「当然だろ。十人くらいは動員されるんじゃないか。刑事だけではなく、過去に刑事課に在籍していたことがある警察官も対象らしい」

「だよな。刑事だけ動員されたんじゃ東京中の刑事がいなくなっちまう」

「対象者には直接署長から連絡があるって話だ。俺たちも動員されたりして」

乙部はフィレオフィッシュを食べながら、先輩刑事たちの会話に耳を傾けていた。するとデスクの電話が鳴ったので、紙ナプキンで口を拭いてから受話器をとった。

「もしもし。刑事課、乙部です」

「乙部君、今すぐ署長室に来るように」

今しがた先輩刑事が語っていた話が脳裏をよぎる。動員される刑事は直接署長から連絡があるという話だったが、自分にそんな重要任務が命じられるはずはない。きっと新たな雑用を押し付けられるに違いない。

「わかりました。すぐにお伺いします」

受話器を置き、デスクの一番上の引き出しを開けた。ファイルなどの下から一通の封筒を出した。自筆の退職願だ。

警察を辞めよう。そう考え始めたのは半年ほど前からだ。来る日も来る日も雑用ばかり。何かあるごとに「これだからZ世代は駄目なんだよ」と皮肉を言われ、満足に仕事もさせてもらえない。もううんざりだった。退職願を出すタイミングを窺っていたのだが、署長室に呼ばれたこの機を逃さない手はない。

席を立ち、エレベーターで署長室に向かう。署長室に入ったのは品川署に配属された日以来だった。ドアをノックすると、中から「どうぞ」という声が聞こえた。懐から退職願を出し、乙部はドアを開けた。

「失礼します」

「乙部君、こっちだ」

奥のソファーに座る署長が手を上げた。その隣には刑事課の課長の姿もある。課長がいるなら好都合だ。退職願を手に前に進むと、二人の前に一人の男性が座っているのが見えた。

ん？　呼ばれたのは僕一人じゃないのか。となると……。

乙部は慌てて退職願を懐にしまい、三人の元に歩み寄った。署長が座るように手で示したので、乙部はソファーに座る。署長が話し出した。

「君たちを呼んだのはほかでもない。総理のお孫さんが誘拐されたのは知ってるね。警視庁に緊急特別捜査本部が設置されることになって、君たち二人を派遣することが決定した。うちからはペアで四組、出すことになっている。君たちがラストのペアだ」

乙部はチラリと隣を見る。スーツを着た五十代くらいの男性だ。外国人かと見間違うほどに顔の彫りが深い。いや、ミックスなのか。

「乙部君、これはいい経験になると思うぞ。そして鈴木警部、君には期待している」

鈴木という男は署長の話にうなずくこともなく、無表情のまま壁の方を見ている。

「二人とも頑張ってくれたまえ。あとの細かい説明は課長からだ」

続いて課長が説明してくれる。と言っても現在は何も決まっていないに等しく、詳細については今日中に連絡があるという話だった。それらの説明を聞いたあと、二人で署長室を出た。

「乙部君、といったね」鈴木という男が話しかけてくる。「君、昼食まだでしょ？　よかったらランチでも一緒にどうかな？」

自席に食べかけのフィレオフィッシュがある、と言うわけにはいかない。「わかりました」と乙部はうなずいた。

数ある飲食店の中で鈴木なる男が選んだのは、さきほどお使いで行ったマクドナルドだった。しかも応対してくれた女子大生風のバイトに、この人さっきも来たじゃん的な目で見られてしまった。二人分のてりやきマックバーガーセットを手にテーブル席に向かうと、鈴木は便箋を読んでいる。

「い、いつの間に、それを……」

テーブルの上には破った封筒があった。乙部が懐に入れていた退職願だ。鈴木が便箋を封筒の中に入れ、テーブルの上を滑らせた。

「誤字は直しておきましたよ。乙部君、退職したいんですか？」

乙部は答えなかった。便箋を見ると、赤いボールペンで誤字が修正されている。

「警察官というのは地方公務員だし、続けてなんぼですよ。まあ君が年金をもらう年齢のときに年金制度が機能しているかどうか、それはわかりませんけどね。あ、自己紹介が遅れました。私は鈴木ルーカス太郎と申します。よろしくお願いします」

名刺を渡される。総務部所属となっているが、彼の顔を署内で見かけたことはない。それにルーカスというのは何だろう。セカンドネームだろうか。多くの疑問が頭の中を駆け巡る。

「鈴木さん、あの……」

「ルーカスと呼んでください。私はミックスなんです。父親は横須賀基地所属の米兵でした。ダンサーだった母と結婚し、除隊して日本に帰化したんです。私、どこから見ても欧米風の顔立ちでしょう？　警視庁に入るときも反対の声もあったようですが、父が軍にいた頃にまあまあ偉い人だったので、その関係で警視庁に採用されました。ミックスの警察官。周囲からは奇異の目で見られましたよ」

彫りの深い顔立ちは日本人離れしている。同質性が高い警察組織では浮いてしまっても無理はない。

「ところで乙部君、どうして警察官を辞めたいんですか？」

「いろいろありまして」

「そのいろいろを教えてください」

今日が初対面だ。悩みを打ち明けるほど親しい間柄ではない。乙部はお茶を濁した。

「それはその、一身上の都合というか……」

「まあいいでしょう。冷めないうちに食べましょうか」

ルーカスはハンバーガーにかぶりつく。ハンバーガーを食べる姿が様になっている。

「それにしても」あっという間にハンバーガーを食べ終えたルーカスがポテトをつまみながら言う。「千人規模の捜査本部というのは驚きましたね。数を揃えればいいというわけではないでしょうに。でも対外的にも本気で捜査に取り組んでいるという姿勢を見せるのが肝要なのかもしれませんが。乙部君、現時点で犯人像を想像できますか？」

「いえ、できません」

秘(ひそ)かに退職することを望んでいるZ世代の一刑事にわかることではない。

「そうですか。総理のお孫さん、どこにいるんでしょうねえ」

ルーカスが他人事のように言った。今朝の朝刊各紙は一面で取り上げていたし、テレビのニュース番組でもトップで報道されていた。が、情報はほとんど変わり映えせず、官房長官が記者会見で述べた内容を繰り返し報じているだけだった。

「頑張りましょう、乙部君。二人で力を合わせて総理のお孫さんを救出しましょう」

力強くルーカスは言い、右手を差し出してくる。「はあ」と曖昧にうなずき、乙部は紙ナプキンで脂を拭いてから、右手をおずおずと前に出した。

六月二十九日(土) 4

「無理に決まってるだろ、あんなガキを仲間に迎え入れるなんて。百合根先生に知られたら怒られるぞ」

さも当然といった顔つきで千秋が言う。美晴たちは司令室に戻っていた。モニターを見ると桐谷英俊はゲームをやっている様子だった。僕を仲間に入れてほしい。誘拐した人質からの衝撃的な申し出を受け、どのように対処すべきか、三人で話し合っている。と言っても話しているのは主に千秋だ。吉乃はさきほどから腕を組んで黙考している。

「だいたいあのガキは何者なんだよ。あんな小学二年生、見たことないぜ。コナン君かよ。蝶(ちょう)ネクタイ型変声機でも持ってんじゃないか」

コナン君、がツボに入ってしまい、美晴は思わず吹き出してしまった。すると千秋に睨まれる。

「美晴、笑ってんじゃねぇ」

「ごめん」

「とにかくだ。計画は今まで通り。あのガキは監禁室から一歩も外に出してはならない。甘やかしたら調子に乗るんだよ、ああいうタイプは。いったんゲームをとり上げるのもいいかもしれないな。隊長、それでいいだろ？」

話を振られた吉乃が目を開けた。モニターを見て彼女は言った。

「私たちは今、非常事態にある。いわば指揮官を失った状態だからね。先生から作戦の全容が記された指示書を受けとっているから、作戦の遂行に関しては問題ない。ただ、適宜協議が必要な箇所も散見される。先生自身がネット関係に強くなかったということもあって、ちょっと時代遅れというのかな、そういう部分が感じられるんだよ」

己の病状を把握していたらしく、百合根は万が一の場合に備えて作戦指示書を残していた。吉乃はそれを一晩かけて熟読し、さまざまなシミュレーションを頭の中でしてみたのだろう。その結果、彼女なりの不安を感じたのかもしれない。

「あの子は頭がいい。うまく利用すればこちら側の戦力になってくれるはずだ」

「待ってよ、隊長。あのガキ、何を考えてるかわからないぜ。油断させておいてこっちの寝首をかこうとしてる可能性だってあるんだ」

「手綱は緩めない。警戒態勢は今まで通り、彼には仲間になってもらう」

「そりゃ無謀ってもんだよ。隊長、らしくないぜ。冷静になりなよ」

「私は至って冷静だよ。お前こそ頭に血が上ってるんじゃないか」

剣呑な空気に変わったのを感じ、美晴は恐る恐る発言する。

「まあまあ落ち着いてよ。あ、そうだ。ここは一つ、休憩しない？　アイスでも食べて頭を冷やしましょう。たしか冷凍庫にアイス最中が入っていたような……」

「美晴、お前はどっちだ？　あのガキを仲間に入れるべきかどうか」

「どっちと訊かれても……」美晴は口ごもる。「でも仲間になってくれた方がいろいろと好都合だよね？　それにあの子頭良さそうだし、うまくいけば私なんかより戦力になってくれると思うけど」

「美晴、お前まで……。ふん、好きにしろ。とにかく私は反対だからな」

千秋が司令室から出ていこうとする。さきほど監禁室で話した際、英俊は誘拐の実行犯がタクシー運転手に扮した千秋だと当ててみせた。あれが千秋の自尊心を傷つけているのかもしれなかった。

「待て、千秋。冷静になれ。あの少年の方が私たちより優位に立っているんだ」

「どういう意味だ？」

「仮にこのまま作戦が遂行され、無事に人質解放のフェーズまで進んだとする。警察に保護されたあの子は、徹底的な事情聴取を受けるはずだ。そこで彼はこう証言するだろうね。僕が監禁されていた場所は、世田谷区経堂駅近くにある、庭が広くて地下室があって、大きな犬が飼われている家です、と」

さきほどの英俊の推理だ。すべて的を射ていた。

「この条件に合致する家は果たして何軒あるだろうか。つまり先生の自宅が監禁場所であることを知られてしまうのは時間の問題だ」

「じゃあどうすれば？　あのガキの口を塞ごうとでも？　そんなのは無理だ。死人が出るような作戦なら最初から加担してない」

「だから共犯にしてしまうしかないんだよ。あの子を共犯にしてしまって、解放後にもこの場所のことを口にしないように約束させる。それ以外に方法はない」

この場所のことを知られてしまったのは大きかった。一時的に使用している施設などではなく、百合根の自宅なのだ。自宅だから改装やら細工が容易く、こうして監禁室や司令室を作れたという利点もあるが、今ではそれが悪い方に作用してしまっている。

「それに一つ、私は気になっている点がある」吉乃は立ち上がった。「あの子に確認したいことがある。できればこの予想は当たってほしくはないけどね。ちょっとあの子に会いにいこう」

全員でマスクとサングラスを装着し、地下に向かった。美晴たちが監禁室に入っても、英俊はゲームのコントローラーを持ったまま、テレビの前から動こうとしない。吉乃が英俊に向かって話しかける。

「桐谷君、ちょっと話があるんだけど、いいかな？」

「決まったの？　僕を仲間に入れるかどうか」

「まだ検討中だ。一つだけ気になることがあってね。それを確認させてもらいたいんだ。実は君、この事件の黒幕について薄々察しがついてるんじゃないか？」

事件の黒幕。その単語に美晴は驚く。コントローラーを操作しながら英俊が言った。

「どうしてお姉さんはそう思うんだい？」

「強いていえば勘かな。君は何かまだカードを隠し持ってる。そんな気がしたんだよ」

「鋭いね、お姉さん。誘拐犯にしておくのはもったいないよ。お祖父ちゃんを紹介するから、よかったら民自党本部あたりで働いてみない？」

「遠慮しておく。勤め人は性に合わないんだよ」

英俊がコントローラーを置いた。そしてこちらを見て言った。

「お祖父ちゃん、桐谷俊策は僕を可愛がってくれる。たった一人の孫だから当然かもしれないけどね。総理大臣というのは結構忙しい仕事みたいで、僕と遊んでくれてるときにも電話がかかってきたり、秘書に何かを命じたりしてるんだ。半年くらい前だったかな」

首相公邸に遊びに行ったときのこと。桐谷総理は孫のために鉄道模型のレールを並べていた。すると秘書がやってきて、総理の耳元で何やら囁いた。それを聞いた総理は険しい顔で言った。まったく経堂のジイサンにも困ったもんだ、と。

「僕は訊いたよ。経堂のジイサンって誰なのかと。でも教えてくれなかった。それからしばらくしてパパも同じ単語を口にした。それで訊いたらパパは教えてくれた。同じ民自党にいるベテラン政治家、百合根って人だってね」

百合根はかつては政治の中心にいた時期もあったが、今は完全に主流から外れてしまっている。それでも存在感だけは失っておらず、たまに政府の見解を無視して他国を非難したりと、今も話題には事欠かない。

「だから一昨日、経堂駅前店のタグを見たとき、百合根の名前を連想したってわけ。どう？　僕の推理は合ってるのかな。三人のお姉さんを束ねているのは政治家の百合根議員。違う？」

正解だ。もしかして私たちはとんでもない男の子を誘拐してしまったのではないか。美晴はそんな不安に駆られた。千秋も何も言わなかった。多分マスクの下では口が半開きになっているはず。だって私もそうだから。

吉乃が手を叩いた。そしてこう言った。

「素晴らしい。名推理だ。歓迎するよ、桐谷君。是非とも君の知恵を貸してほしい」


美晴は眠気と戦いながらモニターを見ている。せめて何らかのアクションを起こしてくれたら脳も刺激されると思うのだが、英俊はさきほどからソファーの上で微動だにしない。

美晴は午後の当番だ。ほかの二人はゲストハウスに戻っている。一応英俊を仲間にすることは決定したが、扱いに関しては現状通りということになった。英俊もさして不満はないようで、それを受け入れた。好きなものを食べられ、ゲームやり放題。彼にとっては素晴らしい環境だろう。

英俊はファイルに視線を落としている。百合根から託された作戦指示書だ。仲間になったからにはあなた方が何をしようとしているのか、それを知りたい。そう言った英俊に対して吉乃が渡したものだ。かれこれ二時間近く、英俊は同じ姿勢のまま、作戦指示書を読んでいる。たいした集中力だ。

『ちょっといいですか』

音声が聞こえてきたので、ハッと美晴はモニターを見る。英俊が立ち上がり、こちらに目を向けていた。美晴はマイクをオンにしてから言った。

「何でしょうか？」

『話がある。集まってほしいんだけど』

「わかりました」

五分後、再び美晴たちは地下の監禁室に集まっていた。作戦指示書が綴られたファイルを吉乃に返しながら英俊が言う。

「ありがとうございました」

「これを見てしまったら君も引き返せないぜ。私たちと同罪だ」

「わからない漢字もたくさんあったけど、大体は理解できたと思う」

美晴は未読だが、二人から口頭で伝え聞いている。一言で言って前代未聞の要求内容だ。この要求を突きつけられた総理大臣の反応、日本政府の混乱はどれほどのものなのか、ちょっと想像ができなかった。

「今回の作戦はすべてオープンにしていく感じなんだよね？」

英俊の疑問に答えたのは吉乃だった。

「そうだ。すでに昨日、官房長官が記者会見で発表済みだ。総理の孫が誘拐されたとね。世間は大騒ぎだよ。君もテレビを見るといい。総理が記者会見に臨むのも時間の問題だろうね」

「最初の要求を伝えるのは明後日だよね。指示書によるとテレビで生中継させるみたいだけど、どうやるつもり？」

「厳密には明後日は今後の方針っていうのかな、それを伝えるだけだ。具体的にはテレビの生中継の件がほとんどを占めると言っていいだろう」

今後、犯人側――つまり美晴たち――と総理側の電話のやりとりはすべてテレビで生中継させるというのが、指示書にあった内容だった。犯人側がどんな要求を突きつけ、それに対して総理がどんな反応をするのか。それを国民に広く知らしめる。それが百合根の思惑だと思われた。

「なるほどね。劇場型犯罪っていうわけか」

知ったような顔をして英俊が腕を組む。劇場型犯罪というのは犯人が声明等を発表し、世間の注目を集めることを目的の一つとした犯罪だ。

「でも電話っていう手段はどうだろうか」英俊が首を捻りながら言う。「逆探知されるかもしれないし、ボイスチェンジャーを使ったとしても話し方の特徴などで警察側にヒントを与えてしまうとも考えられるよね」

「だったらほかに方法があるとでも？」

「YouTubeってどうかな。YouTubeで録画配信するんだよ。そうすれば全国民、いや全世界の人がアクセスしてくれるじゃん。総理側の反応を見られないのは仕方ないとして、広く知らしめるという意味でもいいと思うけどな」

吉乃があごに手をやって、何やら考え込んでいた。交渉でYouTubeを使用する。そのメリットとデメリットを天秤にかけている様子だった。やがて吉乃が小さくうなずきながら言った。

「うんうん。いいかもしれないね、YouTube。電話による交渉よりもデメリットは少なそうだ。誘拐の交渉は電話でなければならない。どうも我々にはそういう固定観念があるようだね」

そもそも本作戦の素案を作った百合根は昭和の人間だ。電話以外の手法は頭になかったに違いない。

「問題は配信したときに残る痕跡だよね」英俊が口を開いた。「僕はあまり詳しくないんだけど、IPアドレスっていうの？　そういうのを辿られてしまえば正体や居場所が判明しちゃうんじゃないかな」

「それは心配要らない。私の知り合いにホワイトハッカーがいる。そいつに足がつかない方法をレクチャーしてもらう」

「お姉さん、YouTubeって本人確認が必要なの？」

「収益化する場合は必要だったと思う。でも私たちの目的は収益化じゃないしね。仮に運営側から削除されても、一度ネットに載った映像ってやつは無限にコピーされ、広がっていく。いいこと尽くめじゃないか」

すでに美晴は二人の会話の内容を半分程度しか理解できない。千秋も同様らしく、首を捻っている。

「問題は配信の内容だよね。顔を隠して画面に出るわけにもいかないし、音声のみっていうのも味気ないよな」

「Vチューバーとかどう？　キズナアイみたいな女の子のイラスト使ってさ」

Vチューバーくらいは知っている。Vとはバーチャルの略であり、2Dや3Dのアバターを使用して、動画配信をおこなう配信者のことだ。

「うーん、どうかな。さすがに時間がないだろ」

「そうかな。ソフトとか使えばできると思うけど」

「無理だな。下手にイラストとか使用して、痕跡を残したら厄介だ。著作権の問題もあるしな」

「総理の孫を誘拐してる人たちが著作権侵害を恐れてどうするのさ」

吉乃と英俊は年が離れた姉弟のように話している。この子を仲間に入れたのが吉と出るか凶と出るか。それが判明するのも時間の問題だろう。

六月三十日(日) 1

東京メトロ東西線の九段下駅には異様な光景が広がっていた。日曜日だというのにスーツを着た男たちでごった返している。しかも男たちは一様に目つきが鋭く、剣呑な雰囲気を漂わせていた。その異様な集団の中に乙部祐輔もいた。隣にはコンビを組むことになった鈴木ルーカス太郎の姿もある。乙部はルーカスに訊いた。

「この人たち、全員刑事なんですよね?」

「でしょうね。何しろ千人近く集まるわけですから」

地上に出る。男たちの集団は靖国通りの九段坂を上っていき、やがて左に曲がって田安門橋を渡った。すでにマスコミの姿がチラホラと見える。マイク片手に中継している女性リポーターもいた。

「やっと着きましたね」

日本武道館の建物が見えてくる。総理の孫、桐谷英俊君が誘拐された事件を受けて、警視庁は緊急特別捜査本部を設置することを明言し、千人を超える捜査員を動員することを併せて発表した。その第一回捜査会議の会場として選ばれたのが日本武道館だった。

受付に長い列ができていた。七、八分かかってようやく番が回ってきた。所属署と名前を名乗ると、捜査資料が入った封筒が渡される。ルーカスとともに中に入った。

床には一面、緑色のシートが敷かれ、机と椅子が整然と並んでいる。席は自由らしく、今は半分ほどが埋まっていた。乙部たちは前方の空いている椅子に座った。あっという間に席は埋まっていく。私語厳禁ではないが、捜査員たちは誰も口を利こうとしなかった。厳かな緊張感に包まれていた。そんな中、隣に座るルーカスだけは悠然と足を組み、スマートフォンでゲームをやっていた。

午前十時。司会の声とともに捜査会議が始まる。まずは捜査本部長を務める刑事部長ら、幹部たちの挨拶から始まった。捜査本部長は三人の幹部が連名で務めるようだった。

「巧妙なやり方です。捜査本部に三人のトップがいれば、何かあった場合、その責任も分散できますからね」

乙部は冷や汗をかいていた。ルーカスの声が大きく、周囲の捜査員たちの耳に入っているのは明らかだった。

「そもそも武道館でやる必要があるんでしょうか。昭和じゃあるまいし、警視庁の上の人たちはリモートワークという言葉を知らないんですかね。武道館を一日貸し切りにするだけで五百万円近い費用が必要なんですよ。その費用だって税金ですから」

「ルーカスさん、少し静かにした方が……」

「やはりマスコミ向けのパフォーマンスですかね。今回の誘拐犯は劇場型犯罪を目論んでいる。警察側も何としてでもマスコミを味方につけたいのでしょう」

ルーカスを無視して乙部は正面の壇上を見る。今は警視庁捜査一課長が捜査の心得について話している。

「……諸君らは各管内において捜査をおこなってほしい。配付した資料の中に英俊君の写真がある。それを使用しての聞き込み捜査が主な作業になるはずだ」

封筒の中を漁ると、一枚の写真が出てきた。聡明そうな男の子だった。言われてみれば桐谷総理の面影が多少あった。

「別途指示がある場合は、諸君らの携帯電話にショートメールを送るので、注意してほしい。なお、こうして顔を揃えて捜査会議をするのは今日が最初で最後だ。今後はリモートでの捜査会議を考えている」

ルーカスの話していた通り、今日の捜査会議はマスコミ向けのアピールのようだ。最後に捜査一課長はこう締め括った。

「警視庁の威信にかけて、必ず英俊君を救出するぞ。健闘を祈る」

捜査一課長が壇上から下りていく。その後も実務的な説明、たとえば手がかりを発見した場合の報告方法や、緊急を要する事態が発生した場合の対処法などが、各担当者の口から発表された。

「犯人側からの要求は現時点では不明だが、おそらく相当額の金を要求してくるものと考えられる。誘拐されたのが総理の孫であることから、国際的なテロ組織、もしくは政治犯の可能性も高い。警視庁のテロ総合対策本部が現在リストを作成中。疑わしきテロ組織をリストアップする予定になっている」

国際的なテロ組織。何だかスケールの大きな話になってきた。たしかに総理の孫を誘拐するような連中だ。かなり気合いの入った犯罪集団であることは想像がつく。乙部はハリウッド映画に出てくるような、マシンガンを持ったごつい男たちを連想した。

「いずれにしても凶悪な犯人であるのは間違いない。各自拳銃を携帯のうえ、捜査に当たるように」

一時間ほどで捜査会議は終了した。最後に警視庁音楽隊の生演奏にのせて『警視庁の歌』の斉唱がおこなわれる。千人を超える警察官による斉唱は圧巻の一言だったが、隣のルーカスは口を動かすこともなく、終始馬鹿にしたような笑いを浮かべていた。

「ルーカスさん、どうします？　品川に戻って捜査を始めますか？」

会議終了後、武道館から出たところで乙部がそう切り出すと、ルーカスは淡々とした口調で言った。

「せっかくですから、ちょっと寄り道をしましょう」

どこに行くのか明言せず、ルーカスは歩き出した。


向かった先は新橋にある複合ビルだった。低層階は商業施設になっており、上の方には会社のオフィスなどが入っているようだ。エレベーターに乗ったルーカスは迷わず最上階のボタンを押した。

屋上はフットサルコートになっていた。全部で四面あり、今日は日曜日ということもあってか、四面すべてで試合がおこなわれていた。学生風の若者の姿が目立った。不安を感じつつ、乙部はルーカスに訊いた。

「いいんでしょうか？　勝手にこんなところに来てしまって」

「別に禁止されていませんよ」

武道館で受けとった封筒の中に、機密ファイルへのアクセス方法が記されていた。現在までに判明した事実や、事件関係者の証言などがまとめられたファイルだった。千人の捜査員は自由に閲覧できるようになっていた。このフットサルコートこそ桐谷英俊が最後に目撃された場所だった。そう、ここから桐谷英俊は連れ去られたのである。

「すみません、貝沼コーチはいらっしゃいますか？」

ルーカスが通りかかった女性に訊いた。その女性は首から名札のようなものをぶら下げており、施設のスタッフのようだった。女性が指をさして教えてくれる。

「あそこにいるのが貝沼コーチです」

貝沼コーチはシャツに短パンという軽装だった。首からメガホンをかけて、頭の上にサングラスを載せている。見た目は完全にチャラ男だった。資料によると元Jリーガーらしいが、乙部は顔も名前も知らなかった。

「少しお話をよろしいでしょうか。私は品川警察署の者です」

ルーカスがそう言いながら貝沼に近づいていき、警察手帳を出してバッジを見せた。貝沼は一瞬だけ怪訝（けげん）そうな顔をしたが、すぐに無邪気な笑みを浮かべた。

「刑事さんっすか。俺、もう喋（しゃべ）ることなんてないっすよ。昨日だって丸一日拘束されていたんですから」

「まあそう言わずに少しだけお付き合いくださいよ」

ベンチに並んで座った。乙部だけは立って二人の話を聞いた。一応手帳を開き、メモをとる準備だけはしておいた。

「桐谷君のお祖父さんが体調を崩して病院に運ばれた。そういう連絡があったわけですね」

「ええ、そうっす。電話をとったのは俺じゃないっすけどね」

ファイルに詳細が記されていた。フットサル教室の運営事務局――このビル内にオフィスがある――に桐谷総理の秘書を名乗る者から連絡があり、総理が体調を崩したと告げたという。併せてビルの下に車を手配するので、それに英俊を乗せるようにと指示があった。

「鵜呑みにしてしまったのは俺の落ち度かもしれませんが、あの状況じゃ仕方ないっすよ」

「別にあなたのせいにしているわけではありませんよ。ちなみにその運転手ですが、どんな人だったんですか？」

「女性でした。結構大柄でしたね。身長は百七十センチくらい。黒い長髪でした。正直顔とかは憶えてないです。ほかの刑事さんにもしつこく訊かれたんですけどね。マスクもしてたし」

「たとえば女装をした男性ということはありませんか？」

「ないと思うけどなあ」

「よく思い出してください。本当に女性でしたか？」

この貝沼というコーチは現時点で唯一、犯人一味と接触している人物である。そういう意味ではかなりの重要人物だった。今後もさらに事情聴取の対象となるかもしれない。

「あ、そういえば」と貝沼が何かを思い出したかのように手を打った。「俺、運転手と話したんだよ。女の声だったと思いますよ」

桐谷様でございますね。こちらです。エレベーターから降りたところに運転手が待機しており、そう声をかけられたという。車内でも運転手とやりとりをした。

「スポーツドリンクを渡されたんだけど、俺、一度断ったんですよ。でも車のエアコンが故障してたらしくて車内がやけに暑くてね、結局飲んじゃったんだよな。あれさえ飲まなかったらなあ……」

渡されたスポーツドリンクを飲み、睡魔に襲われたようだ。その日の夜、貝沼は渋谷区内の公園で意識をとり戻し、そのまま近くの交番に出頭、事情を説明したらしい。

「運転手の声は女性のもので間違いなかったですか？」

「多分。男が頑張って女の声を出してたとは思えないね」

ホイッスルが鳴り、小学生らしき子たちの試合が終わる。それを見た貝沼が言った。

「俺、行かないと。失礼します、刑事さん」

「ご協力ありがとうございました」

ルーカスは笑顔で貝沼を見送った。ルーカスが訊いてきた。

「どうして犯人たちは運転手役を女性にしたんだと思いますか？」

そんなことは考えたこともなかった。乙部は必死に頭を働かせた。

「ええと……警戒されたくなかったから、ではないでしょうか。男性よりも女性の運転手の方が警戒心が薄まるというか」

「悪くない意見ですね。ですが総理の孫を連れ去るという重大な任務です。できれば屈強な男性の方が望ましいのでは？　たとえばお孫さんが暴れて抵抗するケースだって考えられるわけですから」

言い返すことができずにいるとルーカスが続けた。

「それに総理の秘書を偽って電話をかけてきたのも女性です。ファイルに書いてありました」

「そうでしたっけ？」

それは見落としていた。電話をかけてきた女と運転手に扮した女は同一人物の可能性もあるのか。

「なぜ運転手役と電話をかけてきた秘書役が女性になったのか。考えられる可能性は二つです。男女混成の犯人グループの中で、彼女が抜擢された。理由は乙部君の話してくれたように、警戒心を和らげるためでしょう。これが一つめ」

実際にその作戦は功を奏した。フットサル教室の事務局は秘書役の女の話を丸々信じた。桐谷英俊も、そして貝沼コーチもさして疑いを抱くことなくタクシーに乗り込んだのだから。

「二つめの可能性として挙げられるのは、女性の運転手しか出すことができなかったというものです。つまり犯人グループは全員が女性なんですね」

にわかには信じられない。ただ、貝沼の証言が正しいなら男性のみという編成は絶対にない。犯人グループの中には確実に女性が交じっている。

「運転手役はなかなかの切れ者ですよ。きっと貝沼コーチの同乗は予想外のことだったのでしょう。睡眠剤入りのドリンクを何としてでも飲ませなくてはならなかった。だからエアコンが故障していると嘘をついて車内の温度を上げた。なんてことはないようですが、運転手が指示待ち要員だったら即座には対応できない。きっと指揮系統がタテではなくフラットで……」

ルーカスはぶつぶつ言いながら、犯人像のプロファイリングを始めた。

「こうなってくると犯人側の要求も気になりますね。いったい何を要求してくるのか」

「えっ？　金じゃないんですか？」

犯人側が身代金をいくら要求してくるのか。巷(ちまた)では話題になっている。十億か、五十億か。百億と予想する声も上がっていた。

「わかりませんよ、こればかりは。おっとそろそろ退散しましょう。うろちょろしてると怒られてしまいそうです」

ちょうど向こう側からスーツを着た二人組の男たちが歩いてくるのが見えた。雰囲気からして刑事だとわかる。貝沼に追加の質問でもぶつけるつもりか。応援している保護者たちの背後を通り、乙部たちはフットサルコートをあとにした。

六月三十日（日）　2

午後、総理が記者会見をする。猪狩たちにその情報が伝えられたのは午前中のことだった。日曜日ということもあり、自宅でネットサーフィンを決め込んでいた猪狩だったが、慌てて着替えて官邸記者クラブに向かった。

報道室の発表によると、記者会見は十五時から。各社二名の制限をかけるという話だった。おそらく通常の記者会見よりも多くの記者が押しかけることが予想されるための人数制限だと思われた。

「そろそろだな」

藤森キャップが言ったので、猪狩は「ええ」と応じた。二人は記者クラブ内のブースでNHKの生中継を見ている。質疑応答もない、ペーパーを読むだけの会見だと予想されたので、大京テレビからは総理番の梅野とカメラマンを一名、会見室に派遣している。

「桐谷総理、再選はあると思うか?」

藤森に訊かれた。唐松が総裁選に意欲を見せていることは、まだ誰にも言えない秘密だった。

「どうでしょうかね。派閥的には推されるとは思いますけど」

桐谷俊策の政治家としての評価はさほど高くない。三年前、椿元総理から禅譲のような形で総理の座を譲り受けた二世議員だ。支持率は下降線を辿り、本人もそれを気にしたのか、マイナンバーカード関連やカジノ絡みの事業を強引に推し進めた。結果、各事業に甘さや綻(ほころ)びが見え隠れし、国民の期待を裏切る形になってしまっている。

「おっ、出てきたぞ」

数名の秘書やSPを連れて、桐谷総理が会見室に姿を現した。報道関係者たちが一斉にフラッシュを焚く中、桐谷は正面の日本国旗に向かって一礼してから、中央の演壇の前に立った。

桐谷は今日も仕立てのいいスーツを着ている。坊ちゃん総理と揶揄されるように、育ちのよさが前面に出ているのが桐谷の特徴と言えよう。押しの強さに欠けるが、その分は父の代から培(つちか)った人脈と人の好(よ)さで勝負をする。あらゆる面で唐松官房長官とは対照的な政治家だ。

内ポケットからペーパーを出し、それを広げてから桐谷は話し出した。

『皆様、本日は日曜日にもかかわらずお集まりいただき、誠にありがとうございます。先日、唐松官房長官から発表があった通り、現在私の家族がある事件に巻き込まれております。まずは私の口から国民の皆様に説明をしなければならないと思い、この場を設けさせていただきました』

そこで言葉をいったん切り、桐谷は頭を下げた。一斉にフラッシュが焚かれた。顔を上げ、再び桐谷はペーパーに目を落とす。

『私の孫、桐谷英俊、七歳は何者かに誘拐されました。それは紛れもない事実でございます。誘拐事件が発覚したのは三日前、木曜日の夕方です。現在、犯人側と交渉をおこなっている最中であります。金曜日に官房長官が発表したように、犯人側の要求に従い、この事実を公表いたしました。記者会見にて誘拐の件を公にせよ。それが犯人側の要求であります』

猪狩は手帳にペンを走らせているが、とり立てて新しい事実の発表はなさそうだった。桐谷が神妙な表情のまま続けた。

『国民の皆様には多大なご心配をおかけしておりますが、今後も温かく見守っていただけますよう、お願い申し上げます。またマスコミ各社におかれましても、過度な報道はお控えいただくこと、併せてお願い申し上げます。私からは以上です』

桐谷はペーパーを折り畳んだ。質疑応答は許されていないが、あまりの情報量の少なさに苛立ちを隠せないようで、記者連中が一斉に口を開く。

『総理、犯人から身代金などの具体的な要求は入っていないんですか?』

『お孫さんの生存確認はとれているんでしょうか?』

桐谷は無表情のまま、ペーパーを内ポケットにしまった。別のマイクで秘書らしき男が記者たちに向かって告げた。

『申し訳ございませんが、本日は質疑応答は控えさせていただきます。次の機会をお待ちください。よろしくお願いします』

総理が演壇から離れようとした、そのときだった。一際大きな声が聞こえた。

『総理、総理、よろしいでしょうか、総理』

一人の女性記者が手を真っ直ぐ挙げ、立ち上がっている。桐谷が女性記者をチラリと見た。一瞬のことだが、桐谷の顔が露骨に歪むのを猪狩は見逃さなかった。

「おい、あの女、たしか……」

「水谷ですね。週刊ファクトの」

水谷撫子。例の流星群問題で桐谷政権を攻撃した女性記者だ。そして同時に猪狩が大学時代に付き合っていた女性でもある。総務部に異動――実質的には左遷――させられたと聞いている。グレーのパンツスーツを着ており、長い髪を後ろで束ねていた。

『総理、ブロードランナーの水谷です』

桐谷は会見室から出ようと歩き始めているが、撫子は声を張り上げ、桐谷の背中に問いかける。

『もし犯人側が金銭的な要求をしてきた場合、その身代金は総理の私費から払われるのでしょうか。それとも公費から払われるのでしょうか。お答えください、総理っ』

当然のことながら総理は答えない。秘書やSPに囲まれたまま、会見室から出ていった。しかし撫子が最後に投げかけた質問はインパクト十分だった。身代金は私費で払われるのか、それとも公費で払われるのか。実に興味深い質問だ。

それにしても、と猪狩は思った。彼女は退職してフリーになったのか。ブロードランナーというのはオンラインを主戦場とする、一癖も二癖もあるフリーランス記者の集まりだ。フリーランスの記者は首相会見には参加できないはずだ。彼女はどうやって中に入ったのか、と猪狩は疑問を抱いた。

「でも実際にどうなんだろうな」マウスを操作し、生中継の画面を閉じて藤森が言った。「犯人側からとんでもない金額の身代金が要求された場合、総理はどうやって支払うんだろうか」

猪狩はすでにスマートフォンで『総理　財産』というキーワードで検索をかけている。去年の暮れの経済新聞の記事がヒットする。

『桐谷俊策首相と閣僚の計二十一人が保有資産を公開した。家族分を含めた総資産の平均は九五五〇万円だった。首相は二億三〇七〇万円で三位だった。一位は……』

桐谷の資産の内訳は、千代田区や広島市にある不動産が約一億五千万円で、それ以外が預貯金となっていた。妻、房江は五百万円近い預貯金と乗用車一台のみ、申告されていた。

「なるほどな。つまり一億円以上の身代金が要求された場合、総理は所有する不動産を売却しないと払えないってことだよな」

「理論上はそうなりますね。まあ銀行が貸してくれるとは思いますけど」

いったい犯人側は何を要求してくるのか。個人的にも、一記者としても興味は尽きなかった。

六月三十日(日)　3

「おい、あれって週刊ファクトの水谷だよな」

「間違いないね。どこかに左遷になったって聞いてたけど」

遠巻きにこちらを見ている外野の声を聞き流しつつ、水谷撫子は会見室をあとにする。復帰初戦としては我ながら上出来だったと思う。

足早に首相官邸から出る。通りに出てタクシーに乗り込み、「有楽町まで」と行き先を告げたところでスマートフォンに着信が入ってくる。通話状態にすると男の声が聞こえてきた。

「ナディ、いいクエスチョンだったよ。総理も驚いていたんじゃないかな」

ワシントン・ポスト元東京支局長のロバート・コールマンだ。現在は都内の大学で非常勤講師をしている彼は、撫子の退社、独立を陰で支援してくれた人物だ。今回、会見に参加できたのも、彼が米大使館経由で官邸に働きかけた結果である。

「ありがとうございます。コールマンさんのお陰です」

「僕は何もしてないよ。また忙しくなるんじゃないかな」

「そうなってくれると嬉しいですね」

一年前、突然の内示を受け、週刊ファクト編集部から総務部に異動になった。異動先には雑務しかなく、飼い殺しの状態だった。絶対にここから抜け出してやる。そう決意し、撫子は転職先を探した。そんな中、懇意にしている記者の一人から紹介されたのがコールマンだった。

「近いうちに寿司でも食べにいこう」

「楽しみにしております」

通話を切った撫子はスマートフォンでニュースサイトを検索する。生中継された総理の記者会見の模様はすでにアップされていたが、最後の撫子の質問だけはカットされていた。いくつかのサイトを見てみたが、どこも同じだった。まあよしとしよう。爪痕くらいは残せたはずだから。

撫子は父は新聞記者、母は雑誌の編集者という、マスコミ一家に生を享けた。父と同様、政治・経済分野の記者になるつもりだったが、スクープを連発する写真週刊誌に興味が湧き、週刊ファクトの発行元である太洋出版に就職、すぐに週刊ファクトの編集部に配属された。父も母も娘が写真週刊誌の記者になったことを正直面白く思っていないようだったが、撫子自身は気にならなかった。

最初は芸能人のゴシップ記事や、穴場のグルメ関係の取材をさせられたが、徐々に実力を認められ、政治担当に抜擢された。昼夜問わず永田町を駆けずり回る日々。死ぬほど忙しかったが、やり甲斐は感じていた。

当時厚労大臣だった桐谷が私的に開催している『流星群研究会』なる会合が、公職選挙法に抵触しているのではないか。撫子がそのネタを摑んだのは五年前のことだった。裏づけがとれないことから、最終的にデスクの判断は保留というもので、そのネタは机の引き出しの奥で眠りに就いた。

それから数年後、桐谷が総理に就任して風向きが変わった。今、このネタをやれば世間から大きな注目を集めることができる。デスクの後押しも受け、撫子は再度取材を開始した。そして遂に撫子の記事が週刊ファクトのトップを飾った。

記事は大きな反響を呼んだ。テレビのワイドショーでは連日特集が組まれ、東京地検が動き出したという噂をキャッチした。ＳＮＳのフォロワー数が急激に増えたのもこの頃だった。撫子が会見等で総理や官房長官に対して辛辣な質問を浴びせるたびに、ＳＮＳは大きく湧いた。週刊ファクトのエースと持て囃され、まるで自分が世界の中心になったかのような錯覚を受けた。

フィーバー状態に翳りが見え始めたのは、最初の記事から半年ほど経った頃だった。東京地検が『違法性なし』の判断を下し、騒動が下火になっていった。撫子自身も取材を重ねたが、新たな事実や証言は得ることができずにいた。そんな中、突然の内示が下され、週刊ファクトから追い出された。何か大きな力が動いたのは想像に難くなく、撫子は胸に誓った。桐谷政権を決して許さない、と。

自らのジャーナリズム精神が屈折しているのは、撫子自身も十分に理解している。しかし政治の力を利用し、一記者を閑職に異動させるなど、それこそ職権濫用ではないか。報道の自由を何だと思っているんだ。

「運転手さん、このあたりで結構です」

料金を支払ってタクシーから降りる。有楽町駅近くのビルの二階にある喫茶店。まだ待ち合わせの相手は来ていなかったので、撫子は窓際の席に座り、店の入り口に顔を向ける形で座った。

スマートフォンを見ると、いくつかのメッセージを受信していた。会見を見てくれた友人たちから、復帰を祝う声が届いていた。それらのメッセージに対して返信していると、一人の男が喫茶店に入ってくるのが見えた。きっとあの男だ。撫子は立ち上がって出迎える。

「水谷です。よろしくお願いします」

「本当に僕なんかが役に立つんでしょうか？」

「問題ありません。私は桐谷俊一郎氏の人となりを知りたいだけですので。何をお飲みになりますか？」

「じゃあアイスコーヒーを」

今回、撫子が標的として選んだのは誘拐された桐谷英俊の父、桐谷俊一郎だ。元商社マンで現在は桐谷総理の秘書をしている彼の姿は、記者時代に何度か見かけた。切れ者という感じではなく、お坊ちゃんタイプの若者だった。

叩けば何か出るのではないか。それが撫子の勘だった。

「最近桐谷さんとお会いになったのはいつですか？」

この男は商社時代の桐谷俊一郎の同僚だ。ＳＮＳに俊一郎と一緒にゴルフをしている様子をアップしていた。ＳＮＳは情報の宝庫であり、取材に欠かせないツールになっている。

「一ヵ月くらい前だったかな。飲みに行きましたよ」

「どちらのお店に？」

「新橋の焼肉屋です。二軒目は銀座でした」

「銀座というと、女性がいるお店ですか？」

「ええ、まあ。僕は誘われたというか、俊一郎が行きたいって言い出したんですよ」

「ということは、俊一郎さんの奢(おご)りで？」

「はい、あ、ちょっと待ってください。割り勘でした、割り勘」

突けば何か出てきそうだが、敢えてそこには触れないことにする。店員がアイスコーヒーを運んできたので、まずは喉を潤した。そして質問を再開した。

「ちなみに二軒目のお店の名前は？」

「クラブ……ラキシスだったかな」

「俊一郎さんはその店の常連なのでしょうか？」

「結構通ってるみたいでしたよ。気に入ってる子がいるみたいでね」

「その方のお名前は？」

「憶えてないなあ」

「特徴とかは？　些細なことでも構いません」

「ええと、たしか元ＣＡとか言ってた気がするけど。どうにかしたいって言ってたよ。そうだ、あいつ結婚してるんだから、この話はＮＧでお願い」

「もちろんです」

銀座、元ＣＡのホステス。どうして男というのはこうも単純な生き物なのだ。内心蔑(さげす)みの笑みを浮かべつつ、撫子は業務用の爽やかな笑みでうなずいた。

六月三十日(日)　4

午後十一時。美晴はゲストハウスのキッチンにいた。といっても料理をしているわけではなく、湯を沸かしているだけだ。美晴の目の前には四つのカップ麺が並んでいる。どれもフィルムを剝(は)

がしてあり、あとは湯を注げばいい状態だ。

ヤカンの蓋がカタカタと鳴り始めるのを見て、美晴は一気に湯を注いだ。同時にスマートフォンのストップウォッチ機能をオンにする。一分半経過したところで四つのカップ麺を載せたトレイを両手で持ち、ゲストハウスを出た。暗い庭を歩いて離れに向かう。

地下に通じる階段を下りる。中に入ると、三人はそれぞれ作業に没頭している。美晴は声を張り上げた。

「夜食の準備できたよ」

「悪いな、美晴」

「いえいえ。千秋ちゃんはカレー味だったよね」

美晴はカップ麺を配る。最後に桐谷英俊のもとに向かい、パソコンから少し離れたところにカップ麺を置いた。

「英俊君は醤油(しょうゆ)味だったよね。ここに置いとくから」

「うん」

英俊は腕を組み、パソコンの画面とにらめっこをしている。なかなか箸を割ろうとしない英俊に対し、少し離れた場所に座っている吉乃が声をかけた。

「英俊、早く食べないと麺が伸びちゃうぞ」

「うん」

ようやく彼はパソコンの前から離れて、自分のカップ麺を食べ始める。彼だけはレギュラーサイズではなく、小さめのお子様用だ。

YouTubeで要求を配信したらどうか。英俊のアイデアを採用した吉乃たちは、早速行動を開始した。パソコンやテーブルなどを監禁室に運び込み、そこで作業を始めたのだ。基本的にYouTubeに配信する映像の制作は英俊が担当となり、音声読み上げソフトに使用するテキストの作成、及び配信にあたってのネットセキュリティ関連の対策は吉乃が担当となった。千秋は両者の補助につく形となった。唯一、美晴だけがさほど仕事を与えられず——パソコンも満足に使えないのだから仕方がない——掃除をしたり食べ物を用意したり、裏方として働いていた。

「あのさ」とカップ麺を食べながら英俊が言う。「お姉さんたちはコードネームとかないの？普通こういう犯罪組織ってかっこいいコードネームとかあったりするじゃん。ジンとかウォッカとか」

「英俊、アニメの見過ぎ」

カレー味のカップ麺を啜りながら千秋が言った。昨日からずっとここに籠もって作業をしているため、軽口くらいは言い合える関係になっていた。吉乃が言った。

「じゃあ自己紹介しようか。私は沙悟浄だ」

それを受けた千秋が言う。

「私は猪八戒」

千秋がこちらを見たので、美晴も渋々言う。

「私は……孫悟空」

「ふーん、西遊記か」知ったような口調で英俊が言う。「ってことは、百合根のおじいさんが三蔵法師ってことか」

誰も答えなかった。すでに英俊は百合根の関与に気づいてしまっているが、黒幕の正体だけはそう簡単に認めるわけにはいかない。カップ麺の容器をテーブルの上に置き、英俊がキーボードを操った。しばらくして彼が言う。

「ねえ、これ見て」

画面を見ると、いくつかの三蔵法師のイラストが並んでいる。劇画調のシリアスなものから、二頭身のコミカルなものまで幅が広い。『三蔵法師　イラスト』で検索をかけたようだ。

「単純に要求を伝えるだけじゃつまらないから、こういうイラストを使ってみようよ」

「これなんかいいんじゃないか」

千秋が一枚のイラストを指でさす。可愛らしい三蔵法師で、何かのアニメに出ていたらしい。それを見た吉乃が言った。

「悪くないが、著作権はクリアできるのか。無断転載はいけないぜ」

総理の孫を誘拐しておいて、著作権を気にするのはどうかと思うが、それがこの人たちの流儀だと美晴も気づいていた。根っからの悪い人たちじゃないのだ。どちらかというと善人だ。

「大丈夫、これをもとにして生成ＡＩに新しいイメージを作ってもらうから」

多数決で使用するイラストを決め、再び作業が始まる。美晴は吉乃の作業の手伝い——音声読み上げソフトに使用するテキストの誤字チェックをおこなった。一時間ほど経過し、深夜零時を回った頃だ。千秋が小声で言った。

「おい、見ろよ」

英俊が眠っていた。いくら大人びていても小学二年生なのだ。吉乃が立ち上がり、彼の背中にタオルケットをかけてやる。そして美晴たちを見て言った。

「要求を伝えるのは今日の正午。配信にあたっての準備はほぼ終わっているし、あとの作業は朝にしよう。納期は守れそうだ」

「納期？」

「納期は守れ。百合根先生の教えだよ」

吉乃がそう言って笑う。本来であれば今日は今後の方針を伝えるだけの予定だった。が、YouTubeで要求を配信することが決定したため、テレビの生中継等の調整が不要となった。いきなり要求を突きつけることが可能になったのだ。

物音を立てぬように片づけをする。最後に千秋が英俊の体を軽々と担ぎ上げ、ベッドまで運んだ。英俊は起きる気配もなく、完全に寝入っている。その寝顔は誘拐されている人質というよりは、遊び疲れて眠ってしまった子供そのものだった。

七月一日(月) 1

「……そりゃ私だって心配してるわよ。でも仕方ないじゃない。だって英俊は総理の孫なんだから」

出た、決め台詞(ぜりふ)！　妻が電話で話す声を聞きながら、俊一郎は内心そう叫んだ。美沙は今、母親と話しているようだ。向こうの母親にとっても英俊は目に入れても痛くない大事な孫であり、先週末からしょっちゅう電話で話している。

「……わからないわよ、そんなこと。身代金がいくらなのか、まだわからないんだから」

美沙は横浜に本社のある医薬品開発会社社長の娘だ。一応周囲には恋愛結婚と触れ込んでいるが、実際は父によって仕組まれた政略結婚のようなものだ。厚労大臣時代、父が懇意にしている医薬品開発会社の社長がいて、その関係で美沙を紹介されたのだ。

「……とにかく今は犯人側の出方を待つしかないわ。それに日本の警察は優秀よ。しかも千人以上も動員されてるって話だし」

俊一郎は私用のスマートフォンでLINEをやっている。相手はエリだ。彼女は起きているらしく、俊一郎が「これから犯人と話すよ」と打つと、すぐに既読になって「頑張って」というメッセージとともに可愛いクマのスタンプが送られてくる。俊一郎は「頑張るよ」と返した。

「……ごめん、お母さん。そろそろ行かないと」

美沙が通話を終えたタイミングで、寝室のドアがノックされた。韮沢の声が聞こえてくる。

「若、準備はよろしいでしょうか」

廊下に出て、会議室に向かう。すでに多くの警察関係者が集まっている。中央の応接セットに父が座っていた。首相補佐官らの側近の姿もあった。テーブルの上には俊一郎の公用スマートフォンが置かれている。その前だけ誰も座っていないので、おそらく自分の席だろうと判断して俊一郎はソファーに座った。

「俊一郎さん、ご到着だ。各自準備を整えろ」

警察の偉そうな男がそう言うと、周囲にいた警察関係者が「はいっ」と声を揃えて返事をした。

いったい犯人側はいくら要求してくるのか。問題はそこだった。身代金がいくらにしろ、金なんかどうにでもなる。妻の言葉を借りるわけではないが、英俊は総理の孫なのだ。日本国の総理大臣に払えない金額などないはずだ。

父の顔色を窺う。ネクタイこそ結んでいないものの、今日もスーツ姿だった。今は背後に控えた秘書に何やら指示を与えていた。元々俊一郎にとっての父とは「東京にいる人」であり、幼い頃からそれほど近しい存在ではなかった。

父が国会議員に初当選したのは二十年ほど前、俊一郎が中学生の頃だった。しかしそれ以前も父は祖父の秘書として東京と広島を行き来する生活を送っており、俊一郎には父とどこかに遊びにいった記憶というものがほとんどない。強いて挙げれば夏になると地元の夏祭りをハシゴしたことくらいだが、今になって思えばあれも父にとっては大切な仕事だったとわかる。

国会議員に当選してから、父はさらに忙しくなった。たまに広島に帰ってきても家にいることなどほとんどなく、だから十代、二十代のときには父とまともに会話をしたことさえなかった。それが桐谷家の「普通」であり、俊一郎も淋しいと感じたこともなかった。代わりに母からたっぷりと小遣いをもらえた。俊一郎自身に自覚はないが、政治家一家の御曹司として徹底的に甘やかされて育ったと言っても過言ではない。

「そろそろです」

韮沢にそう耳打ちされ、俊一郎は身構えた。時刻は正午になろうとしている。急に緊張してきた。テーブルの上に置かれていたペットボトルの水をとり、乱暴にキャップを開けて一口飲んだところで着信音が鳴り響く。部屋にいる全員がこちらに注目する中、俊一郎はスマートフォンに手を伸ばした。

「もしもし？」

「こんにちは。三蔵法師です」

　ボイスチェンジャーを通じた声が聞こえてくる。三蔵法師と名乗る犯人は続けて言った。

「桐谷俊一郎さんですね？」

「はい。桐谷です」

「我々が送った郵便物は確認していただけましたか？」

　土曜日に民自党本部に届いた英俊の画像の件だ。

「確認しました」

「息子さんは今も元気ですよ。スピーカー機能をオンにしてください」

　言われるがまま、俊一郎はスマートフォンを操作してからテーブルの上に置いた。三蔵法師の声が聞こえてくる。

「皆さん、こんにちは。三蔵法師です。一度しか言いませんのでよく聞いてください。我々からの要求は五分前にYouTubeにアップしてあります。『三蔵法師の誘拐チャンネル』で検索してください。そのチャンネルをご覧になれば、我々の要求がわかります」

　周囲の者たちが慌ただしく動き始める。我先にとスマートフォンを操っている。俊一郎も慌ててポケットに入れておいた私用のスマートフォンをとり出した。

「我々の要求は三つあります。明日の正午に二つめ、明後日の正午に三つめの要求をアップする予定です。不測の事態が生じた場合は別のチャンネルに変更する場合がありますので、ご了承ください。次回の連絡は木曜日の正午にいたします。それではよろしくお願いします」

通話が切れた。俊一郎はスマートフォンのYouTubeアプリを起ち上げ、『三蔵法師の誘拐チャンネル』と入力して検索をかける。一番上に表示された動画をクリックした。
四つの可愛らしいキャラクターが並び、軽快な音楽が流れている。
左から河童、猿、お坊さん、豚の順に並んでいた。西遊記のキャラクターだ。
孫悟空『みんな、初めまして。三蔵法師の誘拐チャンネルにようこそ。僕たちは総理の孫を誘拐した犯人グループなんだ』
抑揚のない声だった。音声読み上げソフトを使用しているのだとわかる。
沙悟浄『おい、悟空。勝手に自己紹介するんじゃないよ』
猪八戒『僕、お腹空いたよ』
孫悟空『八戒、黙っていろ。今、大事な話をしているんだぞ』
何だこれは、と俊一郎は耳と目を疑う。こんなチープなやりとりが犯人側からの要求なのか。
孫悟空『みんなも知ってる通り、僕たちは桐谷総理の孫、桐谷英俊君を誘拐したんだ。今から解放に向けての要求を伝えるよ』
沙悟浄『法師様、よろしくお願いします』

三蔵法師『では我々からの要求を伝えます。我々からの要求は身代金ではなく、この国の未来に向けた具体的な政策の実現です。最初の要求は「子供を出産した母親に対し、子供一人につき現金で一千万円を支給すること」です。来年度からの実施を要求いたします。この要求が実現できない場合、英俊君とは永久にお別れすることになるでしょう』
沙悟浄『なるほど。これで少子化に歯止めがかかるかもしれないね』
猪八戒『ゴーヤチャンプルー食べたいよ』
孫悟空『八戒、黙っていろ』
三蔵法師『明日の正午、二つめの要求を伝えます。なお、この動画をご覧になった方、SNSを通じて拡散してください。よろしくお願いします』
孫悟空『チャンネル登録、よろしくね』

動画は終了する。二分ほどの短い動画だった。見終わってから俊一郎は呆然としていた。来年度から子供を出産した母親に対して一千万円を支給する。それが英俊を解放する条件だというのだ。まったく馬鹿げている。

徐々に会議室内が騒然としてくる。動画を見終わった者たちが騒ぎ出しているのだ。前を見ると、父も秘書から渡されたタブレット端末で動画を見ていた。

「あなた……」

肩に手を置かれるのを感じた。振り返ると美沙が立っている。彼女も動画を見たようだった。美沙にかけるべき言葉が見つからない。金さえ払えば助かるに違いない。そんな楽観的予測が根底から覆されてしまったのだ。

「ふざけるんじゃない」

父が吐き捨てるように言い、タブレット端末を秘書の胸に押しつけた。そして顔を揃えている警察幹部に向かって言った。

「何としてでも犯人の正体を特定しろ。そして英俊を無事に救出するんだ。いかなる方法を使っても構わん」

「はいっ」

警察幹部たちが緊張した面持ちで返事をする。父は会議室を出ていった。誰かが今も動画を再生しており、読み上げソフトの抑揚のない声が聞こえてくる。これから先、どうなってしまうのか。俊一郎はソファーの背もたれに寄りかかった。

七月一日(月) 2

「例の動画、見たか?」

開口一番、藤森が訊いてきたので、猪狩は答えた。

「当然です。ご覧の通り、えらい有り様ですよ」

官邸記者クラブは大変な騒ぎになっている。今から三十分ほど前、正午を少し回った頃だ。総理の孫を誘拐した犯人グループがYouTubeに動画をアップした。そんな怪情報が記者クラブ内に出回った。総理に近い筋からもたらされた情報であり、何やら『三蔵法師』という語句で検索すれば、その動画に辿り着けるという話だった。試してみたところ、問題の動画はすぐに見つかった。二分ほどの短い動画だったが、まさに度肝を抜かれる内容だ。

「藤森さんは見たんですか？」

「もちろん。地下鉄の中で声が出そうになったよ。あの動画、本物なのか？」

「まだ裏はとれていませんが、本物だという話です」

「マジかよ。誘拐犯が要求をYouTubeでアップする。時代も変わったもんだ」

驚愕の犯罪と言えよう。しかもその要求がとてつもない内容だ。

「午後のワイドショーで各社やるぜ。とにかく猪狩、情報を集めろ。午後の定例会はなしだ」

「わかりました」

毎週月曜の午後一時から、大京テレビでは政治部の記者たちによる定例会がおこなわれる。それをキャンセルしてまで情報を集めろという意味だった。

「しかしふざけた動画だよな。どうして西遊記なんだよ、意味わかんねえ」

「同感です」

簡易なイラストに音声読み上げソフトを利用し、要求内容を編集で入れているだけのカジュアル動画だ。現在、再生回数は五百回強。今はまだ限られた人間、政府関係者や耳の早い報道関係者のみが閲覧しているだけだが、今後は天文学的に数が増えていくだろう。

「完全に劇場型犯罪だな」

「そうですね。世論を味方につけようという魂胆なんでしょう。といっても政府が要求を飲むとは思えませんが」

「だよな。子供一人産んだら一千万もらえる。実現したら帰化申請をする外国人が増えまくるぜ」

「右なのか左なのかわかりませんが、政治的グループの犯行では？」

「耳に入った話によると、警視庁は国内外のテログループを洗い出してるらしいぜ」

スマートフォンに着信が入る。画面に表示された相手の名前を見て、すぐに猪狩は立ち上がった。藤森に「すみません」と言ってからスマートフォンを耳に当てる。かけてきたのは唐松官房長官だった。

「長官、お電話しようと思っていました。金曜日はありがとうございました」

会見の件だ。唐松の協力により大京テレビは他社より早く速報を出せたのだ。

「一つ、貸しね。それより虎ちゃん、例の話、聞いた？」

足早に記者クラブから出る。廊下を歩きながら猪狩は応じた。

「聞きました。動画も見ました。あれ、本当なんですか？」

「本当らしいよ。俺もさっき動画見たところ。マズいよね、あれは」

苦笑いをする唐松の顔が目に浮かぶようだ。

「それで長官、政府としてはどうするんですか？」

政府として誘拐犯との取引に応じるか否か。かなり踏み込んだ質問をしたつもりだったが、唐松に笑って受け流される。

「どうするもこうするもないって」

「つまり交渉の余地はないと？」

「犯罪者との取引には応じない。それが基本線だろ。虎ちゃん、去年日本で何人の子供が生まれたか、知ってる?」

「去年ですか。ええと……七十五万人くらいじゃないですか」

「ピンポン。少ないよね。一番多かったのは第一次ベビーブームで……」

最大の出生数を記録したのは昭和二十四年、その数約二百七十万人。第二次ベビーブーム、昭和四十年代後半も二百万人を超えていたが、その後は下降線を辿っていく。そして平成二十八年になると出生数は約九十七万人となり、統計開始以来、初めて百万人を割った。

「駆け込み出産で五万人増加したとして八十万人だ。単純に計算すると、八十万人×一千万円で、八兆円の財源が必要になるんだぜ。いくら総理の孫といったって、八兆円も払えるわけがないって」

「八兆円、ですか……」

実際に金額を提示されると言葉が出ない。つまり犯人側は八兆円の身代金を要求しているのと同様だ。

「そうだよ、八兆円だ。しかも明日には第二弾の要求も来るらしいじゃないか。俺の予想だけど、今度は医療費あたりを狙い撃ちされるんじゃないか。たとえば国民全員を一割負担にしろとか、もしくは保険料の引き下げとかね」

「十分に考えられますね。あとは消費税率の引き下げとか」

「うんうん、それも有り得る。まったく厄介な連中だよ」

誘拐犯ならぬ愉快犯ではないか。それが猪狩の印象だった。実現できそうにない無理難題を吹っかけ、状況を楽しんでいる。そんな気がしてならない。

「それで長官、今日の午後の会見、冒頭発言はありますか？」

「あるよ。YouTubeでやられたら、こっちも認めないわけにはいかないだろ」

つまりあの動画が本物であると、政府は公式に認めるというのだ。午後のワイドショーはこの話で持ち切りになるのは確実だ。

「今晩あたり飯でもどうかと思ったけど、この感じだとちょっと無理そうだね」

「そうですか。僕の方はいつでも体を空けておくので」

「わかった。じゃあね」

通話が切れる。午後も忙しくなりそうだ。猪狩は廊下を駆け足で引き返した。


『……そもそも誘拐は犯人側にとってもリスクの高い犯罪なんですよ。身代金を受けとる必要があり、どうしても人前に顔を出さなければならない。ところが今回の事件に関しては……』

猪狩は官邸記者クラブの自席で夕方のニュースを見ていた。例の動画は大きな騒動になっていて、テレビもネットもこの話題で溢れていた。今もニュース内では元警視庁の刑事という男が解説している。

すでにYouTubeの動画も視聴回数は六百万回を突破した。コメント欄も大騒ぎで、「マジかよ」とか「信じられん」といった驚きの声から、「子供産むの来年にすればよかった」とか「妊活しなきゃ」という、要求が通った場合を想定した声も寄せられていた。

『……心配なのは誘拐されている英俊君ですよね。まだ七歳と幼く、メンタル面で不安があります。早めの救出が求められますね』

スマートフォンに藤森から着信が入る。彼は数時間前に出ていった。行き先は聞いていない。

「もしもし」

「俺だ。悪いが〈アポロン〉まで来てもらえるか?」

「わかりました。すぐに向かいます」

猪狩は身支度を整えてから官邸記者クラブをあとにする。通りに出てタクシーを拾った。アポロンというのは西新橋にある昔ながらの喫茶店で、打ち合わせでよく使う店だった。

十分後、アポロンに足を踏み入れた。奥のボックス席で「こっちだ」と藤森が手を挙げた。眼鏡をかけた男と一緒だった。通りかかった店員にアイスコーヒーを注文してから、猪狩はボックス席に向かった。

「すみません、遅くなりました」

藤森が奥につめたので、彼の隣に座る。藤森が早速紹介した。

「猪狩、こいつは俺の同期で、情報制作局の山瀬(やませ)」

「初めまして」

社内ですれ違ったことくらいはあるかもしれないが、ほぼ初対面に等しいので一応名刺を交換する。渡された名刺には『大京テレビ情報制作局プロデューサー山瀬佳文(よしふみ)』とあった。

「猪狩、新しい情報は入ったか?」

藤森に訊かれたので、猪狩は答えた。

「目新しい情報はありませんね。警視庁は全国の道府県警に協力を求めるそうです。英俊君の顔写真を公開することも検討しているみたいですよ」

「なりふり構っちゃいられないか」

すでにネット上では桐谷英俊の画像は出回っている。総理とともに舞台を観劇したときの記念写真や、学校行事の際の写真が流出しているのだ。ただし、さほど鮮明な写真ではない。

店員がアイスコーヒーを運んできた。店員が立ち去るのを待ち、藤森が身を乗り出した。

「本題に入ろう。山瀬はラッシュアワーのプロデューサーだ」

報道ラッシュアワーは大京テレビが平日の午後に放送しているワイドショーだ。放送時間は午後二時から午後四時十五分まで。世帯視聴率も五パーセント台を推移していて、それなりに健闘している長寿番組だ。

「山瀬です」眼鏡をかけた男はそう自己紹介する。藤森と違ってインテリタイプだ。「うちも明日からは本格的に誘拐ネタをとり上げる予定です。元警察官や犯罪心理学者をゲストに呼ぶのもいいですけど、他局と違った何かを仕掛けたいと思っているんですよ」

藤森が横から口を挟んでくる。

「二時間くらい前だ。俺はデスクと打ち合わせをするために社に戻った。トイレでたまたま山瀬と出くわしてな、小便しながら相談を受けたんだ。話を聞いた俺は思いついたんだよ。我ながらいいアイデアだと思ったね。猪狩、お前、二十五年前に八王子で起きた誘拐事件、知ってるだろ」

「ええ、まあ」

二十五年前というと、猪狩はまだ中学生だが、その事件については知っている。日本中が大騒ぎだった。連日のようにワイドショーでとり上げられていた。

「あの事件の被害者をゲストとして呼べないか、俺は山瀬にそう提案したんだよ」

藤森がしたり顔で言う。過去に誘拐された被害者本人。ゲストとして相応しいし、インパクトもある。ただし本人がそう簡単に応じるかどうかわからない。

「猪狩、お前は社会部の経験が長かっただろ。だからうってつけだと思ったんだ」

「つまり、俺にその被害者を捜してこいと、そういうことですか？」

「ご名答。デスクの許可もとってあるよ。政治部としてもこの件は徹底的に取材したいからな。元被害者のインタビューは是が非でも欲しいってわけだ」

話は理解した。藤森の目のつけどころは悪くないと思った。ただ、似たようなことを考える報道マンは多そうだとも感じた。

「これがうちで把握している彼女の住所です」

山瀬が一枚の付箋をテーブルの上に貼る。そこには府中(ふちゅう)市内の住所が書かれている。

「五年ほど前に平成の凶悪事件を特集する特番があって、接触を試みたようですね。そのときはけんもほろろに断られたみたいです。本来ならうちのスタッフを派遣したいんですが」

ウイルス性の風邪(かぜ)に罹り、スタッフの何人かがダウンしているという話だった。総理の孫が誘拐されるという、十年に一度あるかないかの大事件だ。その最中での戦力ダウンは同情に値する。

「わかりました。俺でよければ力になりますよ」

「ありがとうございます。進展があったらいつでも携帯を鳴らしてください」

「ところで二十五年前に誘拐された子、何て名前でしたっけ？」

顔はうっすらと憶えている。おかっぱ頭の女の子だ。公開捜査になったため、彼女の顔写真は全国的に公開されたのだ。

「美晴ちゃんだよ。天草美晴ちゃん。あれからもう二十五年も経つのか。彼女もだいぶ大きくなってるんじゃないか」

藤森が目を細めて、そう言った。

七月一日(月)　3

男は若い女が好き。それは世の常であり、絶対的な真理だと水谷撫子は思っている。

今、撫子は美容室にいる。銀座七丁目にあるビルの中にあり、かなり大きな店舗だった。十台ある椅子はすべて埋まっていて、美容師たちが忙しそうに客たちの髪を整えている。客層は大半が銀座のクラブに勤めるホステスだ。ここで髪を整えたあとに出勤していく。それが彼女たちの日課に違いない。撫子は待合室のソファーに座り、読みたくもない女性誌を眺めている。

撫子もかつてはこの子たちと同じように美を競って化粧品を買い集めたり、どのようにすれば世の男性の注目を集めることができるのか、そればかり考えていた時期がある。大学のミスコンで準ミスに選ばれた頃が、そっち方面でのピークだったかもしれない。

前の会社に就職し、週刊ファクトに配属されて価値観が根底から覆された。週刊ファクトは男尊女卑の典型的な場所であり、女性記者なんてお茶汲み程度の扱いだった。どんなお洒落をしていっても誰からも見向きもされなかった。だったら結果を出してやる。撫子は必死に取材をして、人脈を築きまくった。その結果、徐々にではあるが、撫子の地位は向上していった。

「ありがとうございます」

美容師に見送られ、一人の女性がレジ前に立った。シャネルの財布から紙幣を出しているその女は、年齢は多分二十代半ばくらい。髪をアップにした色白の女性だ。綺麗というよりは可愛い系だろうか。

エレベーターの前で彼女に追いついた。隣に並んで話しかける。

「ラキシスのエリさん、ですね？」

クラブラキシスは三十人弱のホステスを抱える大所帯の有名店だ。さきほど彼女が髪をセットした美容室は、ラキシスのママが共同経営者に名前をつらねている関係で、同クラブの子が常連になっていることで知られていた。

「どちら様ですか？」

エリが訊いてくる。撫子は新調したばかりの名刺を出した。

「水谷と申します。フリーのジャーナリストです」

「ジャーナリスト？」エリが怪訝そうな顔をする。「私、一般人ですよ。取材の対象になるような覚えはありませんけど」

どうしても拒否したいのであれば、名刺を返すだろう。彼女の態度を見て、撫子は半ば勝利を確信する。女というのは噂話が好きな生き物なのだ。銀座のホステスなら尚更（なおさら）のこと。

「桐谷俊一郎氏をご存じですか？」

ちょうどそのタイミングでエレベーターが到着する。先に乗り込んだのはエリだった。特に拒絶する様子はないので、撫子もあとに続いた。先客がいたため会話は控えた。

一階に到着する。エレベーターを降りてからもう一度訊いた。

「桐谷俊一郎さんをご存じですね？　クラブラキシスに何度かご来店されたとか」

「知ってますよ」開き直った態度でエリが言った。「何度かお店でご一緒させてもらったこともありますから。でもあの日は本当にたまたまだったんです。あんなことが起きるんだったら、私も同伴の誘いに応じなかったと思います。こういうの何て言うんでしたっけ？　そうそう、不可抗力だ。不可抗力ですよ」

おやおや？　撫子は内心ほくそ笑む。これは面白い展開になってきた。誘拐事件の発生した当日、二人は一緒にいたのかもしれなかった。

「わかりますよ。あなたに責任はありません。ちなみに同伴されていたのは先週の木曜日ですね？　どちらのお店に行かれました？」

「鉄板焼き屋さんです。お店の名前は……」

店名をメモする。メインのステーキが運ばれてくる前に俊一郎に電話が入り、店から出ていったという。おそらく息子が誘拐されたことを知り、慌てて首相公邸に向かったのだろう。息子が誘拐された日に銀座のホステスと鉄板焼き屋で食事をしていた。スキャンダルとしての価値はそれ相応にあるが、正直インパクトに欠ける。二人のツーショット写真でもあれば別なのだが。

「ちなみに俊一郎氏と男女の関係はありましたか？」

直球を投げつけると、エリは露骨に顔を歪めて答えた。

「失礼ですね。彼は単なるお客さんです」

彼女の目を見る。嘘は言っていないと判断する。長年の取材の賜物か、ある程度の確率で嘘を見抜ける自信はある。

「すみません。私、これから仕事に行かないと……」

エリは歩調を速めた。午後七時を過ぎ、銀座の街は賑わいを見せ始めている。通勤していくホステスらしき女性の姿もチラホラと目にする。撫子はエリを追いかけた。

「ご無礼をお許しください。俊一郎さんのこと、もっと教えてください。彼がハマっているもの。腹を立てていること。どんな些細なことでも構いません。何かご存じありませんか？」

「何も知らないんです、本当に」

奥の手を使うか。撫子はハンドバッグから封筒を出し、それをエリに見せた。

「これ、よかったら差し上げます。〈ＰＪ５〉の東京ドーム公演のチケットです」

ＰＪ５は韓国の男性アイドルユニットで、日本の若者の間でも絶大な人気を誇っている。エリがＰＪ５のファンであることは、彼女がＳＮＳに投稿している画像からも明らかだ。撫子は強引に彼女の手にチケットを握らせる。

「どうぞ。ちなみに彼、これまでに何回ほど来店したんですか？」

「七回。いえ、八回くらいかな」

「一人で？　それとも連れがいたんですか？」

「一人で来たことはありません。いつもお友達と一緒でした」

「どういうお友達でしょうか？　仕事絡み？　それとも大学時代の友人とか？　気になった人物はいませんでしたか？」

エリの歩調は少し遅くなる。やがて彼女は言った。

「一人だけ、ちょっと気になる感じの人はいました。うちの店の雰囲気にそぐわないというか、感じの悪い人でした」

俺は俊ちゃんの親友なんだ。男は自慢げに語っていたという。その男がスーツの上着を脱いだ際、内ポケットに封筒が入っているのが見えた。その中には紙幣がぎっしり入っていたらしい。

「もらったばかり。そんな感じがしました。もしかしたら俊一郎さんがあげたお金なのかな。私はそう思いました」

金の授与か。俊一郎が個人的に雇っている政治ブローカーあたりか。少しきな臭い何かを感じつつ、撫子はさらに訊いた。

「その人のこと、詳しく教えてもらえますか？」

「伊藤って人です。名刺もらったのでお渡しします。店のロッカーに残っていると思うので」

七月一日(月)　4

「キング」

美晴がそう呼びかけると、白い秋田犬は巨体を揺するように犬小屋から出てきた。夕食の時間は終わっているが——入院している百合根に代わって美晴が餌係になった——キングは尻尾を振っていた。

「キング。ご飯じゃないの」

美晴はキングの鎖を外し、散歩用のチェーンにつけ替える。そしてキングを連れて庭を歩き始めた。

犬を見たい。英俊がそう言い出したのは三十分前のこと。協議の末、ご希望通りキングに会わせてやることになった。YouTubeにアップした動画の編集は彼の力によるものが大きく、そのご褒美的な意味合いもある。

「キング、こっちだよ」

普段の散歩コースを外れ、離れに向かって進んでいく。監禁室へと続く階段を下りる。ドアの前では吉乃が待機している。

「マスク」と吉乃に声をかけられ、美晴はあごにかかっていたマスクを上に持ち上げ、頭の上に載っていたサングラスをかける。基本的に英俊と接するときはこの変装を崩していない。吉乃が鍵を開けてくれたので、美晴はキングと一緒に監禁室に入った。

英俊はソファーに座ってゲームをしていた。部屋に入ってきたキングを見て、パッと顔を輝かせた。立ち上がってこちらに寄ってくる。

「大きい犬だね。秋田犬？」

「そう」

「名前は？」

「キング」

「嚙まない？」

「どうかな。私は嚙まれたことないよ」

「触っても大丈夫？」

「大丈夫だと思うよ。保証はできないけど」

英俊が恐る恐る手を伸ばす。キングは微動だにせず、舌を垂らしている。英俊が頭を撫でると、キングがジロリと英俊を見た。このガキ、何触ってんだよ、みたいな顔つきだ。

「犬、好き？」

美晴が訊くと、英俊がキングの首から背中を撫でながら言った。

「うん、好きだね」

「家で飼えないの？」

「飼いたいんだけど、ペット禁止なんだ」

「それは残念ね。総理の孫なら犬の二匹や三匹飼えそうなものだけど」

「総理の孫って意外に窮屈なんだ」

自分で言うな、と突っ込みそうになるが、キングを撫でる英俊の顔が淋しげなものだったので、言葉に出さなかった。総理の孫として暮らしていくのにもそれなりの気苦労があるのだろう。

「キングの散歩は誰がするの？」

「私。餌やるのも私」

「散歩についていっていい？」

それは美晴に答えられる範疇（はんちゅう）の問題ではなかったので、後ろを振り返る。入り口付近に立っている吉乃が一歩前に出た。

「検討しよう。ただし夜だな」

百合根が入院中のため、母屋には家政婦のお梅さんがいるだけだが、それでも日中は秘書の人たちが出入りすることもある。英俊を外に連れ出すとしたら、夜間になるのは必然だ。

「散歩行けるといいね」

美晴がそう言うと、英俊は「うん」とうなずいた。誘拐してから今日で五日目。ずっと地下に監禁しておくのも可哀想（かわいそう）な話だ。もっとも本人はさほど文句も言わずゲームをやっているし、さらには仲間（みたいな感じ）になってしまった。まさか警察も誘拐された男の子がせっせと動画作りに励んでいるとは思ってもいないはずだ。

「あれ？　この首輪のところに何かついてる。虫かな？」

英俊がキングの首のあたりに目を向けている。ノミでもついているのか。美晴も膝をつき、キングの首を覗き込んだ。特に変なものは見当たらない。

そのとき、不意に視界が明るくなった。サングラスを外されたのだ。同時にマスクも剝ぎとられる。すべて英俊の仕業だった。

「な、何するのよ」

英俊はニヤニヤと笑っている。そして美晴の顔を見て、満足げな顔つきでうなずいた。

「やっぱりね」

「ど、どういう意味？」

「先週お姉さんの顔を見たとき、どこか見憶えがあると思ったんだよ」

たしかに先週も食事を出す際に顔を見られている。その頃は変装することもなく地下に降りていたのだ。

「ここに連れてこられたとき、僕は車の中で目が覚めていたって話はしたよね。車の中で寝た振りをしていると、タクシーを運転していた女の人が話してた。そのとき女の人が言ったんだよ。『ミハル、もうすぐ着くぞ』って」

そんなことがあったような気もする。タクシーを運転している千秋とはずっとやりとりしていたからだ。

「いつだったか忘れちゃったけど、家でテレビを見てたんだよ。凶悪犯罪をＶＴＲで再現する番組だった。その中で二十五年前に起きた誘拐事件のことが紹介されていた。誘拐されたのは小学二年生の女の子。美晴ちゃん事件といえば大人は大抵知ってるみたいだね」

言葉が出ない。この子にもバレてしまったのか。

「お姉さん、天草美晴ちゃんだね。二十五年前に誘拐された女の子だ」

二十五年前、東京都八王子市で市内在住の小学生の女児（当時七歳：小学二年生）が誘拐されるという事件が発生した。誘拐された女児の名前は天草美晴。美晴の父、春雄（はるお）は八王子市内で宅配弁当サービス〈アマクサフーズ〉を経営していた。帰宅してこない娘を案じ、両親はその日の夕方に学校に相談した。学校関係者ら有志数十名で捜索したが、娘の行方はわからなかった。警察に捜索願を出そうか。そう迷っていた矢先の夜八時、犯人から一回目の電話が入った。

「身代金はいくらだったの？」

英俊が訊いてくる。彼の手にはキングのリードが握られている。散歩の許可が出たため、二人で庭を歩いているのだ。湿度はやや高いが、雨は降っていない。

「一億円。でもうちにはそんな大金はなかった。仕方なく警察が用意した偽の紙幣を使うことになったみたい」

翌日の正午、犯人から二回目の電話が入った。午後三時にアマクサフーズ本社の駐車場。それだけ言い残して通話は切れた。警察は慎重に現場付近に捜査員を送り込んだ。そして午後三時を迎えることになる。

「お父さんは駐車場で待っていた。でも犯人は現れなかった。一時間経った頃に電話がかかってきて、取引を中止すると告げられたんだって。理由は警察が見張っているから」

「なるほど。警察の存在がバレてしまったんだね」

それきり犯人から連絡が入ることはなかった。翌日、警視庁は公開捜査に踏み切ることを決断した。七歳の女児が誘拐される。そのニュースは瞬く間に広がった。

ワイドショーは連日のように特集を組み、美晴の顔写真を公開した。美晴ちゃん、まだ見つかってないみたいね。可哀想に、もしかして死んでるんじゃないの。日本中の学校、職場、近所の寄り合いで人が集まるたび、誘拐された女児を案じる声が聞かれた。一躍、美晴は時の人となった。

「お姉ちゃんが見つかったのは？」

「一ヵ月後」

公開捜査を始めて一ヵ月後、都内某所で美晴は無事に保護された。心身ともに健康で、日本中の人が安堵したのは言うまでもない。平成最大の誘拐事件として、今もテレビの過去の重大事件の特集などでは必ずと言っていいほど『美晴ちゃん誘拐事件』はとり上げられる。従って、ある一定の年齢より上の世代は、美晴のことを知っているのだ。

「今でも声をかけられたりするんでしょ?」

「うん、たまにだけど」

「やっぱりね。僕だってお姉ちゃんの顔を知ってるくらいだから」

見ず知らずの人間から声をかけられ、ときにはデリカシーのない質問を浴びせられる。電車の中や飲食店やコンビニ、駅のホームなどなど。誰かがこっちを見ているような視線を感じると、そういうのは大抵気のせいではない。

二十五年前の事件は天草家にも多大な影響を及ぼした。美晴が無事に保護された以降もマスコミは放っておいてはくれなかった。なぜ取引は成功しなかったのか。警察に落ち度はなかったのか。その部分に焦点が当てられた憶測記事が数多く出回る中、週刊ファクトがそのスクープ記事を掲載した。取引に使用されたのは偽札だった、という内容だった。

世間は大きく反応した。取引に偽札を使用した警察に非難が集中するかと思われたが、なぜか天草家にも矛先が向いた。それは週刊ファクトに載ったアマクサフーズ元社員のコメントによるところが大きい。

『かなり儲かってるから一億円くらいは貯金あると思うよ。社長が乗ってるのベンツだし。何しろ社長はケチだからね。娘の安否より、自身の懐の方が心配だったんでしょう』

本当に元社員のコメントかはわからず、悪意を感じた。車もベンツどころか国産の中古車だった。いずれにせよ、事業が儲かっているのに偽札を使用するなんて有り得ない。偽札で子供を助けようとした非情な親。そういうレッテルが貼られ、アマクサフーズの評判は地に墜ちた。

あっという間に経営は傾き、事件から二年後、会社は倒産した。倒産を全従業員に告げた日の夜、本社の工場内で美晴の父は首を吊って死んだ。三十九歳の若さだった。

美晴は母とともに八王子を離れ、府中市内の市営住宅で暮らすことになった。生活は苦しく、生活保護を受給した期間も何度かあった。美晴は高校卒業後、都内の会社を転々とした。あの子、美晴ちゃんだよね。同僚たちがそう囁く声が聞こえる度に、美晴は小さく溜め息をついた。ああ、どうして世間は私を放っておいてくれないのかしら。私のことなんて忘れてくれればいいのに。

二十五年という月日が流れた今でも、テレビの特集で事件の詳細が語られ、ご丁寧に再現VTRまで作ってくれる。いったいいつになれば私は呪縛から解放されるのか。ずっとそう思いながら生きてきた。

だから、だからこそ——。美晴はこの計画に乗ったのだ。一億円と、新しい戸籍。この二つを手に入れることができれば、私は新しい人生をやり直せるはずだ。

「お姉ちゃん」

英俊が立ち止まる。キングが後ろを振り返り、早く行くぞと先を急かすように英俊の顔を見上げている。英俊が言った。

「僕は大丈夫だから」

「大丈夫って何が?」

「お姉ちゃんみたいにトラウマになったりしないから」

トラウマという言葉が小学二年生の口から出てくるのが可笑しい。美晴は少し気持ちが楽になったような気がして、英俊の肩をポンと叩いて「行こう」と言った。

七月一日(月) 5

「おい、ゼットン。俺、大盛り頼んだはずなんだけど」

先輩刑事に言われ、乙部は素直に謝った。

「すみません。間違えました」

「間違えるんじゃねえよ、まったく。Z世代は使えねえな」

夜。品川署で書類仕事をしていると、夜勤の刑事たちに夕飯の買い出しを頼まれた。文句を言うくらいなら自分で買いに行けとも思うが、間違えたのは乙部の責任でもあり、何も言えない。

乙部は買ってきた焼肉弁当を食べながら、ノートパソコンでネットニュースを見た。誘拐事件で世間は大騒ぎになっていた。犯人側の驚くべき要求と、しかもそれをYouTubeで公開するという斬新な手法は、世の人々の大きな関心を集めていた。

「ゼットン、総理の孫、まだ見つからねえのかよ」

先輩刑事がからかうように言ってくる。乙部は答えた。

「まだ見つかっていません」

「もし総理の孫を見つけたら警視総監賞は確実、下手したら二階級特進じゃねえか。ゼットン、期待してるぞ」

「ハハハ、ゼットンには無理だろ、どう考えても」

「わからねえって。だってゼットン、ルーカスさんとコンビ組んでんだろ。あの人が本気出したらヤバいんじゃねえか」

「もういい歳だろ、あのおっさんも」

先輩刑事たちは他人事のように話している。ルーカスは直帰したので署にはいない。昨日はフットサル教室のコーチから事情聴取をして鋭い考察をしていたのに、今日はほとんど捜査らしい捜査をしていなかった。管内でお茶をしたり映画を観たりして過ごしていた。どうせ見つかりっこありませんよ。ルーカスはそう言って笑っていた。

「それにしても子供産んだら一千万円って、なかなかデカいことを要求したもんだな」

「言えてる。うちだってガキ三人いるんだぜ。今からでも三千万円欲しいくらいだ」

「でも出生率が上がるのは間違いないな。実現するわけねえけどさ」

犯人側の要求に屈しない。政府関係者の弁によると、総理はそう明言しているという。当たり前だ。犯人側の要求に応じて政策を変える。そんな政府は世界中どこを探してもないだろう。

「明日の第二の要求、何だろうな」

「消費税の減税じゃね？　一番人気らしいぜ」

第二の要求は何か。早くもネット上では議論が始まっている。消費税の減税、医療費の自己負担額の見直し、などが候補に挙がっているようだった。

「さらに刑事を動員するって耳に挟んだぜ」

「マジかよ。今だって千人で捜査してんだろ」

「千人じゃ足りねえってさ。日本中の警察署に捜査協力を求めるみたいだぜ」

「大事件だな。でもまあ、うちのZ世代刑事が解決してくれると思うけどな。頼むぞ、ゼットン」

乙部は焼肉弁当を食べ終え、充電しておいたスマートフォンをプラグから引き抜いた。ＬＩＮＥのメッセージを複数受信していた。弁当屋にお使いに行く前、警察学校時代の同期のグループへメッセージを入れたのだ。『俺、総理の孫の緊特本部に動員された。鈴木ルーカスって人と組んでる。マジかったるい』と。それに反応して同期たちがメッセージを送ってきていた。


『マジかよ。乙部、ご愁傷様』

『新人にして異例の抜擢。さすが（笑）』

『乙部、ファイト！』

『鈴木ルーカスって、あの鈴木ルーカス？』

『知ってんの？　有名人？』

『結構有名。青い目の刑事、だったかな。昔捜査一課にいて数々の難事件を解決したっていう噂。平成の大事件の陰には大体その人がいたらしい』

『そんなに有名なんだ。今は品川署にいるってこと？』

『らしいね。協調性がゼロだから、本庁でも浮いてたみたいよ』


青い目の刑事。あの風貌に似つかわしい呼称だが、こんなに有名な刑事だとは思わなかった。言われてみれば署長もルーカスには気を遣っていたような気がする。

『情報ありがとう。頑張るよ』と入力し、グループＬＩＮＥに送る。ちょうどそのときショートメールを受信した。緊急特別捜査本部から捜査員各自に送られたもので、捜査情報の更新を知らせるものだった。

早速サイトにアクセスする。更新されたのは国内に拠点のある怪しげな組織——多いのは新興宗教団体——のリストだった。自分が担当する管轄内に拠点がある場合、隠密裏に捜査せよとも記されていた。リストを確認したところ、品川署の管轄内に拠点を置いている組織はなかった。

「おい、ゼットン。食後のコーヒーを買ってきてくれ。ブラックで」

「俺も頼むわ。俺は砂糖とミルク入りな」

「了解です」

乙部は小銭入れを持ち、立ち上がる。いつになったらパシリから卒業できるのか。いや、それより先に退職願を出してしまおうか。ルーカスに修正してもらった退職願は机の奥に眠っている。

七月二日(火) 1

そのアパートは京王線府中駅から歩いて十五分ほどのところにある木造二階建ての建物だった。かなり築年数が経過しているらしく、外壁の塗装が剝がれ始めていた。猪狩は軋む外階段を上り、二〇二号室のドアの前に立つ。表札も出ていないし、インターホンもない。猪狩はドアをノックした。

「すみません、天草さん。いらっしゃいますか?」

何度か呼びかけてみたのだが、ドアの向こうから返答はなかった。ただ、かすかにテレビの音声が洩れ聞こえてきた。中に誰かいるのは明らかだった。

猪狩はドアのノブに手をかけた。鍵はかかっていない。「失礼します」とドアを開けてみる。お世辞にも片づいているとは言い難い。部屋中に物が散乱していた。その部屋の奥で一人の女性がテレビを観ていた。かなり大きな音量なので、来訪者に気づいていないようだった。猪狩は声を張り上げた。

「ごめんください」

ようやく女性が振り向いた。明るい色のジャージ姿で、髪はボサボサだった。生活が困窮している様子が見てとれた。二十五年前に誘拐された天草美晴の母、貴子(たかこ)だろう。資料によると年齢は五十六歳とあるが、もっと老けて見えた。

「天草さん、ですよね。私、大京テレビの猪狩と申します。少しお話を聞かせてもらってもよろしいですか?」

貴子がうなずく仕草を見せた。肯定の意味だと解釈し、猪狩はその場に膝をついた。

「娘さんの件です。今はこちらにはお住まいではないんですね?」

テレビは午前中のワイドショーを放送している。奇(く)しくも総理の孫の誘拐事件を報じていた。元国会議員の解説者が少子化対策について語っていた。

「ここには住んでないよ」リモコンでテレビの音量を小さくしてから貴子が言った。「もう五、六年前になるかな。あの子、ここを出ていったんだよ」

「そうですか。娘さんの今のご住所、ご存じありませんか?」

「調布(ちょうふ)のあたりに住んでるようだけど、住所は知らないね。親不孝な娘だよ、まったく」

天草美晴。今年で三十二歳になる。七歳のときに誘拐され、一ヵ月もの間、監禁されていた女の子。事件発生時、おかっぱ頭の可愛らしい彼女の顔写真は毎日のようにテレビや新聞で報道されていた。彼女はどんな半生を送ってきたのだろうか。テレビマンとしての興味も尽きない。

「では連絡先はどうでしょうか？　携帯の番号、教えてもらえませんか？」

「悪いけど、それも知らないんだ」

猪狩は気がついた。貴子の近くにローテーブルがあり、その下に菓子の箱があった。銀座の有名な洋菓子店のものだった。箱は開いていて、半分ほど減っていた。

さらに発見する。冷蔵庫の上には果物の詰め合わせが置いてあった。こちらは未開封のままだ。おそらく同じ業界の者たちがここを訪れた証拠だった。出遅れてしまった感は否めないが、ここまで来て引き返すわけにはいかない。

「これ、つまらないものですが」

猪狩はそう言って手に持っていた紙袋を床に置き、彼女の方に押しやった。貴子はさして興味もなさそうな感じで紙袋を自分の手元に引き寄せる。中に入っているのはゼリーの詰め合わせだ。それとは別に封筒も入っている。

貴子はその封筒を見つけたようだった。中身を確認した貴子は封筒を近くの棚に置いた。中には全国共通の商品券一万円分が入っている。

貴子はローテーブルの上を漁り、チラシのようなものを手にとった。それに何かを書きつけてから、破ってこちらに手を伸ばした。猪狩はそれを受けとった。チラシの切れ端には携帯番号が書かれていた。

「娘の携帯番号。変わってなきゃいいけどね」

「ありがとうございます。ちなみに娘さん、どちらにお勤めに？」

「さあね。近所のスーパーみたいなところで働いてるみたい。今年の正月、電話がかかってきたときにはそう言ってたね」

ここに来るまでの電車の中で、猪狩はウィキペディアなどで美晴ちゃん誘拐事件のおさらいをした。天草家は二十五年前の事件を機に激変した。それは負の連鎖だった。

偽札を使って取引に臨もうとしていたことが明らかになり、天草家及び警察に対して非難が集中したのだ。経営していた会社は倒産し、貴子の夫は自ら命を絶ったらしい。このアパートの部屋の状態からも、貴子の生活も決して楽なものではないと思われた。

「ちなみに美晴さん、ご結婚されてます？」

「してないよ。私の知る限りは」

「お付き合いしてる男性とかは？」

「知らない。あまりそういうことは話さないから」

これ以上の情報は望めなそうだ。猪狩は礼を述べて部屋から出た。通りの向こう側にコンビニがあったので、そこに入ってコーヒーを買った。イートインコーナーの椅子に座った。

運よく電話番号は入手できた。あとはこれをどう活用するか、だ。少なくとも猪狩より前に二社——洋菓子と果物から推察できる——があの部屋を訪れている。二社ともこの番号を入手したと考えてよかろう。

チラシの切れ端に書かれた番号をスマートフォンに入力し、そのまま電話をかけてみる。期待虚しく、聞こえてきたのは不在を伝えるメッセージだった。電源が入っていないようだ。

猪狩は番号を電話帳に登録した。名前は『美晴ちゃん』とした。三十二歳になっているはずだが、猪狩の中での彼女はおかっぱ頭の小学生のままだった。

電話番号を入手しただけでは成果とは言えない。調布のスーパーマーケットを片っ端から当ってみるか。猪狩は紙コップを手にコンビニから出た。

七月二日（火） 2

「あ、そろそろですね。私たちも昼食にしましょう。ファミレスとかでいいので、よさげなお店があったら寄ってください」

「了解です」

乙部は覆面パトカーを運転している。助手席にはルーカスの姿もある。彼に命じられ、渋谷区にある公園に行ってきた帰り道だ。フットサル教室の貝沼コーチが発見された公園だ。住宅街の中にある何の変哲もない公園で、それほど広くはなかった。収穫があったとは言い難く、五分ほど滞在しただけだった。基本的には管轄内の捜査を命じられているのだが、この青い目をした刑事にとってはそんな命令はないに等しいらしい。

ファミレスの看板が見えたので、そこの駐車場に車を停めた。比較的店内は混んでおり、窓際のボックス席に案内された。二人ともハンバーグのランチセットを注文した。

「いやあ、楽しみですねえ」

ルーカスはそう言ってタブレット端末を出し、窓際の壁に立てかけるようにして置いた。三蔵法師と名乗る犯人グループは今日の正午、二回目の要求を伝えると発表していた。正午まであと十分を切っている。

ランチセットが運ばれてくる。それを半分ほど食べたとき、ちょうど正午になった。ルーカスがタブレット端末を操作し、『三蔵法師の誘拐チャンネル』を検索した。新しい動画がアップされていたので早速それを再生する。

明るい音楽とともに、西遊記を代表する四つのキャラクターが登場した。

孫悟空『みんな、こんにちは。三蔵法師の誘拐チャンネルにようこそ。みんなは元気にしてるかい？　僕は元気だよ。桐谷英俊君も元気だから心配しないでね』

猪八戒『僕、お腹空いたよ』

孫悟空『八戒、黙っていろ』

沙悟浄『今日は二つめの要求だね。楽しみ楽しみ』

孫悟空『それでは法師様、よろしくお願いします』

三蔵法師『では二つめの要求を伝えます。二つめの要求は「衆参両院の国会議員全員の議員報酬の五十パーセントカット、及び政党交付金の五十パーセントカット」です』

沙悟浄『法師様、素晴らしいアイデアですね』

三蔵法師『こちらに関しても来年度からの実施を要求いたします。この要求が実現できない場合、英俊君とは永久にお別れすることになるでしょう』

孫悟空『国会議員は給料もらい過ぎだよね』
猪八戒『ネギチャーシューメン食べたいよ』
孫悟空『八戒、黙っていろ』
三蔵法師『明日の正午、三つめの要求を伝えます。なお、この動画をご覧になった方、ＳＮＳを通じて拡散してください。よろしくお願いします』
孫悟空『チャンネル登録、よろしくね』

短い動画だったが、インパクトは十分だった。しばらくの間、乙部は口を開けてタブレット端末を見ていた。ようやく我に返り、食べかけのハンバーグに手を伸ばす。ルーカスが二度目の再生をした。それを見ながら二人で食事を続けた。

「乙部君、見てごらんなさい」

ルーカスの声に顔を上げる。店内を見回すと、客の大多数が食事そっちのけでスマートフォンを見ていた。

「多分みんなこの動画を見ているんでしょうね」

ある者はフォークを持ったまま、またある者はメニューを開いたまま、手元のスマートフォンに視線を落としていた。窓の外を見ると、そこでも通行人が足を止め、スマートフォンを見ているのだった。

「すでに百万回再生されています。驚異的なペースで増えていくことでしょう」

今、日本中のあらゆる場所、会社や学校や電車の中や公園や駅のホームで、多くの国民が一斉にこの動画を見ているはず。ある意味、完全に三蔵法師なる者の術中に嵌まっていると言える。

「乙部君、問題です」ランチセットを食べ終え、紙ナプキンで口を拭きながらルーカスが言った。

「国会議員の人数は何人でしょうか？」

「ええと、五百人くらいでしょうか」

「衆議院が四百六十五人、参議院が二百四十八人だったはずです。合計で約七百人といったところでしょう」

ルーカスは壁に立てかけてあったタブレット端末を手にとった。

「次の問題です。議員一人当たりの議員報酬がいくらか知ってますか？」

知らない。想像さえつかない。乙部は適当に言ってみる。

「一千万円くらいじゃないですか」

「国会議員の給料、歳費というようですが、月額で約百三十万円、年額で約一千五百万円ですね。ここに期末手当として年額約六百三十五万円が加算されるので、約二千万円というのが国会議員一人当たりの給料です。これを五十パーセントカットするので、削減規模としては一千万円×七百人で、およそ七十億円です」

途方もない数字だ。乙部は空いた食器を脇にやり、アイスコーヒーを飲んだ。

「ただしその他諸々（もろもろ）の手当、文書通信交通滞在費や立法事務費、三人分の公設秘書の給与や各委員会での旅費や手当が支払われるので、実際にはもっと多くの金が国会議員には支払われています。こうした細かい経費に言及しなかったのは、国民に対してわかり易く説明するためだと思われます」

昨日の一つめの要求に続いた今日の第二弾、国民に与えたインパクトは大きいものになるはず。きっと午後はずっとこの話題で持ち切りに違いない。

「ちなみにもう一つのカット要求、政党交付金はご存じですか?」

「すみません、不勉強で」

「気にすることはありません。私も細かい部分は調べながら話しているので」ルーカスがタブレット端末を操りながら言う。「政党交付金というのは当選者数や得票率に応じて党に交付されるもので、去年は九つの政党に対して総額約三百十五億円が交付されています。それが議員に対して分配されるんですね。与党の民自党に対しては約百六十億円が交付されています。これを五十パーセントカットするのであれば約百五十億円が削減でき、さきほどの議員報酬のカット分と合わせて約二百二十億円カットできることになります。昨日の出産祝い金の予算には遠く及びませんが、結構な額ですね」

一つめの要求、子供を産んだ母親に対して一千万円支給する案に対し、マスコミなどでは出産祝い金というネーミングをした。いくら子供が減少傾向にあるとはいえ、これを実現するためには八兆円近い予算が必要になると、新聞やワイドショーでは取り沙汰されていた。

「なかなか面白い展開になってきました。もしかするとこの犯人グループ、国民にとってはスーパーヒーローになるかもしれませんよ」

青い目をした刑事は他人事のようにそう言った。

七月二日(火) 3

撫子は特に決まった仕事場があるわけではなく、自宅やカフェなどを転々としながら仕事をしている。いわば世間でいうノマドワーカーだ。ノマドワーカーというのはノマド（遊牧民）とワーカー（働く人）を組み合わせた造語なのだが、自分は遊牧民というより狩猟民に近いのではないかと思っている。

その電話がかかってきたのは、たまに利用する飯田橋（いいだばし）のコワーキングスペースで仕事をしていたときだった。かけてきた相手は友人の一人、山上（やまがみ）という名前の元新聞記者だ。

「撫子さん、久し振り。復帰されたようですね。おめでとう」

「ありがとうございます」

週刊ファクトで仕事をしていたとき、勉強会と称して友人らと食事をしながら意見交換をしていた。山上も勉強会を通じて知り合った政治記者の一人だ。記者を辞めて故郷に帰ったと風の便りに聞いていた。

「山上さん、お元気ですか？　ご実家に帰られたと聞きましたが」

「そうなんですよ。今は山形でのんびりさせてもらっています。実はですね、お電話したのは例の総理のお孫さんの件なんです。第二の要求、ご覧になりましたよね？」

「もちろんです」

今日の昼にYouTubeにアップされた動画は瞬く間に話題となった。議員報酬及び政党交付金の五十パーセントカットという犯人側の要求に日本中が沸いている。国民の政治不信をうまく利用した要求。それが撫子の分析だ。

「実は今日の午後、山形市内で鴨居幹事長の講演会があったんですよ。まあ民自党のパーティーみたいなもんなんですけど。そもそもこのタイミングでパーティーを決行するのか、と幹事長の見識を疑いたくなったので、ちょっと足を運んでみたんですが」

鴨居幹事長は民自党の重鎮だ。民自党の第二派閥である鴨居派の会長でもある。ちなみに最大派閥は元総理の椿和臣が会長を務めている椿派で、桐谷総理も椿派に属しており、三位に百合根派と続く。

「やはり例の動画の話題になりまして、鴨居さん、かなりご立腹の様子でした。そりゃそうですよね。自分たちの給料がカットされちゃうわけですから。実は私、録音していましてね。これ、問題発言だと思うんですよ。少々お待ちください」

しばらく間が空いた。やがてノイズの混じった音声が聞こえてくる。

『……ふざけるな、と私は言いたい。国会議員は二十四時間、国民のために汗水垂らして働いているんですよ。それを議員報酬五割カットとは何事ですか。逆に増やしてくれてもいいんですよ。いや、冗談で言ってるんじゃありませんよ。政治家っていうのはそのくらい大変な仕事なんだ。それを総理の孫ごときで……』

野太い声は鴨居幹事長のもので間違いない。再生が終わると山上が言った。

「どうです？　完全にアウトだと思いませんか？」

「アウトですね。どう考えても」

軽く興奮していた。この発言はイタすぎる。聴衆へのリップサービスという側面はあるとしても、鴨居の政治家としての本質を体現している発言だった。

「山上さん、この録音ですが……」

「差し上げますよ、撫子さんに。ロートルの私が持っていてもしょうがないですしね。好きなように使ってください。今、お送りしますので」

「ありがとうございます。恩に着ます」

通話を終え、しばらく待っているとスマートフォンに音声データが送られてきた。それをノートパソコンに取り込み、再生して音声の状態をチェックする。多少ノイズは入っているが、聞く分には支障はない。問題はこれをどう使うか、だ。

撫子はスマートフォンの電話帳を開き、ある人物に電話をかけた。電話をかけるのは約一年振りだった。出てくれない可能性もあると思っていたが、五回目のコールで相手は電話に出た。

「城後先輩、お久し振りです」

「お前か。こないだの会見見たぜ。随分飛ばしてたな」

城後宏之。週刊ファクトの現編集長だ。撫子は新人時代、彼にはいろいろと世話になった。頼りになる先輩記者だった。

「ブロードランナーに行くとはな。キワモノ記者の巣窟みたいなところなんだろ」

「住めば都っていうじゃないですか。それより先輩、折り入ってご相談が」

「何か嫌な予感がするな」

「そうおっしゃらずに。まずはこの音声を聞いてください」

山上から入手したばかりの音声をノートパソコンで再生し、スピーカーにスマートフォンを近づけた。再生が終わるとすぐに通話に戻る。

「先輩、どうですか？」

「この声、鴨居さん？」

「そうです」

「うーん、そう来たか」

電話の向こうで城後が唸る声が聞こえてきた。好感触だ。撫子は説明する。

「知人からもらったものです。今日の午後、山形市内で鴨居幹事長の講演会があり、そのときの録音内容です」

「ほかの政治家が言うならまだしも、鴨居さんだと問題発言だよな」

「私もそう思います」

鴨居は過去にも問題を起こしている。コロナ禍の非常事態宣言下、銀座のクラブで豪遊していた記事が出たこともある。当然、その記事を出したのは週刊ファクトだ。銀座のクラブで遊んでいるような政治家の口から、「国会議員は二十四時間、国民のために汗水垂らして働いている」なんて発言が飛び出す。続く「総理の孫ごときで」で一発アウトだろう。

「この音声、週刊ファクトにお譲りします」

「条件は？」

「私の署名入りの記事にしてください。それだけです」

電話の向こうで城後が押し黙る。このスクープが世間に与える影響と、週刊ファクトを去った女性記者の悪評。この二つを天秤にかけているに違いなかった。五秒後、城後が言った。

「今夜配信する電子版に載せたい。異存はないな」

「ありません」

撫子が属しているブロードランナーはフリーランスの記者の集まりであり、記事を載せる独自の媒体は持っていない。頼めばネット系ニュースサイトを紹介してくれるシステムはあるのだが、やはりここは大手のメディアに載せてほしかった。週刊ファクトなら大歓迎だ。週刊ファクトでは火曜日と金曜日の夜九時に電子版を配信している。紙媒体は毎週木曜日の発売だ。

「一時間で記事を仕上げてくれ」

「三十分もあれば」

「報酬その他についてはまたゆっくり話そう。頼むぞ」

「了解です」

通話を切る。すでに記事の輪郭は頭に浮かんでいる。撫子はノートパソコンを引き寄せ、猛然とキーボードを叩き始めた。

七月二日(火) 4

『……私としては大歓迎ですね。私、派遣で働いているんですけど、給料ほとんど上がらないんです。国会中継とか見てると、寝てるおじさんとかいるじゃないですか。五十パーセントカット、賛成です』

美晴は監禁室にいる。英俊と同じソファーに並んで座り、夕方のテレビのニュースを見ていた。街頭インタビューのＶＴＲが流れている。

『……俺も賛成っす。痛快じゃないすか。マジで三蔵法師頑張ってほしい。明日も期待っす』

今日の午後は美晴が当番になっていた。司令室でモニターを見ているくらいなら、英俊と一緒に過ごした方がよかろうと思い、さっきまでずっとゲームをやっていた。モンスターを狩るゲームで、三時間ぶっ通しでやったので今は休憩中だ。

「お待たせ」

そう言いながら千秋と吉乃が続けて監禁室に入ってくる。二人とも夕飯である宅配ピザを手にしている。宅配ピザは英俊の希望で、具材もすべて選ばせてあげた。桐谷家ではピザはイタリアンレストランで食べるものらしく、宅配ピザを食べるのが念願だったという。

「どうだ？　英俊。旨そうだろ」

千秋がＬサイズの二枚のピザを広げて言った。吉乃がサラダなどのサイドメニューやドリンクを用意していた。美晴たちはノンアルコールビール、英俊はコーラで乾杯する。

「かんぱーい」

四人でピザを食べる。英俊も嬉しそうにピザを食べている。英俊の前では徹底していたマスクとサングラスも、長く一緒にいるうちにおろそかになっていた。

「総理はこの要求を飲むのかな？」

美晴の発した素朴な疑問に対し、答えたのは吉乃だった。

「交渉には応じない。それが総理の、いや政府の基本路線だろうな。今後もそれは変わらないはずだ。ただ、ニュースを見てもわかる通り、国民は完全に犯人グループを応援している。まあこれが先生の狙いでもあるわけだが」

「じゃあ、今後は条件交渉になるってこと？」

「それもないだろうな。考えてもみな。総理の孫が誘拐されて、犯人の要求を飲んで法律を変えてしまう。そんな国、いい笑いものだ」

「じゃあ英俊君は？」美晴はチラリと英俊を見た。「政府が要求を飲まないなら、この子を見捨てることになるんだよね？」

「政府側の思惑は一つだけだ。とにかく犯人一味を特定し、人質を無事に救出すること。それがあちらさんの最優先事項だ。検討するとか善処するとか言って、少しでも期限を延ばそうとするはずだ」

　何となく想像できる。それは身代金の場合と変わらない。少しでも時間を稼ぐ。常套手段だ。

「僕が思うに」英俊がピザ片手に言う。「政府側は言い訳はいくらでもできるからね。法律を変えるのに時間がかかる。野党を説得しなければならない。そういう理由で交渉を引き延ばそうとするだろうね」

　英俊の口元にはピザソースがついている。それを拭いてやろうと美晴が手を伸ばすと、子供扱いするなよ、みたいな感じで手を払いのけられた。

「ところでこのお姉ちゃん、そろそろ出番が回ってくるんじゃないか」

　英俊が視線を向けてくる。美晴は言った。

「出番？　私の？」

「だってお姉ちゃん、あの有名な美晴ちゃんだろ。どうして自分がここにいるのか、考えたことないの？　そっちの二人のお姉ちゃんは自衛隊だよね。作戦遂行のために選ばれた実働部隊だ。なのにお姉ちゃんだけは一般人だ」

きっと私が選ばれたことには意味がある。薄々気づいていたことだ。

「英俊、鋭いな」と吉乃がノンアルコールビールの缶片手に言う。「もちろんその通りだよ。美晴の出番はそろそろだ」

「出番って言われても……」

吉乃は懐に手を入れ、中からスマートフォンを出した。それをこちらに向かって差し出した。

「これ、返すよ」

美晴のスマートフォンだ。ここに来た初日にとり上げられ、そのままになっていた。別にタブレット端末を支給されたので、特に支障はなかった。連絡をとり合う友人もいない。

「今後、報道は過熱していく。テレビ局はあの手この手を使い、視聴者の興味を駆り立てようとするだろう。二十五年前に誘拐された女の子に注目が集まっても全然不思議じゃない。いやむしろ私がテレビ局の人間だったら、その女の子を番組に出そうとするだろうね。いかに誘拐というのが卑劣な犯罪か、人質というのがつらいものか、それを聞き出そうとするんだ。要するに経験者は語るってやつだよ」

想像はできる。が、私に何を語れというのか。

「誘拐されて無事に戻ってきた被害者なんてそうそういない。そういう意味で極めて希少価値が高いんだよ。だから先生は美晴を仲間に引き入れたんだ。ほら、スマホの電源を入れてみな」

言われるがまま、美晴は自分のスマートフォンを手にとった。ボタンを長押しして電源を入れ、パスコードを入力した。しばらく待っているとスマートフォンがブルッと震えた。電源を切っていた間に何件もの着信が入っていることが知らされる。どれもが未登録の番号だ。特に今日になってから十件以上の着信が入っていた。

「マスコミは優秀だ。すでに美晴の連絡先を知り得たみたいだね」

美晴は呆然と画面を見る。知らない番号が並んでいる。この着信、全部マスコミからのものなのか。

「美晴、あんたの役割はテレビに出演して、誘拐という犯罪の卑劣さを訴えることだ。そうすれば世間の連中は思うわけだ。誘拐されている英俊君が可哀想だ、早く救出してあげないとってね」

理屈はわかるが、果たしてそんなことが自分に可能なのか。テレビに出演する。考えただけでも気持ちが悪くなってくる。

「さあ孫悟空。出番だよ。好きな番号を選んでリダイアルでかけてみよう。そのために君は選ばれたのだから」

吉乃がさも可笑しそうにウインクをする。スマートフォンを持つ美晴の手はブルブルと震えていた。しばらくそのまま動けずにいると英俊が大きな声を出した。

「僕、いいこと思いついた」

その声に美晴ら三人は英俊の方に顔を向ける。すっかりリラックスした人質は愉快そうな顔つきで言った。

「あ、ごめんごめん。美晴お姉ちゃんのことじゃないよ。明日の三つめの要求のこと。もっと面白くする方法、思いついちゃったんだよね」

七月二日（火） 5

築地の海鮮居酒屋は大変な賑わいを見せていた。「おーい」と呼ぶ声が聞こえたので、猪狩はそちらに顔を向けた。藤森をはじめとする政治部の記者たちの姿がある。デスクの荒木の姿もあった。ここは大京テレビ本社からも近く、よく利用する店だ。非常時なのでさすがに皆、ノンアルコールビールを注文しているようだ。

「どうだ？　美晴ちゃんの行方、わかったか？」

藤巻に訊かれたので、猪狩は答えた。

「連絡先は入手できましたが、住所や勤務先などは不明です」

「そっか。連絡がつくといいけどな」

今日は一日中、天草美晴が住んでいると思われる調布市周辺で聞き込みを続けていたのだが、彼女の痕跡は発見できなかった。入手した携帯番号には何度か電話をかけているものの、常に不在のメッセージが流れていた。

「それにしても二つめの要求も半端ないっすね」

「だろ。明日から総力戦となる。その前に決起集会でもやろうってことになったんだ」

議員報酬及び政党交付金の五十パーセントカット。それが二つめの要求だ。政治色の強い要求であることから、政治部でも力を入れて取材をする必要があるのだ。

「猪狩、美晴ちゃんの件も大事だが、唐松官房長官とのパイプも重要だ。何かわかったらすぐに報告してくれ」

「わかりました」

今日の午後の官房長官会見は冒頭発言はなく、誘拐事件に関して言及されることはなかった。夕方の総理のぶら下がり会見において、「状況を注視していく」との発言があったようだが、具体的な何かが語られることはなかったという。政府もかなり動揺しているとみていい。それほどまでに三蔵法師と名乗る者たちの要求はエキセントリックな内容だった。

「明日の要求なんだろうな」

「消費税の減税じゃないか。オオトリに相応しいだろ」

「俺は憲法九条改正の白紙撤回に一票」

「うーん、どうかな。俺は違うと思うけどな」

記者たちは口々に語っている。明日、三蔵法師たちがどんな要求を突きつけるのか。おそらく日本中で同じような内容の会話が交わされているに違いない。事実、今も隣のテーブル席ではサラリーマン風の男たちがYouTubeを見ながらあれこれ語っている。

「みんな、注目」デスクの荒木が手を叩いた。「猪狩も来たから、これで全員が揃ったな。世間はえらい騒ぎで、うちの報道局も活気づいてる。ガンガン行くぞ」

乾杯となる。記者たちはグラスを合わせ、今後の方針などを再確認していた。隣に座る藤森が言った。

「そういえば百合根さんが倒れたらしいぜ」

周りの記者たちが反応する。荒木も口を挟んできた。

「俺も聞いた。先週末らしいな。世田谷区内の病院に入院してるって話だ」

百合根剛は民自党の大物政治家だ。かつてはキングメイカーとも呼ばれ、影の総理として君臨していたが、十年ほど前の派閥の分裂で党内における求心力が急激に衰えた。今は口うるさい老政治家というイメージで、要職にも就いていない。

「どうします？　取材しますか？」

若手記者の問いに荒木が答える。

「今は非常事態だ。百合根さんの件はスルーしていい。誘拐に集中しよう」

妥当な判断だ。大手新聞社も報じるか報じないかという微妙なラインだ。

「おっ、週刊ファクトの電子版、結構面白い記事が出てますよ」

一人の記者がそう言うと、誰もがスマートフォンに目を落とした。猪狩も週刊ファクトの電子版を読む。民自党の鴨居幹事長の失言を伝えていた。今日の午後、山形市内での講演会で余計なことを口走ってしまったらしい。

「二十四時間、国民のために汗水垂らして働いている。よく言うよな。銀座で飲んだくれるのも仕事のうちってことか。極めつきは人命軽視の『総理の孫ごとき』発言だよ」

「こりゃ炎上確実だな。ファクトビーム炸裂だ」

「おいおい、これって水谷の記事じゃねえか。古巣にご帰還ってわけか」

記事の最後に『取材・文　水谷撫子（ブロードランナー）』という署名が入っていた。週刊フアクトに出戻りしたわけではなく、彼女が個人的に記事を売ったのだと推測できる。いずれにしても切れ味の鋭い記事であり、タイミング的にもバッチリだ。

「水谷、さすがだな」

「本当によくやるよな。どっかに飛ばされたんだろ。執念深い子だよ」

藤森がこちらを見てニヤニヤと笑っている。猪狩が撫子と交際していた過去を知る者はこの中では藤森だけだ。猪狩は肩をすくめ、グラスに手を伸ばした。

「政権への影響は確実じゃないか」

「幹事長自らの失言は痛いよ。ほかの議員も慎重になるだろうな」

しばらく宴(うたげ)が続く。ふと手元を見るとスマートフォンに着信が入っていた。唐松だろうか。画面を見て猪狩は目を見開いた。そこには今日登録したばかりの名前、『美晴ちゃん』と表示されている。まさか向こうからかけてくると思わなかった。

ここは騒々しい。猪狩は座敷を出て、出入り口の方に向かう。店を出てから通話をオンにした。

「もしもし？　もしもし？」

そう呼びかけるとか細い声が聞こえてきた。

「あのう、何度かお電話をいただいたようなんですけど……」

「わざわざお電話いただきありがとうございます。私は大京テレビ報道局の猪狩と申します。つかぬことをお伺いいたしますが、天草美晴さん、で間違いありませんね？」

「はい、そうですけど……」

よかった、と安堵しながら猪狩は非常階段に出る。店のサンダルを履いてきてしまったことに気付いたが、引き返している余裕などない。

「ありがとうございます。実はですね、天草さんに当社の情報番組に出演していただきたく、お電話した次第なんです。あ、無理にとは言いません。ＶＴＲでの出演も可能ですし、当然顔モザイクや声の加工も可能です」

「どうして私なんでしょうか？」

先走り過ぎたようだ。自分を戒めつつ、猪狩は説明する。

「現在、総理のお孫さんが誘拐された事件が世間を騒がせているのはご存じですよね？」

「まあ、一応は」

「天草さんが二十五年前、とてもつらい事件に巻き込まれたのは我々も承知しております。同じ誘拐事件に巻き込まれた被害者として、いろいろとお話をお聞かせ願いたいと思っているんです。事件の早期解決にもあなたの経験が必要になるかもしれませんし」

「私なんて役に立てるかどうか……」

「とにかく一度お会いしてお話しさせてください。急で申し訳ないんですが、明日などいかがでしょうか？」

「明日ですか？　午後なら時間を取れるかもしれませんけど……」

よし、と猪狩は内心ガッツポーズをする。この感じだと他社とコンタクトをとっている様子はない。猪狩は電話の向こうに呼びかけた。

「天草さん、是非明日、お目にかかりたいです。場所はどちらに行けばよろしいでしょうか？どちらにでも伺いますので」

七月三日（水）　1

「へえ、美晴ちゃん誘拐事件かあ。懐かしいね。あれって何年前の出来事になるの？」

「二十五年前です。僕は中学生でした。長官はまだ国会議員になる前でしたよね？」

「うん。市議会議員時代だ。まだ三十代半ば。そんな経つのか、あの事件から。おかっぱ頭の女の子だよね。顔もうっすらと憶えてるよ」

猪狩は首相官邸内にある官房長官室に来ていた。昼飯でも食いながら三つめの要求を見よう。そう誘われたのだ。

「それで会ってくれることになったんだ？」

「でも事情が事情ですからね。来てくれるとは限りません」

今日の午後、天草美晴と会うことになっている。情報制作局のプロデューサーである山瀬にも声をかけている。番組出演を打診するのが目的だ。

「何か虎ちゃん、初めてのデートに行くみたいだな」

「本当にそういう感じなんですよ」

ドアがノックされ、若い秘書が中に入ってくる。二つの弁当をテーブルの上に置いた。銀座の老舗料亭からとり寄せた特製幕の内弁当だ。「さあ食べよう」と言って唐松が弁当を引き寄せた。猪狩も弁当を手にとった。タラの西京焼き、がんもどきの煮物、鶏の竜田揚げ、舞茸ご飯といった唐松の好物が並んでいる。

「長官、鴨居幹事長の騒ぎ、どうなりました？」

昨夜の週刊ファクトの記事だ。思っていたよりは話題になっていない。マスコミは昨日の第二の要求を伝えることに躍起になっている。ただし、ネットニュースのコメント欄には鴨居に対するバッシングが飛び交っていた。

「鴨居さんにも弱ったもんだ」苦笑しながら唐松が言う。「あの人、自分で自分の首を絞めるタイプの政治家だよね。これで九月の総裁選に出馬する確率はゼロになったんじゃないか」

唐松は舞茸ご飯を頬張りながら嬉しそうに言った。鴨居が総理の椅子を狙っているのは明らかだった。次回の総裁選に出馬するかもしれない。そんな噂も流れていたが、昨日の失言が大きく水を差すのは間違いない。

「本人は謝罪する気はないらしいよ。困ったお人だよ。まあ今日の三つめの要求で世間はまた大騒ぎするだろうから、揉み消せるっていう算段だろうね」

その目論見は半分当たっている。猪狩はかつての恋人の顔を思い出す。さぞかし悔しがっていることだろう。

「そろそろ始まるんじゃないか」

ちょうど正午になろうとしていた。猪狩は幕の内弁当を脇に寄せ、ノートパソコンを操作してYouTubeにアクセスする。なかなか緊張感がある。日本中のあらゆる場所に、猪狩と同じく待機している者がいるはずだ。

正午になると同時に動画がアップされた。お馴染みになりつつある軽快な音楽とともに、四つのキャラクターが画面に登場する。唐松は食い入るように画面を見つめている。猪狩もまた、身を乗り出して画面を注視した。

孫悟空『みんな、こんにちは。三蔵法師の誘拐チャンネルにようこそ。みんなは元気にしてるかい？　僕は元気だよ。桐谷英俊君も元気だから心配しないでね』

猪八戒『僕、お腹空いたよ』

孫悟空『八戒、黙っていろ。それでは法師様、よろしくお願いします』

三蔵法師『では三つめの要求を伝えます。三つめの要求は「一府十二省庁のうち、内閣府と警察庁以外の十一の省を東京都以外の道府県に移転させること」です』

沙悟浄『法師様、素晴らしいアイデアですね』

孫悟空『でも法師様、これは揉めそうですね。どうやって決めるんでしょうか？』

三蔵法師『クジ引きにしたいと思います』

沙悟浄『クジ引きでございますか？』

三蔵法師『はい。しかしクジ引きは運の要素があまりに強く、可哀想なので、各省の希望や思惑も考慮できる方法を考案いたしました。それはドラフト会議です』

孫悟空『ドラフト会議？　プロ野球みたいな？』

三蔵法師『やり方を説明します。各省は移転したい道府県を一つ選出し、ドラフト会議の場に臨みます。競合した場合はクジ引きで決定します』

沙悟浄『なるほど。プロ野球と同じですね』

猪八戒『リンゴパイ食べたいよ』

孫悟空『八戒、黙っていろ』
三蔵法師『プロ野球と違うのは、第二巡の選択権がないことです。第一巡の競合で負けた省は、第一巡のドラフト終了後、クジ引きにて行く道府県を決定します』
孫悟空『駆け引きが難しいですね』
三蔵法師『十一省の移転先については、三日以内にドラフト会議を開催し、発表してください。ドラフト会議の模様を中継する必要はございませんが、証人の意味を含めまして、報道各社は二人までの参加ということでご理解ください。三日以内、土曜日の二十三時五十九分までに移転先についての発表がない場合、取引を中止します』
猪八戒『湯豆腐食べたいよ』
孫悟空『八戒、黙っていろ』
三蔵法師『十一省の移転に関しても来年度からの実施を要求いたします。この要求が実現できない場合、英俊君とは永久にお別れすることになるでしょう』
沙悟浄『地方が活性化しますね、法師様』
三蔵法師『以上が我々からの要求です。これら三つの要求に関して、総理がどのような見解をお持ちなのか。一週間の猶予を与えます』
孫悟空『納期は守らないといけませんね』
三蔵法師『一週間後、七月十日水曜日の正午までに記者会見を開いてください。我々の要求に従うか、それとも英俊君を見殺しにするか。この二択です』
沙悟浄『究極の選択ですね』

三蔵法師『なお、この動画をご覧になった方、SNSを通じて拡散してください。よろしくお願いします』
孫悟空『チャンネル登録、よろしくね』

驚きで言葉が出なかった。唐松の顔を見ると、彼は口を半開きにしたままパソコンの画面を眺めている。自分も同じような顔をしているのかもしれないと猪狩は思った。

突然、スマートフォンの着信音が鳴り響いた。テーブルの上に置いてある唐松のものだった。すぐに彼は電話に出た。唐松が話し出す。

「どうもどうも。……もちろん見てたよ。いやあ、ここまで無茶言われると笑っちゃうよね。……ん？　神奈川？　神奈川以外は行きたくないって？　……そんなこと俺に言わないでよ。総理に言ってよ。……ねえ大臣、冷静になりましょうや。まだ要求を受け入れるって決まったわけじゃないんだからさ」

しばらくして通話を終えた唐松が苦笑しながら言う。

「防衛大臣からだよ。防衛省は横須賀基地のある神奈川県に移転させてくれってさ。藪から棒に困っちゃうよな。あ、また電話だ。今度は誰だろう」再び唐松はスマートフォンを耳に当てる。

「もしもし？　ん？　移転の話？　だからそれは俺に言われても……総務省は関東以外には行きたくない？　……だから俺に言わないでよ」

早くも駆け引きが始まっているのか。予想を超えた犯人側の要求に対し、政府が大きくぐらつき始めるのを目の当たりにしているような気がした。

ドアがノックされ、秘書が中に入ってくる。秘書が唐松の耳元で何やら囁くと、唐松の表情が引き締まった。「悪いけど切るよ」と通話を強引に終了させ、スマートフォンをスーツの内ポケットに入れる。

「虎ちゃん、すまん。総理に呼ばれちゃったよ」

「わかりました」

唐松が慌ただしく部屋から出ていった。主のいなくなった官房長官室に居座っているわけにもいかず、猪狩も腰を上げる。テーブルの上に置かれた二人分の幕の内弁当は、どちらもまだ半分ほど残っている。

七月三日(水) 2

ふざけんな、ふざけんな、ふざけんな。

呪いの言葉を心の中で連呼しながら、撫子はタブレット端末でネットニュースを見ている。話題になっているのは正午にアップされた第三の要求ばかりだ。

昨夜アップされた週刊ファクトの電子版。鴨居幹事長の失言にまつわる記事は一瞬だけ燃え上がったが、結果的にはボヤ程度の騒ぎで収まってしまった。そして今日の昼に投じられた第三の矢。世間はすっかり鴨居の失言など忘れ去ってしまったかのようだ。それが悔しくて仕方がない。

でもまあいい、と撫子は心を落ち着かせる。こんなのは昔からよくあることだ。大きなスクープ記事が別のニュースでかき消されたりしたことは何度もある。この程度でいちいちめげていては記者など到底務まらない。

それにしても大変なことになったものだ。十一の省を東京都以外に移転させよ。それが犯人たちの三つめの要求だった。あまりに無謀で笑ってしまうが、世間は早くも反応していた。コメント欄を見る限り、移転案に賛同する声が多かった。だが、実際問題としては十一省の移転など非現実的なおとぎ話だ。

タブレット端末の時計を見る。約束の午後二時を十五分も過ぎている。時間にルーズな人間は信用しないことにしているが、相手が情報提供者の場合は何時間でも待てる。デートだったら五分の遅刻も許さないのだけど。

さらに五分ほど経ってから、その男は姿を現した。黒いジャケットに薄い色のサングラスをかけていた。一見しただけではどんな仕事をしているのか判別がつかない外見だった。銀座のホステス、エリから風貌は聞いていたので、多分あの男だろうと当たりをつける。撫子が立ち上がって手を挙げると、男は笑みを浮かべてこちらにやってきた。

「あんたが水谷さん？」

「そうです。水谷撫子と申します。ようこそお越しくださいました」

「あ、お姉さん、アイスコーヒー頂戴（ちょうだい）」

通りかかった店員にそう注文してから、男は椅子に腰を下ろした。まずは名刺を交換する。男から受けとった名刺には『株式会社ビューティーペール　代表取締役　伊藤将太』と書かれていた。実はこの名刺、エリから入手済みだが、初めて受けとったような演技をした。ちなみにビューティーペールは怪しげな美容器具を通販で売っている会社だった。

「で、俺に訊きたいことって何？　そもそもあんた何で俺の連絡先知ってたの？」

撫子自身、このチャラついた感じの男がどんな情報を持っているか、まだわからずにいる。しかし記者というのはこんなものだ。まるで鉱脈を探すかのように、人に会って話を聞く。その繰り返しだ。

「銀座のクラブラキシス、ご存じですね。そちらのスタッフから連絡先を教えてもらいましてね。よく行かれるそうで」

「しょっちゅう行くわけじゃないけどね」

「いつも一緒に行かれる方がいると聞いております」

「なるほど。俊ちゃん絡みか」

注文したアイスコーヒーが運ばれてくる。店員が立ち去るのを待ってから撫子は確認した。

「桐谷俊一郎さんをご存じですね？」

「まあね。古い付き合いだよ」

「親友といっても差し支えのない間柄とか」

「向こうが結婚してからは前みたいに頻繁には会ってないけどね。でも俊ちゃん、マジで大変なことになってるよな。まさか息子が誘拐されちゃうとは驚きだよ」

「最近連絡をとっていますか？」

「何度かＬＩＮＥしたけど返信はない。それどころじゃないんじゃないか」

少し淋しそうに伊藤は笑った。いや、淋しいのではない。もっと別の感情がそこに潜んでいるような気がした。不満？　それとも何か焦っている？

「もしかして」と撫子はカマをかけてみる。「早急に俊一郎さんと連絡をとりたい事情があるんですか？　たとえばそうですね」エリは言っていた。この男の内ポケットに大金が入っていた、と。「何かの支払い期限が迫っているとか？　違います？」

「何言ってんだよ、いきなり。そんなことねえよ」

わかり易い男だ。政治の世界で老獪な連中と渡り合ってきた撫子にとって、目の前に座る男はとるに足らない相手だった。時間があればあれこれ手を考えて攻略するのだが、今は時間が惜しい。撫子は用意していた封筒を出し、テーブルの上に置いた。

「これをどうぞ」

遠慮というのを知らない男らしい。伊藤は封筒を手にとってその場で中身を確認する。現金十万円が入っている。もちろん自腹だ。

「十万円分、話すぞ」そう前置きして伊藤は話し始める。「二年前、俺と俊ちゃんは投資コンサルタントから儲け話を持ちかけられ、その話に乗った。暗号資産ってやつだ。俺は二千万、俊ちゃんは五千万用意して、暗号資産を買った。みるみるうちに価値が上昇して、俺たちは笑いが止まらなかった。でも予想外のことが起きたんだよ」

緊急外国為替等取引禁止措置法の成立。二人が所有していた暗号資産は取引不可となってしまったのだ。

「俺もあいつも一夜にしてすっからかんだよ。まったく笑っちまうよな。あいつの親父、総理なのにさ。息子を大損させる法案を可決させちまうんだから。俺から話せるのはこのくらいだな」

伊藤はアイスコーヒーを飲んだ。渡した封筒はすでに彼の内ポケットに収まっている。

総理の息子が暗号資産に手を出し、手痛いダメージを負った。普段であればそれなりのスクープになるはずだが、今や前代未聞の誘拐事件が世間を騒がせており、この程度のネタはスルーされてしまう。

撫子はハンドバッグを膝の上に置く。財布から五万円出した。なけなしの金だ。フリーランスになった今、こういった金が経費で落ちることもない。剝き出しのまま、その金を伊藤に突き出した。

「あと五万円分、お願い」

伊藤が下卑た笑いを浮かべて金を受けとった。

「ランサルバル共和国。その国に俺たちの暗号資産の交換業者がある」

その国名を手帳にメモする。こんな情報、五万円分の価値もない。抗議の声を上げようとすると伊藤が言った。

「俺は知り合いから金を借りまくって、二千万円を用意した。それがすべてパーになっちまった。お陰で今も借金取りに追われる身だ。となると俊ちゃんはどうなんだろうな。俊ちゃんがどこから五千万円を調達したのか。おっといけない。俺から言えるのはこのくらいだ」

伊藤はアイスコーヒーを飲み干し、席を立った。そのまま店から出ていってしまう。彼の背中を見ながら撫子は思案する。桐谷俊一郎は五千万円という大金をどうやって調達したのだろうか。

七月三日(水) 3

店内はそれほど混んでいなかった。猪狩は調布市仙川にあるファミリーレストランに来ていた。隣には情報制作局の山瀬の姿もある。

「あの子じゃないかな」

山瀬の声に反応し、猪狩が店の入り口に目を向けると、そこには女性の二人組が立っていた。眼鏡をかけた女性と、その後ろにベースボールキャップを目深に被った女性がいた。多分帽子を被っている方だな。猪狩は彼女らに向かって手を挙げた。

二人がこちらに向かって歩いてくる。猪狩たちは立ち上がって彼女らを迎える。猪狩は言った。

「ようこそお越しくださいました。大京テレビの猪狩と申します。天草さんでよろしいですね」

ベースボールキャップの女が前に出た。帽子を脱ぎながら頭を下げて言う。

「天草です。よろしくお願いします」

二十五年前、彼女が誘拐された事件は公開捜査となった。そのときの写真の面影はわずかに残っている。目鼻立ちのしっかりとした、愛嬌のある顔立ちをしているが、どこか暗さを感じるのはこちらの穿った見方か。

「あ、こちらは私がお世話になっている……」

美晴が紹介すると、眼鏡をかけた女性が前に出た。彼女の名前は佐藤恵美といい、美晴の友人らしい。

「私、おっちょこちょいだし、心細かったので彼女に同行を依頼しました」

「佐藤です。初めまして」

女性が頭を下げる。見た感じからして有能そうな女性だった。生徒会にいそうなタイプだ。山瀬も自己紹介をして、四人でボックス席に座った。まずは猪狩が説明を始めた。

「突然すみません。今、巷を賑わせている事件、ご存じですよね？　世間では犯人側の無茶な要求ばかりが話題になっていますが、実際に誘拐されているのは桐谷英俊君、七歳の男の子です。彼は今こうしている時間も監禁状態にあります」

そこまで話したところで、山瀬があとを引き継いだ。

「大京テレビでは誘拐されている英俊君にスポットを当てた特集を作りたいと考えているんです。具体的には誘拐されている当事者がどんなに怖い思いをしているのか、心細く感じているのか、そういう部分をクローズアップしたいわけです。その特集に相応しいゲストとして我々が考えたのが天草美晴さん、あなたです」

美晴が体をビクッと震わせる。

「これをご覧ください」山瀬が二人の前に一枚の書類を置いた。「簡単な企画書です。天草さんに出演していただきたいのは当局で放送している午後のワイドショー、報道ラッシュアワーです。番組内で十五分ほどの特集を組むので、そこに出演していただきたいのです。もちろん顔は隠します」

佐藤という女性が企画書を手にとって読んでいる。美晴は横からそれを覗き見ていた。やがて佐藤が口を開いた。

「いくつか質問があります。天草さんに対する質問等は事前に教えていただけるのでしょうか？　それと顔を隠すとおっしゃいましたが、その具体的な方法を教えてください。あと報酬はもらえるのでしょうか？　仕事を休むことになるので、ただ働きというわけにはいきませんし」

「質問等は事前に用意します。当然リハーサルもおこないます。顔を隠す方法はありきたりではございますが、曇りガラスで囲われたボックス席に座っていただくことになろうかと。報酬については当社の規定に基づいたギャラをお支払いしますのでご心配なく」

目の前の二人が顔を寄せ合い、ひそひそと話し始めた。やがて二人は前を向いたかと思うと、美晴が消え入るような声で言った。

「……わかりました。前向きに検討させてください」

「本当ですか？」

「……はい。ちなみにいつですか？」

「明後日の金曜日などいかがでしょう？　お昼前にスタジオ入りしていただくことになると思います。もちろんご自宅までお迎えにあがりますよ」

またしても二人は小声で話し合う。今度は佐藤が口を開く。

「わかりました。ただし送迎は必要ありません。何時にどこに行けばいいのでしょうか？」

「築地にある撮影スタジオです。場所はですね……」

山瀬がスマートフォンで地図を出して佐藤に説明する。それを終えた山瀬が確認するように言った。

「どうして我々大京テレビを選んでいただいたのでしょうか？」

「たまたまです。着信履歴の一番上にあったので」

「ほかにも取材が殺到していると思いますが、受けたりするんですか？」

「御社（おんしゃ）のテレビ出演以外、受けるつもりはありません。天草さんの精神状態を考慮しての判断です」

「それは何よりです」

山瀬が胸を撫で下ろした。他社の取材を受けるかどうか。これは重要な問題だった。テレビマンというのは初モノを好む。旬な素材を他局より早く視聴者に提供するのが信条だ。

「猪狩君、ちょっといいかな」山瀬が猪狩の耳元で言った。「早速報告してくるよ。少し場を繋いでてほしい。すぐに戻るから」

スマートフォンを持ち、山瀬が立ち上がった。店から出ていく彼の姿を見送り、猪狩は二人に向き直った。

「出演を快諾いただき、誠にありがとうございます。お二人は古くからのご友人ですか？」

答えたのは佐藤だった。

「職場の同僚です。同じスーパーで働いているんです、私たち」

「へえ、そうなんですか」

相槌を打ちながらも猪狩はかすかな疑問を抱く。美晴はともかくとして、この佐藤という女性には一筋縄ではいかない独特の空気が流れている。どういう素性の人物だろうか。

「訊きにくい質問なんですが」そう前置きしてから猪狩は尋ねる。「天草さんは誘拐されていた当時の記憶はあるんですか？」

美晴と視線が合ったが、すぐに彼女は目を逸らした。伏し目がちのまま、彼女は答える。

「少しだけ。あまりたしかなものではありませんけど……」

二十五年前に誘拐された女の子。あの子が今、目の前にいる。そう思うと猪狩は不思議な感慨を覚えた。

七月三日（水）　4

「生姜焼き定食、あと瓶ビール一本」

熊切優一は店のマスターに注文した。池袋のはずれにある定食屋だ。馴染みの店で、週に三度くらいの割合で訪れる。

「ビール、勝手に出してよ」

マスターに言われ、熊切は冷蔵ケースの中から瓶ビールを一本出し、栓を抜いた。席に戻って手酌でビールを飲み始める。カウンター席と四人がけのテーブル席が一つあるだけの狭い店内は、半分ほど席が埋まっている。神棚の横にあるテレビでは緊急特別番組が放送されていた。

『……正直申しまして、現実的ではありませんね。十一の省が地方に移転するなんて無理に決まってますよ』

どこぞの大学教授が語っている。今頃永田町は大騒ぎだろう。総理が犯人側の要求を受け入れることはないとはわかっていても、官僚たちはあれこれ忙殺されているはずだ。本来であれば熊切も官僚の一人として慌ただしく動いていたはずだが、今の自分は完全に蚊帳の外に置かれてしまっている。

熊切は総務省の官僚だ。若手の頃から同期の中でも頭一つ抜きん出ていた。総務省に熊切あり、と言われ、将来の事務次官候補と目されていた。熊切自身もそう思っていた。いずれ総務省を背負って立つのは俺しかいない、と。

転落のきっかけは四年ほど前、コロナ禍のときだった。ある日の夜、熊切は銀座のクラブに向かい、そこで鴨居幹事長（当時の総務大臣）と会っていた。国会で審議されている法案に関するレクチャーをするためだった。本来であれば総務省の大臣室でおこなわれて然（しか）るべきだが、鴨居の酒宴好きは半分病気みたいなものであり、酒の席でレクをおこなうのが日常茶飯事だった。当時、熊切はまだ三十四歳。課長の代わりに単身銀座のクラブに乗り込んだ。

レク自体はうまくいったが、問題はそのあとだった。何と鴨居の夜遊びがスクープされてしまったのだ。緊急事態宣言下だったということもあり、国民は押しなべて鴨居を糾弾した。大臣を更迭されることはなかったが、政権内部における鴨居の求心力は低下した。

そのとばっちりを受けたのが熊切だった。レクのためとはいえ、熊切は問題の酒宴に参加していた。それを見逃すわけにいかないと上層部も判断したのか、熊切は左遷された。目の前に敷かれていた事務次官へのレールが、たった一晩の過ちにより消失してしまったのだ。

『……ですが、地方にとっては嬉しいですよね。一気に人が流れてくるわけですから』

『まあそうですけど、普通に考えれば難しいですね。リモートワークが普及したとはいえ、中央官庁を地方に移転させるのは無理があります』

おそらく今話している大学教授は政府関係者から言い含められていると思われた。中央官庁の地方移転、それがいかに非現実的であるかを説くよう、あらかじめ依頼されているのだ。政府はこの手の情報操作が得意だが、今回ばかりは世論の暴走は収まりそうにない。三蔵法師の三つの要求は、どれも国民にとって快哉を叫びたくなるようなものだった。

「はい、おまち」

生姜焼き定食が運ばれてくる。それを食べつつ、熊切はネットニュースを見る。どこもこぞって誘拐ネタをとり上げている。政府がこんな馬鹿げた要求を受け入れるはずがないと、熊切は一官僚として確信している。いや、元官僚か。今の自分に官僚を名乗る資格はない。

現在、熊切は総務省の外郭団体である独立行政法人〈情報ネットワーク通信機構〉に出向している。与えられた仕事は雑務ばかりで、いわば飼い殺しの状態だ。仕事は午前中で切り上げ、午後はずっとネットを見ているという無味乾燥な日々。こんな生活がもう四年も続いている。

『政府としては要求を飲むわけにはいきません。三つの要求はどれも滅茶苦茶ですから』

『ということは英俊君を見殺しにすると？』

『そうは言っていませんよ。落としどころを探るんじゃないでしょうか。たとえば三つの要求のうち、どれか一つでも飲むとかね』

客のほとんどがテレビに釘づけだ。カウンターの中でフライパンを振るマスターでさえ、横目でテレビを観ている。

生姜焼き定食を食べ終え、支払いを済ませて店から出た。家に帰ったら風呂に入り、あとはハイボールをちびちびやりながら読書をしたり映画を観たりして過ごすのだ。総務省にいた頃は帰宅するのは早くても深夜零時過ぎ、法改正などが絡んでくると朝の五時くらいまで仕事をして、帰宅して一時間だけ仮眠をとって出勤するという生活だった。あの頃に比べると平和そのもので、牧歌的とも言える生活だが、物足りない何かをずっと感じている。

いつも寄るコンビニに向かって歩いていくと、前方に一台の車が停まっているのが見えた。国産の高級セダンで、よく政治家が乗っているタイプの車だ。通り過ぎようとすると車のドアが開き、一人の男が降り立った。男が声をかけてくる。

「熊切優一さんですね？」

男はスーツ姿で、髪は七三分けだった。年齢不詳。若くも見えるし、中年のようにも見える。どういう素性の人物かわからないが、想像がついた。きっとこの男、政府の関係者に違いない。どことなくそういう空気が漂っている。

「ええ。自分は熊切ですが」

「ちょっと我々に同行願えますでしょうか？」

有無を言わせぬ口調だ。もしかして警察などの捜査機関の男か。それならば最初に身分証を提示するはず。熊切の頭の中にクエスチョンマークが浮かんだ。いったいこの男、どこの部署に所属しているんだ？

「悪いようにはいたしません。これは半分命令だと思っていただいて結構です」

男は温和な笑みを浮かべている。命令というのはどういう意味か。総務省にでも連れていかれるのか。

熊切は覚悟を決めた。どうせ部屋に帰っても無為な生活が待っているだけ。だったらこの男の口車に乗ってやってもいい。

「わかりました。同行しますよ」

「よかった。まあ、断られても力ずくで連れていくつもりでしたが」

後部座席に乗り込む。本革のいい香りがした。男が白いビニール袋を渡してきた。

「少し時間がかかりますので、よかったら是非」

袋の中には缶のハイボールが二本と、スナック菓子が入っている。どちらも熊切がよく買っている銘柄だ。なるほど、こちらのことはすべて調べ上げているというわけか。久し振りに気分が高揚するのを感じたが、熊切はそれを表情に出さずにハイボールのプルタブを開けた。


車に揺られていたのは二時間弱だった。辿り着いたのは立派な造りの洋館で、スマートフォンの位置情報によると場所は神奈川県葉山町。御用邸もあり、風光明媚な場所として知られている。

「こちらへどうぞ」

洋館の中に案内される。中も豪華な造りで、ホテルのようにも見えた。一階の応接間に案内されると、そこにはすでに先客がいた。眼鏡をかけた小太りの男と、パンツスーツを着た髪の長い女だ。どちらも年齢は三十代と思われた。

「主の到着が遅れているので、まずは自己紹介でもしておいてください。三人はこれから一緒に過ごす仲間なので」

そう言い残して七三分けの男は応接間から出ていってしまう。残された三人は様子を窺うように互いの出方を見る。最初に口を開いたのは小太りの男だった。

「ほなワシから。ワシは財務省の菊田寛輔です。以後お見知りおきを。財務省いうても今は訳あって長期休暇もらってます。精神の方をやられてしもうてね。あと半年くらいは休もうと思ってます」

関西弁の訛りが強いが、エセに聞こえる。とにかく怪しい。見るからにバイタリティに溢れており、とても精神をやられているようには見えなかった。

「年齢は三十六歳。年男でっせ。特技は計算。数字には滅法強いんですわ。財務省のコンピューターと言われていた頃もあります」

財務省の菊田。心当たりがある。あまりよろしくない方の評判で、ほぼ不祥事だ。

二年ほど前のことだった。財務省のエリート官僚が国税庁に摘発された。競馬で儲けた金、およそ一億円を申告せずに約三千二百万円を脱税したためだった。男は容疑を認め、すぐに修正申告をして追徴課税された。全額納付したので罪に問われることはなかった。その男の名前が菊田といったはずだ。

「趣味は競馬。競馬は男のロマンですわ。ワシの場合、馬の能力を数値化して、予想するんですけどね。よかったらワシの予想、買いまへんか？　初回はお安くしときまっせ」

自己紹介を終えた菊田はペットボトルのコーラをガブ飲みした。次は俺か。そう思って熊切は言った。

「総務省の熊切です。現在は外郭団体に出向中です。年齢は三十八歳。特技も趣味もありません。よろしくお願いします」

「兄さんの特技なら知ってまっせ」と菊田が口を挟んでくる。「銀座で政治家を接待することちゃいますか？　ワシも一度でいいから銀座の高級クラブで飲んでみたいもんやわ」

熊切は菊田を睨んだ。すると菊田は「すんまへん」と言って肩をすくめた。残されたのは女だった。二人の視線を受け、女が言った。

「法務省の鳥越美由紀です。私も訳あって外郭団体に出向中です。よろしくお願いします」

数年前、法務省の幹部がセクハラで訴えられた。酒の席で女性部下の胸を触ったというものだった。たしかそのときに上司を告発した女性官僚の名前が鳥越だった。

「へえ、姉さんがあの鳥越美由紀なんや。えらい勇気やな。感服するで、ほんま」

彼女が優秀な人材であることは熊切の耳にも入っている。彼女は法務区分と言われる、司法試験合格者だった。入省以来、数々の法改正に携わり、その能力の高さは折り紙つき。野に下っても弁護士として活躍できるだろう。法務省上層部が慰留して、今は外郭団体で翼を休めているといったところか。

「総務省に財務省、そして法務省か。三人のエリート官僚を集めてどうするつもりやろうな」

エリート官僚であることは否定しない。しかし厳密に言えば元エリート官僚だ。熊切の場合、すでにレールから外れてしまっている。菊田も同様だ。唯一、鳥越美由紀だけは返り咲くチャンスが残されているが、それも微妙なところだった。

「なぜワシたち三人が呼ばれたのか。熊切はんはどう思われます？」

馴れ馴れしく菊田が訊いてくる。面倒だったが熊切は答えた。

「さあね。見当もつかないよ」

「ワシの予想では三蔵法師絡みでっせ。あいつら無茶な要求突きつけてきとるやろ。でもまあ、総理が三つの要求を飲むとは思わへんが。多分どれか一つを受け入れて、孫の解放をお願いするんやないかな」

一理ある。熊切は訊いた。

「どれを受け入れると思うんだ？」

「決まっとる。二つめの要求や。議員報酬の削減。これが一番手っとり早い。ほかの二つは実現不可能とまでは言わんが、ハードルが高過ぎる」

可能性はなくはない。しかし議員連中がおいそれと受け入れるだろうか。

「姉さん、あんたはどう思う？」

話を振られ、鳥越が答えた。

「私は三つすべてで交渉すると思います。三つの要求を低い次元に下げることを前提として。たとえば子供を出産した母親には一律百万円、議員報酬は二割カット、十一省の移転は二省のみ。こんな感じで交渉していくのではないでしょうか」

有り得るな。それが熊切の感想だった。そういう交渉を続けていき、同時に警察による捜索も続けていくのだ。犯人たちが設けた一週間の猶予は引き延ばされる可能性が高い。

「姉さん、さすがやな。頭の出来がワシとは違うわ」

菊田がそう言ったときだった。ドアが開き、七三分けの男が中に入ってくる。男はドアの脇に立ち、恭しく頭を下げた。続いて入ってきた男の姿を見て、熊切は驚いて思わず背筋を伸ばしていた。ほかの二人も同様だった。鳥越は目を大きく見開き、特に菊田は口をあんぐりと開けている。

部屋に入ってきたのは桐谷総理大臣その人だった——。

七月四日（木）　1

新宿にある外資系ホテルのロビーはチェックアウトする客たちで賑わっている。撫子はラウンジでコーヒーを飲んでいた。近くに座っている白人男性が遅めのブレックファーストを食べながら『ワシントン・ポスト』を読んでいる。その一面には桐谷総理の顔写真が載っていた。総理の孫、誘拐される。そのニュースは世界的にも注目を浴びていた。ＣＮＮでもトップニュースとして報道されていたし、中国の新華社通信も大きく取り上げていた。今や桐谷総理は全世界の注目を集める存在だった。

「悪い。待たせたな」

そう言いながら一人の男が撫子の前に座った。色黒で髭を生やしたその顔は編集者というより、どこぞの冒険家のようでもある。週刊ファクトの編集長、城後宏之だ。

「午前中からお呼び立てしてすみません」

「いいんだよ。最近朝型になりつつあるんだ。年をとったせいかもしれんな」

「本当ですか。私の記憶によると先輩は朝帰りが基本だったと思いますけど」

「こう見えて俺は四十超えてるんだぞ。もう若い頃みたいな無茶はできんよ。あ、こないだの鴨居幹事長の記事、よかったぞ。ただタイミングが悪かったな。三蔵法師に話題を全部持ってかれてしまったよな」

今日も朝刊各紙は三蔵法師の三つめの要求、十一省の移転について伝えていた。テレビも同様だった。

「それで話って何だ？　また新しいネタを摑んだのか？」

「先輩、ランサルバル共和国ってご存じですか？」

「ああ。中東の小国だろ。たしか親ロシア派が政権を握ってるんだよな」

「実はですね……」

撫子は説明する。総理の息子、桐谷俊一郎が五千万円分の暗号資産を購入したが、それが水の泡と化したこと。話を聞き終えた城後が言った。

「ろくでもない男だな。これだからボンボンは」

「問題は金の出所です。先輩、考えてもみてくださいよ。桐谷俊一郎は今年で三十五歳。大手商社に勤務していたとはいえ、五千万円もの蓄えがあったとは思えません」

「じゃあ奴はどこから金を用意したと？」

「決まってますよ」撫子は声をひそめた。「総理です。総理の個人資産に手を出したのではないかと思います。彼は父親の秘書をやっています。いくらでも細工はできるのではないかと」

「マジかよ、水谷。裏は？　裏はとれてんのか？」

「そこまでは、まだ」

「そうか」運ばれてきたコーヒーを一口啜り、城後は腕を組んだ。「裏がとれてるなら速攻で出したい記事ではあるよな」

「総理の息子に大トラブル、で留めておくのはどうですか？　桐谷俊一郎が暗号資産で火傷(やけど)をしたのは事実です。彼の友人の証言がありますから」

「うーん、ちょっと弱いなあ。もう一押し欲しいところだな」

城後はなかなか首を縦に振らない。桐谷俊一郎が父の個人資産に手を出したというのは完全に撫子の想像だ。しかしあながち的外れではないと思っている。

「それに水谷、インパクトが弱いよ。今のタイミングだと中途半端な記事はかき消されてしまうぞ。鴨居さんの記事がそうであったみたいに」

城後の意見にもうなずける部分はある。撫子は話題を変えた。

「十一省の移転、あれって実現すると思いますか？」

「無理だね。あんなふざけた要求を飲むわけないだろ。ただ、村越さんが面白いこと言い出したみたいだぜ。そろそろネットニュースに出てるんじゃないか」

村越というのは大阪府知事だ。過激な物言いで知られている。撫子はタブレット端末を開いた。ネットニュースにその記事はアップされていた。『村越知事、省移転の誘致に乗り出す』というもので、村越知事が定例記者会見において三蔵法師の要求について触れ、「大阪府としては十一省の移転に賛成し、是非来ていただきたい」と発言したというのだった。移転した場合の省の建物等についても、府の所有物件を優先して貸し出すとまで言ったらしい。

「今後、追随する県もあるかもしれないな。おっとすまん。そろそろ行かないと。部長とゴルフ行くんだよ。こんな忙しいのに参っちゃうよ」

城後は立ち上がり、伝票を持って立ち去った。一人残された撫子はタブレット端末を見る。ネットニュースは三蔵法師の話題で溢れている。テレビも同様だろう。

撫子は焦燥感に駆られていた。世間の目が桐谷総理に向いている今、どうにかして桐谷政権にダメージを与えたかった。

一年前に受けた仕打ちは忘れていない。撫子が週刊ファクトから追い出されたのは、きっと政権内部からの力が作用したからだ。あの屈辱は決して忘れない。この間の総理の緊急記者会見で、撫子が放った質問に対し、総理は無言のまま立ち去った。絶対にこちらを振り向かせてみせる。そして後悔させてやる。

撫子はスマートフォンをとり出し、ある番号を呼び出した。

七月四日（木）　2

猪狩が悠々庵の暖簾をくぐったのは午後一時のことだった。日比谷にある甘味処で、唐松の行きつけの店だ。いつもの個室に案内される。

「いやあ、参った参った」

五分後、そう言いながら唐松が姿を見せる。女将と一緒に個室に入ってきて、愚痴るように言った。

「村越君、余計なことを言ってくれたもんだよ。あ、女将、いつものやつを二人前ね」

「かしこまりました」

女将が個室を出ていった。正面の椅子に座った唐松に対し、猪狩は言う。

「大阪府知事の発言、やっぱり影響大ですか？」

「影響大なんてもんじゃないよ。宮城とか静岡の知事も正式に十一省の誘致を表明するってさ。

馬鹿言ってんじゃないよって感じだね」

あまり機嫌がよさそうではない。おそらく三蔵法師の要求を受け、対応に追われているものと思われた。今日の午前中の官房長官会見においても質問が飛んだが、「現在協議中」と言うだけにとどまった。

「それで実際にはどうなんですか？　総理はどうするつもりなのでしょうか？」

「犯罪者の言いなりには絶対にならない。それが総理の方針だよ。全戸調査をしようって案も出てるよ」

「国勢調査みたいなものですか？」

「だね。全国の警察官を動員して、日本全国のありとあらゆる建物を一軒ずつ調べるんだよ。あまり現実的じゃないっていう意見もある」

「ちなみにドラフト会議はやるんですか？」

猪狩が訊くと、唐松は腕を組んで答えた。

「どうだろうね。実は総理とそこまで話ができていないんだ。総理、かなり悩んじゃってるみたいでさ。まあそれは当然だよね。あんな無理難題吹っかけられたんだから」

ドラフト会議を開催し、土曜日までに十一省の移転先を発表せよ。それが三蔵法師の要求だった。取引自体の回答期限は来週水曜日となっているが、最初のデッドラインが土曜日に設定されているのだった。

「官僚どもは疑心暗鬼になってるよ。自分たちの省が地方に飛ばされる可能性があるわけだから。頭のおかしい犯人だけど、三つめの要求については俺もちょっと笑っちゃったよ」

唐松は官僚主導ではなく、政府主導の政治を推進してきた男だ。官僚と敵対し、時には己の権力を利用して官僚の人事にまで介入する。そんな唐松にとっては官僚たちが慌てふためく様子が可笑しいのかもしれない。

「お待ちどおさま」

女将が抹茶クリームあんみつを運んでくると、唐松の顔がほころんだ。二人であんみつを食べ始める。

「今日も旨いね」

「旨いっすね」

「こんなに平和でいいのかね。総理のお孫さんが誘拐されてるっていうのに」

唐松が他人事のように言った。実際、唐松にとっては総理の孫がどうなろうが関係のない話だ。彼の頭の中には政権運営、もっと言ってしまえば九月の総裁選のことしかないはず。できれば今回の事件で総理に手痛いダメージを負ってほしい、くらいは思っていても不思議はなかった。

「ちょっと失礼」

そう言って唐松はスマートフォンを耳に当てた。何やら話し始めたが、その顔は徐々に曇っていく。通話を終えた唐松が大きな溜め息をついた。

「どうかされました？」

「関根（せきね）君だよ。マスコミの取材に対して失言したらしい。政党交付金は正しく運用されています。そう答えたんだってさ。まったく困った子だよ、彼女は」

関根京子（きょうこ）。官僚上がりの衆議院議員だ。党の女性局長を務めていた彼女は将来を嘱望されている女性政治家だったが、去年問題を起こした。シンガポールに研修中、マーライオンの前で撮った記念写真をＳＮＳにアップしてしまったのだ。ガオーッとばかりにライオンの真似をしたかのようなポーズに、「税金で観光旅行するとは何事だ」と批判が殺到し、炎上した。

帰国後、関根はマスコミの取材に対し、「今回の旅費については党の活動ですから政党交付金からの支出と、参加者の相応の自己負担によって賄われています。なので税金を原資としたお金は一円も支出していません」と言い切り、自らの非を認めようとしなかった。しかし政党交付金の財源が税金であるのは明白で、その発言は火に油を注ぐ結果となった。結局、唐松が官房長官会見で謝罪した。

「あの子、総理が可愛がってるんだよなあ。俺だったら次の選挙では切っちゃうね」

「そんなに駄目ですか？」

「危機管理っていう意識が欠如してるんだよ。たまにいるよね、ああいう子」

唐松は関根を批判する。いや、関根ではなく、遠回しに桐谷総理を批判しているような印象を受けた。やはり唐松は総裁選モードに入っているようだ。

「長官、よろしいですか」あんみつを食べ終えたところで猪狩は身を乗り出し、真顔で訊いた。「今回の誘拐事件ですけど、官房長官的にはどのように解決されるのが一番望ましいですか？」

「俺にとって？」

「そうです。長官にとって」

「そうだなあ」しばらく考え込んだ唐松が言った。「やはり英俊君は助かってほしいよね。俺だって鬼じゃないし。こういうのはどうだろう。総理が裏で犯人側と取引して、多額の身代金と交換に英俊君を救出する。それがあとになってマスコミにバレて炎上」

「いいですね。桐谷総理の支持率は下がりますね、きっと」

「でもこうはいかないだろ。いったいどうなってしまうことやら」

唐松がそう言っておしぼりで口の周りを拭く。官房長官でさえ事件の展開を予測できない事態なのだ。猪狩は湯呑みの緑茶を飲み干した。

七月四日(木) 3

「……英俊君が誘拐されてから今日でちょうど一週間が経過した。体力面でも、また精神的にも彼にはダメージが蓄積されていると思われる。これまで以上に捜査に励むように」

乙部は日本武道館にいた。ルーカスも一緒だ。第二回捜査会議が開かれることになり、それに参加したのだ。捜査に支障のない程度で。そうメールにも書かれていたので、今回の参加人数は五百人程度、ほぼ半数の捜査員が参加している。

「君たち捜査員には英俊君の顔写真を配付済みだが、総理の計らいにより、英俊君の最新の顔写真を入手することができた」

今、壇上で話しているのは捜査一課長だ。彼はマイク片手に唾を飛ばすように話している。

「先月、ボランティア活動に従事した際に撮った写真らしい。これだ」

背後のモニターにその写真が出る。半ズボンに長袖のシャツを着た男の子だ。たしかに現在配付されている写真よりも顔の写りが明瞭だった。

「明日の正午をもって本顔写真をマスコミ各社に向けて公表することが決定した。完全なる公開捜査だ。情報も数多く寄せられるであろうことを予想し、警視庁内に五百人の電話オペレーターを用意した」

要するに市民から広く情報を募るわけだ。おそらくいたずら電話や虚偽の情報なども多数寄せられるに違いない。しかしやらないわけにはいかないのだ。それほどまでに捜査は進展していないとも言える。

「電話やメールで寄せられた情報については、マニュアルに基づいてＡＢＣの三段階で評価する。もっとも信頼度が高い情報がＡだ。Ａに割り振られた情報はその地域によって、すぐに諸君らにメールで送る予定になっている」

タレコミが入り、それが品川署管轄の情報だった場合、乙部にメールが来るというわけだ。

「なるほど」と隣に座るルーカスが欠伸(あくび)を嚙み殺しながら言う。「これは忙しくなりそうですね。乙部君、頼みましたよ」

ルーカスはここ数日間何もしていないに等しい。聞き込みと称して喫茶店をハシゴしているだけだ。捜査をしないんですか？　乙部がそう訊いたところ、返ってきた答えは「面白そうなものがない」というものだった。乙部は警察の仕事を「面白さ」で判断したことがなく、ルーカスの答えは受け入れ難いものだった。

「……私からは以上だ」

捜査一課長が壇上から降りていく。代わって出てきたのはスーツ姿の男性だった。男性はすぐに話し出す。

「私からは現時点で疑わしい政治団体、宗教法人について説明します」

　モニターに三つの団体名が表示される。


『宗教法人　奇蹟の灯　東京都港区赤坂〇丁目〇番〇号』

『宗教法人　グローバル・サピエンス　東京都豊島区南池袋〇丁目〇番〇号』

『政治団体　日本無名党　東京都渋谷区本町〇丁目〇番〇号』


「この中で注目したいのがグローバル・サピエンスです。キリスト教を独自解釈した新興宗教で、現在の信者の数は国内でおよそ千人弱。前回の衆議院選挙に教祖であるアマテラス妙子が立候補した際、彼女が掲げた公約の一つが議員報酬の削減でした。今回の三蔵法師の要求と類似点があるのは見過ごせません。よって五十人の捜査員を動員し、グローバル・サピエンスの動向を窺うことにします。動員する捜査員についてはメールで通知済みです」

　その後もいくつかの報告があったが、事件解決の糸口になるような情報はなかった。お決まりの檄が飛んだのち、捜査会議は解散となる。乙部は武道館を出て、ルーカスとともに歩き始めた。

ルーカスが「散歩しましょう」と言い出し、地下鉄の駅には向かわずに千鳥ヶ淵の方に向かった。

「あまり意味のない捜査会議でしたね」

　乙部が言うと、ルーカスは鼻で笑って答えた。

「ふん。意味なんてありませんよ。単に仕事をしていることを見せつけたかっただけでしょう。世間やマスコミに対して」

今日も武道館周辺には取材をしているマスコミの姿が数多くあった。今も乙部の視界の端には マイクを持った女性リポーターの姿がある。

「でも明日英俊君の最新の顔写真が公開されれば、目撃情報も集まるんじゃないですか？」

「まさにてんてこ舞いになるでしょうね。寄せられる情報の99・9パーセントがガセと考えていいですね」

しかし刑事の仕事とはそういうものではないか。乙部は漠然とそう思った。無駄足だとわかっていても、足を棒にして歩き回って可能性を潰していく。刑事になってまだ一年半足らずだが、先輩にもそう教わっていた。

「ルーカスさんは犯人像とかどうお考えですか？」

「もちろん、わかりません」

わからんのかい、と思わず突っ込みそうになったが、乙部は何も言わなかった。木々の間から濠が見える。濠の水は濁っていた。それを見てルーカスが言った。

「今、釣り針を垂らしているんですよ、私は」

一瞬、何の話かわからず、乙部は立ち止まった。

「釣りの話、ですか？」

「違います。捜査の話です。私はね、乙部君。捜査と釣りは似ていると思うんです。私は今、釣り人のように待っているんです。面白そうな何かが私の釣り針に引っかかるのをね」

わかるようなわからないような。いずれにしてもこの人は変わっている。

「お、綺麗な花が咲いてますね。あの花は何というのでしょうか？　乙部君、スマホで検索してください」

これも捜査の一環なのか。いや、きっと違うはず。そう思っても上司に口応えすることはできず、乙部はスマートフォンをとり出した。

七月四日（木） 4

桐谷俊一郎は麹町の自宅に帰宅していた。久し振りの我が家だ。仕事関係の書類が必要になったから。周囲にはそう説明している。妻から冷蔵庫の中の生モノを捨てるように指示を受けていたため、まずは冷蔵庫の中身を綺麗にしてゴミ集積場に持っていく。それから着替えを数点バッグに入れ、我が家をあとにした。愛車である真っ赤なポルシェは目立つと考え、妻のレクサスに乗り込んだ。

夕方六時を過ぎている。銀座方面に車を走らせた。後ろめたい気持ちがないわけでもないが、すでに英俊が誘拐された事件は国家的大事件にまで発展している。父親である自分にできることはもはや残されていないのだ。

銀座五丁目の交差点近くで車を路肩に寄せる。スマートフォンを出してＬＩＮＥを送ろうとしたところで、助手席の窓が外からノックされた。俊一郎がロックを解除すると、ドアが開いてエリが乗り込んでくる。

「ごめんね、俊さん。わざわざ来てもらっちゃって」

「気にしないで。こう見えて結構……」

暇だったから、と言いかけ、それも不謹慎だなと思って言い直す。

「いや、気分転換したいっていうかさ。一日中公邸内に閉じ籠もっているのも不健康だろ」

「何か凄い騒ぎになってるわね。ワイドショーなんてずっと英俊君のことをやってるもの」

三蔵法師の突きつけた三つの要求。世間の関心はここに集中していると言っていい。英俊が無事なのか。それを話題にしているマスコミは皆無だった。大事な人質を殺すわけがない。世間はそう思っているようだが、家族にとってみたらそれは気休めでしかなかった。妻の美沙は食欲不振でげっそりと痩せてしまい、俊一郎は酒量が増えた。酒で気を紛らわせるしかないのだった。

「それでヤツはまだ家の中に?」

「そうだと思う。怖くて入ってないの」

二時間ほど前、エリからＬＩＮＥが届いた。部屋の中でゴキブリを発見したというのだ。彼女はゴキブリが大の苦手で――好きな人間はあまりいないと思うが――スマートフォンと財布だけ持って部屋を飛び出したという。そのＬＩＮＥを読んだ俊一郎は提案した。俺がゴキブリを退治してやろうか、と。

「英俊君、元気にしてるかな?」

エリが不安そうな顔つきで言う。彼女と一緒にいるときに息子の話題が出ることも多いので、彼女自身も他人事には思えないのかもしれない。信号待ちで停車したとき、俊一郎はスマートフォンを出して彼女に見せた。

「ほら。英俊、元気そうだろ」

「えっ?　これっていつの写真?」

「先週の金曜かな。俺が犯人に送らせたんだ。息子の無事が確認できないなら交渉の余地はないってな」

本当は警察から写真を提供されただけだが、さも自分の手柄のように俊一郎は話した。エリは目を丸くして言う。

「凄いね、俊さん。何か別世界の人みたい。でも英俊君、元気そうでよかった」

彼女が住んでいるマンションは月島にあった。マンション前のコインパーキングに車を停め、一応変装のつもりでサングラスをかけた。

車から降りる。するとエリが隣にやってきて、すっと腕を組んできた。よほどゴキブリが怖くて心細かったとみえる。彼女は体に密着した感じのワンピースを着ていて、それだけでスタイルの良さがわかった。

二人並んでマンション内に入る。建物は十二階建てで、彼女の部屋は七階だった。

「散らかっているけど、どうぞ」

「お邪魔します」

中に案内される。もっと女の子っぽい部屋を想像していたが、物がほとんど置かれていない殺風景な部屋だった。ゴキブリに遭遇したくないのか、エリは靴を脱ごうともせず、玄関付近でこちらの様子を窺っている。

俊一郎は量販店で購入した害虫駆除のスプレー缶を床に置いた。ボタンを押すと白い霧状の薬剤が噴射される。素早く俊一郎は部屋から出て、エリのもとに向かった。

「これで大丈夫。多分ヤツも死ぬだろうな」

「本当に？」

「ああ。三時間ほど時間を潰してまた来よう。そのときに死骸が見つかるんじゃないかな」

廊下を引き返し、エレベーターに乗った。エントランスを出たところでエリが再び腕を組んでくる。悪い気はしなかった。左手の肘のあたりに豊かな膨らみが当たるのを感じた。妄想を掻き立てられ、思わず心の中で息子に詫びた。すまん、英俊。こんなお父さんを許してくれ。

コインパーキングに戻ってレクサスに乗り込んだ。シートベルトを締めながら俊一郎は言った。

「飯でも食べて時間を潰そう。エリリン、何食べたい？」

「私は何でもいいよ。俊さんが食べたいものを選んで」

「うーん、何にしようかな」

周囲の目もある。ホステスと外食しているのが第三者に知られたら厄介だ。個室のある飲食店なら何軒か心当たりがある。

「焼き肉にしよう。旨い店が日本橋にあるんだよ」

「ちょっと悪い気がしない？　だって英俊君、酷い目に遭ってるかもしれないんだよ」

「心配要らないって。俺もいろいろ悩んだんだけど、あいつは大事な人質なんだ。しかも日本中の注目を集めているくらい重要なね。犯人も無下には扱わないはず。むしろかなり手厚くもてなされてると思うんだよ。だってあいつは総理の孫なんだしな」

自分が妻と同じ決め台詞を言っていることに気づかぬまま、俊一郎は車を発進させた。

七月五日(金) 1

「……じゃあここでいったんVに行くので、皆さんはこっち側に移動してもらっていいですか？照明もお願いね」

猪狩は大京テレビ本社ビル内にある第三スタジオに来ていた。現在、目の前で報道ラッシュアワーのリハーサルがおこなわれている。ディレクターの指示に従い、アシスタントたちが動き回っている。

「ゲストXさん、控室に入られました」

アシスタントの一人が大きな声で言った。その後ろからやってきた山瀬がこちらに近づいてきた。

「猪狩君、一緒に挨拶に行こう」

「了解です」

ゲストXとは紛れもない天草美晴のことだ。彼女の出演は直前まで伏せられていて、オンエアと同時に大々的に周知する予定になっていた。二十五年前に誘拐された女児が語る、誘拐事件の裏側。本日のメインテーマだ。

スタジオを出て、裏手にある控室に向かう。一番奥の部屋の扉を開けると、そこには二人の女性がいた。天草美晴と、その連れである佐藤恵美だ。山瀬が笑顔で声をかける。

「ようこそお越しくださいました。本日はよろしくお願いします」

「こちらこそよろしくお願いします」

応じたのは佐藤の方だった。美晴は緊張しているのか、表情が硬かった。無理もない。これからテレビ出演を控えているのだから。しかも彼女はタレントでも何でもなく、ズブの素人だ。

「三十分ほどしたらリハーサルにお呼びします。といっても座る場所とかマイクの調整をするだけで、難しいことはありません。事前にお渡しした質問に答えていただくだけで結構です」

「わかりました」

またしても佐藤が答える。さながら彼女が美晴のマネージャーか。山瀬が続けた。

「本番の一時間前にメイク室にご案内します。天草さんの場合、顔は出ないわけなんですが、一応プロのメイクアップアーティストにメイクをお願いする予定ですので。そちらにあるお弁当、是非お召し上がりください。それでは失礼します」

最後に礼をして控室から出た。現在の時刻は午前十一時四十五分。生放送のスタートは午後二時だ。

「来てくれてよかったですね」

隣を歩く山瀬に言うと、彼はうなずいた。

「そうだね。来てくれなきゃ話にならないからね」

猪狩も事前に台本を読んでいる。最初の四十五分は三蔵法師の無茶な要求と、それに対する国民の反応や識者の見解を伝える予定であり、その後は美晴の特集に入ることになっていた。二十五年前の事件を振り返ったあと、スペシャルゲストとして美晴が登場するのだ。

「あと十五分か。大変ですね、いろいろと」

本日の正午、桐谷英俊の顔写真が公開される。大京テレビでは正午からバラエティ色の強い情報番組を放送しているのだが、冒頭の十五分だけは報道局からの緊急特別番組が差し込まれるという。どの局も誘拐事件一色になるのは容易に予想できた。

二人は副調整室に向かった。モニターが数多く並んでいる。スタジオ内の複数のカメラからの映像を一括して受けとり、ここでテロップを挿入するなどの仕上げ作業をおこなうのだ。今も複数人のスタッフが調整に追われている。

猪狩は隅に置かれた椅子に座る。猪狩は部外者なのだが、美晴を見つけた当事者である点が考慮されたのか、生放送に付き添うようにと藤森から指示を受けていた。

十五分が経過し、正午になる。モニターに映る大京テレビの放送を見ると、報道局の緊急特別番組が始まった。と言ってもフロアに一人の女性アナウンサーがいるだけの簡素な番組で、早くも桐谷英俊の顔写真が公開された。軽装の男の子がはにかんだ笑みを浮かべている。

『……警視庁では広く情報提供を呼びかけています。この顔写真の男の子に心当たりがある方は、電話またはメールにて情報提供をお願いします。専用ダイヤルの番号は……』

ネットを見る。ネットのトップニュースも桐谷英俊の顔写真公表に関するものだった。こちらにも同じ写真が載っている。

「猪狩君、別に生放送に立ち会ってくれなくてもオーケーだからね。あとは俺たちがフォローするし」

山瀬にそう言われる。猪狩は微妙な空気を感じとっていた。気のせいかもしれないが、山瀬を筆頭にスタッフの態度がどこかよそよそしいのだ。

副調整室を出て、トイレに向かう。通路の突き当たりに一人の若手スタッフが立っている。あまりこのスタジオには出入りしたことがないので定かではないが、奥には控室があると思われた。用を足して通路に戻ると、さきほどと同じ場所に若手スタッフが立っている。まるで道を塞ぐ門番のようだ。猪狩は副調整室に戻り、山瀬のもとに向かった。

「山瀬さん、トイレの奥の控室に誰かいるんですか？」

「えっ？　トイレの奥？　何の話？」

山瀬はわかり易く狼狽(ろうばい)してくれる。苦笑しながら猪狩は訊いた。

「何を隠しているんですか？　一応天草美晴をコーディネイトしたのは僕なんです。教えてくださいよ」

しばらく迷うような素振りをした山瀬だったが、仕方ないと言わんばかりに肩をすくめ、小さな声で言った。

「実はもう一人、ゲストを呼んでいるんだよ。誰にも知られちゃいけない内緒のゲストをね」

七月五日(金)　2

「そろそろですよ、天草さん」

若い男性スタッフに声をかけられ、美晴は我に返った。緊張のせいか、ふわふわした感じになっていた。ピアノの発表会や合唱コンクールを前にした子供のようだ。

「では移動します。こちらになります」

スタッフに先導されて美晴は歩き始める。小道具などが乱雑に置かれた通路を歩き、スタジオに足を踏み入れる。照明が眩しかった。美晴は小部屋に案内された。三面が曇りガラスに覆われていて、周囲から顔が見えない造りになっている。ただし足元から五十センチくらいはガラスがないので、さほど窮屈には感じない。美晴が椅子に座ったところで、男の声が聞こえてきた。

「天草さん、ようこそお越しくださいました。司会のセイロン島です」

曇りガラス越しなので、ほかの出演者たちはうっすらとした影のようにしか見えない。一番近くに立っている男性が、司会者のセイロン島だ。若い頃はコンビで活躍していたお笑い芸人だが、今はピンで芸能活動をしている。

「今の率直なお気持ちをお聞かせください」

「えっと、緊張しています」

「そりゃそうですよね。テレビですもんね。僕、初めてテレビ出たとき緊張して気を失いそうになりましたもん」

セイロンが笑いをとる。観客席の方から笑い声が聞こえた。二十人ほどの観客が入っていて、その中には吉乃もいるはずだ。彼女が見ていてくれるだけでも心強い。

「VTR拝見しました。凄絶な体験をされましたね。当時僕は中学生だったんですが、学校でも事件のことは大変話題になっていました。当時のことは憶えていらっしゃるんですか？」

「ええ。ただはっきりと憶えているわけではなくて……」

「誘拐されたのは学校帰りだったとか？」

「そうです。あれは……」

自宅に向かって歩いている途中、いきなり目の前に車が停まって、そのまま車内に連れ込まれた。大声で助けを呼ぶこともできなかったし、暴れて抵抗することもできなかった。ただただ怖かった。恐怖で身体が動かなかったのだ。

目隠しをされ、口にはテープを貼られ、部屋の中に閉じ込められた。美晴はずっと泣いていた。やがて目隠しとテープは剝がされたが、自分の身に何が起きているのか、よくわからなかった。

「食事とかどうだったんですか？　あとトイレとかお風呂とか」

「食事は一日三回出ました。パンとかおにぎりとかだったと思います。トイレもシャワーも使えました」

常に隣の部屋には男がいて、変な行動を起こさないように監視されていた。監視の男との間に取り決めがあり、トイレに行きたくなったら壁を一回叩けとか、シャワーのときには向こう側から壁を二回叩くとか、そういうルールが決まっていた。

「怖かったでしょうね。ずっと閉じ込められているわけじゃないですか。どのように過ごされていたんですか？」

「テレビを観ていました。小さなテレビが一台置いてあったんです。たまにアニメのビデオを渡されました。でもどんなアニメを観たのか、記憶にありません」

監禁生活は一ヵ月に及んだが、美晴の記憶はどこか曖昧だった。断片的な記憶は残っているものの、全体としては厚いベールに覆われていた。そう、今ちょうど目の前にある曇りガラスのように。

「先生、天草さんは事件当時の記憶があまり残っていないとおっしゃっているんですが、こういうことはよくあるんでしょうか？」

　セイロンが誰かに話を振った。パネラーとして参加している精神科医あたりか。別の男の声が聞こえてくる。

「有り得ない話ではないですね。解離性健忘といって、通常の物忘れではなく、重要な個人的体験を思い出せなくなる精神疾患です。心的外傷やストレスが影響して、特定の出来事や特定期間の記憶を想起できなくなってしまうんですね。天草さんの場合、まさにこれに当てはまります」

　些細なことがきっかけとなり、フラッシュバックのように記憶が蘇ることがあるが、最近ではそういうことも滅多になくなった。

「一ヵ月後、無事に保護されたわけですが、そのときのお気持ちはどうでしたか？」

「さあ……自分でもよくわかっていなかったと思います。病院で両親と会ったときは嬉しかったですね。泣きました」

　美晴が発見されたのは荒川区にある一般住宅の建設現場だった。ビニールシートにくるまって眠っている少女を発見したのは、その日最初に現場にやってきた大工だった。大工はすぐに少女の正体に気づき、近隣の交番に一報を入れたのだ。

「本当に大変な経験でしたね。美晴ちゃん誘拐事件といえば、平成を代表する大事件として今も語り継がれています。その当事者である天草さんが今日出演されたのには大きな理由があります。そうです。今、世を騒がせている英俊君誘拐事件。二十五年という時を経た令和の時代に、またしても誘拐事件が発生しました。しかも今度の人質は現総理の孫という、まさに前代未聞の事件と言えましょう」

そろそろだな、と美晴は身構える。ここからが本番だぞ、孫悟空。吉乃の声が耳元で聞こえたようだ。

「今、こうしている間も英俊君はどこかに監禁されているわけです。きっと淋しい思いをしているでしょう。ことによると飢えに苦しんでいるかもしれません。涙を流し、両親に会いたいと切望していることでしょう」

いや、そんなことはない。本人は今頃ゲームをやっているだろう。そう考えた美晴は自分の口元が緩んでいることに気づく。駄目だ、と生意気な人質の顔を頭から振り払う。ここは本気モードで行かないと。笑ってしまっては元も子もない。

「同じ境遇にいた当事者同士として、天草さんから国民の皆さんにメッセージがあるそうです。天草さん、よろしくお願いします」

「はい」と返事をして、美晴は大きく深呼吸をした。「私は二十五年前、今の英俊君と同じように誘拐され、長いこと閉じ込められました。それは本当に淋しくて、辛い経験でした。今、英俊君があのときの私と同じような状況下に置かれていると思うと、とても苦しい気持ちになってしまいます。今回の犯人が無茶な要求をしていることは私もわかっています。ですが、まずは英俊君の無事を優先させてほしいです」

美晴の場合、解放されてからの方が辛かった。身代金を偽札で払おうとした父親に対して誹謗中傷が寄せられ、会社の経営が傾いていった。最終的には父親の自殺という、最悪の結末で天草家は崩壊した。そして長年にわたり、美晴は好奇の視線を向けられてきた。そういう思いが表出したのかもしれない。いつしか美晴は涙声になっていた。

「英俊君、大丈夫だよ。きっとお父さんやお母さんが、お祖父ちゃんが君を助けてくれるはず。だから心配しないで。今はとっても悲しくて淋しいかもしれないけど、日本中の人たちが君の無事を祈っているはずだから」

　言いたいことは言えた。美晴は洟（はな）を啜り上げる。美晴に与えられた使命は世間の目を英俊に向けることだった。英俊君が可哀想だからどうにかして助けてあげたい。そういうムードに持っていくことだ。少なくともこのスタジオ内においては、その目論見は成功したかもしれない。観客席は水を打ったように静まり返っている。

　司会のセイロンが重たい口を開く。

「大変胸に響くお言葉でございました。我々は三蔵法師の要求に惑わされていたのかもしれません。実際、英俊君は今も大変淋しい思いをしている。そういうことに気づかされた次第です。実はもうお一方、ゲストをお招きさせていただいております」

　聞いていない。このまま終わる予定になっていた。いったい誰が呼ばれているというのか。美晴は膝の上に置いた拳をギュッと握ることしかできなかった。

七月五日（金）　3

　乙部は覆面パトカーを運転している。助手席に座るルーカスはカーナビでテレビのワイドショーを観ている様子だった。その音声が乙部の耳にも飛び込んでくる。話しているのはセイロン島という元芸人の司会者だ。

『……実はこのゲスト、つい先ほど、出演がフィックスしたんです。天草さんにはお伝えできませんでした』

今から三十分ほど前のことだった。署の自席で報告書を書いていると、ルーカスから電話がかかってきた。彼は言った。行きたい場所があるので覆面パトカーを用意してください、と。言われるがままに覆面パトカーを用意して、彼を乗せて出発した。行く先は築地にある大京テレビの本社だという。

どうしてテレビ局なんかに行きたいのだろうか。乙部の疑問に対し、ルーカスはこう説明した。今、テレビのワイドショーを観ていたら、懐かしい顔を拝見したんです。天草美晴ちゃんです。ご存じですか？　二十五年前に誘拐された女の子です。

そういう事件があったことはうっすらと記憶にある。しかし二十五年前というと乙部がちょうど生まれた年だ。

昨日、ルーカスはこう言っていた。面白そうな何かが私の釣り針に引っかかるのを待っていると。もしかすると彼の釣り竿に反応があったのだろうか。

『それでは登場いただきましょう。どうぞお入りくださいませ』

チラリとカーナビを覗き込む。若いスタッフに手を引かれるように、かなり高齢の女性がスタジオに入ってきた。セイロンが言った。

『こちらのお方は迫田ナオさん、七十九歳です。迫田という名字に聞き憶えがある方もいらっしゃるのではないでしょうか。そうです。迫田さんの息子さん、迫田常明は二十五年前に天草さんを誘拐した一味の主犯格の男なのです』

先が気になる展開だったが、番組はコマーシャルを挟んできた。運転中じゃなかったら検索しているところだ。検索したい単語はたくさんある。Z世代はググってなんぼだ。

「十五年前ですね。迫田常明は強盗致傷の罪で逮捕されました。都内にある貴金属店に押し入ったのです。防犯カメラの映像や現場に残された遺留品などから彼とその仲間二人が逮捕されました。迫田の取り調べをしたのは私です」

「えっ？　マジですか？」

「はい。当時私は警視庁にいたので。余罪があるとみて、私たちは徹底的に迫田を取り調べました。迫田は以前八王子市に住んでいたこともあったため、そこでも犯罪に関与していたのではないかと私は狙いをつけました。そして浮上したのが美晴ちゃん誘拐事件です」

八王子に住んでいた頃、迫田は消費者金融から数百万単位の金を借りていて、その返済に追われていた。当時、迫田は消費者金融の男にこう言っていた。近々大金が入る目途が立ったのでそれまで待っていてほしい。その直後のことだった。市内で一人の女児が誘拐されたのは。

「迫田が住んでいたのは八王子市内にある一軒家でした。郊外にある農家住宅です。迫田が引っ越してからは誰も住んでいないことが登記情報からも明らかでした。私たちはその家を徹底的に調べました。そしてガレージ付きの倉庫の二階で採取された毛髪をＤＮＡ鑑定した結果、天草さんのものと一致したのです」

迫田自身は容疑を否認したが、ほかの二人が自供した。三人は高校時代からの腐れ縁で、長年つるんで悪事に手を染めていた。誘拐計画を思いついたのも迫田で、標的を選んだのも彼だった。迫田は三ヵ月間ほどアマクサフーズの運転手をしていたことがあり、辞めた原因は社長である美晴の父親との不仲だった。

「しかし計画は頓挫します。身代金の強奪を諦めた彼らは美晴ちゃんの身を海外の人身売買ブローカーに委ねることを画策したようですが、それも失敗したのです。結局彼らは美晴ちゃんを荒川区まで運んで置き去りにして、その後は八王子市から去りました」

「その三人、今は？」

「服役中です。彼らには無期懲役の判決が下されました。それにしてもテレビ局の人間というのは品位の欠片もありませんね。こんなことをよく考えるものですよ」

乙部は助手席に座るルーカスの顔を見た。二十五年前の誘拐事件を解決したのがこの男なのだ。凄い人だな、と乙部は素直に感心する。コマーシャルが終わったらしく、セイロンの声が聞こえてくる。

『迫田さんは罪を犯した息子に代わって、天草さんに謝罪したいそうです。天草さん、どうされますか？　謝罪を受け入れますか？』

反応はない。すでに迫田の母は泣いているようだ。やがてセイロンが言った。

『残念ながら天草さんは席をお立ちになりました。そのお気持ちは大変理解できます。しかし勇気を振り絞ってここにおいでになった迫田さんのお気持ちも立派です』

すでに覆面パトカーは築地を走っている。乙部は大京テレビ本社ビルのエントランス前で減速した。タクシーが何台か並んでいる。

「着きました」

覆面パトカーを停めた途端、思ったよりも速い身のこなしでルーカスが助手席から降りていく。

乙部も車から降りて大京テレビの本社ビルに入った。

高い吹き抜けはホテルのロビーのようだった。受付は大変混み合っているが、ルーカスは強行突破を図っていた。バッジ片手に受付の女性スタッフに言った。

「現在放送している報道ラッシュアワーのプロデューサーをここに呼んでください。今すぐにです。お願いします」

「しょ、少々お待ちください」

勢いに押されたように女性スタッフは内線電話をとる。そこで待つこと五分、一人の男が姿を現した。四十歳前後の線の細い男だった。彼に近づいたルーカスがバッジを見せて言った。

「品川署の鈴木、こちらは乙部と申します。我々は英俊君誘拐事件の緊急特捜本部に配属されている特別捜査官です」

あながち間違ってもいないが、特別捜査官というのはよくわからない肩書きだ。

「現在、報道ラッシュアワーに出演されている天草美晴さんについてお聞きします。彼女はどのようにしてここに来られたんですか？」

「別にやましいことはありません。正式にオファーを出し、それに彼女が応じてくれたんです。あ、申し遅れました。私、こういう者です」

名刺を渡される。情報制作局の山瀬と書かれている。ルーカスがかすかに笑って言った。

「いえ、そういうことではありません。物理的に彼女がどのような交通手段を用いてここにやってきたのか。それをお聞きしているのです」

「それでしたら車です。同行している人が運転する車に乗ってきました。出迎えた部下に確認したので間違いありません」

「その車は今はどこに？」

「地下にある専用駐車場です」

「案内してください」

いったん外に出て、三人で覆面パトカーに乗った。山瀬の指示に従って地下駐車場に行く。

「あの車です」

山瀬の視線の先には一台の軽ワゴンが停車していた。山瀬を車から降ろし、我々についてはロ外厳禁だとルーカスは念を押した。怪訝そうな顔をしながら山瀬は去っていく。彼の姿を見送りながら乙部は訊いた。

「天草美晴に事情聴取をするんですか？」

「それもいいですが、警戒心を持たれてしまうといけないので、まずは尾行しましょう。彼女の現住所を調べるのが目的です。乙部君、車を見えない位置に動かしてください。そろそろ彼女が現れてもおかしくありません」

「了解です」

乙部は車を動かし、暗がりに停めた。そして再びルーカスに訊いた。

「どうして天草美晴なんですか？　彼女のことが気になるんですか？」

地下駐車場は静寂に包まれている。芸能事務所の車が多いのか、ワンボックスタイプの車両が目立つように見受けられた。

「十五年前、私は一度だけ彼女に会っているんです。ＤＮＡ鑑定の結果を伝えるために何人かの捜査員と一緒にご自宅に伺いました。当時、彼女は十七歳でした。とても控えめな女の子で、あの事件のショックをいまだに引き摺（ず）っているような、そんな印象を受けました」

何者かに誘拐されて、一ヵ月もの間監禁される。想像を絶する体験だ。

「どんなに大金を積まれてもこの手のテレビ番組には絶対に出ない。そういう子だと思うんです。まあ私の勝手な印象ですけどね」

青い目の刑事は微笑を浮かべてそう言った。

七月五日（金）　4

「具合はどうだ？」

頭上で声が聞こえる。美晴は控室にいた。顔にタオルを載せ、畳の上に仰向（あおむ）けになっている。起き上がりながら美晴は答えた。

「何とか大丈夫。もう行けるわ」

「わかった。じゃあ最後に」

吉乃は粘着シートのクリーナーで畳の上を丹念に掃除したあと、バッグを持って立ち上がった。

「それでは行きましょうか」

控室を出ると、若手の男性スタッフが控えていた。「お帰りですか？」と訊かれたので、吉乃が素っ気なく「はい」と答えた。二人で通路を歩く。エレベーターの前でプロデューサーの山瀬が追いかけてくる。

「天草さん、佐藤さん、本日は誠にありがとうございました。いろいろと手違いがあったみたいで申し訳ありません」

あれが手違いであるものか。迫田の年老いた母が登場したとき、美晴は頭の中が真っ白になった。犯人一味が逮捕されたことは知っていたが、彼らに対する憎しみなどなかったし、謝罪してほしいと思ったことなど一度もない。二十五年前の事件は美晴の心に深い傷跡を残しており、謝罪程度で癒されるものではなかった。

スタジオに無理矢理引き出された迫田の母の哀れな姿を見て、美晴はいたたまれない気持ちになってしまった。そして思わず立ち上がり、スタッフの制止を無視してスタジオの裏に逃げたのである。

「ですが、天草さんの特集はかなり好評でした。SNSもかなりバズってるみたいです。来週も出演をお願いするかもしれません。その節はどうかよろしくお願いします」

まだそんなことを言うか、とばかりに吉乃は山瀬をにらみつけた。到着したエレベーターに乗り込む。ドアが閉まるまで山瀬は深く頭を下げていた。地下駐車場に向かって車に乗った。車を発進させながら吉乃が言った。

「お疲れ、美晴。まあ結果的にだが、よかったんじゃないか」

「本当に？」

「ああ。私もずっとSNSを見ていたからね。美晴の出演を見た視聴者の反応は概ね私たちの想定内のものだったよ」

美晴ちゃん、懐かしい。そういう声が多数あったという。それとは別に誘拐されている英俊を心配する声も目立ったそうだ。英俊の無事を優先すべきでないか。そういう議論を巻き起こすためのテレビ出演だ。最低限の役割は果たせたようだと美晴は安堵する。

「ただし、迫田の母が登場してからはネットは荒れに荒れていたね。テレビ局への抗議への呼びかけがSNSのタイムラインに上がっているよ。BPOも動くだろうね」

吉乃は複雑な表情を浮かべた。美晴は窓の外の景色を眺めた。ここ数日はずっと百合根邸にいたので、思えば久し振りの外出だ。

「吉乃さん、そういえば英俊君が外でバーベキューやりたいって言ってたわよ」

「この雨空の下で？　物好きだな」

今日は朝から細かい雨が降っている。ラジオからは懐かしいJポップが聴こえていた。

「別に今日じゃなくてもいいわよ。あの子、ずっと地下暮らしで息が詰まっているんじゃないかな。夜にはキングの散歩をしてるけど」

「そっか。考えてみるよ」

それから五分ほど経った頃、吉乃がラジオを止めた。二車線の道路はそれなりに混雑している。

吉乃が前を向いたまま言った。

「尾行されてるみたいだ」

「えっ？」

「振り返るな。前だけを見ているんだ」

「わ、わかった。でも本当に尾行されてるの？」

「多分な。黒いクラウンだ。今は二台後ろを走ってるよ」

「たまたま行き先が同じだけかも」

「私、視力はいいんだよ。こいつは伊達眼鏡」自分の眼鏡を指でパチンと弾いて吉乃は続けた。

「あの黒いクラウンにはルームミラーが二つついている。二段並ぶようにね。一段目は当然のことながら運転手用で、二段目は助手席に座る者が後方確認をおこなうためのものだ。覆面パトカーの特徴だよ」

　吉乃は冷静に分析してみせる。初耳だったが、そもそも美晴は覆面パトカーに興味などない。

「教習車という可能性も考えられるけど、黒いクラウンという教習車があまりないよね。となると導き出せる結論は一つ。あの車は覆面パトカーだ」

「大丈夫なの？」

「まあね。こういうケースも予期している。早めに気づいてよかったよ」

　吉乃は右折レーンに入った。本来であれば直進するはずだが、尾行に気づいたために進路を変更するようだ。右折してから吉乃は言った。

「ほらね。やっぱりついてきてる」

　振り返りたい欲求を何とか抑える。しばらく走っていると前方の信号が黄色になるのが見えた。普通であれば停まらなければいけないタイミングだ。しかし吉乃は車を加速させた。

「摑まって」

「う、うん」

　アシストグリップを摑む。車は赤信号を直進した。ギリギリのタイミングで交差点を渡り切る。我慢できずに振り返る。黒いクラウンは追ってこない。

「サイレン鳴らして追ってくると思ったけど、諦めの早い刑事みたいだね」

涼しい顔で吉乃が言った。本当にこの人は凄い。防衛大学校卒業の元自衛官。きっと優秀な自衛官だったのだろう。

「油断できないね。真っ直ぐ帰らない方がよさそうだ」

黒いクラウンに乗っている者たちの思惑は定かではないが、危ない橋は渡らない方がいいに決まっている。

「心配しなくていい、美晴。すべては順調に進んでいるんだから」

吉乃が言った。今はその言葉を信じるしかなかった。

七月五日(金) 5

「駄目だな、全然駄目。一切の痕跡が残っちゃいないよ」

年配の鑑識職員が言った。乙部たちは大京テレビ本社ビルに戻っていた。尾行に気づかれたらしく、途中でまかれてしまったのだ。尾行初心者の乙部は赤信号に突っ込んでいく度胸など持ち合わせていなかった。

プロデューサーの山瀬に頼み、美晴たちが使用した控室を見せてもらうことにした。綺麗に整理されており、局側が用意した弁当、ペットボトルの緑茶にも手がつけられていなかった。

ルーカスが個人的に親しくしている鑑識職員を警視庁から呼び寄せた。現れたのは六十に手が届きそうな年配の男だった。老眼鏡を頭の上に載せ、ゆったりとした感じで控室に入っていったのが一時間ほど前のこと。ようやく検分が終わったらしい。

「指紋の拭きとられた形跡があるし、毛髪などの微細物も採取できなかった。こいつはプロの仕業だな」

「間違いありませんか？」

「ルーカス君。舐めてもらっちゃ困るよ。今は管理職に就いているとはいえ、この道三十年のベテランなんだぞ」

「失礼しました」

「それにあの弁当、かなり旨そうだった。普通は手をつけるだろ。よほど痕跡を残したくなかったんだろうな」

「お手数をおかけしました。この件はどうかご内密に」

「久し振りに現場に出られて楽しかったぞ」鑑識の男は乙部の肩を軽く叩いた。「若者よ。ルーカス君は変わり者だが、刑事としては超一流だ。いろいろと学ぶといい」

ジュラルミンのケースを肩にかけ、男は立ち去った。警視庁の偉い人らしいが、乙部は知らない顔だった。入れ替わりに山瀬がやってきて、クリアファイルに入った書類をルーカスに渡した。

「これがうちで把握している天草さんたちの個人情報です」

入館時に書かれた記録や、報酬の支払いのために記入した内容が列記されている。現時点でわかっているのは入館した二人の名前、天草美晴の住所、電話番号、銀行口座だけだった。住所は調布市仙川となっていた。

「実はさきほどメールが届きまして」

山瀬がスマートフォンの画面を見せてくれる。そこにはこう表示されていた。『本日はありがとうございました。精神的疲労を感じたので、来週の出演はちょっと難しいと思います。よろしくお願いします』

美晴からのメールだ。文面を読んだルーカスが笑って言った。

「あなた方の自業自得じゃないですか。あんなドッキリを仕掛けるなんて」

「上からの命令でして……お祭しの通り抗議の声が殺到していますよ」

山瀬はそう言葉を濁した。実行犯の母親を呼び出し、彼女に対面させる。いかにもテレビっぽい企画ではあるが、現代の視聴者の許容範囲を逸脱している。乙部自身は美晴ちゃん誘拐事件にさほど詳しくないが、彼女の訴えには心がこもっていたように思う。逆に犯人の母親登場シーンにはかなり引いてしまった。

「お待たせしました」

別のスタッフがやってきて、山瀬に数枚の写真を手渡した。それらはそのままルーカスに渡される。乙部はその写真を覗き込んだ。観客席を写したものだった。

「この中に天草美晴さんの同行者はいますか？」

「ええと、この方です」と山瀬が一人の女性を指でさした。後列の隅に座っている眼鏡をかけた女性だ。「佐藤恵美さんという方です。交渉的なことはすべてこの方と話しました。マネージャーみたいな感じですかね。結構頭の回転が速そうな人でしたよ」

乙部たちも地下の駐車場で一瞬だけ見かけた。運転席に乗っていたのは佐藤だった。つまり赤信号の交差点を突っ切る運転は彼女の仕業だと考えていい。ちなみに二人が乗っていた軽ワゴンのナンバーも照会済みだが、該当する登録車両はないという回答だった。彼女たちはナンバープレートに細工をしたのではないか。それがルーカスの見解だ。

「天草さんには大京テレビ側から接触したと話を聞きました。最初に彼女とコンタクトをとったのはどなたでしょうか？」

「政治部の猪狩という男です」

「その方の連絡先を教えてください」

山瀬が言った電話番号をメモする。猪狩という男は普段は首相官邸内にある記者クラブにいるらしい。ルーカスは礼を述べて山瀬たちを解放した。最後にもう一度控室に入ってみる。

手前側には鏡つきの化粧台があり、奥の小上がりは畳だった。化粧台の上に弁当とペットボトルの緑茶が置かれていた。

「乙部君、せっかくなのでそのお弁当、いただいていきましょう」

「いいんですか？」

「もったいないじゃないですか」

持ち帰り用の袋も置いてあったので、弁当とペットボトルをその中に入れる。ルーカスは無人の控室を見回している。乙部はルーカスに訊いた。

「あの二人、いったい何者なんでしょうか？」

「二十五年前に誘拐された女性と、そのお友達ですね」

「そんな二人が車のナンバーを偽装したり、指紋を拭きとったりしますかね？」

「車のナンバーは我々の見間違いかもしれませんし、超がつくほどの潔癖症という可能性もありますよ」

「本部に報告しなくて大丈夫ですか？」

「現時点では必要ないでしょう。多分相手にされませんよ。本部は政治的犯行であると結論づけているようですしね。乙部君、この際なので教えてあげましょう。刑事にホウレンソウは必要ありません」

　マジか。報告、連絡、相談は欠かすなというのが警察社会の、いや一般社会の常識ではないのか。

「信じられるのは自分のみ。下手に相談なんかしたら手柄を横どりされてしまいますよ。私がこれまでに数々の難事件を解決してきたのは、誰にも相談したり報告したりしなかったからです」

　それは少々違うと思う。だからこそ彼は一課を追い出されて所轄にいるのだ。彼くらいの年齢ならとっくに課長あたりになっていても不思議はない。

「あの二人、なかなか興味深い存在ですよ。まだ私の針に引っかかってはいませんが」

　ルーカスが控室から出ていったので、乙部もその背中を追った。時刻は午後五時を過ぎている。次の番組の準備のためか、若いスタッフたちがスタジオ内を忙しそうに動き回っていた。

七月五日（金）　6

　午後六時を回っても官邸記者クラブには多くの記者たちが残っていた。各社の記者たちが情報収集に明け暮れている。話題はやはり三蔵法師一色だった。特に第三の要求、十一省の移転についての未確認情報が飛び交っている。猪狩も自席でパソコンを開き、ネットで情報を集めていた。

「虎、お疲れ」

キャップの藤森が姿を見せる。持っている袋から菓子パンを数個出し、そのうちの一つを手にとって言った。

「ドラフト会議、明日開催されるって話だぞ」

「マジですか？」

「梅野が摑んだネタだ。首相補佐官の周辺から洩れてきた情報らしい」

総理番の梅野が入手したネタならそれなりに信憑性はありそうだ。ただし確たる証拠があるわけでもないので、まだニュースでは報じられない。

「沖縄県知事が移転に難色を示しているらしいな」

「そのニュースならもうネットに載ってますよ」

沖縄県知事の腹の内は理解できた。もしも十一省の移転を歓迎してしまえばどうなるのか。それはつまり、十一分の一の確率で防衛省が来てしまう可能性が浮上するのだ。在日米軍を抱える沖縄に防衛省までやってくる。それを避けたいという思惑が垣間見えた。

「それはそうと、美晴ちゃんの件、えらい反響があったみたいじゃないか」

「お陰様で」

報道ラッシュアワーに出演した天草美晴のニュースは、似たりよったりの誘拐報道の中にあってかなり目立った。一時はＳＮＳでもトレンド入りしていたくらいだ。美晴に対して同情的な声が数多く寄せられていた。

「でも最後のあれはいただけないよな」

「藤森さんもそう思いましたか。僕も反対したんですけどね」

主犯格の迫田常明の母親と対面させるという、ドッキリ企画だ。どうやら局の上層部からのディレクションらしく、山瀬ら現場の人間も断ることができなかったらしい。その部分だけは浮いてしまっていて、実際に美晴が席を離れるというハプニングも発生していた。

「でも総じてよかったと思うぞ。英俊君が今、どういう状況にあるのか。それを国民に知らしめるという意味でもな」

三蔵法師の要求を受け入れるか否か。世論はそこに集中していて、誘拐されている桐谷英俊の安否にまで言及されていない。七歳の男児が誘拐されており、今も苦しい思いをしているかもしれない。そのイメージを喚起することが企画の主旨だ。

「あ、すみません」

スマートフォンに着信が入っていたので、猪狩は席を立った。かけてきたのは唐松だった。部屋を出て廊下を奥に進む。ほかにも廊下で話している記者が数名いたので、彼らから離れた場所で電話に出た。

「お疲れ様です、長官」

「虎ちゃん、今は記者クラブ?」

「そうです。ドラフト会議、開催されるみたいですね」

「らしいね。俺もさっき知ったところ。まったく困ったことだよ。俺こう見えても官房長官なんだぜ。もっとしっかりと情報を共有してほしいよね」

唐松がぼやいた。彼の不満げな顔が想像できるようだった。

「やはり総理が動いたってことですか？」

「だと思うよ。おそらく椿元総理の息子さんのところが仕切るんじゃないかって言われてる。総理としては取引には応じないっていうのが建前ではあるんだけど、やらなきゃやらないで交渉打ち切りを意味するわけだからさ。とりあえずやらなきゃだよね」

椿元総理の息子は大手コンサル会社の取締役であり、政府絡みの仕事をよく引き受ける。今回は見積もりや入札をしている暇などなく、トップダウンでドラフト会議というイベントを仕切ることになったのだろう。

「マスコミも立ち会うわけですよね？」

「それがあちらさんの要求だしね」

証人として報道関係者を同席させよ。それが三蔵法師の要求だ。

「もうメンバーは決まっているんですか？」

「主要十九社から二名ずつ。でも報道に関しては認めない方針らしい。単なる立ち会い人ということ。といってもマスコミの口は完全には塞げないだろうから、情報が流出するのは時間の問題だろうね。そんなこと犯人側も織り込み済みだろうが」

官邸記者クラブを構成している大手マスコミは十九社ある。もちろん大京テレビもその中に入っている。ただし二名選出されるとなると、猪狩がそこに入る確率は低い。順当に行けばデスクとキャップあたりか。

「長官、こんなことを頼むのはあれなんですが……」

「いいよ。虎ちゃんは特別にねじ込むから。このくらいは俺にも許されるだろ」

「ありがとうございます」

いくつか総理に対する不満をぼやいたあと、唐松は電話を切った。愚痴や不満に耳を傾けるのも番記者の大きな仕事の一つだった。廊下を戻ると記者クラブの入り口で藤森が待っていた。こちらを見て手招きしている。藤森の後ろには二人の男性が立っていた。一人は二十代くらいの若者、もう一人は白人男性だった。年はおそらく五十代くらいか。

「虎、こちらは品川署の刑事さんだ。お前に話があるらしいぞ」

藤森にそう言われた。品川署の刑事が何の用があるというのか。身に覚えはない。あとで話を聞かせろよ。そんな顔つきで藤森が記者クラブ内に戻っていく。

「突然お邪魔してすみませんね」白人男性が軽く頭を下げた。想像以上に流暢(りゅうちょう)な日本語だった。

「品川署から来ました、鈴木と乙部です。実はさきほどまで大京テレビの本社にいました」

「そうですか。ご用件は？」

「天草美晴さんの件です。彼女とコンタクトをとったのはあなただとか」

「ええ。そうですけど、それがどういう……」

「私たちは英俊君誘拐事件の緊急特捜本部に所属しています。どんな些細なことでも捜査せよ。そう上から命令されているんですよ。天草さんとコンタクトをとった経緯を教えてください」

天草美晴は二十五年前に誘拐された被害者であり、今回の事件とはまったく無関係だ。訝しく思いつつも猪狩は説明した。彼女の実家に行き、母親から連絡先を入手したこと。何度電話をかけても繋がらなかったが、向こうから折り返しかかってきたこと。説明を終えると鈴木という白人刑事が訊いてくる。

「天草さんの同僚の佐藤さんにもお会いになりました？」

「ええ。仙川のファミレスで」

「どういうって印象を持たれました？」

「どういうって言われても……。そうですね、頭の回転が速そうな女性だなと思いました。あのう、刑事さん。あの二人が何か？」

「いえ、別に。テレビを観ていたら彼女が出ていたので足を運んでみたんです。実は私、天草さんの事件には少し関係がありましてね」

興味本位で足を運んでみたというわけか。警察の捜査はかなり難航していると聞いているが、こんなところまで足を運ぶとは、余裕があるのかないのかわからない。

続けていくつか質問された。二人に対する印象などがほとんどだった。最後に礼を言って、二人の刑事は去っていった。

そうだ、ドラフト会議の件だ。藤森に伝えないといけない。

猪狩はそう思い直し、記者クラブの中に駆け込んだ。

七月五日(金) 7

閉店時間の午後十時まであと一時間を切っているせいか、カフェの店内に客の姿はまばらだった。撫子は窓際の席に座り、買ってきたカフェオレの紙コップをテーブルの上に置いた。バッグの中からタブレット端末を出した。この店には何度も来ているので、自動的にＷｉ‐Ｆｉが繋がるように設定されている。

週刊ファクトの電子版を開く。今日は電子版がアップされる金曜日だ。巻頭記事は『総理の息子の危ない火遊び』というタイトルだった。それは次のような記事だった。

『ある日の夜、都内某所にあるマンションのエントランスから一組の男女が出てきた。腕を絡ませ、親密な様子が窺える。二人は腕を絡ませたまま、国産の高級車に乗り込み、夜の街に消えていった。恋人同士がデートに出かけただけのように見えるが……。

実はこの男性、現在世間を騒がせている桐谷英俊君の父親、桐谷俊一郎氏（三十五）だ。しかも一緒にいる女性が問題だ。彼女は銀座のホステス。そう、息子が誘拐されているという状況にも拘わらず、彼は銀座のホステスに夢中なのだ。

俊一郎氏は以前は大手商社に勤務しており、父の俊策氏が総理に就任したのを機に退社、父の秘書になった。優秀な若手秘書として期待は高かったが、この火遊びには高い代償がつきそうだ。

なお、俊一郎氏の周辺にはほかにも黒い噂が飛び交っている。続報を乞うご期待』

この記事を書いたのは撫子だ。政治記事を多く書いてきた彼女にしては、随分下世話な内容だったが、世間に与えるインパクトは大きいだろう。

きっかけは昨日の午前中、城後と打ち合わせをしたときのことだった。暗号資産のネタが弱いと指摘され、撫子はすぐにエリに電話をかけた。追加の情報を仕入れるためだったが、特に大きな情報は引き出せなかった。そのときにエリが今も俊一郎とＬＩＮＥでやりとりしていることを知った。息子が誘拐されているのに銀座のホステスと他愛(たわい)のないＬＩＮＥをする。桐谷俊一郎という人間の中身が垣間見え、撫子はこう提案した。

ねえ、エリさん。もしあなたが「会いたい」と言えば、彼はあなたに会いに来るかしら？　どうですかねえ。ちょっと試してみます？

彼女からＬＩＮＥが届いたのは、その日の午後のことだ。彼と今日の夕方に会うことになりました。私の自宅に行くことになりそうです。

すぐに撫子はエリに電話をかけ、細かい打ち合わせをした。彼女の自宅前に張り込み、半信半疑で待っていると、白いレクサスに乗った二人が本当に現れた。腕を組み、二人はマンションに入っていったのだ。決定的瞬間だ。

カフェに駆け込み、パソコンで記事を書いた。撮った画像データとともに城後のアドレスに送った。数分後、城後から電話がかかってきた。やや興奮気味に彼は言った。やったな、水谷。こういうのを待ってたんだよ。

電子版の配信時刻は午後九時ちょうどだ。まだ配信されてから七、八分しか経っていないが、すでに五十件以上のコメントがついている。撫子はそれらに目を通した。

『総理の息子、ヤバいな。完全に終わった（笑）』

『いいご身分だな。銀座のホステスと不倫とは』

『さすが週刊ファクト。久々にファクトビーム炸裂！』

『こんなバカ息子を持つと総理も大変だな』

ご愁傷様、と撫子は声には出さずにつぶやいた。この反応からして炎上することは確実だ。桐谷俊一郎という男の評判は地に墜ちた。が、やっていることからして自業自得とも言える。息子が誘拐されている状況下で銀座のホステスと密会する。夫として、父親としての品格を疑われる行為だ。

電話がかかってくる。城後からだ。通話をオンにする。

「水谷、今いいか?」

「はい。大丈夫です」

「なかなかの反響だな、お前の記事。総理の息子、マジで尻に火がついたぞ」

今回の記事はジャブ程度だと撫子自身は思っている。あくまでも本丸は暗号資産の購入費にまつわる疑惑だ。俊一郎が父の個人資産に手をつけたのであれば、それは桐谷総理自身の問題にまで発展する。

「追加の記事はないのか? 来週頭くらいに第二弾があると効果的なんだが」

「例の暗号資産の件ですが、まだ裏がとれていなくて……」

「そっちは保留だ。当面は女絡みのネタで攻めたい。こういうネタの方が世間は大きく反応するんだよ」

その論理は理解できる。こうしている間にもコメントが次々と書き込まれていき、すでにその数は百を超えている。

「たとえば彼女のインタビューとかとれないか? 彼との馴れ初め(なそ)とか、そのあたりの話を聞きたいんだよ。最終的にうちの巻頭ページでグラビアやってくれたら最高だけどな」

城後は経済方面に強い記者だったが、編集長となった今、かつての面影はない。まあそれは当然だ。売り上げのことを考え、常に世間の注目を浴びるようなセンセーショナルな記事を出し続ける。そのためには下世話な記事も出さなければならないのだ。政治家の汚職事件よりも芸能人の密会スクープの方が喜ばれる、そういう時代だ。

「じゃあ頼んだぞ、水谷」

「了解です、先輩」

通話を切った。してやったり、という気持ちがないわけでもない。桐谷政権にダメージを与えることはできた。一応エリに礼を言っておこうと思い——あわよくば追加インタビューの許可を得たい——彼女に電話をかけたが繋がらなかった。仕事中か。

勝利の美酒と見立てて飲んだカフェオレは、すっかり冷めてしまっていた。

七月六日(土)　1

「やはり出鱈目(でたらめ)な住所ですね」

乙部は五階建てのマンションを見上げた。大京テレビの山瀬から教えてもらった、天草美晴が住んでいるとされるマンションだ。一応足を運んでみようとルーカスが言い、電車を乗り継いでここまでやってきたのである。調布市仙川。子供を連れた家族連れの多い街だ。

「この近辺の聞き込みをしましょう。私はあっち。乙部君は向こう側をお願いします。そうですね。一時間後にここで落ち合いましょう」

「了解しました」

ルーカスと別れて聞き込み捜査を始める。美晴の顔写真と、彼女の同僚である佐藤恵美という謎の女。二人の写真を住人に見せて話を聞いたが、収穫はまったくなかった。特に佐藤の方は眼鏡をかけているし、写真を拡大したせいか顔の輪郭も不明瞭だった。

あっという間に一時間が経過し、二人の成果はゼロだった。昼には早い時間だったが、甲州街道近くのファミレスに入った。

「あの二人組、目的は何でしょうか？」

ランチのカレーセットを注文してから乙部は訊いた。ルーカスは店内を見回しながら答えた。

「さあ。私にはわかりません」

二十五年前の誘拐事件の被害者と、その友人。今回の事件に関与しているとは思えなかったが、嘘の連絡先だったり、尾行をまいたりと怪しい点はいくつもある。いや、かなり怪しい部類に入るだろう。

「やはり本部に情報を上げた方がいいのでは……」

「その必要はありませんね」とルーカスが遮るように言った。「乙部君、昨日も教えましたよね。ホウレンソウは必要ありません。野菜のほうれん草も食べなくてもいいくらいです」

それは言い過ぎだと思うが、緊急特別捜査本部に配属されている以上、怪しい点は報告するのが筋というもの。少しだけ罪悪感を覚える乙部だった。

カレーセットが運ばれてくる。それを食べながらルーカスが訊いてきた。

「乙部君、昨日の週刊ファクトの電子版は読みました？」

「いえ、読んでいません」

昨日は帰宅してからずっとゲームをしていた。かなり熱中してしまい、気づいたときには深夜一時過ぎで、慌てて布団の中に潜り込んだ。

「桐谷俊一郎氏のスキャンダルが掲載されていました。読んでみてください」

ルーカスからスマートフォンを渡される。一読してわかったことが一つ。桐谷俊一郎はゲス野郎ということだ。すでに完全に炎上しており、総理の息子への批判にはとどまらず、政権に対する不信にまで発展していた。

「記事を読んでどう思いましたか？」

「えっ？　僕が、ですか？」

「ほかに誰がいるんですか。今、私の前には乙部君しかいませんよ」

「……そうですね。この桐谷俊一郎という男、本当にどうしようもない奴ですね。救いようがありません」

「私も同感です。ほかには？」

「ええと……銀座のホステスってモテるんですね。僕は興味ありませんけど」

乙部は基本的にリアルな女性と接するのを苦手としており、どちらかと言うと二次元、アニメやゲームのキャラクターにシンパシーを抱いている。

「なるほど。ほかには……」

もう一度記事に目を通し、最後の一行が目についた。

「ほかにも黒い噂って書いてあります。これって何でしょうか？」

「そこです」ようやくルーカスがうなずいた。「私も気になりました。普通に考えれば女性スキャンダルの第二弾でしょう。この銀座のホステスの証言とか、もしくは別の女性との密会記事とか。でも黒い噂という単語が気になります。女性スキャンダルのことを黒い噂と言うでしょうか？」

「あまり聞かないですね」

「ですよね。となると黒い噂というのは何なのか。彼は一応、父親の秘書をしています。もしかすると収賄などの経済事件かもしれません。乙部君、調べてみましょう」

「えっ？　何を調べるんですか？」

「黒い噂についてに決まってるじゃないですか」

「でもどうやって……」

「この場合は記事を書いた本人に訊いてみるのが一番ですね。幸いなことに記事の最後に署名があります。調べてみたところ、この記事を書いた女性、結構有名な記者ですよ」

水谷撫子という女性記者らしい。乙部はすぐに自分のスマートフォンでググってみた。顔写真まで載っていて、インフルエンサー的な記者のようだった。何だか戦闘力が高そうで、乙部が苦手とするタイプの女性だった。

「とりあえず乙部君、彼女のＳＮＳにメッセージを送ってください」

「わかりました。あっちの方はどうしますか？」

「あっちとは？」

「本部から下りてきたＡ情報です。うちの管内だけでも五件ほどあるみたいですけど」

昨日正午に桐谷英俊の顔写真が公開となり、昨日だけで五千件近い電話、メールが寄せられたらしく、乙部のもとにも信頼度の高いA情報が五件転送されていた。英俊らしき少年が品川区○○公園にいた。英俊君に似た子が隣のマンションから出てくるのを見た。そんな内容だ。

「どうせガセです。放っておいて私たちは私たちの捜査をしましょう」

本当にいいのだろうか。乙部は少し不安になってくるが、ルーカスは特に焦った様子もなく、優雅に食後のコーヒーを啜っている。

七月六日(土) 2

「いやあ、何か興奮してきたな」

隣に座る藤森が言った。猪狩は今、中央合同庁舎第八号館内にある会議室にいた。広い会議室で、中央にロの字形にテーブルが配置されており、そこにスーツ姿の男たちが集まっている。猪狩たちも少し離れた位置に置かれた椅子に座っていた。

「俺が学生だった頃、新日本プロレスとＵＷＦインターが東京ドームで対抗戦をやったんだ。メインは武藤(むとう)対髙田(たかだ)だった。あのとき以来の興奮かもしれん」

藤森がそう言ってペットボトルの緑茶を飲んだ。さきほど渡したばかりなのにもう飲み干さんばかりの勢いだ。藤森の向こうには政治部デスクの荒木がいる。彼はテーブルを囲む参加者たちのチェックに余念がない。

これからこの会議室内において十一省移転先決定ドラフト会議がおこなわれる。官邸記者クラブを構成する大手十九社から各社二名、証人として参加が許されていた。どの社の記者も興奮気味に会議の始まりを今や遅しと待ち受けている。ビデオ撮影は認められておらず、カメラでの写真撮影もＮＧだった。ただ、記録用か、内閣府職員とおぼしき男がハンディカメラ片手に立っている。

「おっ、総務省は副大臣が参加か。厚労省は……」

各省、二名ないし三名が参加するようだ。大臣、副大臣、政務官クラスの議員、もしくは事務次官クラスの官僚を参加させている省もあるようだ。当たり前だが、移転が現実化した場合は数年おきに変わる大臣よりも、定年退職まで働くであろう官僚たちの方が受ける影響は甚大なものと言えた。

会議開始が予定されている午後一時ちょうど。司会を務める男がマイクに向かって言った。

「それでは定刻になりましたので、十一省移転先決定ドラフト会議を開催いたします。私は司会を務めさせていただく、内閣府大臣官房……」

内閣府が仕切っているというのにも理由がある。三蔵法師は内閣府については移転の対象としなかった。内閣府も他の省と同じく行政機関の一つであるが、総理直属の機関であり、重要な政策の企画・立案をおこなうことから、首都である東京に留め置くべきという判断なのだろう。

「それでは皆様、中央に置かれた箱の中に移転希望先を記入した用紙をお入れください」

男たちが立ち上がり、中央の箱に用紙を入れていく。どの顔も真剣だ。

猪狩は不思議な感覚に襲われた。これは総理の孫を誘拐した犯人グループの要求に沿ったものだが、どうせ実現するわけないのだから、ある意味では茶番でもある。その茶番を本気で演じている国会議員や官僚と、それを食い入るように見ている我々記者たち。どこか滑稽だ。

すべての用紙が投入されると、別の職員が箱を司会の近くに持っていく。白い手袋をした職員が箱を開け、中から一枚の用紙を出した。それを司会に手渡した。

「それでは順不同で発表して参ります。まずは財務省。第一巡選択道府県」

いったんそこで間を置き、司会の男が発表した。

「神奈川県」

やはり神奈川か。そんな声を洩らしている記者も数人。どの省がどの県を狙っているのか。この数日間、マスコミの記者たちはそればかりを話題にしていた。

「続きまして法務省。第一巡選択道府県。神奈川県」

記者たちが大きくどよめいた。早くも被ったのだ。被った場合は抽選となり、負けた方はクジにおいて移転先が決定する。まさに天国と地獄だった。

「続きまして文部科学省に参ります。第一巡選択道府県。京都府」

肩を叩かれる。隣を見ると藤森が笑みを浮かべている。文部科学省は京都を選ぶはずだ。会議の前に藤森はそう断言していた。外局である文化庁がすでに京都に移転しており、他の省と競合して人気の県を狙うよりは、地均しの済んだ京都の方がいい。そういう読みだ。文科省幹部もそう考えたのだろう。

「続いて防衛省。第一巡選択道府県。神奈川県」

「随分人気だな、神奈川は」

藤森がつぶやくように言った。わからなくもない。神奈川県の県庁所在地、横浜は全国有数の港湾・商業都市だ。東京二十三区を除く全国市区町村で最大の人口を誇っている。交通の便もよく、都内との移動も楽だ。

「続きまして経済産業省。第一巡選択道府県。大阪府」

記者の多くがうなずいている。これは予想通りだった。移転受け入れを表明した大阪府知事と、現在の経済産業大臣は昵懇(じっこん)の間柄とされている。

発表が続く。司会が声を発するたびに、記者たちが「おお」とか「ああ」とかどよめいた。取材をするというより、ショウを楽しむ観客のようでもあった。

「すべての省の第一巡選択道府県が出揃いました。今しばらくお待ちください」

猪狩は走り書きでメモをとっていた。結果は次の通りだ。

総務省	千葉県	
法務省	神奈川県	
外務省	千葉県	
財務省	神奈川県	
文部科学省	京都府	※
厚生労働省	神奈川県	
農林水産省	神奈川県	
経済産業省	大阪府	※
国土交通省	愛知県	※

環境省　　茨城県　※
防衛省　　神奈川県
　　　　※印は単独指名

「結構競合したな。単独指名は四つだけか」

藤森が話しかけてくる。猪狩はメモを見せて言った。

「そうですね。国土交通省が愛知を選んだのは意外でした」

「東にも西にも睨みを利かせるって意味では名古屋は正解かもな。トヨタあたりに気を遣ったのかもしれないぜ」

その可能性もあるのか。現在の国土交通大臣は経産省の元官僚だ。国内最大手の自動車メーカーと懇意にしていても不思議はない。

「神奈川が一番人気ですね」

「どこも譲れなかったんだろうな。そもそも移転なんぞ有り得ないって考えてるんじゃないか」

それも考えられる。総理が犯罪者の要求を鵜呑みにするわけがない。所詮はこの場限りのパフォーマンス。そう割り切って神奈川を選択した省もありそうだ。

記者たちが話す声が聞こえる。ドラフト会議は佳境に入っていた。

「準備が整ったようでございます。まずは競合した千葉県に対する抽選をおこないます。千葉県を選択した二つの省の代表者、前においでください」

二人の男が前に出る。台車を押して職員が白い箱を運んできた。司会が説明する。

「白い箱の中には二枚の封筒が入っております。封筒の中に赤い札が入っていたら当たり、何も入っていなかったらハズレです。まずは総務省、続いて外務省の代表者、クジを引いてください。……そうです。それで結構でございます。ではお手元にある鋏(はさみ)を用いて、封を切ってください」

緊張の瞬間だ。誰もが息を飲んで二人の男の一挙手一投足に注目している。

「よしっ」

片方の男が拳を握った。引き当てたのは外務省だった。敗れた総務省の代表、副大臣は苦笑いを浮かべていた。

「続いて神奈川県の抽選をおこないます」

五人の男が席を立って前に出た。一番人気、神奈川県の抽選だけあり、記者たちも食い入るように見つめている。男たちは順番にクジを引いていった。同時に封筒を開ける。真ん中にいた男がガッツポーズを決めた。

「よっしゃっ」

引き当てたのは防衛省だった。クジを引いたのは防衛大臣本人で、満面に笑みを浮かべている。まるで将来のエース候補を引き当てたプロ野球チームの監督のようだった。ほかの四人の男たちは早々と自分の席に戻っていった。

「やりましたね、防衛省」

「沖縄行きはなくなったな」

職員たちが動き回っている。準備が整ったのを確認してから司会が口を開いた。

「それではクジに外れた省の抽選を始めます。用意した箱の中には、まだ選定されていない四十の道県の名称が書かれた札が入っておりますので、順番に引いていってください。まずは総務省からお願いします」

運命の別れ道。実現するかどうかはともかくとして、これで移転先が決まってしまうのだ。記者たちの注目が集まる中、総務省の男――おそらく事務次官あたり――が白い箱の中に手を突っ込んだ。引いた札を見て、総務省の男の顔が引きつけを起こしたように固まった。札は近くにいた職員を経由し、司会のもとに届けられる。

「発表いたします。総務省は青森県」

記者席が大きく沸いた。中には露骨に笑っている記者もいる。青森県を悪く言うわけではないが、東京からの距離などを考慮すると、青森県は移転先としてかなり厳しいものがある。隣の藤森が言った。

「完全にしくじったな。だったら競合のなさそうな首都圏のどこか、栃木とか群馬あたりにしておけばよかったものを」

総務省の男はがっくりと肩を落として自分の席に引き揚げていく。その姿は敗残兵のようだった。続いて法務省の番となり、担当者がクジを引く。

「発表いたします。法務省は愛媛県」

またしてもどよめき。法務省の担当者は何か不祥事を起こしたような顔で自席に戻っていった。その次に前に出てきたのは財務省の副大臣だった。彼は自分が引いた札を見た瞬間、顔を真っ赤にして札を床に叩きつけ、そのまま部屋から出ていってしまった。職務放棄もいいところだった。

札を拾った職員が司会のもとへ届ける。

「発表いたします。財務省は鳥取県」

その後も次々とクジが引かれ、その都度記者たちは歓声を上げたりどよめいたりを繰り返した。

十分後、すべてのクジ引きが終了し、十一省の移転先が決定した。それらは次の通りだった。

総務省　青森県
法務省　愛媛県
外務省　千葉県
財務省　鳥取県
文部科学省　京都府
厚生労働省　広島県
農林水産省　宮崎県
経済産業省　大阪府
国土交通省　愛知県
環境省　茨城県
防衛省　神奈川県

「これにて十一省移転先決定ドラフト会議を終了いたします。なお、本会議における決定事項につきましては、本日十九時に内閣府のホームページにて発表。同時刻をもちまして、報道を解禁といたしますので、よろしくお願いします」

午後七時に報道が解禁。大京テレビでもニュース速報を流すことは確実だ。いや、その前に口の軽いメディアの人間は、ネットニュースに結果を流出させるに違いない。そして世間はこの話題一色となる。犯人グループの手の平で踊らされているようなものだ。

「猪狩、帰るぞ。どっかで一服しながら話そう」

「了解です」

猪狩は藤森と肩を並べて会議室から出た。クジ引きに敗れた大臣や官僚たちは立ち上がる気力すらないらしく、茫然自失（ぼうぜんじしつ）といった顔つきで座っている。一方、意中の県を引き当てた担当者は笑みを浮かべてスマートフォンで話していた。まさに悲喜こもごもだ。

こうして世紀の茶番劇は幕を閉じた。

七月六日(土)　3

俊一郎は首相公邸内の寝室にいる。ベッドに寝そべり、ゲームをやっている。何だか世界中のすべての人が敵になってしまったような感じだった。昨日の週刊ファクト電子版の記事のせいだ。

まさかエリと会ったことがあんな風にとり上げられるとは思ってもいなかった。こちらとしては単純にゴキブリを駆除してあげようという善意の行動であり、やましい点は何もない。実際にあの日は日本橋の焼き肉店の個室で食事をしたあと、彼女をマンションに送り届けただけだ。あわよくばという期待もあったが、彼女が「生理で頭が痛い」と言ったので、紳士的に振る舞った。

それなのに週刊ファクトの記事には、さも二人が男女の仲であるかのように書かれているのだから参ってしまう。腹立たしくて仕方がない。

妻の美沙にも叱られた。叱られたというより、呆(あき)れられたといった方が正解だ。あなたは英俊のことが心配じゃないの？　こんな非常時にどういう神経をしているの？　まったく信じられないわ。あなたの脳ミソ、腐ってるんじゃないの？

脳ミソが腐っているは言い過ぎだと思ったが、エリと会っていたのは事実なわけで、一切反論できなかった。美沙は昨夜のうちに別の寝室に移っていった。公邸は広く、未使用の寝室などいくらでもある。

ドアがノックされる音が聞こえた。「はい」と言ってドアを開けると、廊下に立っていたのは秘書の韮沢だった。厳粛な顔つきで韮沢が言った。

「若、総理がお呼びです」

昨日、父は仕事が忙しかったらしく、記事掲載以降はまだ顔を合わせていなかった。気が重いが、俊一郎は部屋から出た。韮沢のあとを追って廊下を歩く。

向かった先は執務室だった。重厚なデスクが置かれていて、その向こうにある椅子に父は座っていた。韮沢が声をかける。

「総理、若をお連れしました」

父が顔を上げた。老眼鏡を外しながら言った。

「私も記事を読んだ。事実なのか？」

「はい、事実です」と俊一郎は敬語で答えた。「ですが、愛人とかそういうのじゃありません。

単なる客とホステスという関係です。あんな風に書かれる謂れはありません」

「お前はそう思っているかもしれないが、世間はそうは判断しない。こんな大事なときに妻以外の女と腕を組んで歩いていた。それは事実だろ」

そう言われてしまうと返す言葉もなかった。あの写真は捏造でも何でもない。

「美沙さんには謝ったのか？」

「一応は。許してくれたとは思えませんが」

「何度も謝れ。許してくれるまでな」

父は仮面を被っている。政治家という仮面だ。その仮面をずっと被り続けてきたせいで、いつの間にかその仮面が本当の顔になってしまったのではないか。俊一郎はそう思っている。父が父親らしい笑顔を見せてくれたのはいつのことだったのか。少なくとも俊一郎の記憶には残っていない。しかしこういうものかもしれないという諦めに似た気持ちもあった。一国を統べる重圧と責任。それが総理大臣という存在が背負うものだ。

「とにかくその女とは縁を切れ。いいな？」

「わかりました」

話は以上。父はそう言わんばかりに老眼鏡をかけ、手元の資料に目を落とした。

「あのさ、父さん」俊一郎は息子として父に尋ねた。「どうする気？　犯人との取引に応じるの？英俊は助かるんだよね？」

父は顔を上げた。国民からは温厚で押しの強さに欠ける総理として認識されているが、家にいるときの父は自分にも他人にも厳しい男だった。

「警察が全力で捜査に当たっている。それを信じるしかあるまい」

「取引には応じないってこと？」

「当然だ。政治家が犯罪者の言いなりになってどうする」

「もし犯人が怒って英俊に危害を加えたら？　有り得ないことじゃないだろ」

「信じるしかない。私たちにできるのはそれだけだ」

父が再び書類に目を落とす。俊一郎は執務室を出た。韮沢の姿はなかったので、一人で寝室に戻った。充電中のスマートフォンを手にとり、ＬＩＮＥのアプリを開いた。エリには昨夜から何度か謝罪のメッセージを送っているのだが、いつまで待っても既読になることはなかった。向こうもあんな記事が出て困惑しているのかもしれない。最後に直接会って謝罪したかったが、それは無理そうだ。

ごめん。許してくれ。

そうメッセージを送る。そして彼女とのやりとりを非表示にした。画像のファイルを開き、彼女と撮った数枚の写真も消した。

画像を見ていて気がついた。英俊のことだ。ここ最近、彼の写真を撮っていないのだ。最後に撮ったのは三ヵ月前、花見に行ったときの写真だった。昔はもっと頻繁に撮っていたように思う。それこそ画像フォルダの中は息子の写真でパンパンになっていた。

英俊、元気か？

ベッドの上に横になり、俊一郎は息子に向かって語りかける。大丈夫だろ、英俊。お前のことだ。きっと元気にやってるよな？

誰に似たのか、クールで大人びた子供だった。想像の中の息子はニヤリと笑い、父親に向かって親指を立てていた。

七月六日(土) 4

「おい、肉が焼けたぞ。どんどん食えよ」

網の上では美味しそうに肉が焼けている。香ばしい匂いが漂っていた。本格的な炭焼きのバーベキューであり、肉以外にもサラダやカレーなどが用意されている。

「英俊、食えよ。食わなきゃ大きくならないぞ」

「大丈夫だよ。僕、普通に身長伸びると思うから」

「どうしてだ？」

「父は百八十センチ、母も百七十センチ。遺伝的にみてもそれなりに大きくなると思うんだよね」

「まったく生意気なガキだな」

千秋と英俊が言い合っている。美晴たちは百合根邸の敷地内でバーベキューをやっていた。キングの散歩以外で英俊が外に出るのは初めてだった。時刻は午後七時を過ぎており、母屋を含めて敷地内にいるのは美晴たちだけだ。

「美晴、お前も食べろよ」

「ありがと。いただくわ」

さすが元自衛隊員と言うべきか、千秋と吉乃の手際は見事だった。テキパキと動き、あっという間にバーベキューが始まっていた。吉乃は美晴の隣に座り、缶ビールを飲んでいる。今日はノンアルコールではなく、普通のビールだ。千秋も同じくビール、美晴はサワー系のアルコール飲料を飲んでいる。

思惑通りに事は進んでいた。ついさきほど内閣府のホームページ上でドラフト会議の結果が公表され、それに前後して、SNSはその話題で持ち切りだった。が、当の誘拐犯一味はあまり興味がないようで、野菜を切ったり炭に火をつけたりとバーベキューの下準備をおこなっていた。

ドラフト会議を提案した張本人も同様だ。英俊に至っては結果すら知らないのではないか。先日、監禁室でピザを食べているとき、英俊が「もっと面白くする方法、思いついちゃったんだよね」と言い出し、ドラフト会議をやらせるべきと提案したのだ。「それ、面白そうだな」と吉乃も同調し、早速台本を書き換えた次第だった。

「ねえ、キングにお肉あげてもいいかな」

「一枚くらいならいいんじゃないか」

キングは英俊にすっかり懐いており、今も英俊の足元で寝そべっている。百合根の飼い犬だが、やはり犬は一緒に遊んでくれる人を好むらしく、今では散歩のために英俊が外に出ただけで匂いでわかるのか、ワンワンと鳴くようになっていた。

「ご飯、ないの？」

「そろそろいいかな」

千秋が火から離れた場所に置いてあった飯盒（はんごう）を軍手で持った。蒸らしていたようだ。英俊は興味深げな顔つきでそれを見ていた。

「飯盒で炊いた飯、食ったことあるか？」

「ない。でもYouTubeで見たことあるよ」

「何でもかんでもYouTubeだな」

千秋は飯盒の蓋に飯をよそい、その上に鍋の中で煮えていたカレーをかける。それをスプーンとともに英俊に手渡した。

「ほら、食え。隊長の作ったカレーは最高だぞ」

英俊がカレーを食べ始める。よほど美味しいのか、あっという間に食べ終えてしまった。あとで私も食べてみようと美晴は思った。

「おかわりするか？」

「今はいい。肉食べるから。でも明日の朝もこのカレーでいいよ」

「随分気に入ったみたいだな」

「ねえ、何で吉乃お姉さんは隊長なの？」

千秋はその質問には答えなかった。代わりに吉乃が答えた。

「私と千秋は自衛隊にいた。そのときの名残りだな」

「自衛隊ってことはさ、ライフル撃ったりヘリコプター操縦したりした？」

「もちろん」と千秋は答えた。「私は狙撃が得意だったんだよ。隊長はヘリの運転だってできるんだ。隊長は優秀な自衛官だったんだぞ」

「どうして辞めちゃったの？」

一瞬、沈黙が訪れる。二人が自衛隊を辞めた理由。そのあたりに何か隠されているような気がするが、二人は決してそれを話そうとはしなかった。はぐらかすように千秋が言った。

「英俊、今月夏休みだろ。いつからだ？」

「さあ。二十日くらいからだったかな」

「どこかに行く予定はあるのか？」

「夏休みは広島の実家に行く」

誘拐された少年が、誘拐した犯人と夏休みの予定を語っている。冷静に考えれば不思議な光景だが、すでに美晴たちは英俊と打ち解けていた。午前中は主に吉乃が勉強を教え、午後は千秋と美晴が交代でゲームの相手をしていた。もちろん、朝と夜にはキングの散歩も欠かしていない。

「夏休みかあ。楽しそうだな。ガキの頃は夏休みがすっごく長く感じたもんだったなあ」

懐かしそうに千秋が目を細めた。すると英俊がニヤリと笑って言った。

「ジャネーの法則って知ってる？」

「何それ？　知らないな」

「フランスの哲学者が提唱した説でね、生涯のある時期における時間の心理的長さは年齢の逆数に比例するっていうんだよ」

「意味わからん」

「つまり七歳の僕の一年は人生の七分の一で、六十歳の人の一年は人生の六十分の一なわけ」

「なるほど」と吉乃が口を挟んだ。「人生全体の中でその一年間がどのくらいのウェイトを占めているか。そういうことか」

「うん、その通り。この法則に則って十歳児を基準として考えた場合ね、十歳児にとっての三百六十五日が一年間とすると、三十歳の人にとっての三百六十五日は四ヵ月くらいらしいよ」

「マジか」と千秋が大袈裟に驚く。「道理で最近一年早いなと思ったわけだ。だからガキの頃にはあんなに夏休みも長く感じたわけだな」

「そういうこと。だからお姉ちゃんたちもうかうかしている暇はないよ。あっという間に人生終わっちゃうから」

「お前に言われたくないね。英俊だってゲームやっている暇なんかないだろ」

「だからね、千秋お姉ちゃん。僕とお姉ちゃんたちの時間感覚は違うんだよ。僕は勉強やったりゲームやったり将来のことをあれこれ考えたり、やることが一杯あるんだよ」

「私たちだって忙しいんだ。こう見えても日本中を騒がせている誘拐犯なんだからな」

「僕はその人質だけどね、一応」

二人の言い合いは止まることがない。美晴はトングで焼けている肉をとり、それを食べた。肉は驚くほどに美味しかった。

「楽しそうだな」

吉乃に声をかけられる。誰かとバーベキューをするなど、ここ数年で記憶にない。下手すれば学生時代の林間学校以来のような気がする。

「うん、楽しい」

「それはよかった」

できればこの生活が続いてほしいと思ったが、いつかは――それも近い将来――必ず終わりを迎える。一抹の淋しさを感じつつも、今は笑っていようと美晴は思った。

七月六日(土) 5

午後十時過ぎ、猪狩は新富町(しんとみちょう)にあるステーキハウスに足を踏み入れた。店員に案内されて奥の個室に向かう。そこでは唐松が待ち受けていた。

「すみません。お待たせいたしました」

「気にしないで。俺も今来たところだから」

さきほど電話が入り、飯でも食わないかと誘われた。ドラフト会議の感想戦の意味合いもあると思われ、仕事を抜けて駆けつけたのだ。

「虎ちゃん、飯は食べた?」

「サンドウィッチを腹に入れただけです」

「じゃあ二百グラムでいいか」唐松自ら内線電話で注文する。「リブロース二百グラムを二人前、ミディアムで。それと赤ワイン一本持ってきて。濃いやつね。銘柄はソムリエに任せるから」

唐松が受話器を置いた。猪狩は礼を述べた。

「ありがとうございます。長官のお陰でドラフト会議の会場に潜り込めました」

「盛り上がったね。俺も別室で見てたんだ」

午後七時にニュース速報が流れ、内閣府のホームページでも結果が公表された。マスコミ、特にテレビ界隈(かいわい)は大騒ぎで、夜十一時台のニュースのために猪狩たちも情報収集に奔走した。各省幹部のコメントを使用したいからだ。

ソムリエがワインを運んでくる。注がれたワインで乾杯をした。唐松は愉快そうに言った。

「それにしてもクジ引きは笑ったな。外れた奴ら、悲しそうな顔をしていたよね」

「本当に笑いました。どの省も結構強気に攻めてましたね。神奈川に五つも競合するとは思ってもいませんでした」

「俺は事前に種市君には言っておいたんだよ。競合しそうなところは避けるべきだってね。それが結局青森だぜ。まったく困ったものだよ」

種市というのは総務大臣だ。唐松も総務大臣を経験しており、その関係で現総務大臣の種市とも仲がいいことで知られている。

「どうして環境省は茨城県を選んだんでしょうか？　まあ茨城も首都圏ではあると思いますが」

「つくば市だよ」グラスを回しながら唐松が答える。「あそこには国立環境研究所やら大きな研究施設が集まってる。その点で利便性ありと判断したんじゃないか」

「なるほど。合点が行きました。防衛省は神奈川を引き当てましたね」

「さっき大臣から電話があったよ。喜んでたね」

気の早い県――特に大阪府――では知事自ら会見を開き、移転における費用負担に関する提言までおこなったらしい。

「どうせ絵に描いた餅だ。実現するわけないんだからさ」

「やはり総理は受け入れませんか？」

「当たり前だろ。犯罪者に屈する総理なんて駄目だよ」

唐松は楽しそうだ。本来であれば政権の危機は官房長官である唐松にも直撃するものだが、今回の一件に関しては少々事情が異なる。秋に控えた総裁選を睨み、現総理の桐谷の評判が下がることは唐松には好都合だった。総理が窮地に追い込まれれば追い込まれるほど、唐松にとっては願ったり叶ったりの展開なのだ。

やがてステーキが運ばれてくる。ジューシーな赤身肉だった。この店の常連である唐松はかつては三百グラムくらいはペロリと平らげたらしい。

唐松のスマートフォンが鳴る。ナイフとフォークを置いた唐松は電話に出た。

「もしもし？　今？　飯食ってるよ。……誰と？　そんなの別にいいじゃないか。用件は？……本当に？　まったく困った奴だな、あいつは」

話しているうちに唐松の顔色が曇っていく。あまりよろしくない知らせらしい。猪狩はナイフとフォークを置き、ナプキンで口の周りを拭いた。電話を切った唐松が苛立たしげに言った。

「堂本君が失言したってさ。鳥取に行くくらいなら火星に行った方がはるかにマシ。そんな発言を記者に洩らしたようだ」

財務大臣の堂本のことか。財務省はクジに敗れ、抽選で鳥取県を引いた。その発言が事実なら完全にアウトだ。

「あ、本当ですね」猪狩がスマートフォンでネットニュースを見ると、すでに主要ニュースに掲載されている。「ええと、正確には『財務省が鳥取に移転するなど断じて有り得ない。それなら火星の方がまだいいじゃないか』と言ったみたいですね」

「本当に馬鹿な男だな。あいつ、次は大臣やらさんぞ」

「彼はお坊ちゃんですからね。幼稚舎から慶應ですよね。そんな男にとって鳥取行きはキツいでしょう」

「困った奴だ。ステーキが不味くなってしまう」

そう言いつつも唐松は再びナイフとフォークを持ってステーキを食べ始める。その食べっぷりは六十歳を超えた者とは思えないほど豪快だった。政治家というのは精神的・肉体的な強度だけでなく、胃の強さも要求される。唐松と接するようになり、猪狩はそれを知った。

「そういえば長官は失言とは無縁ですね。なぜですか？」

「失言する議員っていうのはサービス精神が旺盛なんだよ。だから口を滑らせる。俺は何度だって同じ発言を繰り返せるし、そもそも記者を喜ばせるつもりなんて毛頭ない。政治家の仕事はそれじゃないだろ」

毎日おこなわれる官房長官記者会見でも唐松は決してブレない。記者の誘導尋問にも引っかからず、用意されたペーパーから逸脱することは猪狩の記憶の限り一度もなかった。鉄壁とも言える記者会見は面白味がないとか退屈だとか揶揄されるが、猪狩たち番記者は唐松に楯突いて怒りを買うよりは、会食や飲みの席でサシで情報を得る方がメリットは大きいと知っていた。

二人がステーキを食べ終えた頃だった。再び唐松のスマートフォンに着信が入る。

「はい、もしもし。……今は飯を食べてるよ。用件は何？」

唐松が話している間に、猪狩は店員を呼んで空いている食器類を下げてもらった。通話を終えた唐松が言った。

「大月君からだ。今日のドラフト会議は俺が主導して進めたことにしてほしいってさ」

「どういうことですか？」

大月というのは首相補佐官の一人だ。総理が最も重宝している補佐官として知られている、経産省の官僚だ。

「ドラフト会議をやったってことは、犯人側の要求に屈服してしまった格好になる。それを避けたいんじゃないか。だから官房長官がやった体にしたいんだよ」

「犯人との交渉には応じない。総理はそれを鮮明にしたいわけですね？」

「だろうね。明日の昼、官邸で会見がセットされるみたい」

「総理の会見ですか？」

「うん。見物だね。この状況で総理は何を喋るんだろうか」

あくまでも他人事。唐松は不敵な笑みを浮かべてグラスをクルクルと回していた。

七月七日（日）　1

午後一時。首相官邸内にある記者会見室は多くの報道陣で賑わっていた。すでに定刻を過ぎているが、まだ総理の姿はなかった。猪狩は総理番の梅野と並び、記者席に座っている。

「おっ、来たぞ」

記者の誰かの声に反応し、猪狩は入り口の方に顔を向けた。ＳＰに先導されて桐谷総理が入ってくる。総理は日の丸に向かって一礼してから、正面にある演壇に向かった。左端には手話通訳者の姿もある。

フラッシュが激しく焚かれている。手元の書類を見るなどしながら、総理はフラッシュを浴び続けている。十五秒ほど経ってから総理は右手を少し上げた。撮影はここまでという合図だ。シャッター音が鳴り止むのを待ち、総理は話し出した。

「皆さん、突然の記者会見にご参加いただき、誠に感謝申し上げます。さて、早速ではございますが、私の孫である桐谷英俊が誘拐された事件について、改めて私自身の見解をお伝えしておこうと思い、この場を設けさせていただきました。

この数日間、三蔵法師と名乗る者たちの要求が、世間を大きく騒がしていることは私も承知しております。まずここに断言させていただきたいのですが、日本国政府として三蔵法師の要求を受け入れることは絶対にありません。皆さん、よろしいでしょうか。我が国は法治国家でございます。政府が犯罪者の要求に唯々諾々と従うなど、決してあってはならないのです。犯罪者は警察により逮捕され、司法によって裁かれる。それが我が国のあるべき姿です。よって私は、日本国政府は、三蔵法師の要求には絶対に従いません。

今、日本中の警察官が我が孫の捜索に当たってくれていると聞いております。捜索に加わっている警察関係者の方々には心より御礼申し上げます。孫を、英俊を見つけてやってください。よろしくお願いします」

総理が深々と頭を下げると、また一斉にフラッシュが焚かれた。しばらくして秘書官がマイクを通じて言った。

「これより質疑応答に移ります。諸事情により、時間に限りがあることをご理解ください」

記者たちの間から不満の声が洩れる。構わず秘書官が言った。

「それでは質問のある方、挙手を」

一斉に手が挙がる。最初に指名された幹事社の男性記者が立ち上がった。

「新和日報のタナカです。総理は三蔵法師の要求を一切受け入れないとの話ですが、それは交渉の余地すらないという意味でしょうか？　あと、お孫さんの安否よりも法を重視するという方向でお考えなのでしょうか？」

なかなか辛辣な質問だ。総理がマイクに向かって回答する。

「交渉する気はありません。そして孫を見捨てるつもりも毛頭ございません。現在、警視庁が捜査に当たっています。私にできるのは彼らを激励することくらいでしょうか」

「次の質疑に移ります。ではそちらの方」

「ジャパンテレビのミヤジマです。三蔵法師の三つの要求についてですが、多くの国民は歓迎ムードです。三つの要求が実現したらこの国はいい方向に向かうのではないか。そういう意見が多数を占めているようです。それについてはどうお考えですか？」

「お答えします。国民の生活を向上させる。それが我々政治家の使命だと考えております。総理大臣として、今後も皆様のために滅私奉公させていただきたい。私はそう考えている次第でございます」

「総理、議員報酬は削減するつもりはないんですね？」

「現在のところございません」

「よく居眠りしている議員さん、いますよね？　国会議員は給料をもらい過ぎ。そういう意見もあります。その点はどうお考えですか？」

「妥当な報酬である。私はそう考えております」

「出生数は下がり続けてますよね。民自党の少子化対策が根本的に間違っているからじゃないですか？」

「その点につきましては専門家の先生方の意見も参考にしながら、厚労省と連携して少子化対策を推し進めていく予定です」

なかなか引かない記者だ。それを察知したのか、司会の男が割って入った。

「それでは次の質問に移ります。質問のある方、挙手を」

「ちょっと待ってくださいよ。まだ聞きたいことが……」

「ではそちらの方、白い服を着た女性の方、どうぞ」

「日刊東陽のモリです。さきほど総理は三蔵法師の要求は受け入れないと……」

似たような質問が続いたが、総理の回答は一貫していた。杓子定規な回答に鼻白む記者も多数いるようだ。野次にも似た声が飛んでいる。

「それでは次が最後の質問となります。挙手をお願いします」

猪狩は一応手を挙げる。すると司会の男と視線が合った。

「ではそちらのグレーのスーツを着た男性、お願いします」

猪狩は立ち上がる。職員からマイクを渡された。腹を決めて猪狩は質問する。

「昨日、内閣府にてドラフト会議が開催されました。総理はいかなる要求も受け入れないと言っておきながら、なぜ会議の開催を許可したのでしょうか？　官房長官主導で会議は開催されたと聞いておりますが、総理ならば会議にストップをかけることもできたのではないでしょうか？

総理のお考えをお聞かせください」

　総理はすぐには答えなかった。頭を整理するかのように一呼吸置いてから言った。

「私は犯人の要求に従ったわけではございません。ただ、孫に与える危険を少しでも軽減するため、官房長官に対して会議の開催を許可いたしました。それだけです」

「総理の意向ではない。そういうことですね？」

「はい。間違いありません」

「それまでです」司会の男が口を挟む。「質疑応答を終了します。総理は次の予定がありますので退出します」

　総理が演壇から離れていく。質問できなかった記者たちから声が上がる。

「総理、国民の声に耳を傾けてください」

「総理、一部報道にあった息子さんの行動についていかがお考えですか？」

　それらの声に応えることなく、SPたちに先導される形で桐谷総理は会見室から出ていった。記者たちもバラバラに散開する。知人と話している記者もいれば、撮った映像を確認しているカメラマンもいる。

　会見室を出ようと立ち上がったところで、猪狩はその女性記者の存在に気がついた。彼女は椅子に座り、何やらメモをとっている。水谷撫子だ。本来はフリーランス記者の出席は許されていないが、特別なコネを使ったのか。

　彼女が不意に顔を上げたので、目が合ってしまった。思わず視線を逸らしそうになったが、何とか耐えて会釈をする。向こうも小さく笑った。立ち上がってこちらに寄ってくる。

「最後の質問、いいところ突いてたわね」

「まともに答えてくれなかったけどな」

面と向かって話すのはいつ以来だろうか。報道の現場で顔を見かけたことは何度もあるが、何やら気まずさを感じて話す機会はそうそうなかった。

「今度飯でも行かないか？」

社交辞令のつもりで誘ってみた。意外にも彼女は柔和(にゅうわ)な表情で答えた。

「是非。番号変わってないから連絡して」

撫子の後ろ姿を見送ってから、猪狩はスマートフォンを出して電話帳を開き、彼女の番号が残っているのを確認した。猪狩は苦笑する。男というのは本当に未練がましい生き物だ。

七月七日(日) 2

「水谷撫子さんですね。少々お時間よろしいでしょうか？」

「えっ？　あ、はい」

官邸前の歩道を歩いていると、いきなり背後から声をかけられた。振り返ると二人の男が立っている。片方は四、五十代くらいの白人男性で、もう一人は二十代の若者だ。声をかけてきたのは白人男性の方だった。流暢な日本語で話しかけてくる。

「突然すみません。驚かせてしまったようですね。何かお考えごとでも？」

さきほど元カレの猪狩虎之と久し振りに言葉を交わし、その余韻に浸っていたとも言えない。

撫子はすぐにいつもの調子をとり戻した。

「いえ、別に。それよりどちら様でしょうか？」

「私たちはこういう者です」

若者が警察バッジを見せてくる。この二人は刑事なのか。こうまではっきりと外国人風の顔立ちをした刑事と会うのは初めてだ。

「少しお話を聞かせてほしいのです。あ、我々は桐谷英俊君誘拐事件の緊急特別捜査本部に所属している者です」

刑事が私に何の用か。それが気になると同時に、撫子の中では記者としての本能が疼く。この好機を活かして情報をゲットすべきだ、と。

「了解いたしました。ここではあれなので……」

少し歩いて丸ノ内線の国会議事堂前駅近くにあるカフェに入った。まずは先方が自己紹介をする。白人の方は鈴木ルーカス、若者は乙部祐輔と名乗った。二人は品川署の刑事のようだった。各署から動員され、千人規模の捜査本部が編成されているのは撫子も知っている。コーヒーが運ばれてくる間にルーカスという青い目をした刑事が説明してくれる。

「私はアメリカ人と日本人のミックスです。父は横須賀基地に勤務する米兵でした」

週刊ファクト編集部にいた頃、何かの席で耳にしたことがあった。かつて警視庁捜査一課に優秀な刑事がいて、その者の風貌は白人男性そのものであると。きっとこの男に違いない。もう一人の乙部という若手刑事はゲームばかりやっていそうなタイプの青年だった。

「それで私にどういう用件なのでしょうか？」

「こちらの記事、拝見しましたよ」ルーカスが懐から紙片を出した。一昨日の週刊ファクトの電子版をプリントアウトしたものだ。「水谷さんの記事ですよね。たいした取材力です。感心いたしますよ」

「ありがとうございます」

記事の反響は大きかった。ＳＮＳでもトレンド入りしたし、コメント数も多かった。知人からも激励のＬＩＮＥが寄せられた。ああいう下世話な記事の方が世間はわかり易く反応してくれることを痛感した。

「気になったのは最後の部分です。『俊一郎氏にはほかにも黒い噂が』とありますよね。彼の黒い噂とは何でしょうか？　差し支えなければ教えていただきたいのですが」

「差し支えあります。ネタは明かせませんので。それより刑事さん、桐谷俊一郎が事件に関与しているとでも？」

「わかりません。事件に関係していそうなものは片っ端から洗っていくのが我々の仕事なんですよ。ちなみにどっち方面のネタですか？　女性問題？　それとも金銭トラブルですか？」

「ごめんなさい。私からは何も言えません」

「そうですか。仕方ないですね」

あっさりと引き下がる。諦めの早さにこちらが拍子抜けしてしまった。思わず訊いていた。

「えっいいの？」

「強引に聞き出すのは私の性に合いませんから。それにあなたは優秀な記者とお見受けした。そういう方は簡単に口を割りません。特にそのネタが重要なものであればあるほどね」

心の内を見透かされているような気がした。撫子は気を引き締める。仕事柄、これまでに警察関係者と接したことは何度もあるが、その誰とも違っていた。表面上は非常に穏やかなイメージを受ける一方、内側に切れ味鋭いナイフを隠し持っているような気がした。

「では質問を変えましょう。記事に書かれていた銀座のホステスですが、水谷さんは彼女とお会いになりましたか？」

このくらいは話してあげてもいいか。そう判断して撫子は答える。

「ええ。会いました。彼女からの証言をもとに構成した記事ですので」

「どのような経緯で彼女の存在を嗅ぎつけたのですか？」

簡単に説明する。俊一郎の友人――名前は明かすわけにはいかない――から店の名前を入手し、店のホステスが通う美容院で接近したこと。撫子が説明を終えるとルーカスが言った。

「ちなみにそのエリという女性ですが、本名ではありませんよね」

「ええ」

「免許証などで個人情報を確認しましたか？」

「いえ、していませんが。必要なかったので」

「彼女の連絡先はわかりますか？」

背中を撫でられたようなザラリとした感触があった。実は一昨日からずっと電話をかけているのだが、繋がらなかった。追加取材を頼むと城後編集長から言われているのだ。

「当然です。携帯番号と自宅の住所はわかります」

「今ここで電話をかけていただくことは可能ですか？」

「ええ、もちろん」

撫子はスマートフォンを出し、彼女に電話をかけた。やはり繫がらない。撫子は言った。

「出ませんね。取り込み中かもしれません」

「解せない点が一つ」ルーカスが人差し指を立てる。「桐谷俊一郎氏は息子さんが誘拐されているという大変な状況にありました。いくら銀座のホステスに夢中だったとはいえ、この状況でホステスに会いに行こうと思うでしょうか？　それが不思議でなりません」

「女性の方から呼び出したようです。呼び出したというか、自宅にゴキブリが出たみたいで、それを彼に告げたところ、退治に行くと請け合ってくれたようですね。彼女、ゴキブリが大の苦手のようで」

「私も苦手です。あれ、飛ぶんですよね。ちなみに彼女が住んでいた部屋は何階ですか？」

「少々お待ちを」撫子はタブレット端末のメモ機能を起ち上げ、そこに記入した事項を確認する。

「月島にあるマンションです。彼女は七階の部屋に住んでいたみたいですね」

「七階ですか？　そのゴキブリ、随分高くまで行きましたね。エレベーターに乗って七階まで行って、彼女の部屋に潜り込んだのでしょうか。銀座のホステスというのはゴキブリにもモテるんですね」

この男、優秀だな。撫子は内心舌を巻く。ゴキブリが出たと嘘をついて俊一郎を呼び出す。その作戦はエリが独自に考えたものだ。俊一郎はまんまと騙されたのに対し、この刑事は瞬時に矛盾点を見破ったのだ。

「水谷さん、エリさんの住所を教えてください。彼女から直接事情を訊きたいので」

これを断ったら怪しまれてしまう。撫子はうなずいた。

「わかりました。お教えしましょう。その代わり条件があります。私も一緒に連れていってください」

七月七日(日) 3

「一昨日のテレビ局の控室と一緒だな。指紋も拭きとられているし、髪の毛一本落ちちゃいない。徹底的に掃除したんだろうな」

乙部は月島にあるマンションの一室にいた。銀座のホステス、エリが住んでいたとされる部屋だ。大家の話によるとすでにマンションは解約済みだという。こうなることを予期していたのか、ルーカスは再び警視庁から馴染みの鑑識職員を呼び出し、部屋の検分を依頼した。結果、一切の痕跡が残っていないことが明らかになった。

「テレビ局の控室といい、この部屋といい、異常なまでに掃除が行き届いてる。おい、ルーカス君。お前さん、何を追ってるんだよ」

ルーカスは答えなかった。すると鑑識の男は肩をすくめた。

「まあいい。俺は帰らせてもらうぜ。孫のピアノの発表会があるんだよ」

鑑識の男が去っていく。部屋の入り口に立っている記者の水谷撫子が訊いてきた。

「どういうことですか? あのホステスはどこに行ってしまったんですか?」

ここに来るまでは余裕があった彼女だったが、もぬけの殻になっていた部屋を見て、少し顔つきが変わった。

「見ての通りです」ルーカスは答える。「彼女は消えてしまいました。夜逃げ同然にね。彼女の目的は明らかです。桐谷俊一郎氏と仲良くなり、そのスキャンダルを世間に晒すこと。水谷さん、あなたは利用されたのかもしれませんよ」

「ちょっと待ってください。だって私から接近したんですよ。私の取材で彼女の存在が浮かび上がったんですから」

撫子はきつい口調でルーカスに詰め寄る。クラスに一人はこういう子がいたな、と乙部は思った。頭がよくて美人で先生にも気に入られていて、率先して学級委員とかやってしまうタイプの子。乙部とは縁がない存在だ。

「たまたまあなたが接近してきたから利用したんです。あなたがいなかったら別のマスコミにリークしたと思います。総理の息子が非常時に銀座のホステスと密会する。どの社も放っておかないでしょうね」

「あの女、いったい何者なんですか？」

「わかりません。それを調べている最中なんです。あ、水谷さん、ご協力ありがとうございました。乙部君、彼女を下までお送りしてください」

「は、はい。了解です」

不満そうな顔をしているが、撫子は乙部のあとをついてくる。エレベーターに乗ると彼女が身を寄せてきた。

「あなたたち、何を追ってるの？」

「さあ、僕には何が何だか……」

「些細なことでもいい。何がどうなってるか教えて。私は利用されたの？」

「いえ、僕に聞かれても……」

しどろもどろになっているとエレベーターが一階に到着した。この男を追及しても情報は得られない。そう判断したのか、撫子はツカツカと歩いてエントランスから出ていった。最後にマンションを見上げてから、彼女は通りかかったタクシーに向かって手を上げた。彼女が乗ったタクシーが走り去るのを見送る。

再びエントランスから中に入ると、エレベーターの前でスーツ姿の男性と鉢合わせになった。ルーカスが呼び寄せた不動産会社の男だった。鍵を開けてくれた管理人を通じて呼んだのだ。男を七階まで案内する。ルーカスは一人、部屋の前に立っていた。自己紹介を軽く済ませ、ルーカスが質問した。

「ここの住人が退去したのはいつですか？」

「一昨日の金曜日です。立ち合いは昨日で、私が来たときはこの状態でした」

「契約者は若い女性ですね」

「そうです。こちらの方です」

男がタブレット端末を見せてくれる。契約者の名前は田中優子（たなかゆうこ）。いかにも偽名っぽい名前だ。前住所地は東京都新宿区で年齢は二十五歳。職業は無職だった。

「ちなみに田中さんはいつからこの物件を借りていたんでしょうか？」

「先月からですね。住み始めて一ヵ月も経っていません」

「入居の際に事前審査はしたのでしょうか?」

「実はですね……」

男が説明する。オーナーの希望により緩めの審査——実際にはないに等しいレベル——が設定された物件のようだ。訳あって不動産審査を通らない、または受けたくない人間は少なからず存在し、そういう者たちを対象とした物件だった。住人の多くは水商売絡みか外国人だという。

「田中さんは家賃三ヵ月分を現金で支払い済みでした。最初から訳アリだと思ってはいたんですが……」

「彼女の連絡先など、教えていただくことは可能でしょうか?」

「コピーしてきました。こちらになります」

男が一枚の用紙を差し出したので、乙部はそれを受けとった。名前や生年月日、前住所や口座情報などが書かれている。一目で出鱈目だとわかる内容だった。

「ルーカスさん、彼女は何者なんですか?」

「わかりません」とルーカスは笑みを浮かべた。「おそらく彼女の目的は桐谷俊一郎氏のスキャンダルを捏造し、それをマスコミにリークすること。そのためだけに借りられた部屋がここなのでしょうね。乙部君、エリというホステスの目的は何でしょうか?」

「ええと……桐谷俊一郎氏を個人的に恨んでいる? もしくは桐谷総理に対してダメージを与えたいとか?」

「後者でしょうね、おそらく。ただしタイミングが気になります。総理が誘拐されている状況下でのスクープ発覚です。たまたま重なったのか、それとも連動しているのか」

「連動しているって、エリってホステスも誘拐犯の仲間なんですか？」

「まだ何とも言えません。エリという女の勤務先を調べましょう」

建物から出て、通りでタクシーを拾った。タクシーが走り出すと、隣に座るルーカスがクスリと笑った。

「どうやら我々、尾行されているようです。彼女、記者にしておくのはもったいない逸材ですね」

七月七日（日）　4

百合根が退院してくる。その知らせが届いたとき、千秋はわかり易くガッツポーズをして、吉乃は小さくうなずいた。家政婦のお梅さんの説明によると、病気が完治したわけではなく、どうしても帰宅したいという百合根の強い思いに担当医師が折れたという。

宴の支度は夕方から始まった。まずは会場となる司令室の清掃から始まり、その後はビールや日本酒などの酒類が運び込まれた。お梅さん特製の煮物やらも運び込まれ、最後に近所の寿司店から特上の寿司桶（おけ）が二つ、届けられた。そして迎えた午後六時、邸宅の主である百合根剛が帰還を果たした。と言っても美晴たちは玄関先で出迎えるわけにはいかず、庭で耳を澄ませて車が到着するエンジン音を聞いていただけだった。

「おう、皆の者。迷惑かけたな」

三十分後、百合根が姿を現した。黒い作務衣を着ていて、右手に杖（つえ）を持っているが、その足どりはしっかりとしていた。ただしかなりやつれており、目のあたりが窪んでいた。私はこの老人に投げ飛ばされたのだ。あのとき漲っていた生気というものが、残念ながら今の百合根からは感じられない。

百合根は一人ずつ握手を交わしていく。吉乃、千秋と続いて最後に美晴の番が回ってくる。百合根に肩を軽く叩かれた。

「天草君、オンエアを見ていたぞ。よくやった」

「ありがとうございます」

四人で司令室に入る。まずは乾杯となり、千秋が音頭をとった。

「先生、いや三蔵法師様の一時退院を祝して、かんぱーい」

百合根は日本酒の純米大吟醸、ほかの三人は缶ビールだった。百合根が日本酒を舐めるように飲んでから口を開いた。

「完璧だ。特にYouTubeというのか。あれを使って要求を伝えるのは絶大な効果だ。染井君、見事だったぞ」

「はい。ありがとうございます」

「それに何と言っても秀逸だったのが昨日のドラフト会議だ。私は内閣府の職員を通じて、会議の録画をさきほど拝見させてもらった」

国民には結果しか知らされていないし、それは美晴たちも同じだった。百合根ほどの政治家になれば内閣府を通じて映像をゲットできてしまうのだ。

「クジが外れたときの副大臣や事務次官の顔といったら。私は病室で腹を抱えて笑ってしまった

よ。看護師に注意されてしまうほどにな。あれを考えたのは染井君なのだろう？　よく思いつい
たな」
「先生、実は……」
吉乃が口を挟み、モニターに目を向けた。そこには監禁室にいる英俊の姿が映っている。今は
ソファーに横になって本を読んでいるようだ。
「YouTubeでの配信、そしてドラフト会議の開催も、全部あの子が考えたものなんです。私ども
の不注意により、ここの住所が特定されてしまって、さらに彼は先生の関与さえも仄めかしまし
た。いっそのこと仲間にしてしまった方がいいのではないか。そういう決断に至りました。本来
であれば先生のご判断を仰ぐところでございましたが、やむを得ず私の独断でそうさせていただ
きました。申し訳ございません」
「なるほど」百合根はモニターに目を向けた。「染井君がそう言うくらいだから相当の切れ者な
のだろうね。所詮は七歳の少年だと甘く見ていたよ。ではYouTubeの動画を作成したのも彼なの
かい？」
「そうです。ほとんど彼が作りました」
「最近の小学生は進んでるね」
「彼が特別なのだと思います。気丈に振る舞おうとしている様子もなく、ごく自然体で過ごして
います。並みの小学生にできることではありません」
「そうか。トンビが鷹(たか)を生んだということか」
桐谷総理の息子、俊一郎は銀座のホステスとの密会が週刊誌にすっぱ抜かれ、世間の反感を買

いまくっていた。しかも密会していたのが息子が誘拐されている最中だというから笑ってしまう。

「さあ食べようじゃないか。寿司も旨そうだし、梅の作った煮物も最高だぞ。私は明日からまた病院食に逆戻りだからな。今のうちに栄養を補給しておかねばならん」

威勢よく言った百合根だったが、寿司にも煮物にも手を伸ばさない。食欲がないのかもしれなかった。手首に包帯が巻かれていることから、病院では点滴を受けているものと思われた。

美晴はモニターを見た。英俊は今もベッドの上で本を読んでいる。気がつくと三人の視線が合った。三人とも考えていることは一緒だった。

「最初はグー」

吉乃のかけ声でジャンケンをする。負けたのは千秋だった。千秋は片方の寿司桶を両手で持ち上げ、両脇にビールや緑茶などの飲み物を挟んだ。

「仕方ない。あの子にも食わせてやるとするか。先生、よろしいでしょうか?」

笑みを浮かべて百合根がうなずいた。千秋が司令室から出ていった。少し待っているとモニターの中に動きがある。千秋が入ってきたことに気づいたらしく、英俊がベッドの上で体を起こした。吉乃がキーボードを操作するとあちら側の音声が聞こえてくる。

『おい、英俊。寿司を持ってきてやったぞ。特上だ』

『えっ？　お寿司？　僕、ハンバーグカレーをリクエストしたつもりだったけど』

『寿司じゃ不満か？　嫌なら私が全部食べてしまうぞ』

『食べるよ。食べればいいんでしょ』

『その言い方はなんだよ。もっと敬意を払えよ』

『ねえ千秋お姉ちゃん、寿司ってどこの国が発祥の地か知ってる?』

『日本じゃないのか?』

『ブー。正解は東南アジアでした。魚を長期保存するために米と魚を発酵させたのが起源みたいよ』

『お前、能書きばかり言っていると私が全部食べてしまうぞ』

この生意気な少年はすでに正式な仲間の一人だった。私たちだけで寿司を楽しむわけにはいかないのだ。

『千秋お姉ちゃん、イクラばかり食べないでよ』

『お前も遠慮せずに食べればいいじゃないか』

『僕、一人っ子で長男だから、一番食べたいものは最後に残しておく主義なんだよ』

二人の会話をBGMにして、美晴も箸を伸ばして寿司を食べた。まずはマグロの赤身から。これまで食べた寿司の中でも一番と言っていいほどに美味しかった。

七月七日(日) 5

カレーの香ばしい匂いに鼻孔を刺激され、熊切優一は目を覚ました。いつの間にか眠ってしまったらしい。時刻は午後八時を過ぎていた。キーボードに突っ伏して眠っていたため、パソコン上の文書作成ソフトには意味不明の文字の羅列が並んでいる。

「おや? お目覚めでっか?」

近くの席に座る男が声をかけてきた。財務省の菊田だ。競馬で儲けた金を脱税した容疑で告発されたエリート官僚だ。菊田はカレー味のカップ麺を食べている。

菊田の向こうには法務省の鳥越美由紀の姿もある。彼女は一心不乱にパソコンに向かって何かを打ち込んでいた。司法試験合格者である彼女は法務省きっての若手官僚として期待されていたが、上司のセクハラを訴えて出世の道を踏み外した。ここに集まっているのは似た者同士だった。

四日前の夜のこと。熊切たちは半ば拉致されるようにこの屋敷に連れてこられた。何もわからずに戸惑っていると、姿を見せたのは桐谷俊策内閣総理大臣その人だった。彼は三人に向かってこう言った。

君たちも知っての通り、私の孫が誘拐された。三蔵法師なる犯罪者の要求についても耳に入っていると思う。そこで君たちにお願いしたい。三蔵法師の三つの要求を受け入れる方向で考えるとして、その場合にクリアすべき問題を明確にし、三つの要求をどのように実現していくのか、そのシミュレーションを組み立てて欲しい。

最初聞いたときには我が耳を疑った。たとえば一つめの要求だけ考えてみても、八兆円の財源が必要になるのだ。そんな予算を組めるわけがない。

しかし総理は冗談を言っているようには見えなかった。最後に彼はこう言った。

よろしく頼む。君たち三人にこの国の未来がかかっていると言っても過言ではない。どの省庁のどのレベルの資料を見ても構わない。アクセスコードが必要なら言ってくれたまえ。

その言葉を残し、桐谷総理はこの部屋から出ていった。以来、熊切たちはここに半ば幽閉される形で、三つの要求の実現方法を模索している。トイレと風呂もあるし、ベッドも用意されている。お手伝い的な人がいて、その女性に頼めば食事も用意してくれた。

「やっぱりワシらは保険なんやろうか」

菊田がつぶやくように言った。カップ麺を啜りながら、彼は総理の記者会見の模様を見ていた。今日の午後、総理の記者会見があり、そこで改めて三蔵法師一味との取引を拒否する意向を示した。考えれば当然のことだ。孫が誘拐されたという理由で総理が勝手に法律を変える。絶対にあってはならないことだ。

「だろうな」と熊切は応じた。「これから交渉に入っていくはずだ。それを見越したうえで俺たち三人にシミュレーションをやらせているんだ。各省庁に話を振ってしまうのが早いが、その分噂が立ってしまうからな。俺たちみたいなはみ出し者が選ばれてるのさ」

実際問題として、総理が妥協案を提示することはあっても、それを実現させることはないだろう。その前に何とかして孫を救出する。それが総理の願いのはずだ。

「できました」

鳥越がそう言って椅子に座ったまま大きく伸びをする。

「何ができたんすか?」

菊田が訊くと、鳥越が面倒臭そうに答えた。

「三つの法案。まあ叩き台程度のものだけどね」

「早っ。神業ですやん」

熊切は鳥越の背後から彼女のパソコンを覗き込む。たしかに法案らしきものが完成している。

鳥越が抑揚のない声で言った。

「共有フォルダに入れておくので、あとで確認しておいてください」

「わかった。目を通しておくよ」

三蔵法師の三つの要求を受け入れるとして、それを実現させるためには新しい法案の作成が必要不可欠だ。彼女はその草案を作り上げてしまったわけなのだ。

今回の法案の作成は急を要するため、議員立法でなく内閣立法で検討している。具体的には担当する省、たとえば一千万円の出産祝い金の場合は厚労省が法案の叩き台を作成し、内閣法制局で審査、それを閣議決定し、その後は国会の厚労委員会での審議を経て、最終的に国会の本会議で採決となる。鳥越はこれらの大元となる法案の叩き台を作ってしまったのである。それも三つともだ。

「鳥越さん、寝とらんのとちゃいますか？」

「ご心配なく。私は一日二時間寝れば大丈夫なんです。ショートスリーパーなので」

「ホンマかいな。漫画の神様いわれる手塚治虫先生は一日一時間しか寝なかったいう逸話があるけど、それに匹敵するレベルやん」

「それより予算の問題はクリアできましたか？」

「漫画と言えば最近読んだ中で一番……」

菊田は何とか話を逸らそうと必死だった。クリアできていれば苦労はない。子供を産んだ母親に一千万円を支給した場合、約八兆円の予算が必要になる。その予算をどこから捻出するか。そこが悩みの種だった。

実はここに連れてこられた翌日、早くも一筋の光明が見えた。十一の省が地方に移転するのであれば、その跡地を売却すればいいのではないか。菊田がそこに目をつけたのだ。財務省官僚らしく、菊田はすぐに概算を見積もった。

現在、霞が関周辺の土地の公示価格は一平方メートル当たり約一千五百万円。そして霞が関地区の土地面積は約百三万平方メートルで、延べ床面積が約二百二十六万平方メートルとされている。公示価格通りに売却できたとして、約三十四兆円という試算になる。

これで解決できるな。菊田の話を聞いたときはそう確信して疑わなかった。ただし内閣府は東京に残るわけだし、内閣府が所管する組織、たとえば宮内庁や金融庁、国家公安委員会等も付随して都内に留まると予想されることから、すべてを売却対象とするわけにはいかない。仮に、移転する省庁の分の土地を二十五兆円で売却したとして、三年分の出産祝い金の予算を賄うことができるのだ。

しかしである。そう簡単に売却してしまってもいいのか。外国などに買われてしまう可能性もあるし、移転が恒久的なものであるとは限らない。政権が変われば方針も変わる。数年後に東京に戻ってくることだって考えられるのだ。それらを考慮すると霞が関売却案は白紙に戻さざるを得なかった。

「それにしても三蔵法師は何考えてんやろ。こんなん実現するわけないやん。一度面と向かって話してみたいわあ」

菊田がカップ麺を啜りながら言う。そのとき不意に閃いた。

「思いついたんだが」熊切は立ち上がっていた。「別に一括で一千万円支給しなくてもいいんじゃないか。そうだな、たとえば出産した年に五百万円、その後は毎年百万円ずつ五年間に分けて支給する。これが認められれば、初年度に必要な金は四兆円でいい」

「まあ、そういうことですな」

「基本的に霞が関は売却せずに、リノベーションして民間に貸し出す方向で行く。さらに各省の事業を削れるだけ削り、どうにかして四兆円を捻出する。こんな感じでどうだ？」

「ええ感じやと思います。ワシ、民間に貸し出した場合の試算をしてみますわ。そうやなあ、フルリノベーションして住居として貸し出すのもありかもしれんな」

「私は何をすればいいでしょうか？」

鳥越が訊いてきたので、熊切は応じた。

「どの事業を削るのか。それをＡＩに判定させたいと考えているんだ。人がやるとそこにはいろいろな思惑が絡んでくるだろ。人工知能に任せてしまえば文句も言われないと思うんだよ」

「わかりました。大学時代の友人が民間企業でＡＩ開発に携わっているので、コンタクトをとってみます」

「よろしく頼む」

居眠りをしたせいか、目が冴えてきた。課題は山積みされているが、不思議と充足感に溢れていた。ほかの二人も目を輝かせてパソコンに向かっている。

七月八日(月)　1

朝の六時、美晴は英俊とともにキングの犬小屋に向かって歩いていた。いつもは二人の足音を聞いただけでキングが喜んで吠えるのだが、今日に限っては静かだった。

「変だね。どうしてキング吠えないんだろ」

「まさか死んでたりして」

「こら、英俊君。冗談でもそういうこと言わないの」

キングの犬小屋の前に百合根がいた。飼い犬の頭を撫でている。美晴は一瞬だけ迷った。果たして英俊と百合根を対面させていいものか。しかし美晴が迷っているうちに英俊が前に出て、百合根に向かって声をかけた。

「おはようございます」

百合根が振り向いた。目を細めて英俊に向かって言った。

「おはよう。君が桐谷英俊君だね」

「はい。初めまして。祖父がいつもお世話になっております」

「世話などしておらんよ」百合根が膝に手を置いて前傾姿勢になった。「桐谷君、この度は申し訳なかったね。いろいろと迷惑をかけてしまった。心より謝罪させてもらうよ」

美晴は不安になる。すでに英俊は気づいているとはいえ、百合根自らが犯人であると明かしてしまって大丈夫なのか。それに吉乃から聞いた話によると、桐谷総理と百合根は違う派閥に属していて、犬猿の仲らしい。無事に帰宅した英俊が父や祖父に告げ口しないとも限らない。

「迷惑なんてとんでもありません。とても楽しませてもらっています。むしろ感謝しているくらいなので」

「賢い子だ。誰に似たんだろうね」

「わかりません。突然変異だと思っています」

英俊が真顔で言うと、百合根が顔をほころばせた。

「面白い。君みたいな孫がいたら、私の人生も違うものになっていたのかもしれない」

百合根はキングの首に繋がれた鎖を外し、散歩用のリードに付け替えた。それを英俊に差し出した。

「君に散歩を任せよう。でも不思議なものだな。キングは君たち二人にすっかり懐いてしまったようだ。これまで誰にも心を開こうとしなかったのに」

英俊とキングが並んで歩いていく。散歩といっても庭の中をグルグル回るだけだ。木立などもあり、たまに英俊の姿が見えなくなることもあるが、敷地を囲む生け垣は高く、かなり頑張らなければ英俊の身長では越えることができない。

「お体の方は大丈夫ですか？」

美晴が訊くと、百合根がうなずいた。

「ああ、だいぶいい。やはり自分のベッドで眠るのが一番だな」

「いつ病院に戻られるんですか？」

「朝食を食べたら迎えの車が来る予定になっている」

もっとゆっくりしていくと思っていた。本当は一時退院が許されるような病状ではないのかもしれない。

「あとのことは心配しなくていい。昨夜、染井君に指示を出してある」

百合根が病院に戻ったあとのことではなく、彼がこの世を去ったあとのことを言っているような気がして美晴は悲しくなった。最初に会ったときに感じた威圧感のようなものはすっかり鳴りを潜めていて、今は悟りを開いたお坊さんのような風情を醸し出している。

百合根が歩き出したので、美晴も彼の隣を歩いた。英俊とキングの姿が見える。虫でもいるのだろうか。しゃがみ込んで地面の上を観察している。

「あのう、どうして私をチームに引き入れたのですか？」

ずっと感じていた疑問をぶつけてみる。二十五年前に発生した誘拐事件の被害者をテレビ出演させて、国民の視線を英俊に向かわせる。それが美晴に課せられた使命だったが、それだけではないような気がしていた。別に私がいなくても作戦の遂行に何ら影響はないからだ。私がここに呼ばれた理由はほかにあるのではないか。そんな風に感じていた。

百合根が立ち止まり、腰に手を当てて遠くを見るような目をした。その視線の先には百日紅が何本か植えられていて、ピンク色の花が咲いていた。

「私は祖父から続く政治家一家に生まれた。次男だったから政治の道に進む気はさらさらなく、東大を卒業して警察庁に入った。子供の頃から警察官に憧れていたんだよ」

いわゆる警察官僚だ。警察庁入庁後は多くのポストを歴任したが、東大卒のキャリア官僚には珍しく徹底した現場第一主義を実践した。ときには現場の捜査員とともに革靴の底を減らすまで歩き回ることもあった。勧善懲悪。それが座右の銘だった。

「捜査機関に骨を埋める気でいたが、思わぬハプニングが発生した。二歳上の兄が病で急逝してしまったのだ。それで急遽、私は警察庁を退官し、父の地盤を引き継いで衆院選に立候補した。結果は当選。それが五十六歳の頃だ。初当選から三年後、内閣改造によって私は国家公安委員長に抜擢された。当選三年で国務大臣に任命されるのは異例だった。最終的に国務大臣を四度、そのほかにも幹事長と政調会長を一度ずつ務めさせてもらった」

百合根は淡々と話している。英俊とキングは池の縁に立ち止まり、池の中を泳ぐ鯉を探しているようだった。

「警察庁にいた三十三年間と、その後の国会議員としての二十四年間。思い出は尽きないね。阪神淡路大震災が発生したとき、私は警察庁皇宮警察本部にいて、被災地を訪ねる天皇陛下の警護に当たった。東日本大震災のときは党の誰よりも早く被災地入りをして炊き出しをおこなった。どんな仕事にも全力を尽くしてきたつもりであるが、後悔している点もある」

百合根が深く息を吐く。その目は遠くを見ているようでもあった。

「二十五年前、私は警視庁に出向して刑事部長を務めていた。当時すでに兄の病状は思わしくなく、翌年には衆院選に立候補することが半ば決定していた。現場第一主義を貫いてきた私にとって、刑事部長というのは最後の花道でもあった。そしてそんな中、事件が発生した。八王子市内で女子児童が誘拐されたんだ。すぐさま八王子署に特別捜査本部が置かれ、私も捜査本部長の一人として名前を連ねた」

私の事件だ。美晴は言葉を失った。あの事件にこの人も関わっていたのか。しかも捜査を指揮する責任者の一人として。

「八王子署の特捜本部に向かおうとしていた矢先、私の携帯が鳴った。兄の危篤を知らせる電話だった。迷った末、私は兄の入院している病院に向かった。早くして母を失った一家にとって、兄は歳は近いが親のような存在だった。兄は昏睡状態だった。私が病院で兄の回復を祈っている間、八王子では事態が目まぐるしく動いていった」

犯人からの要求は現金で一億円だった。受け渡しの瞬間に犯人を逮捕しようと、特捜本部は全捜査員を投入。しかし結果は散々なものだった。警察の存在を嗅ぎつけた犯人サイドが取引を拒否したのだ。父のもとに取引中止の連絡が入り、以降犯人側からの接触はなかった。これらのことは後年母から聞いた。当時の美晴は小学二年生、物事の分別がつく年齢ではない。

「特捜本部の致命的なミスだ。もっと犯人側をじらして情報を引き出すべきだったし、交渉を有利に進めることもできたはずだ。素直に一億円を渡して人質解放後、金の行方を追うこともできただろうに。あの事件、功を焦った無能な幹部連中の失策だ」

百合根が特捜本部に合流したのは兄の死を見届けたあとだ。すでに一度目の取引が失敗した直後のことだった。

「我が人生に悔いなし、と言いたいところだが、私の警察人生における唯一の汚点は君を救えなかったことだ。兄を看取るよりも、警察人として本件解決に全精力を捧げるべきだった。この場を借りて謝罪したい」

膝に両手を置き、百合根が深々と頭を下げた。

「やめてください。私は……」

言葉が続かない。美晴は思わず百合根の肩に手を置いていた。

「君のことはずっと気になっていた」顔を上げた百合根が言う。「事件後、君たち親子を襲った不幸についても耳にしていた。今回の作戦に当たり、私は秘書に命じて君のことを調べさせた。君は今もあの事件を引き摺っているように見受けられた。だから私は決めたんだよ。君にも計画に参加してもらおうと。今回の作戦は私の人生の総決算であると同時に、贖罪の意味合いも含まれている」

贖罪。二十五年前に救えなかった少女に対する罪滅ぼし。一億円と新しい戸籍を用意して、人生をやり直しさせてくれるというのだ。

しかしそれだけではないような気がした。別の人に対する贖罪でもあるような気がしてならなかった。そう、吉乃や千秋だ。彼女たちがこの作戦に参加している理由とはいったい何なのか。

「すまない、喋り過ぎたようだ。そろそろ朝食ができる頃かな。梅の作った玉子焼き、絶品なんだ。あれをもう食べられなくなると思うと淋しいな」

百合根がそう言い残して庭を引き返していく。美晴は黙って見送った。病に冒された老政治家の背中は驚くほどに小さく感じられた。

七月八日(月) 2

「あの子、あまり友達いなかったんじゃないかな。お店でも仲良くしてた子いないと思うよ」

画面の向こうではマスクをした女性が話している。午前中という時間帯のためか、メイクもしていないし服装もスウェットだった。とても銀座の高級クラブのホステスには見えない。

「彼女とプライベートに関する話をしたことがない?」

「ないね。だってＬＩＮＥすら交換してないかも。あ、お店のグループＬＩＮＥでは繋がっていたかもしれないけど」

昨夜のうちにエリが勤務していた店、クラブラキシスのママとコンタクトをとり、店の女の子たちに事情聴取をする許可を得た。女の子たちが出勤してくる夜まで待つ時間的余裕はないため、オンラインで事情聴取をすることになった。乙部はルーカスとともに品川署の会議室に入り、そこで女の子たちから連絡が入るのを待っていた。すでに十人近い子と話しているが、有益な情報は得られていない。

「何か思い出したことがあったら連絡をください」

「うん、わかった。バイバーイ」

事情聴取が終わる。ルーカスがペットボトルの緑茶を飲んでからタブレット端末を手にとった。

「おやおや。またA情報が追加されてますね。昨日、品川の水族館で英俊君を見かけた人がいるそうです。まったくこんな情報をいちいち確認していたら身が持ちませんよ」

桐谷俊一郎のスキャンダルを演出した謎の女、エリ。今、乙部たちはその線を追っているが、現時点で誘拐事件との繋がりは一切見えてこない。それでもルーカスは諦めることなく、エリの正体を割り出そうとしていた。彼の釣り竿には何かが反応しているようだ。

先週の木曜日、桐谷俊一郎がエリのマンションを訪れた当日、ママのもとにエリから連絡が入り、店を辞める旨が伝えられたという。彼女は週一程度の割合で出勤しており、俊一郎を除いてはさほど上客もついていないため、ママも引き留めはしなかった。ちなみに入店の際に提出された履歴書も見せてもらったが、そこに書かれた名前は立木(たちき)エリになっていた。きっと偽名だろう。

「桐谷俊一郎に個人的恨みを抱いているだけじゃないですか？　たとえば妹を弄ばれたお姉さんの復讐(ふくしゅう)とか」

「かもしれませんね。それならそれでいいじゃないですか。水族館を捜索するよりマシです。お、次の方が来てくれたようです」

乙部はマウスをクリックして、対話の許可を出した。画面に現れたのはマスクをつけた二十代の女性だ。ランニングタイプのルームウェアを着ている。顔立ちは幼いが、スタイルはよかった。背後の壁面にはアニメのポスターが数多く貼られている。ルーカスが画面越しにバッジを見せた。

「よろしくお願いします。お名前を聞かせてもらってよろしいですか？」

「源氏名でいいんだよね。アオイです」

女性は名刺を出し、それをこちらに見せてきた。光沢のある派手な紙に『柴咲葵』と記されていた。

「葵さんは立木エリさんと仲良くされていましたか？」

「エリちゃん？　全然仲良くないよ。話したこともないかも」

これまで話した子たちと同じような反応が返ってくる。ルーカスの推理によれば、エリは俊一郎に接近するのを目的としてクラブラキシスに入店した。だとすれば同僚と親睦を図る必要などない。

この子も空振りだな。というより、こんな事情聴取に意味などあるのか。乙部が内心そう思っていると、葵が思い出したように言った。

「そういえば私のお客さんで、エリちゃんのことを知ってた人がいるかも」

「詳しく教えてください」

ルーカスが身を前に乗り出した。

「私についてる常連さんで、都内の大学に勤務してる教授さんがいるんだけど、その人が教えてくれたんだ。あの子、私の教え子だよって」

そのときエリは店内で別の客の相手をしていたようだ。テレビ局のプロデューサーも同席していたため、その話題が続くことはなかった。その大学教授はたまにテレビのニュース番組に呼ばれる男で、特にロシア情勢に明るいため、ロシアのウクライナ侵攻時にはテレビ出演が相次いだという。その関係でテレビ局側の接待を受け、クラブラキシスにも何度か来店した。

「その教授の名前を教えてもらえますか？」

「長倉教授。下の名前は多分マサシかなあ」

乙部は速攻でググった。長倉正志。聖林大学国際政治学部の教授だった。たしかに顔に見覚えがある。ニュースで見たのかもしれない。

「ありがとうございました。何か思い出したことがあったら連絡をください」

葵が退出していくのを見届けてから、ルーカスが言った。

「乙部君、長倉教授とアポをとってください。時間はいつでも構いません」

「わかりました」

それから五人ほど続けざまに連絡があり、事情聴取をおこなった。特にめぼしい情報を得ることができなかったので、聖林大学に向かうことにした。渋谷駅から徒歩十分ほどの場所にあり、ビル一棟が丸ごと大学になっていた。文系学科のみの私立大学だ。受付で名乗ると職員に案内され、エレベーターに乗って長倉教授の研究室に案内された。

「失礼します」

ルーカスとともに研究室に入る。研究室というからには文献などが雑然と収蔵されていると思いきや、まるでホテルの一室のようなシンプルな部屋だった。窓際のデスクに長倉が座っていて、薄型ノートパソコンを眺めている。

「突然お邪魔してすみません。私、品川署の鈴木と申します。こちらは乙部。ある事件の捜査で長倉先生のお話をお伺いしたいと思いまして」

長倉は顔を上げた。ルーカスの顔を見て少し驚いたような顔をしたが、すぐに真顔になって立ち上がった。応接セットを指でさした。

「どうぞおかけください。どんな用件ですか？」

「先生、テレビ局の接待で銀座のクラブに行かれたことがあるそうで。そこで働く女性スタッフについてです」

ルーカスが詳細を説明すると、長倉は大袈裟にうなずいた。

「そんなこともありましたね。最初に言っておきますけど、私があのクラブに出入りしているのはテレビ局側に誘われたからであって、私自身の意志ではありませんから」

いわゆる接待というやつだろう。だが行きたくないなら断ればいいだけの話で、根は助平（すけべい）な男なのだ。乙部はそう結論づけた。

「エリさんについて知っていることを教えてください」

「彼女は私の教え子です。四年生のときのゼミの担当教授でした。名前は小柳真衣（こやなぎまい）。卒業したのは三年前ですね」

「航空会社に就職されたと聞いていますが」

「いえ、それは嘘ですね。卒業後の進路は決まっていなかったはずです。だからラキシスでバイトしていたんじゃないですか」

ラキシスは銀座でも有名店だ。採用基準も厳しいと推測される。元CAと身分を詐称し、彼女は店に採用されたのか。

「小柳さんはどんな学生でしたか?」

「真面目な子でしたよ。あんな事故があったので、正直留年かなと思っていたのですが、彼女はしっかりと卒業しました。並大抵のことではありませんよ」

「事故? 彼女は何か事故に遭ったのですか?」

「ご存じなかったんですね。お二人はその件でいらしたのかと思ってました。事故に遭ったのは小柳君ではなくて、彼女のお姉さんです。あれは五年前のことでしたかね。彼女のお姉さんは自衛隊に勤務していたんです。小柳君のお姉さんが搭乗していた輸送ヘリが駿河(するが)湾沖で消息を絶ちました。数時間後、機体の一部が洋上で発見されたんです。小柳君のお姉さんだけではなく、同乗していた三名の自衛官も亡くなるという、痛ましい事故でした」

七月八日(月) 3

呼び出された場所は六本木にある外資系ホテルの地下一階の会員制バーだった。撫子が店の入り口で名前を名乗ると、黒服の男が恭しく頭を下げた。案内されたカウンター席にかつての恋人であり、大京テレビの記者である猪狩虎之が座っている。

「いい店知ってるじゃない？」

そう言いながら撫子は猪狩の隣に座る。彼がこちらを見て言った。

「官房長官がよく利用するんだ。奥の個室が密談に向いてるから」

彼が官房長官の番記者であるのは撫子も知っている。数多くいる官房長官番の中でも相当深く唐松の懐に食い込んでおり、総理の孫誘拐事件のニュース速報で大京テレビが他社より早く報じたのも、猪狩の手柄だと噂されていた。

「随分ご活躍されてるようね。唐松さんのご寵愛（ちょうあい）を一身に受けているとか」

「よせって。馬が合っただけだよ。同じ埼玉出身だしね」

馬の合う合わないというのは確実に存在する。相性の良し悪しだ。撫子も何百人もの政治家や官僚を取材してきたが、相性のいい人物とは自然と継続的に連絡をとり合う間柄になる。

「君の方こそやるじゃないか。総理の息子さん、かなり窮地に追い込まれてるぞ。してやったりってところだろ」

「まあね。タイミングがよかっただけよ」

猪狩はジントニックを飲んでいるようなので、同じものを注文した。まだ夜の七時という早めの時間帯のせいか、店内に客の姿はまばらだった。

「猪狩君は元気そうね」

「そっちだって。完全復活だな」

「お蔭様（かげさま）で」

猪狩とは同じ大学のマスコミ研究会で知り合った。何かを研究するわけでもなく、マスコミ志望の学生が飲み会をするだけのサークルだった。大学三年の夏から卒業するまで、およそ一年半付き合った。別れた理由ははっきりしないが、就職のバタバタ騒ぎの中で関係が終わったような気がする。

「この時期に銀座のホステスと密会するとは、桐谷氏もある意味たいした男だよな。第二弾も用意してあるんだろ」

「まあね」

歯切れの悪い返事になってしまう。昨日のことを思い出す。品川署の二人組の刑事。彼らはエリについて調べていた。二人とともに向かったエリの自宅はもぬけの殻だった。どうやら名前も出鱈目だったらしい。いったい彼女は何者なのか。

「実はね……」

昨日の出来事について話すと、ジントニックのグラスを傾けながら猪狩は言った。

「ハニートラップみたいなもんじゃないか。総理を陥れたいと考えている何者かが、そのホステスを雇って記事にさせたんだ」

「それにしては手が込んでいないかしら？」

「秋の総裁選を控えているからね。息子のスキャンダルで足を引っ張ろうっていう魂胆だろ」

「唐松官房長官の仕業じゃないの？」

「うーん、どうだろうな」猪狩は考え込むような顔をする。「あの人はそういうやり方を嫌うからなあ。叩き上げの政治家で、あれこれ策略を巡らすタイプじゃないんだよ」

唐松が総裁選に出馬するのではないかという噂がまことしやかに流れている。唐松が裏から手を回して総理の息子のスキャンダルを捏造したのではないか。そう思ったのだが、猪狩に心当たりはないようだ。

「総理はどうするのかしら？　まさか三蔵法師の要求を受け入れたりしないわよね」

「当然だろ。そんなことしたら大問題になる。落としどころを探っているんじゃないか」

話は当然その話題に行き着く。今、永田町は衆議院解散前の雰囲気によく似ていた。解散総選挙前の永田町はどこに行っても解散ネタで一色となる。今は記者が集まると必ず三蔵法師絡みの話となり、完全にお祭り状態だ。

「ランサルバル共和国って知ってる？」

ひとしきり話したあと、不意に猪狩が訊いてきた。思わず声が出そうになったが、撫子は平静を装って訊き返した。

「中東の小国よね。ランサルバル共和国がどうしたっていうの？」

「うちのデスクから聞いたんだよ。ランサルバル共和国に暗号資産の交換業者があったみたいでね、緊急外国為替等取引禁止措置法だっけ？　その施行で取引が中止になって、大物政治家の息子が大損を食らったって噂があるんだ。撫子なら何か知ってるかもしれないと思って」

「知らないわ」と撫子はうそぶく。「いったい誰なんだろ。猪狩君、心当たりないの？」

「俺は経済方面には疎いからね。経済部の記者が探りを入れてるみたいだけど」

警報が鳴っている。うかうかしていると別の社にすっぱ抜かれてしまう恐れがある。城後を説得して、明日夜の配信予定の週刊ファクト電子版で報じてしまった方がいいかもしれない。今なら多少の飛ばし記事でも許されるのではないか。

「でも撫子は根性あるよ。俺だったら左遷されたらそのまま腐ってしまうだろうから」

「この仕事が性に合ってるのよ。ただそれだけ」

　他愛のない会話を交わしつつ、撫子は漠然とした違和感を覚えていた。昨日会ったルーカスという刑事に言われた一言だ。あなたは利用されたのかもしれませんよ——。

　そうなのだ。自分の意思とは違う、別の力が作用しているような気がしてならない。たとえば暗号資産のネタもそうだ。これを私に書かせようと仕組んでいる誰かがいるとか？

　そんな馬鹿な。妄想を振り払って撫子はジントニックを飲み干し、バーテンダーにおかわりを注文した。

　あと一杯飲んだら帰ろう。そして城後を説得し、記事の執筆に入らなければならない。

七月八日（月）　4

　乙部はドリンクバーでコーヒーをカップに注ぎ、窓際のボックス席に戻った。ルーカスはタブレット端末を見ている。夜八時を過ぎたファミレスの店内は家族連れなどで賑わっている。

　渋谷の聖林大学で長倉教授からの事情聴取を終えたあと、乙部たちは品川署に戻ってクラブラキシスのホステスたちへのオンライン事情聴取を再開したが、特にめぼしい情報を得ることはできなかった。その後は長倉教授から聞いた、エリこと小柳真衣の姉が亡くなったとされる事故について調べた。五年前という比較的最近の事件のため、ネット上にも多くの記事が残っていた。事件翌週のネット記事が詳細を伝えていた。

『自衛隊の輸送ヘリが駿河湾沖に墜落してから本日で一週間、ようやく事件の詳細がわかってきた。機長と副操縦士のほか二名のクルーを乗せた輸送ヘリが航空自衛隊浜松基地（静岡県浜松市）を離陸したのは午後二時ちょうど。事故発生は離陸から四十分後のことだった。事故機と交信していた浜松基地の司令所が不明瞭な音声を受信した。それは悲鳴にも似た声だった。その音信を最後にレーダーから機影は消えた。基地への帰投予定時刻を過ぎても事故機が戻ってくることはなかった。

海上保安庁の巡視船が機影が消えた付近を捜索すると、事故機のものと思われる板状の金属部品などが回収された。現在までに四人の乗組員は見つかっていない。航空自衛隊では海上保安庁と協力し、付近の捜索活動に全力で取り組んでいく方針を示している』

事故発生の一ヵ月後、次のような記事が新聞に掲載されていた。

『昨日、浜松基地において、先日の輸送ヘリ墜落事故で亡くなった四名の自衛隊員の葬送式が執りおこなわれた。防衛大臣、航空幕僚長ほか航空自衛隊内外から約千人が参列した。四名の遺体が駿河湾沖の海底から引き揚げられたのは、事故から十日以上も経過したあとだった。

航空自衛隊の発表によると、フライトレコーダーなどは見つかっておらず、事故機の残骸を調べても、機体の不具合や異常を発見できなかったという。操縦者の操作ミスの可能性も考慮し、今後も墜落原因の調査を続けていく方針が示されている。

亡くなった自衛隊員は年齢順に片場康之三佐（四一）、宇佐勇人三曹（三二）、大俣健吾三曹（二九）、小柳結花一尉（二七）の四名。葬祭式の会場では若すぎる死を悼む声が数多く聞かれた』

桐谷俊一郎のスキャンダルに深く関わる小柳真衣。その姉は自衛隊員であり、五年前に輸送ヘリの事故で命を落としていた。現時点で判明しているのはそれだけであり、誘拐事件との関連は一切見当たらない。それでもルーカスはこの事件に興味があるようで、さきほどからタブレット端末で情報収集に明け暮れている。

「調べてみたんですが」ルーカスがコーヒーを一口飲んで言った。「結局事故原因については明らかになっていないようですね。発表されていないと言い換えてもいいかもしれません」

「五年前の事故がそんなに気になるんですか？」

「少なくともいい加減な目撃情報に振り回されるよりはマシでしょうね。小柳姉妹に興味があります。事件の陰に女あり、とも言いますからね」

少し意味が違う気がするが、乙部は何も言わなかった。捜査を始めたときからルーカスは犯人一味に複数人の女性がいることにこだわっていた。

「明日、市ヶ谷に行ってみましょう。そう簡単に情報をくれるとは思えませんが」

市ヶ谷の防衛省に行くという意味だろう。たしかに所轄の刑事が出向いたところで、相手にしてくれるとは思えなかった。令状を持っているわけでもないし、誘拐事件への関与が確定しているわけでもない。単純に興味がある、という理由だけでは門前払いされてしまう。

「乙部君、何かいい方法はありませんか？」

「えっ？　僕ですか？」

「他に誰がいるんですか？　私は調べもので忙しいので、代わりに考えてください。正々堂々と防衛省に乗り込む方法です」

ルーカスはそう言ってタブレット端末に視線を落とした。乙部は必死になって考える。五分ほど考えているとようやく頭の中で形になってきた。ルーカスに向かって言う。

「思いつきました」

「どうぞ。述べてください」

「品川署管内の未解決事件を利用するんです。事件は何でもいいんですけど、そこで新たな目撃証言が出たとか言って、小柳結花の名前を出すんです。うちの事件の捜査であれば、自衛隊も協力せざるを得ないのではないでしょうか？」

「悪くありませんね。署に戻って未解決事件を探しましょう」

そう言うや否や、ルーカスは立ち上がって伝票を摑む。乙部は顔を上げた。

「そこまでする必要があるんでしょうか？」

「やるなら徹底的にやらなきゃいけません。敵は自衛隊ですよ。生半可な嘘は見抜かれてしまうでしょう」

ルーカスは足早にレジの方に向かって歩いていく。乙部は残りのコーヒーを飲み干して立ち上がる。午後九時になろうとしている。やれやれ、と溜め息をつく。今日も帰りは遅くなりそうだ。

七月九日（火）　1

「おはようございます、長官」

「おはよう、虎ちゃん。朝早くから呼び出して悪かったね」

　午前八時を回ったばかり。猪狩は虎ノ門にある外資系ホテル二階のレストランに来ていた。朝飯でも食べないか。唐松から誘いのメールが入ったのは一時間前のことだった。

　唐松は平日は大抵このレストランで朝食をとっていて、一緒に食べる相手は毎日違う。馴染みの記者がほとんどだが、たまに知り合いの議員を誘ったりすることもあるそうだ。普通は前の晩に誘いの電話が入るのだが、今日は当日の朝のお誘いだった。きっと約束していた相手が体調不良か何かでドタキャンしたに違いない。

　唐松は新聞を読みながらコーヒーを飲んでいた。猪狩が座ると店員が熱いコーヒーを運んできた。唐松が新聞をテーブルの上に置きながら言った。

「虎ちゃん、今朝の東西新聞、読んだ？」

「もちろんです」

「まったく酷い数字だよね」

　先週末の二日間、東西新聞は電話で世論調査をおこなったらしく、その結果が今日の朝刊で公表されていた。内閣支持率は十九・八パーセント。二十パーセントを割り込むという衝撃の結果であり、政権発足以来、最低の支持率を記録した。

「要因は何でしょうか?」

「そりゃ決まってるよ」と唐松は即座に答える。「昨日の記者会見と、息子さんのスキャンダル。このダブルパンチだろうね」

犯人側とは一切交渉せず。その姿勢を鮮明に打ち出した桐谷総理だったが、国民の理解を得られたとは言えなかった。犯人側と交渉しないということは、孫の救出を優先しないだけでなく「少子化対策もしないし、議員報酬も削減しないし、東京一極集中問題にも手をつけない」ことをも意味した。ネットニュースのコメント欄では総理に対する辛辣な意見が続々と寄せられていた。

「二十パーセントを割ったのは記憶にないね。総理、さぞかし落ち込んでいるんじゃないか」

官房長官である唐松は桐谷内閣の要でもあり、本来であれば支持率低下を憂うべき立場のはずだったが、今は顔をほころばせている。

「前回の数字と比べて十ポイント以上落ちてますからね。ここまで急激に下がったのには驚きました」

「総理としては辛いよね。彼は何も間違ったことをやってるわけじゃないんだから」

料理が運ばれてくる。ハムエッグとトースト、クラムチャウダーにミニサラダがついている。トーストを齧(かじ)りながら唐松が言った。

「実は昨夜、椿さんから連絡があったんだよ」

椿元総理。民自党の最大派閥を率いる椿派の会長であり、桐谷を総理に指名した人物だ。今は役職に就いていないが、その影響力は絶大だ。

「近々飯でもいかないか。そういう誘いだった」

椿派の会長と無所属の唐松が会食する。その意味するところは大きい。

「もしかして、いよいよ……」

猪狩は次の言葉を飲み込んだ。椿元総理は桐谷総理を見限ったのではないか。そう言いたいところだったが、あまりに重大過ぎて一介の政治記者が吐いていい言葉ではないと思ったのだ。

「今度の戦、勝てるかもしれん」

唐松は真顔で呟いた。それを聞き、猪狩自身もテンションが上がるのを実感した。サラダを食べながら猪狩は言った。

「いよいよですね。埼玉県から総理大臣が出るのも」

「埼玉県民の悲願だからね、それは」

「桐谷さん以外に対抗馬は出てくるでしょうか？」

「わからん。椿派は桐谷さん以外にめぼしい人材がいないよね。何人か若手がいるけど、まだ経験不足だ。まさか桐谷さんがここまで支持を落とすとは誰も思っていなかったんじゃないか」

「鴨居派に関しては、鴨居幹事長の例の失言が尾を引いていますね。あ、そういえば百合根さんは入院されたようです」

「俺も聞いた。結構悪いらしいよ。かつてはキングメイカーとも呼ばれたお人だ。今は見る影もないけどね」

百合根派には二十人近い議員が所属しているが、百合根の病状次第では空中分解する恐れもありそうだ。大半が椿派に吸収合併されるというのがもっぱらの噂だった。

「最近、国会議員が大人しいですよね。誰もが失言を恐れている感じです」

三蔵法師の第二の要求は議員報酬の削減だった。国会議員の誰もがこの要求に対して苦々しいものを感じているはずだ。実際、鴨居幹事長は迂闊な発言をして炎上した。それを目の当たりにした議員たちは発言を控える傾向になっている。

「下手なことを口走ったら、その日の夜にはネットニュースになってる時代だ。しかも自分の給料が下がるのを喜ぶ議員なんてそうそういない。誰もが臆病になってるね」

「その点、長官は違いますよね。毎日記者会見を開き、しっかりと国民に向き合ってるわけですから」

「それが仕事なんだけどな。ハハハ」

唐松は愉快そうに笑った。勝ち筋がうっすらと見え、機嫌がよろしいようだ。存在感という観点では、毎日二回の記者会見のある唐松の右に出る国会議員は皆無だった。野党でさえも今はだんまりを決め込んでいる。

「虎ちゃん、然るべきタイミングで君には言うから」

何を言われるのか。総裁選への出馬の意志だ。唐松官房長官、総裁選への出馬の意向を示す。そんなニュース速報を流せる日が来るかもしれない。

七月九日（火）　2

「ようこそいらっしゃいました」

四十代くらいの女性が満面の笑みを浮かべ、乙部たちに向かって声をかけてきた。市ヶ谷にある防衛省A棟にある航空幕僚監部総務部広報室、略して空幕広報室を訪れていた。約束の午前十時ちょうど。乙部とルーカスは応接室に案内されていた。

「はじめまして。私は広報室長の穂波千尋（ほなみちひろ）です」

名刺を渡される。階級は一佐になっていた。凛々しい感じの女性だった。乙部は慌てて手帳を出し、バッジを出した。ルーカスが言う。

「私は品川署の鈴木です。こちらは乙部。広報室長自らがお相手をしてくださるとは光栄です」

「ほかの者の手が塞がっていただけですわ。あ、おかけください」

乙部たちがソファーに座ると、穂波は早速本題に入った。

「五年前に事故で死亡した浜松基地の小柳一尉についてお聞きになりたい点があるとか？」

「そうです」とルーカスが答える。「私たちは管内の未解決事件の再捜査を担当しております。六年前の大晦日（おおみそか）のことです。品川署管内で轢（ひ）き逃げ事故が発生し、七十代の女性が病院に搬送され、死亡が確認されました。今も犯人は見つかっておりません」

乙部はタブレット端末を出し、それを穂波に見えるような角度でテーブルに置いた。当時の新聞記事のコピーが映っている。実際に起きた事件であり、未解決であるのも事実だった。

「被害者の遺族の方は今も懸命にビラを配るなどして、事件の目撃証言を集めているようです。本当に頭が下がります。それらの思いが実ったのか、新たな目撃者が名乗り出てくれたのです」

このあたりはすべてでっち上げだ。それでも穂波は真剣な顔で話に聞き入っている。

「その方は咄嗟にスマホのカメラで逃走車両の写真を撮ったそうで、そのときの画像も提供していただきました。残念ながら走り去る逃走車両はブレてしまっていて特定は困難でしたが、近くに停車していた別の一般車両も写っていました。それらの車のナンバーをすべて照会したところ、小柳さんの乗る車があった次第です」

自衛隊員にも休日はあるし、当直を除いて年末年始には休暇となる。だから大晦日に発生した事件をチョイスしたのだ。

「どういう理由かわかりませんが、小柳さんは六年前の大晦日に東京を訪れていて、轢き逃げ事件の現場近くに車を停めていたわけです。ただ、残念ながら彼女はお亡くなりになっています。そこでメールでもお伝えしたように、彼女の交友関係、できれば親しくされていたご友人についてお話を聞かせてほしいのです」

もしかしたら同乗者がいたのではないか。そう仮定して捜査をしているフリをしているのだ。

穂波は特に疑っている様子はなく、うなずきながら言った。

「事情はわかりました。さきほど浜松基地にも問い合わせをしてみたんですが、もう五年も経っているので、小柳さんのことをよく知る隊員は残っていないようです。ご期待に添えず申し訳ありません」

「そうですか。それは残念です。頼んでおいた写真はございましたか?」

できれば彼女の写真を提供してもらえないか。ルーカスは昨夜のうちに広報室にそういう依頼をしていた。彼女の顔写真を聞き込みに利用したいという嘘をついて。

「広報室に残っていた写真はほんのわずかでしたが」

穂波がそう言いながら防衛省のロゴが入った封筒をテーブルの上に置いた。「失礼します」と断りを入れてからルーカスが封筒を手にとった。中身を確認しつつ、ルーカスが質問した。

「ちなみに小柳さんがお亡くなりになった五年前の事故ですが、詳しい事故原因は明らかになったのでしょうか？　あ、すみません。多少興味がございまして」

「実はまだ明らかになっていません。墜落した国産輸送ヘリの事故当日のフライト目的は各種機器の検査でした。機長を務めていた男性三佐は飛行時間六千五百時間を超えるベテラン。重大な操作ミスを犯すとは思えません」

ルーカスが一枚の写真をとり出した。証明写真だろうか。一人の若い女性が制服姿で敬礼している。これが小柳結花だろう。五年前に駿河湾沖で命を落とした若き自衛隊員。目が大きく、愛嬌のある顔立ちをしている。クラスのムードメイカーになりそうな感じだな、と乙部は勝手に思った。

「海底から引き揚げられた事故機の残骸を調べても、機体の不具合や異常は発見できませんでした。時間をかけた事故調査の結果、何らかの原因で深刻な失速状態に陥り、機体姿勢を立て直すことができなかったのではないか、という結論に至りました」

穂波は流暢な口調で答えた。おそらくこの手の質問を何度となく受け、その都度同じ答えを返しているような印象を受けた。

「素人の意見なのですが」そう前置きしてルーカスが言った。「操縦桿を握っていたのは男性三佐ではなく、副操縦士の小柳さんだったとは考えられませんか？」

穂波の表情がわずかに曇る。ルーカスは構わずに続けた。

「経験豊富なベテラン機長が、若手の副操縦士に経験を積ませるため、操縦桿を握らせる。有り得る話ではないでしょうか」

「まあ……なくはないと思いますが、さきほども申し上げた通り、コクピット内で何が起きたのかは不明です」

「ただし」ルーカスは構わず話し続ける。「この仮説も疑問が残ります。小柳さんも正式な訓練を受けた操縦士だったはず。近くにベテラン機長も控えているわけなので、多少の操作ミスは挽回できると思うんですよ。果たして本当に事故だったのでしょうか？」

穂波は答えなかった。口を真一文字に結び、鉄仮面のように無表情になった。

「小柳さんは故意に機体を墜落させた。そう考えることはできませんか？　浜松基地の管制官が耳にした不明瞭な音声とは、小柳さんの暴挙を制止しようという……」

「申し訳ありませんが」穂波が割って入ってくる。「これ以上お話しできることはありません。お引きとりください」

有無を言わさぬ口調だった。それでもルーカスは穏やかな感じで食い下がった。

「最後に一つだけ。この写真はどちらで撮られたものでしょうか？」

ルーカスが一枚の写真を手にしていた。どこかの食堂で撮られたものか。食事中の三人の女性がはにかんだ笑みを浮かべていた。穂波は写真を見て答えた。

「幹候校、奈良にある航空自衛隊の幹部候補生学校の食堂です。私もそこの卒業生です。その写真は自衛隊の機関誌に掲載されたもので、たまたま広報室に残っていました。その写真が何か？」

「いえ、別に」

ルーカスははぐらかした。乙部はもう一度写真を見る。手前右に座っているのが小柳結花だ。

さきほどの制服姿の写真と異なり、リラックスした顔をしている。問題は小柳の前に座る細面の女性だ。彼女の顔に見憶えがあった。

先週の金曜日のことだ。乙部たちは大京テレビに向かい、天草美晴とその連れの女性とニアミスした。その連れの女性こそが――名前は佐藤恵美といったか――写真の中で小柳結花の対面に座る女性と同一人物であると思われた。

何がどうなっているのか、乙部はまったくわからない。しかし一つだけたしかなことがあった。無関係だと思われていた二本の線が交わったのだ。


「ルーカスさん、いったいどういうことでしょうか？」

防衛省の建物を出たところで乙部は隣を歩くルーカスに小声で訊いた。ルーカスは答えてくれなかった。周囲は制服を着た自衛隊員ばかりだ。しばらく歩いたところにベンチがあったので、そこに並んで座った。ルーカスが言った。

「乙部君、佐藤さんという女性の写真を出してください」

「は、はい」

ショルダーバッグを膝の上に置き、大京テレビの番組スタッフからもらった写真を出す。ルーカスが二枚の写真を見比べた。やはり同一人物とみて間違いなさそうだ。これは何を意味しているのか。乙部の中で疑問が渦巻いている。

「現時点でわかっていることは」状況を整理するかのようにルーカスが言った。「桐谷俊一郎にスキャンダルを仕掛けたのは小柳真衣。その姉の結花は航空自衛隊のパイロットで、五年前に輸送ヘリコプターの墜落事故で命を落としている。そして結花の同僚らしき女性が、今は天草美晴と行動をともにしている。ざっとこんなところでしょうか」

どこか謎めいているが、英俊君誘拐事件に関連する要素は見受けられない。自分たちは果たして何の捜査をしているのか。深い森に迷い込んでしまったような、奇妙な感覚に包まれていた。

「ルーカスさん、これでいいんでしょうか？　僕たちは……」

「心配要りませんよ。遠回りかもしれませんが、徐々に真相に近づいていると思います」

「ですが……」

「私の釣り針にはかなりの大物が引っかかっている感触があるんです。ほら、向こうからやってきましたよ」

ルーカスの視線の先に目を向けると、広報室長の穂波千尋がこちらに向かって小走りでやってきた。ルーカスとともに立ち上がって彼女を出迎える。かなり急いだらしく、少し息が上がっている。「どうかされました？」とルーカスが声をかけると、彼女は透明の包装紙に入ったものを寄越してくる。

「すみません。これをお渡しするのを忘れてしまって……」

乙部は受けとった。二本のボールペンだった。大きめなクリップには青い飛行機のイラストがある。航空自衛隊の象徴、ブルーインパルスだ。子供が喜びそうなボールペンだが……。

「ありがとうございます。大事に使わせていただきますよ」

ルーカスがその場から立ち去ろうとすると、穂波が彼の背中に向かって声をかけた。

「あのう……」

「何でしょう？」

　穂波は困ったような顔をしている。さきほど広報室の会議室にいたときの毅然(きぜん)とした態度とは百八十度違う。やがて穂波が意を決したように口を開いた。

「五年前の輸送ヘリ墜落事件の際、私は広報室に配属されたばかりで、マスコミ対応などに追われました。実際に現地を取材して、隊員たちの生の声を耳にしました。事故原因が明らかになっていないのは本当のことです。専門家が調査を重ねた上で出した結果ですので。ただし噂といいますか、あまり表に出したくないような話がありまして……」

　穂波はかなり言葉を選んで話している。こうして話していること自体が、職務規定に抵触している恐れすらあるのかもしれない。

「これをお渡しします」

　メモの切れ端を渡される。そこには奈良市内の住所が記されていた。それを見たルーカスが訊いた。

「この住所は？」

「さきほどの食堂で撮った写真、あの写真を撮った人物が住んでいる住所です。その方は部外者ですので、比較的容易に口を開いてくれるかもしれません」

　メモの最後に『お食事処たつみ　辰巳友梨(たつみゆり)』と書かれていた。最後に穂波はこう付け加えた。

「このことはご内密にお願いします」

　穂波の顔色は冴えない。この住所を教えるか否か、彼女の中でかなりの葛藤があったことは容易に想像がついた。ルーカスがうなずいた。

「ご心配なく。あなたのお名前が外に出ることは絶対にありませんので」

「では失礼します」

穂波は足早に立ち去っていった。乙部は最早何が何だかわからなくなっていた。自分たちは英俊君誘拐事件の緊急特別捜査本部に動員されているはず。それがなぜか防衛省にまでやってきて、五年前の輸送ヘリ墜落事故の真相を暴こうとしているのだ。

「もしかしてルーカスさん、奈良に行くつもりじゃないでしょうね？」

「行くに決まってるじゃないですか。交通費なら心配要りませんよ。私が奢るので。奈良に行く前に寄っていきたいところがあります」

すでにルーカスは歩き始めている。乙部はその背中を慌てて追った。スマートフォンを見ながら乙部は言った。

「三・八点。まあまあ高いですね」

「何がですか？」

「お食事処たつみのグルメサイトの点数です。鶏の唐揚げが美味しそうです」

「君は本当にググるのが速い。ある種の才能ですね」

「お褒めいただき光栄です」

ルーカスが通りかかった空車のタクシーに向かって手を上げた。ほぼルーカス任せの捜査だったが、乙部は刑事になって初めて自分が捜査に夢中になっていることを自覚していた。刑事って意外に楽しいもんだな、と乙部はぼんやりと思っていた。

七月九日（火）　3

「そろそろでしょう。もうしばらくお待ちください」

七三分けの男がそう言った。熊切優一は麴町一丁目の内堀通り沿いの歩道に待機していた。今朝、葉山町の邸宅から連れ出され、ここまでやってきたのだ。もちろん熊切の意志ではない。半ば強引に拉致され、葉山町の邸宅に連れていかれたのは六日前のことだった。そしていきなり総理が現れ、三蔵法師の要求を実現するためのシミュレーションをするように指示を受けた。睡眠時間を削りまくり、三人で協議に協議を重ねた。ようやく目途が立ったのは昨日の深夜のことだった。

三台の車が連れ立って走ってきて、熊切の前で停まった。プリウスに前後を挟まれる形で黒塗りのセンチュリーが停車している。プリウスから降りたＳＰらしき男たちが周囲を警戒している。七三分けの男に背中を押され、熊切はセンチュリーの後部座席に乗り込んだ。やはりというか、そこには桐谷総理が座っている。

センチュリーが音もなく走り出す。熊切は自分が柄にもなく緊張しているのがわかった。別に総理と会うのは初めてではない。桐谷総理とは国会の廊下で何度もすれ違ったことがあるし、椿前総理と国会のトイレで並んで小便をしたのはちょっとした自慢だ。が、公用車の後部座席に並んで座るのは初めての経験だ。

「報告を頼む」

総理が短く言った。熊切は用意していた二冊のファイルを総理に手渡した。

「こちらが資料になります。まず三蔵法師の要求を実現させるための三つの法案の叩き台を作りました。それらが資料Aとなります。詳細についての説明は省略させていただきますが、よろしいでしょうか？」

総理は資料Aをペラペラと捲る。そこに書かれているのは鳥越が作成した法案だ。専門用語が並んでおり、熊切も目を通したが、全部読むのに半日かかった。

「わかった。続けてくれ」

「次は資料Bをご覧ください。第一の要求、子供を産んだ母親に一千万円を支給した場合、約八兆円が必要となり、その財源確保が喫緊の課題となります。まず犯人側と交渉し、支給方法を変更します」

出産した初年度に五百万円を支給、その後は百万円ずつを五年間に分けて支給する。それにより来年度の必要予算を四兆円にまで抑えられる。

「十一の省が地方に移転することにより、霞が関のおよそ九割が無人となることが予想されるため、それらの施設をリノベーションして民間に貸し出す計画を立てました。これにより年間で五千億近い収益が見込まれます」

総理は目を細め、手元の資料に視線を落としている。熊切は説明を続けた。

「総理もご存じの通り、昨年度の税収は過去最高に到達しました。特に物価上昇を背景にした消費税の税収増は非常に大きく、純剰余金は二十六兆円となっています。消費税の純剰余金は防衛財源に見込んでいますが、その額は十四兆円です」

おそらく今年度の税収も昨年並みになると予想された。桐谷総理は税収増加による余剰金を国民に還元するとして、所得税の減税や非課税世帯への給付金に当てるつもりであるというのがもっぱらの噂だ。総裁選の前に計画を打ち出すのではないかとも囁かれている。

「残りの純剰余金は十二兆円。そのうちの三兆円を出産祝い金に回していただきたいと考えております。とすると残りは五千億円。これに関してはドラフト会議の見直しをおこなうことにより、各省の予算を少しずつ削りとっていく考えです」

最初はAIによる予算削減を考えたが、菊田がドラフト会議の不公平さに目をつけた。田舎に行く省には恩恵があってもええんやないか、と。

「土曜日におこなわれたドラフト会議の結果は私も承知しております。防衛省は神奈川へ、総務省は青森へ行くことになりました。青森県のことを悪く言うつもりは毛頭ありませんが、両省を比べた場合、総務省側にはメリットがありません。そこで首都圏に移転する省に関しては予算を数パーセント削減するなどして、差をつけたいと思います。削減率に関しては地域性等も考慮のうえ、決定していく構えです」

たとえば防衛省の場合、今年度の予算は約七兆七千億円だ。仮に二パーセント削減した場合、約一千五百億円もの予算が浮く。

「このような条件を設定したうえで、もう一度ドラフト会議を開催します。予算を削減してまで首都圏に残りたいのか、それとも予算の現状維持を望んで地方に出るのか。それを決めるのは各省です」

膨らんだ予算のスリムアップ効果もあると見込んでいる。以前、事業仕分けというものがあったが、外部の者にあれこれ指示されるのを官僚は嫌う。だったら自分たちで考えさせればいいのだ。何を残し、何を削るのかを。

「以上が私たち三人が立てたシミュレーション案となります。ご不明な点はございますか？」

総理は答えなかった。真顔で資料を読んでいる。時間が過ぎるのがやけに長く感じられる。やがて総理が顔を上げた。

「ご苦労だった。短期間にしてはよくできている」

「ありがとうございます」

総理が右手を上げて助手席に座る秘書らしき男に合図を送ると、センチュリーは路肩に停車した。熊切は後部座席から降り立った。すぐにセンチュリーは走り去った。

「ご苦労様でした。戻りましょう」

七三分けの男が近づいてくる。熊切は訊いた。

「俺たちはいつ解放されるんだ？　もう用は済んだと思うのだが」

「明日の午後までお付き合い願いたい。と言ってもやることはありません。ゆっくりとお休みになられてはいかがでしょうか」

三蔵法師が出した回答の期限は明日の正午。それまで身を拘束されるというわけか。

七三分けの男を追って歩きながら、熊切は大きく伸びをする。いやあ、仕事したな。久し振りにそんな充足感を覚えていた。

七月九日（火）　4

　お食事処たつみは近鉄奈良駅からタクシーで二十分ほどの住宅街の中にあった。広めの駐車場があり、白い壁の和風の建物だった。乙部たちが店の前に到着したのは午後四時過ぎで、店のドアには準備中の看板がかかっていたが、ルーカスは迷うことなくドアを開けた。

「ごめんください」

　ルーカスが声をかけると、奥から紺色の割烹着（かっぽうぎ）っぽい制服を着た年配女性がやってきた。

「すみません、お客様。まだ準備中なんですよ。夜の営業は……」

「違います。我々はこういう者でして」

　乙部は前に出て、バッジを見せた。ルーカスが続けた。

「東京の品川署の者です。ある事件の捜査のためにやって参りました。辰巳友梨さんはいらっしゃいますか」

「あ、はい。友梨ちゃんでしたら……少々お待ちください」

　年配女性が奥に引き返していく。しばらく待っていると三十前後くらいの女性が姿を現した。ジーンズにシャツというラフな格好だ。髪は後ろでまとめており、どこか運動神経がよさそうな印象を受ける。この子、たぶん高校時代はバスケ部だったなと乙部は勝手に決めつけた。

「私が辰巳ですが……どういうご用件でしょうか？」

「五年前、航空自衛隊浜松基地所属の輸送ヘリが墜落して、四名のクルーが亡くなりました。そのうちの一人、小柳結花さんとお知り合いだったそうですね。是非お話を聞かせていただきたいと思いまして」

「はあ……」彼女の目には不審の色が浮かんでいる。それでも手を上げて言った。「こちらへどうぞ。何もお構いできませんが」

奥の個室へと案内される。席に座ってからルーカスが店内を見回して言った。

「いいお店ですね。ネットの評判もよさそうですし。失礼ですが、このお店の娘さんですか？」

「ええ、まあ」

彼女の目から不信感は消えていない。窺うようにこちらを見ている。ルーカスは懐から例の写真を出してテーブルの上に置いた。食堂らしき場所で撮った三人の女性自衛官の写真だ。

「この写真を撮影したのはあなただと聞きました。ここに写っている三人の女性についてお話を聞かせていただきたいのです。一人は小柳結花さんですね。我々はあとの二人の行方を追っています」

新幹線に乗る前、ルーカスは新橋に向かった。桐谷英俊とともに一時的に犯人に拘束された、フットサル教室の貝沼コーチに事情を訊くためだ。この写真を見せ、「あなたを誘拐したタクシー運転手はこの中にいるか？」と尋ねたところ、一人の女性を指でさし、「この女かもしれない」と答えた。小柳結花でもなく、佐藤恵美と名乗る謎の女性でもなく、もう一人の女だった。ただ、貝沼が乗ったタクシーの運転手はずっとマスクをつけていたため、確証はないという。「何パーセントの確率か？」とルーカスが訊くと、貝沼は「六十パーセントくらいかな」と何とも微妙な答えを返した。

それでも大きな前進だった。すぐに本部に連絡すべきだと思ったが、ルーカスはまったく意に介さずに言った。

「乙部君、報告の必要はありません。今、私の釣り竿には大物が引っかかっている気配があります。その段階で釣り竿ごと他人に渡してしまっては意味がありません。釣り上げて獲物を確認したうえで引き渡すのです。

「どうでしょうか？　あなたはこの三人と面識がございますね？」

ルーカスが詰め寄ると、友梨は険しい目つきで言った。

「それはつまり……全部話してしまっても構わない、という意味でしょうか？」

思わせぶりな表現だ。やはり彼女は何かを知っている。乙部はそう確信し、唾をゴクリと飲み込んだ。

「構いません。あなたが知っていることすべて、私に教えてください」

ルーカスは穏やかに笑っている。友梨は静かに話し出した。

「私、この店の一人娘なんです。調理師の専門学校を卒業して、空自の幹候校の食堂で働き始めました。父の意向です。修業のつもりで行ってこいと送り出されたんです」

友梨の父もかつて同校の食堂で働いていたことから、娘を働かせることができたという。二百人もの自衛隊員たちの朝昼晩の三食を作るわけだから、仕事はハードだった。

「最初のうちは大変でしたけど、徐々に慣れてきました。学生さんたちと同世代なので、話しかけられることもありました」

航空自衛隊幹部候補生学校。文字通り航空自衛隊の幹部を養成するための教育機関であり、教育期間はおよそ一年間だ。防衛大学校、もしくは一般大学を卒業して入隊した自衛隊員たちが日夜勉学に励んでいた。

「あの三人は同部屋でした。話しかけてきたのは向こうからです。私が着ているTシャツについて訊いてきたんです。Kポップアイドルの話で盛り上がって、話すようになりました。冷静沈着なリーダータイプの染井吉乃、大柄で陽気な性格の鮫島千秋、そして負けず嫌いの小柳結花の三人でした」

「どちらが染井さんで、どちらが鮫島さんですか？」

ルーカスが口を挟むと、友梨は写真を指でさして説明した。佐藤恵美と名乗っていた細身の女性が染井吉乃（あだ名は隊長）で、貝沼と桐谷英俊を乗せたタクシー運転手（確率は六十パーセント）が鮫島千秋だった。

「吉乃と結花は防衛大の同期で、ライバルと目されていたみたいですが、幹候校で同部屋になって急速に仲良くなったようです。千秋だけは社会人経験があり、二人より二つ年上でした。あ、私は吉乃たちと同学年です。だから仲良くなったっていうのもあります。そもそも女子は少ないですから」

四人は仲を深めていった。一年間勉学に明け暮れるわけだが、届けを出せば外出も可能だ。夏季休暇を利用して四人でKポップアイドルのライブに行ったこともあった。

「仲がいいっていうか、絆みたいなもので結ばれていたと思います、特にあの三人は。卒業してからは別々の基地に配属されていきましたが、たまに電話やLINEで近況を教えてもらいました。私は民間人なので深入りできませんが、あの三人はマメに連絡をとり合っていたんだと思います」

吉乃と結花はパイロット志望だった。幹候校を卒業後、初級操縦課程を修了したのち輸送機操縦課程へと進んだ。そこで晴れて一人前のパイロットの証としてウイングマーク（操縦士徽章）を胸にした。二人とも回転翼機（ヘリコプター）への適性を見出され、輸送ヘリパイロットへの階段を上がっていった。千秋は航空管制員として愛知県小牧基地に配属された。

「ここから先は私の想像っていうんですか、そういうのも混じってきます。結花が亡くなってしばらくしてから、千秋がふらりとこの店にやってきたんです。彼女は自衛隊を辞めたばかりでした。彼女、凄く酔っ払って、その勢いっていうんですか、いろいろ話してくれたんです」

事故が発生する半年前、三人のグループＬＩＮＥに結花のメッセージが入った。上司からセクハラを受けて悩んでいるという内容だった。すぐに吉乃と千秋は予定を調整し、休みを合わせて浜松に出向いた。そこで結花の口からセクハラの内容を聞いた。

「口に出して言うのも躊躇うほど酷いことをされていたそうです。上司だけではなく、若い隊員もグルになっていたそうです。動画みたいなものも撮られてしまっていて、訴え出るのも厳しい状況だったみたいで……」

何とか上層部にセクハラの事実を訴えたい。吉乃と千秋はそう思い、幾度となく結花を説得したが、彼女は沈黙するだけだった。被害者が声を上げない限り、真実は表に出ない。二人が粘り強く説得しても結花はどうしても首を縦に振らなかった。いつしか彼女の方からの連絡は途絶えがちになっていった。そして事故当日――。

「久し振りに三人のグループＬＩＮＥに結花からメッセージが届いたそうです。短く一言、さよならと記されていて……。結花はあの三人を道連れにした。千秋はそう言ってました」

「つまり結花さんとともに亡くなった三人のクルーは、彼女にセクハラを加えていた加害者ということですね？」

ルーカスが念を押すと、友梨はうなずいた。

「そうみたいです。千秋の話によると」

乙部は言葉を失っていた。あまりに衝撃的な内容だ。五年前の輸送ヘリ墜落事故は、セクハラに耐えかねた女性隊員による、道連れ自殺だったというのだ。

しかし腑に落ちる点もあった。空自広報室長の穂波という女性だ。彼女は薄々真相に気づいていて、それを口止めされていたとは考えられないか。いや、きっとそうに違いない。

「事故が起きたあとも千秋たちは、主に動いていたのは吉乃みたいですけど、結花が受けていたセクハラを告発しようと躍起になっていたみたいです。しかし揉み消しっていうんですか？　全然相手にしてくれなかったみたいで、彼女たちは直接偉い人にかけ合うことにしたんです」

「偉い人とは？　航空自衛隊のトップなら航空幕僚長になりますが」

「大臣とか言ってました。防衛大臣かな？」

乙部はすぐさまググる。五年前の防衛大臣。百合根剛という政治家だ。検索結果をルーカスに見せると、満足そうにうなずいてから友梨に訊いた。

「染井さんたちは防衛大臣に直接訴えたわけですね。その結果は？」

「話のわかる方だったみたいで、二人はとても喜んだそうです。これで結花も報われる。そう思ったのも束の間、事態が急転しました」

内閣改造により、防衛大臣が変わってしまったというのだ。事故から三ヵ月後のことだった。

「それで二人はショックを受けたみたいです。マスコミに告発することも考えたようですが、それをしてしまうと彼女の名誉を傷つける結果にもなりかねない。結局、二人は結花のプラ、プラ……」

「プライバシーの保護、ですね？」

「そうです、それ。それを優先して、二人は口に閉ざしたまま、自衛隊を辞めたんです。辞めたあと、吉乃は株か何かの取引をしていて、千秋は警備員をしているみたいです」

「彼女たちの現住所はわかりますか？」

「すみません。わかりません。あのう、刑事さん、二人が何かしたんですか？」

「ある事件の参考人として行方を追っているだけです。ご心配なさらずに」

少なくとも鮫島千秋の方は英俊君誘拐事件に関与している可能性が高いが、それを友梨に明かすわけにはいかなかった。

「もし二人に会ったら伝えてください。一度ここを訪ねてきてほしいって」

「わかりました。機会があったら伝えます」

ルーカスはそう請け負ったが、果たしてそううまくいくだろうかと乙部は思いつつ、手元の手帳に視線を落とした。染井吉乃と鮫島千秋。この二人は総理の孫を誘拐した犯人なのか――。

乙部たちを乗せた新幹線のぞみは新横浜に停車中だった。時刻は午後九時を過ぎている。窓側の席に座ったルーカスはタブレット端末に視線を落としている。

新幹線が発車する。雨が降っているようで、ガラスに水滴が伝っていた。

「おやおや、またやってしまいましたねえ」

ルーカスがそう言ったので、乙部は訊いた。

「何のことですか？」

「桐谷俊一郎氏ですよ。つい数分前に週刊ファクトの電子版がアップされましたが、その中に彼の不正疑惑がとり上げられています。記事を書いたのは水谷記者です。本当に有能ですね、彼女は」

乙部はスマートフォンでググった。記事はすぐに見つかる。


『総理の息子、桐谷俊一郎氏が入れ込んでいたのは銀座のホステスだけではなかった。彼は二年前、五千万円もの暗号資産を購入した。その暗号資産は高騰し、数倍の価値まで値上がりした。ところがである。思わぬ落とし穴があった。

四ヵ月前のことだ。緊急外国為替等取引禁止措置法という法案が国会で可決となった。これはロシアのウクライナ侵攻に伴う法案であり、ロシアに協力する国との取引を禁止する内容だった。実は俊一郎氏が所有していた暗号資産の交換業者の所在地はランサルバル共和国。取引禁止国家の一つだった。同じ暗号資産を所有していた俊一郎氏の友人、A氏は語る。

「俺もあいつ（俊一郎氏）も一夜にしてすっからかんだよ。まったく笑っちまうよな。あいつの親父、総理なのにさ。息子を大損させる法案を可決させちまうんだから」

問題となるのは俊一郎氏がいかにして五千万円という大金を用意したか、である。彼は現在、父親である桐谷総理の私設秘書を務めているが、その前は大手商社に勤務していた。退職金があったとはいえ、彼に五千万円の大金を用意できるはずはない。

俊一郎氏は桐谷総理の息子であり、父親の懐に手を伸ばせる立場にある。(次号に続く)』

散々な内容だ。詳細は書かれていないが、要は父親の財布からこっそり抜きとったということだろう。すでにコメント欄にも投稿があり、「こいつ、死んだ方がマシ」とか「総理の息子、終わってる」など、否定的なコメントが寄せられていた。たった数日間でここまで叩かれる男というのも珍しい。

「桐谷総理にとっては踏んだり蹴ったりですね。内閣支持率が二十パーセントを割りましたが、この調子で行けばもっと数字を落としてしまうかもしれません」

孫を誘拐され、三蔵法師に無理難題を突きつけられ、おまけに息子がスキャンダルを連発する。目も当てられないとはこのことだ。

「乙部君は百合根剛についてどういう印象を持っていますか?」

ルーカスが話題を変えた。百合根剛。民自党の古参議員で、五年前の事故当時、防衛大臣を務めていた政治家だ。記者を平気で罵倒したり、国会で野党に大声で詰め寄ったりと、少々野蛮な感じのイメージが定着している。

「いつも怒っているおじいちゃん、ですかね」

「なるほど。最近はそうですね。ですが、以前は政界を裏で操る大物政治家だったんですよ」

それは知っている。さっきググったからだ。以前は民自党最大派閥の椿派——当時の長は椿前総理の父親——に属していて、辣腕(らつわん)をふるっていた。ただし八年ほど前に椿派から独立して百合根派を結成。党の中枢から離れる形となっていた。

「私は彼の著作を読んだことがあります。かなり胸を打つ内容でした。この国を良くしたい。そういう彼の思いが伝わってきました。だから辰巳友梨さんの話は信じられると思うのです。彼ならば染井さんたちの訴えに耳を傾けたのではないかと」

しかし染井、鮫島両名の願いは通じなかった。百合根は内閣改造で防衛大臣の職を解かれ、事故原因はいまだ不明のまま。そして二人の若き女性自衛官は姿を消した。

「百合根議員は現在入院中です。彼は一応大物政治家ですし、通常ならもっと大きく報じられていいと思いますが、今は三蔵法師一色ですからね」

乙部はググってみる。たしかにそういう記事があった。倒れたのは先々週のことらしい。

「おそらく染井さんと鮫島さんは誘拐事件に関与していると考えてよいでしょう。あと、天草美晴さんと銀座のホステス、小柳真衣さんも何らかの形で関わっていると思われます」

女性ばかりだ。偏見と言われてしまえばそれまでだが、総理の孫を誘拐するという前代未聞の事件に、女性四人が関与しているとは誰も思わない。実際、緊急特別捜査本部では新興宗教や政治団体の犯行を疑っている。

「いよいよですね」

乙部は言った。ここまで名前が揃った以上、あとは本部の力を借りて指名手配するしかない。要求への回答期限は明日の正午。あと十五時間を切っている。

「緊急特別捜査本部に報告しましょう。でもその前に一軒寄っていきたい場所があるんです」

「これから、ですか?」

「はい。もう夜も遅い。乙部君は帰ってもらっても構いませんが」

ここまで来たら引き下がれない。正直ルーカスがどこに行こうとしているか、興味があった。

乙部は缶コーヒーを飲み干した。車内アナウンスが品川駅に到着する旨を伝えている。

七月九日(火) 5

「英俊君、そろそろ寝た方がいいんじゃないの？　もう十時をとっくに過ぎてるんだよ」

「あとちょっと。もう少しで中ボスまで行けそうなんだ」

美晴は監禁室にいた。英俊がゲームをしており、それを隣で見ていた。剣と魔法を使ってモンスターたちを倒していくアクションゲームだ。この手のゲームは苦手なので見る専門だ。

「英俊君はさ、将来なりたい職業とかあるの？」

「別にないね」コントローラーを操りながら英俊は答える。「僕の家、政治家一家だからね。多分順調に行けば政治家になるんじゃないかな。一人っ子だし」

「そっか。大変だね」

「慣れればそうでもないよ」

「たとえばだけど、もし総理の孫に生まれてなかったら、どんな人生になってたと思う？」

「たらればの話はしても意味ないって。僕が総理の孫であるのはれっきとした事実なんだから」

「何か窮屈そうだね」

「まあね」

本当に大人びた子供だと思う。少しだけ可哀想な気がした。この子は何不自由ない裕福な生活を送っているが、総理の孫という枠にはめられてしまっている。それは美晴も同じだった。誘拐された美晴ちゃん、という枠に二十五年間、囚われて生きてきた。

「英俊君は好きな子いたりしないの？」

「急に何だよ」

「いるんでしょう？　だって七歳だもんね。好きな子の一人や二人、いてもおかしくないと思うけど」

「僕は色恋沙汰に興味はないんだ」

「あ、その顔はいるな、絶対」

美晴は手を伸ばし、英俊の脇腹をくすぐった。英俊は身をのけぞるようによけようとする。顔が真っ赤になっている。美晴はさらに追い、英俊の脇腹をくすぐった。

「やめて、美晴お姉ちゃん」

「白状しなさい。好きな子いるんでしょう？」

「いない、いないってば」

「この嘘つきめ」

そのときだった。ブザーのような警告音が聞こえ、スピーカーから声がした。

『そこの二人、ふざけるのはやめて』

吉乃の声だ。美晴は英俊と顔を見合わせ、お互い少し離れる。

『非常事態だ。美晴、すぐに上がってこい』

その言葉に英俊が反応する。監視カメラを見上げて彼が言った。

「吉乃お姉ちゃん、僕も行っていい？」

一拍間が空いたあと、吉乃が答えた。

『ああ、構わん。上は電気が消えている。気をつけて来い』

テレビを消し、二人で監禁室から出た。階段の電気も消えているので、真っ暗の階段を上っていく。外に出て、司令室のドアまで向かう。しんと静まり返っている。

司令室に入る。中は暗く、モニターの光だけがぼんやりと浮かび上がっている。吉乃と千秋の姿があった。美晴は小声で訊いた。

「どうしたの？」

「刑事が来ている」吉乃が押し殺した声で答えた。「二人組の刑事だ。今はお梅さんが対応している。まだ帰らないみたいだ」

詳しい話を聞く。吉乃が母屋でお梅さんと話していたところ、突然インターホンが鳴ったらしい。訪ねてきたのは品川署の刑事だった。それを聞いた吉乃は慌ててこちらに戻ってきた。

「どうして品川署の刑事が？」

千秋の疑問に吉乃が答える。

「今、都内全域の刑事が英俊を探しているんだよ。ここは世田谷区。普通の巡回だったら地元警察署がやってくるはず。品川署の刑事ってことは、誘拐絡みの捜査と考えて間違いない」

「なぜこの場所がわかったんだ？　私たちの存在に気づいたってことか？」

「それについては少々心当たりがある。今は説明している暇はない」

暗闇の中、息をひそめた。お梅さんの対応に期待するしかない。敷地内を捜索させてほしい。そう言われてしまうと完全にアウトだ。お梅さんは事件の全貌は知らないが、百合根からある程度のことは教えられている。

三分ほど経ったあと、吉乃が話し始めた。お梅さんから電話がかかってきたようだ。短い受け答えのあと、吉乃が皆に向かって言った。

「刑事は引き揚げたらしい。が、油断は禁物だ。私たちもここを引き払う準備をしよう」

その言葉に美晴は驚く。思わず訊いていた。

「ここから逃げるってこと？」

「そうだ。ほんのわずかでもこの場所が警察にバレそうな事態に陥ったら、ここを引き払うことになっている。なに、心配するな。すべて想定内だ」

吉乃はそう言って電気を点けた。蛍光灯の明るさに一瞬だけ目が眩む。吉乃が千秋に向かって指示を出した。

「さっきの刑事がうろちょろしている可能性もある。外の偵察を頼む。刑事がいないことが確認でき次第、ここを引き払うよ」

「わかった」と千秋は神妙な面持ちでうなずいた。「隊長、その前に教えてくれ。さっきの話だ。刑事はどうしてここにやってきたんだ？」

吉乃はすぐには答えなかった。しばらく逡巡したのち、吉乃は英俊を見て言った。

「英俊、君しかいないんだよ。ここの場所を外部に教えることのできる人物は。君の仕業なんだろ？」

七月九日（火）　6

「広い屋敷ですね。何坪くらいあるんでしょうか？」

「二百坪くらいはありそうですね」

乙部はルーカスと並び、百合根剛の邸宅の周りを歩いている。高さ二メートルほどのコンクリートブロック塀に覆われ、中の様子を窺い知ることはできない。かなり高い木々の影がくっきりと見える。個人宅の庭というより、ちょっとした森のようだ。

「政治家って儲かるんですね」

「百合根は鉄道事業に携わった財閥の出ですね。いわゆる名家の部類でしょう。彼の祖父の代からの政治家一家です」

百合根は現在入院中であり、中から出てきたのは梅と名乗る老女だった。着物姿のシャキッとした感じのおばあさんで、三味線とか持ったら似合いそうな人だった。ルーカスは「百合根先生にお世話になった」と嘘をつき、あれこれ話を聞き出そうとしていたが、梅の口から詳細が語られることはなかった。私は単なる家政婦でございますので、旦那さんの病状などは知る由はございません。

「どうしてここに立ち寄ったんですか？」

「決まってるじゃないですか」平然とした顔つきでルーカスは言う。「ここに英俊君が監禁されている可能性があるからですよ」

「えっ？　ちょっと待って……えっ？　いったいどういう……」

あまりの驚きにうまく言葉が続かなかった。ルーカスが説明する。

「三蔵法師チャンネルです。あの中で三蔵法師は三つの要求を総理に突きつけました。あの動画の中で本筋とは関係ない単語がいくつか出てきたんです。憶えていますか？」

あの動画は何度も見たが、まったく記憶にない。乙部が首を傾げていると、ルーカスが続けた。

「猪八戒の台詞の中に四つの食べ物が出てきたんです。ゴーヤチャンプルー、ネギチャーシューメン、リンゴパイ、湯豆腐の四つです」

そう言われて思い出した。そんなやりとりがあった。猪八戒がお腹が空いたと言い、それに対して孫悟空が突っ込むのだ。ゴーヤチャンプルー食べたいよ。八戒、黙っていろ。といった具合に。

「どうもあの四つの単語だけ浮いているように感じたのです。これは秘密の暗号ではないか。私は漠然とそう思っていました」

「つまり犯人一味の中にこっそりとメッセージを忍ばせた者がいるってことですか？」

「英俊君本人です。彼があの動画制作を手伝っていたのではないでしょうか。彼が週に一度、プログラミング教室に通っていることは本部の情報からも明らかです。実は英俊君がジョーカー的存在ではないか。私はそう考えています。強制的にやらされているのでしょうが」

人質がジョーカー。にわかには信じられない。あの動画の作成に桐谷英俊本人が関わっているというのだ。ただし言われてみれば納得できる部分もあった。三蔵法師や孫悟空たちの可愛らしい画像やオープニングの明るめの音楽。子供っぽいと言えば子供っぽい。

「数時間前、奈良で辰巳友梨さんの話を聞いているとき、乙部君が百合根前防衛大臣の名前を出してくれました。そのときにパッと閃いたんです。ゴーヤチャンプルーのゴー。ネギチャーシューメンのネ。リンゴパイのリ、湯豆腐のユ。引っ繰り返して読めば『ユリネゴー』となります。百合根剛。いかがでしょうか？　あの三つの動画には百合根剛の名前が隠されているんですよ」

本当だ。あのメッセージの中に暗号が隠されていたのか。

「それに百合根は元警察官僚です。しかも現場を重んじるタイプの官僚として有名でした。実は二十五年前、美晴ちゃん誘拐事件においても彼は捜査本部長の一人でした」

「本当ですか？」

「私の記憶が確かならばね。百合根の名前が出たとき、私が最初に思い出したのはそれででした。天草美晴と百合根剛。この二つが繋がったんですよ」

「でもちょっと待ってください。剛の読みはゴウではなくて、ツヨシですよね？」

「そうなんです。それでむしろ確信は深まりました。隠しメッセージの送り主は剛をツヨシと読むとは知らなかった。剛という漢字は小学生には少々難しいでしょうから」

「ということはつまり」口の中がカラカラに渇いていた。「誘拐犯の主犯は百合根剛本人ということですか？」

元自衛官、誘拐事件の被害者、消えたホステス。事件の陰に潜む女たち。彼女たちを結びつける中心人物は百合根剛なのか。

「その可能性はゼロではありません。ただし実際に動いているのは染井吉乃、鮫島千秋の両名。また天草美晴、小柳真衣も行動をともにしているかもしれませんね。いずれにしろここまで明らかになってしまえば、あとは任せてしまって大丈夫でしょう」

ルーカスは満足げな顔つきでうなずいた。大物を釣り上げた。そういう自覚があるのかもしれない。それにしても、と乙部は思わずにいられない。本当に真実に辿り着いてしまったのか。何だか足が地につかないというか、宙の上を歩いているような浮遊感に包まれていた。

乙部たちは百合根邸の玄関前に辿り着いた。ちょうど敷地を一周したことになる。

「それでは警視庁に行きましょう」

「け、警視庁？」

「そうです。偉い人に直接かけ合った方が話は早い」

経堂の住宅街は静まり返っていた。乗ってきた覆面パトカーは駅近くのコインパーキングに停めてある。そこに向かって歩いていると、ルーカスが押し殺した声で言った。

「あとをつけられているようです」

「えっ？」

たしかに背後から足音が聞こえる。振り返りたい欲求を堪えてルーカスに訊く。

「な、何者ですか？」

「普通に考えて誘拐犯の一味でしょうか。監禁先がバレたので口を塞ぐつもりなのかもしれません。やはり誰にも言わずにここに来たのは早計でしたか」

そう言っている割に余裕がある。ルーカスは続けて言った。

「乙部君、ここは二手に分かれましょう。次の角で私は右に、君は左に曲がるのです。とにかく走って追っ手を振り切りましょう。身の安全を確保したら、すぐに緊急特別捜査本部に連絡して、事の成り行きを説明するように」

「は、はい」

角に差しかかる。乙部は左に曲がり、走り始めた。後ろから追いかけてくる足音が聞こえる。一瞬だけ振り返ると、男が二人、二十メートルほど後方を走って追いかけてくるのが見えた。

あっという間に息が上がってしまったが、乙部は足を緩めることなく、全力でひた走った。これほどまでに真剣に走ったのはいつ以来だろうか。警察学校時代の持久走でもこんなに全力では走らなかった。

はっ、はっ、はっ。

角を曲がり、また走る。それを繰り返していると、いつしか追ってくる足音が遠ざかっていた。それでも乙部は走り続けた。自分がどこを走っているのか、まったくわからなくなっていたが、捕まってしまうよりマシだ。何しろ相手は誘拐犯の一味。何をされるかわかったものではない。

足音が聞こえなくなった。ちょうど小さな公園があり、乙部はその中に足を踏み入れた。公園内は無人だった。水飲み場があったので、蛇口を捻って喉を潤す。すぐにスマートフォンを出し、緊急特別捜査本部へ電話をかけようとした。するとそのとき、公園の出入り口に車が停車した。中から数人の男が降り立った。

見つかったか。

乙部はすぐさま反対側の出口に目を向ける。が、そちらにも車が横付けされ、中から複数人の男が降りてくるのが見えた。挟まれる形となってしまった。乙部は行き場をなくし、その場にとどまることしかできなかった。もはやここまでか——。

四人の男に囲まれる。全員がスーツを着用していた。どことなく違和感を覚える。一人の男が前に出た。髪をきっちり七三に分けた男で、見た目は平凡な感じだったが、不思議な迫力があった。

「乙部祐輔巡査ですね？」

もしかして警察関係者だろうか、と乙部はぼんやりと思った。あまりの出来事に軽いパニックに襲われ、思考力が低下していた。すると視界の隅にそれが映った。ルーカスが後ろ手をとられ、こちらに向かって歩いてくる。彼も捕まってしまったのか。

「手荒な真似をしたくありません。我々にご同行いただきたい」

七三分けの男が言った。有無を言わせぬ口調だった。ほかの男たちは腰に手を当てている。警棒を所持しているのか。

ルーカスと視線が合う。彼は力なく首を横に振る。ここは大人しく従うように。そう言われているように感じたが、そもそも乙部に抵抗する胆力などない。

公園を出て、乙部は車の後部座席に押し込まれた。隣にスーツの男が乗ってきて、両手に手錠をかけられる。まさか自分の人生で手錠をかけられる日が来るとは思ってもいなかった。目を丸くして自分の手にかけられた手錠を見ていると、今度は紙袋のようなものを頭からすっぽり被せられてしまう。

恐怖で声が出なかった。車がゆっくりと走り出すのを感じた。乙部の脳裏に浮かんだのは、やりかけのゲームだった。あのゲームの続き、僕はできるのだろうか。

七月九日（火）　7

「次の角、右だな」

「ラジャー」

助手席に乗る吉乃のナビゲーションに従い、千秋が車を右折させた。美晴は英俊と並んで後部座席に座っている。時刻は午後十一時を回っている。小学二年生の子供には遅い時間だと思うが、英俊は真っ直ぐ前を見ている。その目が少し赤いのは眠いのを我慢しているせいではなく、涙の跡だった。

刑事の来訪を受けた吉乃たちの動きは迅速だった。あらかじめこうした事態を想定していた動きだった。必要なものだけを選んで荷造りをして、手早く片づけをした。しかし一ヵ月近く暮らしていたので、すべての痕跡を消し去るのは不可能だ。あとの処理はお梅さんがやってくれる段取りになっているらしい。

荷物を車に積み終え、最後にキングとの別れがやってきた。英俊はキングと抱き合い、別れを惜しんでいた。キングも何かを悟ったのか、悲しむように鼻をクンクンと鳴らしていた。

「ごめん、僕のせいだ」

不意に英俊が言った。隣を見ると彼はうつむいていた。普段の生意気な態度とは打って変わり、神妙な顔つきだった。

「あの屋敷の場所がバレたのは僕のせいだ。ごめんなさい」

なぜ謝っているのか、美晴には理解できなかった。しかし助手席の吉乃はそれに応じた。

「気にしなくていい。そもそも君を仲間に引き込んだのは私たちだ。見抜けなかった私の責任でもある」

「吉乃お姉ちゃん、気づいてたの?」

「三つめの動画を見たとき、おかしいなと思った。それであれこれ考えて、もしかしたらと思った。だがな、英俊。百合根先生の名前はゴウじゃなくてツヨシだぞ」

吉乃が続けて説明する。三つの動画に隠されたメッセージ。おそらくそこから百合根剛を連想し、刑事があの屋敷にやってきたのではないか。

「本当にごめんなさい。あのときはまだお姉さんたちを完全に信用していなかったというか、誰かに助けてほしい、いや気づいてほしいって気持ちがあったんだよね」

英俊は小さくなっている。彼らしくない殊勝な態度。もっと生意気でいてくれないと調子が狂う。

「もういいって、英俊。あ、そろそろ着くぞ」吉乃は前方を指でさした。「あのマンションだ。千秋、手前側のコインパーキングに車を停めよう」

「ラジャー」

車を停め、荷物を下ろした。そして四人でマンションに入る。英俊の顔は誰にも見られてはいけないため、帽子とマスクで顔を覆った。幸いなことにマンションの住人と遭遇することなく、最上階の七階に辿り着いた。

吉乃がインターホンを押すとドアが開いた。誰なのだろうか? ドアの向こうから二十代半ばくらいの若い女性が顔を覗かせた。

「入って」

素早く中に入る。間取りは１ＬＤＫで、家具らしきものはほとんどない。荷物を置いてから吉乃が言った。

「美晴、英俊。紹介しておくよ。こちらは真衣ちゃん。第四の女とでも言えばいいのかな。あれこれ協力してくれた子なんだ」

「はじめまして。と言ってもすぐに失礼するんですけど」

真衣が頭を下げる。顔立ちが整っており、かなり男子にモテそうなタイプの子だと思った。

「ありがとな、真衣」千秋が声をかける。「いろいろと助かったよ。お前がいてくれてよかった。協力を感謝する」

「気にしないで。姉のためというより、私は単純に謝礼に目が眩んだだけだから」

そう言って真衣は舌を小さく出した。

「彼女はスパイだ」吉乃が補足説明する。「百合根先生の密命を受け、数ヵ月も前から身分を偽って総理の家族の動向を探っていたんだ。あるときは銀座のホステス、またあるときは学習塾の講師っていう具合にね。作戦指示書を読むまで私も彼女が関わっていることを知らなかった。先生も人が悪いよ」

真衣はここから立ち去るようで、ショルダーバッグを肩に担いだ。最後に英俊の前に膝をつき、彼女は言った。

「ごめんね。お父さんを傷つけるつもりはなかったの」

意味不明だ。英俊も理解できていないようで、目をパチクリとさせているだけだった。やがて真衣は「じゃあ」と言って部屋から出ていった。

「寝袋は三つしかないな」

奥の部屋から寝袋を三つ抱えて千秋がやってきた。それを見て吉乃が言った。

「仕方ないな。一人は車で眠ってもらおうか」

「あの、ちょっといい？」美晴は口を挟んだ。「私たち、いつまでここにいればいいの？　百合根さんの屋敷に警察がやってきて、私たちの存在が明らかになっちゃったらどうするの？」

いくらお梅さんが徹底的に掃除をしてくれるといっても素人の力では限界があるように感じた。髪の毛一本でもＤＮＡ鑑定されれば個人を特定できてしまう。

「美晴、心配しなくていい。そんなに長くはかからないから」吉乃は笑みを浮かべて言った。「私たち三人も警察に捕まるようなヘマはしない。すべては順調に進んでる。英俊は家に帰れるよ。政府がきちんと納期を守ってくれるならばね」

本当だろうか。一抹の不安がよぎるが、それを顔に出してしまうと場の雰囲気が暗くなってしまう。美晴は気持ちを切り替え、近くにいた千秋に声をかけた。

「ねえ、何かお腹減らない？」

「減った。たしかカップ麺があったと思うぞ。食べるか」

「じゃあ私、お湯沸かそうかな」

「僕も食べる」

「小学生は寝なさい。もう遅いし」

「こんな遅くまで僕を連れ回しているのはお姉ちゃんたちじゃないか」

いつもの雰囲気に戻ったが、若干淋しい気持ちがないわけでもない。こうやって四人で過ごせる時間は限りなく残り少ないであろうと、美晴は気づいていた。

七月十日(水) 1

猪狩は大京テレビ本社六階の会議室にいた。政治部の主だった面々が集まっている。その数八人。時間は朝の九時。この時間から集まることは稀だった。

「うむ。だんだんと絞られてきたな」

デスクの荒木がホワイトボードを見上げた。かれこれ一時間ほどアイデアを出し合っている。今日の正午、総理が三蔵法師に向けたメッセージを発表することになっており、その事前ミーティングのために朝一番で招集がかけられたのだ。

報道室を通じてマスコミ各社に通達があったのは昨夜のことだった。通常の記者会見とは違い、出席はカメラマンのみ、記者の同席を一切認めないという方針が示された。異例のことだが、NHKと民放各社はその条件を飲んだ。関東キー局ではテレビ江戸を除いて生中継をおこなうようだ。ちなみに独自路線を貫くテレビ江戸はブルース・ウィリス主演のハリウッド・アクション映画『ダイ・ハード』を放送する予定らしい。

会議室のテレビでは大京テレビの朝の情報番組が放送中で、今も話題は三蔵法師関連のネタだった。おそらくどの局も同様だろう。総理がどんな決断を下すのか、国民の注目が集まっている。

「やはりこの二つのどちらかじゃないか」

官邸キャップの藤森が立ち上がり、二つの候補に○をつけた。その二つの速報案は次の通りだった。

案一　桐谷総理、犯人側との取引を断固拒否。
案二　桐谷総理、犯人側との交渉継続を要請。

猪狩も異論はなかった。記者会見の冒頭の発言を受けて、どちらかの速報を流すことになるだろう。当たり前だが、今回は唐松を頼るわけにはいかない。その判断はデスクの荒木に委ねられている。

「警察側の動きはどうなの？　グローバル・サピエンスはどうなった？」

荒木の問いに、別の記者が答えた。

「一時はマークしていたみたいですけど、シロだと判断したみたいです」

新興宗教グローバル・サピエンスの教祖が衆議院選挙に立候補した際の公約が、今回の議員報酬の削減という要求に似通っているため、警察がマークしているという情報があった。どうやら空振りに終わったらしい。

「あと三時間か。英俊君が見つかるのは無理っぽいな」

「でしょうね。警察は切羽詰まってると思いますよ。正午までに見つからなかった場合、幹部数人が辞表を出すって話もあります」

「あ、そういえば」若手記者の一人が言った。「知り合いの新聞記者から聞いたんですけど、起死回生の策として桐谷総理が辞任するんじゃないかって話もあるそうです」

「辞任？　どうして？」

「総理の職にあるから脅迫を受けてるわけじゃないですか。総理の椅子から下りてしまえば、三つの要求を実現する手立てがなくなりますよね」

「それはないだろ。そんなことしたら大ブーイングだぞ。民自党の支持率もガタ落ちだ」

支持率はすでに二十パーセントを割っている。桐谷内閣はもはや風前の灯火（ともしび）だった。

「なあ、虎」と不意に藤森がこちらを向いた。「唐松官房長官の様子はどうだ？　俺が思うに、内閣支持率の低下を一番喜んでいるのはあの人だぞ」

総裁選への出馬を決意した、とは言えない。猪狩は曖昧に笑った。

「かもしれませんね」

「もしかして唐松さんの仕業だったりして」

「おいおい、それはないって」

場が笑いに包まれる。ミーティングは終了となり、記者たちは会議室を出ていった。猪狩は藤森らとともに官邸記者クラブに戻るため、タクシーに相乗りした。

「やけに警察官の姿が目立つな」

藤森が通りに目を向けて言った。たしかに警察官の姿が多い。五十メートル置きに立っているような気がする。パトカーも走っている。今も猪狩の視界の中だけで二台のパトカーが走行していた。

「警察も必死ですね」

「だろうな。このままだと面目丸潰れだ」

とにかく手の空いている者は外に出て桐谷英俊を探せ。そんな指示が出ているような感じだった。どこをどう探すとか、そういう次元の問題ではなく、なりふり構っていられない状態なのだ。

「運転手さん、停めてくれ」

虎ノ門の交差点を通過したところで藤森が言った。首相官邸はまだ先だ。車が路肩に寄せられる。藤森の視線の先に行列があった。何かの店に並んでいるわけではなく、歩道を歩いている。中にはプラカードを担いでいる者もいた。

「デモだな」

「そうみたいですね」

地下鉄の出口から出た若者数人が列に加わる。彼らは国会議事堂を目指しているようだ。運転手に指示を出して行列に並走してもらった。その数は百人や二百人どころの話ではない。

「……俺だ。国会議事堂前にカメラとリポーターを手配してくれ。……かなり大規模なデモになりそうだ。一応画だけは押さえておいた方がいい」

プラカードの文面を読むと、そこには「三蔵法師の要求を飲め」とか「総理は英俊君を見捨てるな」といった内容が記されていた。デモを監視するためか、警察のパトカーも続々と集結している。

長く続く行列の先頭に目を向けると、そこには国会議事堂が見えた。ピラミッド形の屋根が空中に浮かんだ要塞のようだった。普段は感じたことのない、そこはかとない不安を感じた。国会議事堂を見て、こんな気分になるのは初めてのことだった。

七月十日(水)　2

「おはようございます」

乙部がその部屋に入ると、すでにルーカスの姿があった。まるで映画に出てくるような天井の高い食堂で、十人くらいは座れそうな長いテーブルがあった。そのお誕生日席にルーカスは座っていた。乙部はその斜め前の位置に腰を下ろした。すでにテーブルの上には朝食が置いてあった。トーストしたパンとミニサラダ、ハムエッグとコーヒーだ。

「昨日は眠れましたか?」

ルーカスに訊かれたので、乙部は答えた。

「よく眠れました」

昨夜、経堂の住宅街で拉致同然に車に乗せられ、ここまで連れてこられた。車は一時間以上走っていたような気がするので、東京都内ではないかもしれない。頭から袋を被った状態で歩かされて、ベッドが一台置かれた客室のような部屋に監禁された。スマートフォンも没収されてしまい、外部と連絡をとる手段もなかった。客室は豪勢な造りで、自宅のベッドより断然快適で、朝まで熟睡してしまった。

「我々以外にも先客がいるようですね」

ルーカスは床に視線を落としていた。そこにはパンのカスが落ちている。周囲は比較的綺麗なことから、そのパンのカスが落ちたのは最近であると推測できる。乙部たちより前にここで食事をした者がいるのだ。

「せっかくなのでいただきましょう」

ルーカスとともに食事を始める。サラダを食べながら乙部は小声で訊いた。

「あの、僕たちどうなってしまうんでしょうか？」

食堂に人影はないが、入り口の廊下に見張りがいるのはわかっていた。ここに来るときも二人の男がついてきた。厳重に警戒されている。

「おそらく危害を加えられることはないでしょう。殺して口を塞ぎたいなら、昨日の段階でそうしているでしょうから。ただしそのサラダに毒が入っている確率もゼロではありません」

「マジすか？」

「マジです」

途端に食欲が失せてしまう。ルーカスは淡々と食事を続けている。乙部は気合いを入れ、サラダをかき込むようにして食べる。今度はハムエッグに手を伸ばしながらルーカスに訊いた。

「彼らは何者でしょうか？」

「乙部君はどう思います？」

逆に訊き返され、乙部は首を捻った。

「さあ……でも同業者っぽい感じはします」

「悪くないですね。警察官ではないと思いますが、彼らのお給料もきっと税金です」

「公務員ってことですか」

「公務員か、それに準ずる組織に属している人間でしょうね」

「ルーカスさんは怖くないんですか？」

「昨日拘束されたときは焦りました。虎の尾を踏んでしまったと後悔しました。が、今は少し楽しみですね」

ルーカスは小さく笑った。この状況を楽しめる神経が理解できない。

「乙部君、考えてもみてください。警視庁の、いや全国の警察官が躍起になって英俊君を探しているのに、手がかりの一つも摑めていないのが現状なんです。そんな中、私たち二人は真相にあと一歩のところまで近づいている。これって凄いことだと思いませんか？」

「ええ、まあ……」

「とにかく朝食を終わらせてしまいましょう。腹が減っては戦はできぬ、ですよ」

ルーカスは悠然とした仕草でトーストを食べている。その姿は一流ホテルのラウンジで朝食をとる外国人ビジネスマンのような趣だった。

七月十日(水)　3

『こちら、国会議事堂前には多くの人が押し寄せています。その数は今も増え続けている一方で……』

テレビ画面には国会議事堂前に立つ女性リポーターの姿が映し出されている。昼前のニュースだ。猪狩は首相官邸内の官房長官室にいた。一緒に記者会見を見ないかと唐松に誘われたからだ。

すでに早めに弁当を食べ終え、テレビの前に待機している。あと五分で記者会見が始まる。

「何か緊張してきました」

「虎ちゃんが緊張してどうするんだよ」

「桐谷総理もさすがに気が気でないでしょうね」

「どうだろうか。ああ見えて肝が据わった人だからね。それに俺たち政治家は大舞台に場馴れしてるんだよ」

そういうものかもしれない。特に総理大臣ともなれば常に国民の注目を浴びる存在であるし、各国の要人とも頻繁に面会する。その都度緊張しているようでは総理大臣など務まらない。

「ちなみに総理から事前に説明などはあったんですか？」

「ないね」と唐松は即答した。「今回の件に関しては俺には一切相談はないよ。俺だけじゃなくて補佐官たち側近にも胸の内を明かしていないらしい。誘拐されているのは総理の孫だし、まあ身内のことではあるんだけどね」

テレビではコマーシャルが流れている。ニュース速報に関してはデスクの荒木が決定権を握っているため、今頃本社で待機しているはずだ。どれほどの人がこうしてテレビの前で固唾（かたず）を飲んで総理の会見を待っているのか、まったく想像もつかなかった。

「おっ、始まるね」

テレビ画面に会見室の様子が映し出される。まだ総理の姿はないようだった。中央の演壇の上には無数のマイクが置かれている。

猪狩は腕時計を見た。ちょうど正午になったところだった。待つこと三十秒。桐谷総理が会見室に姿を見せた。グレーのスーツに白いシャツ。その表情は若干硬いか。日の丸に一礼し、総理は演壇の方に進んだ。

マイクの前に立った総理は深く一礼してから、ゆっくりと言葉を吐き出した。

『皆様、こんにちは。内閣総理大臣の桐谷でございます。この度は私の孫、桐谷英俊が誘拐されている件について、国民の皆様に多大のご心配とご迷惑をおかけしていることをお詫び申し上げます。それと同時に孫の捜索に携わっていただいている警察関係者並びに行政機関の方々に厚く御礼申し上げます』

総理は再び一礼する。時間にして七、八秒は頭を下げていたかもしれない。顔を上げた総理の顔を見て、猪狩はおやっと思った。総理の顔つきが変わったように見えたのだ。何かを決意した男の顔だった。やがて総理が話し出した。

『私の孫、桐谷英俊は先々週の木曜日に誘拐され、今日で十四日目となります。三蔵法師と名乗る誘拐犯に突きつけられた三つの要求に関しては、国民の皆様もよくご存じのことだと思います。単刀直入に申し上げます。私、内閣総理大臣桐谷俊策は、三蔵法師の要求を受け入れ、三つの要求を実現することを、ここに宣言いたします』

「ば、馬鹿な……」

思わず声が出た。咄嗟に唐松の表情を窺うと、口をあんぐりと開けてテレビの画面を眺めている。あまりの驚きに言葉も出ないという感じだった。

『これは私が犯罪者の要求に屈したというわけではなく、純粋に三つの要求を実現することが、この国の未来のためになると判断した結果でございます。そのことを何より国民の皆様にはご理解いただきたいと思っております』

一国の首相が犯罪者の要求に屈する。あってはならないことだ。しかしテレビの中の総理は自信が漲った態度で続けた。

『これより詳しくご説明いたします。まず第一に子供を産んだ女性に対して一人一律一千万円を支給いたします。ただし予算等の事情を考慮し、子供を産んだ初年度に五百万円、その後百万円ずつ計五回に分けて支給します。また子供が十歳になるまで家計簿の提出を義務付けます。これは給付金がギャンブルなどの遊興費に使用されるのを防ぐための手段でございます。悪質なケースについては給付金の返還を求める場合もあるでしょう。細かい点に関しましては今後厚生労働省が中心となって実務的な運用方法を考えていく予定です』

猪狩は思案する。一千万円がギャンブルなどの遊興費に使われる可能性は高い。女性に子供を産ませて金だけとり上げるような輩(やから)もいるかもしれない。そういう場合の対応策は必要だ。

『続いて二点目。来年度より衆参両院の国会議員全員の議員報酬の五十パーセントカット、及び政党交付金を五十パーセントカットいたします』

アラームが鳴り、画面上側にニュース速報のテロップが出る。そこにはこう書かれていた。桐谷総理、三つの要求を受け入れる旨を表明――。速報が出るのが遅れたように感じたが、それは総理の心理を測りかねたせいに違いない。

『これについては異論のある議員もいることでしょう。私は近々臨時国会を召集する構えでありますので、詳しいことはそちらで徹底的に議論致したいと考えております。我々国会議員は金のためではなく、国のために働いているのです。それを念頭に置いたうえで議論していきたい所存です』

現在、この二つめの要求については国会議員の多くがダンマリを決め込んでいる。鴨居幹事長の発言――国民のために汗水流して働いている、逆に増やしてくれてもいい云々(うんぬん)――が炎上したため、発言を控えているのだ。議論の場を設けると総理は言っているが、正面切って議員報酬削減に異を唱えるのは難しいように思えた。ちょっとした発言がSNSで拡散されて炎上する、そんな時代だ。下手な発言をしてしまい、次の選挙で落選してしまっては元も子もない。

『そして最後が十一の省の移転です。これにつきましても速やかに実施する予定でございます。先週の土曜日に三蔵法師の提案に沿う形でドラフト会議なるものを実施いたしました。すでに十一の省の移転先は仮決定いたしたところでございますが、あまりにも不公平感があるというご指摘を鑑(かんが)み、今一度精査していく考えです。具体的に申し上げますと、関東近郊への移転と、東京から離れた地方への移転については差をつけたいと考えております。首都圏に移転する省については来年度予算の五パーセントカット。その一方で地方に移転する省については予算を現状維持いたします。これらを見込んだうえで再度ドラフト会議を開催する予定です。なお、移転に関する国家公務員の引っ越し代等諸経費に関しては、すべて公費で対応いたします』

たしかにうなずける部分もある。神奈川県に移転予定の防衛省と、鳥取県に移転予定の財務省。公平な観点で見れば、財務省の方が移転におけるメリットは少ない。

『さきほども申し上げましたが、近々臨時国会を召集し、これら三つの政策に関する議論を深めていく所存です』

桐谷総理が演壇に両手を突いた。その表情は活き活きとしており、とても支持率が二十パーセントを下回っている総理の顔ではない。ペーパーを読み上げるわけでもなく、自分の言葉で語りかけているのも効果的だ。まるで当選直後の所信表明演説のようだった。

『国民の皆様、どうかご理解ください。私はこの国のために、この国の未来のために、この国に生まれてくる子供たちのために、この三つの政策を実現させてみせます。それが政治家の仕事なのです。政治家とは国のために尽力すべきものなのです。どうかこれからも応援のほどよろしくお願い申し上げます』

そう締め括り、総理は深く頭を下げた。それと同時に窓の外から大歓声が聞こえてくる。猪狩は立ち上がり、カーテンを開けて窓の外を見た。首相官邸をとり囲むように群衆が集まっていた。
キ、リ、タニ。
キ、リ、タニ。
桐谷コールが響き渡っている。国会議事堂周辺でデモをしていた者たちがこちらに流れてきたのは明らかだった。桐谷の発言に賛同し、誰もが手を突き上げていた。

「有り得ん。ふざけやがって」

唐松がそう言ってテーブルを蹴りつけた。その反動で上に載っていたコーヒーカップが床に落ちた。

「絶対に認めんぞ、俺は」

唐松は何度もテーブルを蹴る。テレビ画面を見ると、総理が会見室から引き揚げているところだった。その背中には圧倒的勝者のそれとも言える、自信のようなものが漲っている。

えらいことになった。それが猪狩の率直な感想だった。スマートフォンに着信が入っていたが、電話に出る気にもなれず、猪狩はソファーにドスンと腰を下ろした。

窓の外の大歓声はまだ続いている。

七月十日（水）　4

まさに一世一代の大勝負だな。

それが乙部が最初に抱いた感想だった。会見自体はわずか十分程度の短いものだったが、内容は凝縮されており、サプライズに満ちていた。まさか総理が三つの要求を受け入れるとは思ってもいなかった。

乙部は広い洋室にいた。書斎のような場所で、応接セットが置かれている。隣にルーカスが座っていて、目の前には例の七三分けの男がいる。今、タブレット端末で総理の記者会見の模様を見せてもらったところだ。時刻は午後三時を過ぎている。

「いかがでしたか？」

七三分けの男が訊いてくる。ルーカスがこともなげに答えた。

「私の予想通りの会見でした」

乙部は思わずルーカスに目を向けていた。本当に予想していたのか。総理が要求に従うなど誰もが想像さえしていなかったに違いない。

「鈴木さんは今回の事件に関してどのようにお考えですか？」

「私だってすべてを見通しているわけではありませんが、現時点でわかっていることだけお伝えすると、事件の首謀者は百合根剛。そして彼の手足となって動いたのが元自衛隊員の染井吉乃と鮫島千秋の両名。百合根と染井たちを繋ぐ接点は五年前に発生した自衛隊の輸送ヘリ墜落事故です。事件の真相を世に訴えようとした染井たちが、防衛大臣である百合根に直接かけ合ったのです。そこで面識が生まれたと私は考えています。あと、美晴ちゃん誘拐事件で知られる天草美晴も二人と行動をともにしているようですね。それと五年前の墜落事故で亡くなった小柳結花さんの妹も協力者かもしれません」

「素晴らしい」

皮肉でも何でもなく、心底感心した様子で七三分けの男は手を叩いた。しばらく手を叩いてから男は続けた。

「お見込みの通りですよ。ほぼ正解と言っていいでしょう。桐谷英俊君は経堂にある百合根剛議員の邸宅内にて監禁されています。いや、正確に言うと監禁されていました。あなたたちの来訪を受け、慌てて撤収したようです」

この男は何者なのだろうか。ここまで知っているからには犯人一味と考えるのが妥当な線だろうが、どこか突き放したような物言いに違和感を覚えた。乙部の疑問をルーカスが代弁してくれる。

「あなたはどちらの所属で？」

「ご想像にお任せします」

男ははぐらかす。余裕の笑みを浮かべている。年齢は四十代くらいか。一見して凡庸な印象を受けるが、おそらくそれは意識的に作られたものではないかと感じた。底が見えないタイプの男だった。

「乙部君」いきなりルーカスが話を振ってくる。「君はインテリジェンス・コミュニティーというものを知っていますか？」

「……知りません」

「日本語で言うと情報機関共同体。アメリカのＣＩＡやイギリスのＳＩＳなどに代表される、言ってしまえば諜報機関です。日本にも似たような機関はあります。公安警察もそれに当たりますし、自衛隊にも同様の部門があるとされています」

スパイ活動をおこなう組織ということか。言われてみれば七三分けの男はどことなくスパイっぽい雰囲気を醸し出している。

「通称カラスと呼ばれる組織があるという噂を耳にしたことがあります。カラスというのは八咫烏、日本神話に登場する三本足の烏に由来するそうです。カラスは内閣直属の機関であり、その存在は長年秘せられているとか」

ん？　乙部は疑問を覚えた。どうして内閣直属の諜報機関が動いているのか。もし彼らが桐谷英俊の監禁場所を知っているのであれば、すぐさま救出に向かうのが普通ではないか。それを放置しておくことなど許されない。

ルーカスが自信満々な口調で言った。

「さきほどの総理の記者会見を拝見して、すべての謎が解けました。今回の一連の誘拐事件。真、の首謀者は桐谷総理その人なんですね」

何を言ってるんだ、この人は。

乙部は混乱に襲われた。総理大臣ともあろうお方が自分の孫を誘拐するわけがないではないか。意味がわからない。

「要するに壮大な自作自演なんですよ。百合根さんや元自衛隊員たちは協力者に過ぎません。息子である俊一郎氏のスキャンダルでさえ、巧みに演出されたものだった。すべてのシナリオを描いたのは総理ご自身であり、その動機も明白。自分の足場を盤石なものとするためです。この世紀の大演説によって、低迷していた内閣支持率も一気に回復するでしょう。場合によっては過去最高の支持率を記録してもおかしくありません。この分だと秋の総裁選も圧勝でしょうね」

要するに反動だ。桐谷総理の支持率は二十パーセント以下にまで落ち込んでいた。不甲斐ない総理の言動に国民は嫌気がさしており、三蔵法師の要求に一切応じないという態度に国民の怒りは頂点にまで達していた。意図的に地に墜ちた桐谷政権。それが見事に一転したのだ。国民も手の平を返して、総理に対して賛辞の言葉を送っているのは想像に難くない。早くネットをググりたいが、生憎(あいにく)スマートフォンは没収されてしまっている。

「お見事な推理だ」

ずっと黙って話を聞いていた七三分けの男が、足を組み直してから指をパチンと鳴らした。ドアが開き、屈強な体格をした男が中に入ってきて、持っていた二つの小型アタッシェケースをテーブルの上に置いた。男はすぐに立ち去っていく。

「これと引き換えにすべて忘れていただけないでしょうか？」

七三分けの男がアタッシェケースを開け、それをこちらに見せてくれる。中には札束が入っていた。百万円の札束が並んでいる。

「お一人当たり二千万円ご用意しました。これで手を打っていただけると有り難いのですが」

札束を一瞥してからルーカスが答えた。

「残念ながらこれを受けとることはできません。公務員が、その職務に関し、賄賂を収受し、又はその要求若しくは約束をしたときは、五年以下の懲役に処する。刑法第百九十七条です。ご存じですよね？　当然、賄賂を贈った側のあなたも贈賄罪に問われます」

乙部の心臓が音を立てて鳴っている。こんなに簡単に断ってしまっていいのか。下手すれば消されてしまうのではないだろうか。

「そうですか。となるとこちらとしても強硬手段をとらざるを得ない」

「殺すのですか？」

「場合によっては。この計画にはそれだけのものが懸かっているんです」

待ってくれ。乙部は心の中で叫んだ。死にたくない。命だけはどうか助けてほしい。実際に言葉に出して叫びたかったが、声が出なかった。発言が許されるような空気ではなかった。

「こういうのはどうでしょう？」ルーカスが逆に提案した。「人事異動です。我々二人を希望する部署に異動させていただけないでしょうか。総理ならそのくらいは容易いことだと思いますが」

「ほう。どちらを希望されるのですか？」

「乙部君に関しては」ルーカスがチラリとこちらを見た。「警視庁のサイバー犯罪対策課への異動を希望します」

寝耳に水だ。そんな部署など聞いたことがないし、ルーカスとの間で話したこともない。ルーカスが乙部に向かって言った。

「君の長所を活かせる部署だと思いますよ。ググりまくってネット犯罪の撲滅に尽力してください。前にも言いましたが公務員は続けてなんぼですよ」

「はあ……」

力ない返事を返すだけで精一杯だった。つい数週間前までは退職願を机の中に忍ばせていた。刑事の仕事が嫌で嫌で仕方がなかった。Z世代と揶揄され、先輩刑事のパシリをする日々。そこから解放されるのであれば喜ばしいが、あまりに急な話で理解が追いつかない。

「あなたはどちらに希望を？　捜査一課ですか？　あなたが数々の事件を解決した名刑事であることは私も存じ上げております。協調性がないため所轄に出されていることもね」

皮肉めかして七三分けの男が言ったが、さして気にも留めない様子でルーカスは恐るべきことを言った。

「私をあなた方の仲間にしてください。警察はもう飽きたので」

さすがに驚いたらしい。やや前のめりになって七三分けの男が言った。

「それはつまり、あなたは警察をお辞めになって、我々の組織に入りたい。そういうことですか？」

「その通りです。何か問題でも？」

七三分けの男が笑った。爆笑とも言える笑い方だ。ひとしきり笑ったあと、目尻の涙を指で拭いながら言った。

「わかりました。では取引成立ということで」

七三分けの男が立ち上がり、こちらに向かって手を差し出してくる。まずはルーカスと、それから次に乙部と握手を交わす。男の手はぞっとするほど冷たかった。

「あ、そうそう」思い出したようにルーカスが言う。「最後にもう一つお願いがあるんですが」

「まだ何か？」

ルーカスがこちらを見てウィンクをした。嫌な予感がしてならない。

「そんなに難しいことではありません。彼に手柄を上げさせてやりたいのです」

七月十日(水)　5

「総理、明日の予定はこちらです」

桐谷俊策は秘書が寄越してきた書類を受けとった。朝から予定がぎっしりと埋まっている。

「これ以外にも会っていただきたい方が何人かいらっしゃいます。時間を見て調整させていただきますので」

「うむ。わかったよ」

ここ数日、総理として正常運転できていなかった分、その皺寄せが来ているのだ。臨時国会も召集しなければならないため、目が回るほどの忙しさになることだろう。

「今日は休みたい。明日にしてくれ」

「わかりました」

秘書が部屋から出ていく。ここは首相公邸内にある執務室だ。時刻は午後十一時三十分になろうとしている。桐谷は棚からヘネシー・ナポレオンのボトルとバカラのグラスを出し、応接セットのソファーに座った。ヘネシーを注ぎ、一口飲む。芳醇（ほうじゅん）な香りが鼻に抜ける。何とも言えない瞬間だ。

桐谷はテレビのリモコンを操作し、十一時台のニュース番組にチャンネルを合わせた。女性アナウンサーが解説者と話している。

『総理の英断に対して国民から賞賛の声が上がっています。今後の展望をお聞かせください』

『まずは臨時国会が焦点でしょうね。反対する議員たちの声をどこまで抑えることができるのか。それが課題になってくるでしょう。ただし国民の多くは総理の決断に賛成しているので、面と向かって反対することは難しい状況ですね』

『ではここで今夜の新橋の街頭インタビューの模様をご覧ください』

画面が切り替わり、少し酔った赤ら顔の男が映る。

『最高だね。マジで最高だよ、桐谷さん。俺はやると思っていたけどね。だって俺、総理と同じ牡牛座（おうしざ）だから』

続いて主婦らしき女。

『本当に素晴らしいと思います。実は私、娘が来年結婚するんです。もし子供生まれたら一千万円もらえるわけですよね。多分すぐに妊活するんじゃないかしら』

ＮＨＫ以外のテレビ番組を観たのはいつ以来だろうか。基本的に桐谷はテレビを観ない。テレビを観るとそれこそ日本中の人々が自分の悪口を言っているような気分になってくるのだ。だから相当メンタルに自信があるとき以外はテレビを点けないようにしている。

『桐谷さん、グッジョブだよね。議員報酬の削減、いいと思うよ。結局なんだかんだで手当がつくんだしさ。早くお孫さん解放されるといいね』

ドアをノックする音が聞こえた。この時間に執務室のドアをノックする人物などそうそういない。「開いてるぞ」と声をかけると、一人の男が足音も立てずに中に入ってくる。

「座ってくれ、蝉田」

「はっ」

蝉田が目の前のソファーに座った。今日も髪をきっちりと七三に分けている。内閣直属の諜報機関、通称カラスの人間だ。三年前に桐谷が総理に就任した直後、外遊先で暴漢に襲われるというハプニングがあった。そのときに暴漢をとり押さえたのが蝉田だった。以来、桐谷は蝉田を重用するようになった。これほど使える男はなかなかいない。

「蝉田、君も飲みなさい」

「いただきます」

蝉田が素早く立ち上がり、自分の分のグラスを持って戻ってくる。そこに並々とヘネシーを注いでやる。蝉田はまるで麦茶でも飲むかのように勢いよくヘネシーを飲み干し、それから言った。

「二匹の蠅は追い払うことができました」

驚いたことに二名の刑事が真相に肉薄していると聞いていた。その者らは昨夜、経堂の百合根邸付近で拉致したと報告を受けており、彼らの処遇が気になっていたところだ。

「金で転んだのか？」

「異動を希望したので、それを叶える方向で調整中です。片方は私どもの仲間になりたいと言っております」

「使えそうな男なのか?」

「多少年がいっていますが、非常に優秀な男です」

蜩田がそう言うなら問題ない。ヘネシーを一口飲んでから桐谷は言った。

「百合根さんの具合はどうだ?」

「先週末に一時帰宅しましたが、一晩だけで病院に戻りました。病状が思わしくないようです。治療を拒んでいるとも聞いています」

「そうか……」

できれば見舞いに伺いたいが、それは叶わないだろう。二人の関係は決して周囲にバレてはならない。

「できるだけ長生きして我々の改革の行く末を見守ってほしい。彼にそう伝えてくれ」

「かしこまりました。あとは英俊君が解放されれば一段落ですね」

「心配ない。彼女たちはきっと納期を守ってくれるはずだ」

納期という言葉の不自然さに疑問を覚えたのか、蜩田は一瞬だけ怪訝そうな顔をした。桐谷は十八年前のことを思い出していた。

当選三年目の新米議員だった桐谷は、急病になった先輩議員の代役でインドを訪問することになった。完成したばかりの地下鉄の視察が主な目的だった。日本の政府開発援助によって建設されており、日本からも多くの技術者が参加したためであった。インドに向かったのは桐谷だけでなく、時の外務大臣、百合根剛も一緒だった。当時の百合根は与党の第一勢力、椿派内で足場を固めつつあった。当選四年目で国家公安委員長に抜擢、そしてつい先日、内閣改造で外務大臣に任命されたばかりだった。大臣としての初の外遊先がインドであり、それに随行したのが桐谷だったのである。

ニューデリーで完成式典に参加した。そこで向こうの責任者がこんな話をした。

『私は技術屋のトップだが、このプロジェクトで日本人が常に言っていたのが「納期」という言葉だった。決められた工程通り終えられるよう、一日も遅れてはならないと徹底的に教えられた。そのうち我々も「ノーキ」という言葉を使うようになった。このプロジェクトは予定よりも二ヵ月早く完成した。こんなことはインドでも初めてのことだ。我々がこのプロジェクトを通じて日本から得たものは、資金援助や技術提供だけではない。むしろ最も影響を受けたのは、働くことについての価値観、労働の美徳だ』

その話を聞いたとき、隣にいた百合根がいたく感銘を受けたようで、涙を流してその責任者と握手をしていた。そして百合根は桐谷に向かって言った。

『桐谷君、日本は必ずよくなるぞ。絶対によくなるぞ』

元警察官僚であり、権謀術数に長けた政治家。それが百合根に対する印象だった。そんな男でも日本のために尽力したい気持ちがあるのだな。桐谷の中の百合根の人物像は百八十度覆った。

その後、インド各地を視察したのだが、桐谷は朝から晩まで百合根と行動をともにし、夜遅くまでホテルの部屋で政治論を語り合った。その関係は日本に戻ってきてからも続いた。ほどなくして百合根は党を掌握し、キングメイカーと呼ばれるほどに権勢を誇るようになった。日本では大っぴらに会うわけにはいかず、数年に一度の割合で桐谷は経堂の百合根邸を訪ねた。桐谷にとって百合根は政治家としての師であった。百合根が椿派を抜けた以降も関係は続いた。

半年ほど前、百合根から珍しく呼び出された。あまりに急な呼び出しに、経堂のジイサンにも困ったもんだ、とついつい口にしてしまったが、不吉な予感がした。人目を忍んで経堂に向かい、そこで百合根から明かされた。彼の体は病魔に冒されており、さほど長くないことを。そして百合根は言った。桐谷君、私の最後の芝居に付き合ってくれないか。私と一緒にこの国をもっとよくしないか——。

実はこの計画自体、最初のアイデアはニューデリーの夜に生まれていた。総理の子を誘拐し、政治的要求を突きつけたらどうなるかという、酔った桐谷が思いついた与太話が発端だった。十八年の時を経て、それを実現しようというのだった。三日三晩、桐谷は熟考し、百合根の提案を受けることに決めた。それを電話で告げると、百合根はしわがれた声で言った。いいぞ、桐谷君。バレてしまったら大犯罪者だが、うまくいけば君は稀代(きたい)の宰相と呼ばれることだろう。

「……総理、総理、大丈夫ですか」

蟬田の声で我に返る。いつの間にか眠ってしまっていたらしい。桐谷は蟬田に声をかけた。

「そろそろ休むことにしよう。君も下がりなさい」

「はっ」

蟬田が足音も立てずに部屋から出ていった。桐谷も立ち上がり、廊下を歩いて奥の寝室に向かう。体は疲れ果てているが、心は充実していた。百合根のためにもここで立ち止まるわけにはいかない。この国をよくするために、まだまだなすべきことが残っている。

七月十日（水）　6

自宅前にマスコミの姿はなかった。俊一郎はタクシーから降りた。一階の事務所は真っ暗だった。事務所のガラスには父、桐谷俊策のポスターが何枚も貼られている。総理就任時のキャッチフレーズである、『ニッポンを変える！』の文字が躍っていた。

「ちょっといいですか？」

エレベーターで二階に上がろうとすると背後から声をかけられた。やはりマスコミか。そう思って振り返ると、そこにいたのは巡回中の警察官だった。懐中電灯の光を向けてくる。眩しいので顔を背けた。

「ああ……すみません」

ようやく俊一郎の素性に気づいたのか、警察官は敬礼をしてから自転車で立ち去った。

昼におこなわれた父の記者会見後、日本中がその話題で一色となった。いや、日本だけではない。諸外国も父の会見の内容を一斉に伝えた。日本の首相、誘拐犯の要求を飲む。その反応はさまざまだった。あからさまに父を批判する声もあれば、英断だと評価する声もあった。日本国内においては後者が圧倒的に多かった。

自宅のリビングに入る。冷蔵庫からビールを出し、ソファーに座る。総理公邸にいてもやることがなく、俊一郎は自宅に戻ることにしたのだ。妻の美沙は父の会見後に息を吹き返した。英俊が戻ってくる。その期待に背中を押されたのか、いきなり元気をとり戻した妻は懇意にしているエスティシャンを総理公邸に呼び寄せた。やがて訪れる取材攻勢を予期しての行動かもしれなかった。

　スマートフォンに着信が入った。友人の伊藤からだった。俊一郎は電話に出た。伊藤の声が聞こえてくる。

「俊ちゃん、よかったじゃん。英俊、解放されたんだって？」

「まだだよ。まだ解放されてない」

「でも時間の問題なんだろ。それにしても俊ちゃんの親父さん、凄えな。国民的英雄みたいになってるじゃん」

　昨夜、週刊ファクトの電子版で俊一郎の暗号資産購入にまつわる記事が掲載された。その中で友人Aのインタビューが掲載されていたのだが、どう見ても伊藤だった。俊一郎は直球を投げつけた。

「なあ、友人Aってお前だろ？」

「バレた？」と電話の向こうで伊藤はあっさりと認める。「悪い、俊ちゃん。ちょっと金が欲しかったからさ。勘弁してよ。俺と俊ちゃんの仲じゃん。今度牛丼奢るから」

　苦笑しながら電話を切った。父の記者会見の模様は食傷気味だったため、テレビを点ける気になれなかった。二本目の缶ビールをとり、そのまま書斎に行って薄型ノートパソコンを開いた。保存してある動画類の中から、一本の動画を再生した。まだ父が総理に就任する前、俊一郎が商社に勤務していた頃のものだ。一歳の誕生日を迎えたくらいの英俊を連れ、近所の公園に遊びにいったときに撮った映像だ。歩けるようになったばかりの英俊が、芝生の上を転びながらも懸命に前へ前へ進もうとしていた。

いいぞ、英俊。その調子だ。

英俊、頑張って。

自分と妻の声が聞こえてくる。俊一郎はその短い動画を繰り返し観た。よくわからないが、観ているだけで泣けてきた。涙が次々と溢れてくる。

この頃はちゃんとした家族だった。だが今はどうだ？　俺たちはちゃんとした家族に戻れるのだろうか。

動画を繰り返し再生する。何度も立ち上がり、前に進もうとする息子の姿を、俊一郎はいつまでも眺めていた。

七月十一日(木)

午前中の公園は子供を連れた主婦たちで賑わっている。近くに川が流れているようで、その川沿いにある広い公園だ。中央には噴水があり、その周囲にいくつかの遊具が点在しているが、それで遊んでいる子は誰もいない。熱中症警戒アラートが出ているせいか、子供たちの多くは木陰で涼んでいるか、噴水で水遊びをしているかのどちらかだ。

美晴は軽ワゴン車の後部座席に乗っている。車は公園に面した道路の路肩に停まっていた。隣には英俊が座っていて、運転席に千秋、助手席には吉乃の姿があった。時刻は午後九時五十五分。別れの時間まであと五分を切っている。

「これが終わったら、お姉ちゃんたちは何をするの？」

英俊が訊いてくる。これ、というのは一連の誘拐計画のことだろう。まずは千秋が答えた。

「私は普通の生活に戻るよ。でも金が入ったら災害ボランティアを養成するＮＰＯ法人を作る予定だ。被災地に率先して入って、そこで指揮に当たるような人材を育てるんだよ」

「へえ、凄いね。吉乃お姉ちゃんは？」

「私はアメリカに行こうと思ってる。向こうでパイロットの免許をとろうと思って。昔、友達と約束したんだ。いつかアメリカに行って向こうで一緒に飛ぼうって」

「実はな」と千秋が口を挟んでくる。「昔、隊長とその友達の三人でいつもつるんでた。親友だったんだ、私たち」

なぜかわからないが、その友達はすでに亡くなっているような気がした。生きていればここにいるはずだと思ったのだ。

「そうなんだ。美晴お姉ちゃんは？」

「私は……そうだな、保育士さんになろうかと考えてる」

「へえ。どうして？」

「だってほら、子供増えるかもしれないでしょ。人手も足りなくなるんじゃないかなと思って」

昨日からニュースは総理の記者会見の件で持ちきりだった。驚いたことに総理は三蔵法師の要求を飲むことを宣言したのだ。どういう魔法を使ったのかわからないが、百合根たち誘拐犯の要求が通ったのだ。

「それはいいアイデアだね」と吉乃が同意してくれる。「いいんじゃないか。確実に子供が増えるだろうからね。今から勉強すれば、来年生まれた子供が保育園に入る頃には資格がとれるんじゃないか」

「だといいけど……」

実は英俊の存在も大きい。美晴のこれまでの人生で、しっかりと子供と触れ合う機会がなかった。今回こうして英俊と一緒に過ごす中で、子供と一緒にいることに喜びを覚えるようになっていた。そして最終的に保育士の資格をとるという結論に至ったのだ。

「英俊はどうするんだよ」

千秋に聞かれ、英俊はさも当然といった顔つきで答えた。

「日常に戻るよ。学校で勉強して、習い事をして、一日一時間だけゲームをやらせてもらえる、そういう日常にね」

小学二年生の男の子が日常という言葉を使うのが面白かった。吉乃が公園の方に目をやっている。ちょうど十時になろうとしていた。

「あの男だな」

吉乃が噴水の方を指でさす。ベビーカーを引いた主婦たちに交じり、一人の若い男が立っている。遠目ではあるが、どこか頼りない印象を受ける男だった。男は刑事のようで、彼が英俊の身柄を保護する役割を担っているらしい。

「最後にみんなで円陣組もうよ。あの木の陰なら誰にも見られないし」

英俊が提案した。三人で顔を見合わせる。吉乃が代表して言った。

「仕方ないから付き合ってやるか。外に出よう」

車から降りる。公園の敷地に沿って植栽が植えられており、その陰に集まった。英俊の高さに合わせるため、中腰の姿勢で円陣を組む。四人の顔が接近している。

「楽しかったよ」と吉乃。

「ありがとな」と千秋。

美晴は込み上げるものがあり、言葉が出なかった。最後に英俊が言った。

「お姉ちゃんたちのことは一生忘れないから」

円陣を解く。英俊は公園内に入り、真っ直ぐ噴水まで進んでいく。若い男が英俊の存在に気づき、慌てた様子で駆け寄った。男は膝をつき、英俊の肩に手を置いた。

「私たちもここまでだな」吉乃が言った。「金の受けとり方については説明した通りだ。美晴、本当に新しい戸籍は要らないんだな?」

「うん。必要ない」

いろいろ悩んだ結果、天草美晴のままでいようと思った。街で声をかけられることがあっても、これからは胸を張って生きていこう。そんな決意が固まっていた。

一億円の報酬は一括してもらえるわけではなく、複数回に分けて指定した銀行口座に送られるという話だった。一億円は大金だが、正直使い道はわからない。むしろ困るほどだった。

英俊の姿が視界に入る。男に手を引かれ、公園から出ていくところだった。一瞬だけ彼がこちらを見るのがわかったので、美晴は小さく手を振った。

「私たちもここで別れよう」

吉乃がそう言って手を差し出してきたので、三人で交互に握手をした。最初に千秋が軽ワゴンに乗り込み、敬礼をしてから走り去っていった。それを見送ったあと、今度は吉乃が駅の方に向かって歩いていった。

一人になってしまうとたまらなく淋しかった。でも大丈夫、と美晴は自分に言い聞かせる。いつかきっと、またみんなで会える日が来るはずだから。

美晴は前を向き、歩き始める。その足どりは軽やかだった。

一年後　1

「お待たせしました」

「いや、そんなに待ってないって」

猪狩が悠々庵の個室に案内されると、すでにそこには唐松の姿があった。湯呑みの茶を啜っている。

「お久し振りです、長官。いや、今は大臣ですね」

「先月も会ったじゃないか。虎ちゃん、これ、お土産ね」

「有り難く頂戴いたします。もみじ饅頭ですね。大好きです」

去年の秋の総裁選において桐谷総理は圧勝した。そして第二次桐谷内閣が発足、唐松は厚生労働大臣に任命された。官房長官よりランクは落ちるが、厚労省は出産祝い金の実施を控えており、そこの大臣を任されるのはいまだに総理が唐松を重用している証左とも言えた。

「八月に休みがとれそうなので、広島に行こうと思ってます」

「うん、おいでよ。俺がいい店案内してやるよ」

厚労省は広島市に移転しており、その関係で唐松は東京と広島を行ったり来たりの生活を送っている。ほぼ半々くらいの割合らしい。総理は再度ドラフト会議を開催する旨を会見で発表したが、紆余曲折の末、初回のドラフト会議の結果を採用することが決定した。各方面から――特に最初のドラフト会議で意中の県を引き当てた省――からクレームが入った結果だった。ただし、首都圏や大都市への移転が決まった省の予算は今年度から一定割合の削減が決まっていた。

「お待たせしました」

抹茶クリームあんみつが運ばれてくる。最近の政治情勢について意見交換しながらあんみつを食べる。

「新しい官房長官はどうだい？」

「可もなく不可もなくって感じでしょうか。やはり唐松さんは偉大でした」

「よせって。何も出ないよ」

新たな官房長官は椿派に属する中堅議員で、そつのない調整力の持ち主として知られていたが、唐松と比べてしまうと小粒感が否めなかった。それでも桐谷内閣自体は支持率が常に六割を超え、順風満帆だ。三蔵法師の三つの要求を飲み、それを実行に移したことが高い支持率の要因であるのは言うまでもない。

「そういえば百合根さんがお亡くなりになったそうだ」

「えっ？　初耳です」

「昨夜のことらしい。民自党ではお別れ会を企画しているみたいだ」

病状が思わしくないことは伝え聞いていた。昭和から令和にかけて活躍した偉大な政治家だ。晩節は少々荒れ気味だった点は否めないが。

「虎ちゃん、例の件だけど、どうなってる？」

唐松に訊かれたので、猪狩は腕時計で時間を確認して答えた。

「そろそろ来る頃だと思いますけど」

そのときドアが開き、一人の女性が個室の中に入ってきた。淡いベージュのパンツスーツがよく似合っている。フリージャーナリストの水谷撫子だ。近づいてきた彼女が腰を折った。

「すみません。遅れてしまいました」

「構わんよ。入りなさい」

「失礼します」

撫子と目だけで挨拶を交わす。ここに唐松がいることは彼女にも事前に伝えてある。水谷撫子と是非会いたい。そう言ってきたのは唐松の方からだった。

「ここの抹茶クリームあんみつは絶品だ。よかったらどうだい？」

「すみません。甘いものが苦手なんですよ」

厚労大臣にあんみつを勧められ、苦手だからと断る女記者。猪狩は内心冷や冷やしていた。流星群問題で桐谷内閣を追いつめた記者と、その対応に当たった当時の官房長官が同席しているのだ。いわば呉越同舟（ごえつどうしゅう）。しかも唐松は裏から手を回して撫子を違う部局に追いやった張本人。撫子自身も薄々気づいているだろうし、桐谷内閣に関して思う部分はあるはずだ。

「ところで私に用件とは何ですか？」

撫子が単刀直入に訊く。まったくこの女は昔から変わっていない。しかし、と猪狩は思った。撫子と唐松。実はこの二人、意外と似た者同士ではないか。どちらも徹底的な合理主義者で、仕事大好き人間だ。

「出産祝い金の第一号の密着記事、興味深く拝読させてもらったよ」

いきなり本題に入らず、唐松は撫子の記事について褒めることから始めた。今年度から子供を産んだ女性に対して一千万円が支給されるわけだが、問題はその線の引きどころだった。厚労省では四月一日午前零時以降に生まれた子を対象とするとルールを決めた。

撫子はある女性に目をつけた。東京都江東区に在住する妊婦で、出産予定日が三月三十一日とされていた。結局、彼女は日付が変わった四月一日午前零時二分に男児を出産したのだが、そのときの様子を克明に記した撫子のドキュメント記事が世間の評判を呼んだのだ。その男児は一千万円受給権利を持つ赤ちゃん第一号となり、新制度を象徴する出来事となった。

「実は君にお願いがある」あんみつの入っていた器を脇にやり、唐松が身を乗り出した。「厚生労働省の正式なスポークスマンとして、いやスポークスウーマンとして、うちで働いてみないか？」

撫子が目を見開いた。さすがの彼女も驚いたらしい。唐松が説明を続ける。

「別に広島に来てくれとは言わないよ。リモートでいくらでも仕事はできるからね。厚労省は出産祝い金の件だけでなく、そのほかにも様々な課題を抱えている。労働問題もそうだし、最近ではジェンダー絡みの件もある。正確な情報を効果的な方法で国民に伝える。それはある意味、報道の世界とも通じるものがある。君なら上手にやってくれると思うのだが」

「お断りします」

撫子はあっさりと断った。やはりこの女は変わってない。思わず猪狩は笑ってしまった。

対する唐松は憤るかと思いきや、何やら嬉しそうだ。

「君のような骨のある記者を求めていたんだ。最近は私に遠慮して官僚たちも率直な意見を言わなくなってね」

「そこまで評価していただけるのであれば、特別広報官として一年間限定で力を貸すことも可能ですが」

「本当か？　是非そうしてくれ」

「それより先に質問が。まずは出産祝い金の件ですが、先日の記者会見では……」

早くも二人は膝を突き合わせて話し始めてしまう。それにしても、と猪狩は思う。唐松は狙っていた総理の椅子に座ることは叶わなかったが、今も大臣として国のために尽くしている。こういう政治家がこの国には必要なのだ。

猪狩は二人の会話に耳を傾けながら、残りの抹茶クリームあんみつを食べた。あんみつは今日も美味だった。

一年後　2

「じゃあ自己紹介から始めよっか。一番隅の子からお願いね。あ、カシスオレンジ頼んだ人、誰だっけ？」

ちょっと店選びに失敗してしまったかな。熊切優一はそんなことを思いつつ、生ビールを飲んだ。有楽町にあるイタリアンレストランだ。飲食店検索サイトの情報では落ち着いた雰囲気の店に見えたが、中に入ってみると若者が多くて思った以上に騒々しい。隣の席では男女八人ほどが合コンをしている様子だった。一人の男が立ち上がり、自己紹介を始めた。

「ええと、僕はオトベといいます。よろしくお願いします」

「みんな、実はこいつ、刑事なんだぜ。あの桐谷英俊君を保護したのもこいつなんだ」

思わず熊切は男の顔をまじまじと見てしまう。そこらへんにいそうな若者だ。本当にこの男が桐谷英俊を保護した警察官なのか。

「えっ？　あの桐谷英俊君を保護したんですか？」

「凄ーい。握手してください」

女性陣の注目を浴び、その男性はおでこのあたりをかいている。とても優秀な刑事に見えないが、人を見かけで判断していけないということだろう。

「すんません。遅れてしもうて」

そう言いながら近づいてきたのは財務省の菊田だった。その後ろには鳥越美由紀の姿もある。

二人は熊切の前に座った。通りかかった店員にドリンクを注文してから菊田が言った。

「やっぱり東京はええですな。華があるわ」

こうして三人で顔を揃えるのはおよそ一年振りだ。例の英俊君誘拐事件のあと、熊切は突如として本省に呼び戻され、企画課の課長に任命された。異例の人事だった。ほかの二人も同様であり、菊田は財務省の予算を担う主計局に配属、鳥越は検事として検察庁に出向となった。総務省は青森県へ、財務省は鳥取県へと移転となっていて、なかなか三人で顔を合わせる機会がなかった。今日はちょうど通常国会の会期中であることから、三人が都内にいるタイミングが重なったのだ。

「菊田、忙しそうだな」

「熊切さんこそ。昨日国会中継にちゃっかり映ってましたやん」

運ばれてきたドリンクで乾杯する。一年前、熊切たち三人は葉山町の洋館に幽閉され、三蔵法師の要求に応じた場合のシミュレーションを繰り返した。今思い返しても不思議な体験だった。夢だったのではないかと思うこともあったが、紛れもなく現実だった。三つの要求は今年度からすべて実施されている。それも熊切たちが提出した素案の通りに。

「鳥越さん、検察庁はどう？」

「どうって別に。普通ですよ」

話題は自然と仕事の話になる。それぞれの近況を報告し合っているだけで一時間ほど経っていた。菊田が思い出したように言った。

「それにしても捕まりませんね、三蔵法師たち」

桐谷英俊を誘拐したグループだ。警視庁では特別チームを編成し、犯人グループの割り出しをおこなっているらしいが、いまだに犯人特定に繋がる手がかり一つ摑めていないようだ。

「ワシの友人が警視庁に勤めておるんやけど」菊田が緑茶割りの入ったグラス片手に言った。「英俊君の証言から何も得られなかったのが痛いみたいやな。まあしょうがない話ではあるけどな、だって小学二年生やで」

新聞報道などを読む限り、桐谷英俊は目隠しと耳栓をされて、ずっと狭い部屋に閉じ込められていたという。捜査陣の期待虚しく、誘拐された本人からの情報は一切なし。事件解決の道は遠のく結果となっていた。

「オトベさん、サインください」

「あ、私も。できれば写真も一緒にお願いします」

隣の合コン席は盛り上がっている。隣だけではなく、店はほぼ満席の状態で、そこかしこで声が上がっていた。こういう若者たちの声を聞いているだけで、少し気疲れしてしまうのは年をとった証拠だろうか。そんな風に思っていると、鳥越がおもむろに口を開いた。

「一年前のあの事件、国民全員が共犯者だったのかもしれませんね」

「どういうことや？」と菊田が反応すると、鳥越が感慨深げに言った。

「私の個人的な感想に過ぎないんですけど、総理と三蔵法師の取引を後押ししたのは国民の世論ですよね？　そういう意味では国民も共犯者だと思ったんですよ」

言いたいことはわかるような気がする。一年前の世紀の誘拐劇。その動向を注視し、拡散し、勝手気ままに意見していたのは、ほかでもない国民だ。

「なるほど」と熊切はうなずいた。「三つの要求を実行に移すために力を貸したという意味では、俺たちだって立派な共犯者じゃないか」

「ほんまですね」

菊田が同調した。鳥越もうなずいている。

「共犯者たちに乾杯」

熊切はそう言って自分のグラスを持ち上げた。するとほかの二人もそれにグラスを合わせてくる。三つのグラスのぶつかる乾いた音は、客たちの騒々しい声にかき消された。

一年後　3

「お父さん、どこに蹴ってんだよ」

「ごめんごめん」

息子の英俊が背中を向けてサッカーボールを追いかけていく。桐谷俊一郎はその姿を目で追った。家から徒歩五分のところにある公園だ。芝生の上で息子とサッカーをする。こんな生活が訪れようとは一年前には思ってもいなかった。

一年前の誘拐事件のあと、俊一郎は父の事務所を辞めた。暗号資産を購入したことが週刊誌にスクープされ、その責任をとる形で辞表を出したのだ。銀座のホステスとの浮気についても——プラトニックな関係ではあったが——妻の美沙に謝罪を繰り返し、何とか離婚の危機だけは乗り越えた。暗号資産の不正購入疑惑も、ホステスとの密会疑惑も、結局大きくとり上げられることはなく、すぐに下火になった。父、桐谷総理が三蔵法師の要求を飲むと宣言し、嵐のような大騒ぎになった結果だった。連日連夜、それに関するニュースが放送され、世間の関心はそこに集中し、総理の息子の件など忘却の彼方(かなた)に消え去った。暗号資産購入時に銀行から借りた金は、父が代わりに支払ってくれた。いつかランサルバル共和国との取引が可能になったら、すぐさま返すと約束をさせられた。

「英俊、小腹が減らないか?」

戻ってきた息子に声をかける。英俊は答えた。

「少しね」

「コンビニで肉まん買ってくる。ちょっと待ってろ」

俊一郎は息子をその場に残し、芝生を横切って公園から出た。今、俊一郎たちは横浜市内に住んでいる。妻の実家が横浜にあるため、実家近くのマンションに三人で暮らしている。俊一郎は半年前から義父の紹介で貿易会社に勤務している。商社マン時代の経験が役に立ち、仕事はそれなりに順調だ。

コンビニに入る。冷蔵ショーケースの中からスポーツドリンクを二本とり、列に並んだ。ワンオペのためか、俊一郎を含めて四人の客が並んでいる。よくよく注目してみると、俊一郎以外の三人全員が妊婦だった。

例の政策のためか、町でも妊婦の姿をよく見かけるようになった。すでに第三次ベビーブームの到来が予測されていて、育児用品業界やオムツ製造メーカーはキャンペーンを仕掛けていた。背後に気配を感じ、振り返ると五人目の女性が最後尾に並んだ。彼女もまた妊婦だった。もしかして妊婦専用コンビニだったりして。くだらない想像が頭に浮かんだところで、奥からパートらしき女性がやってきて二台目のレジを開けた。流れがスムーズになり、ようやく俊一郎の番が回ってくる。

「肉まん二つ、お願いします」

購入した品物を持って店から出る。再び公園に入った。向こうからサングラスをかけた女性が歩いてくる。すれ違いざまに会釈をされたが、知らない顔だった。誰かと勘違いしたのかな、と思いながら、俊一郎は息子の姿を探す。

芝生の遊び場の中に英俊の姿が見当たらなかった。まさかな、と嫌な想像が頭を掠める。あいつ、また誘拐されたんじゃないだろうな。一度誘拐されると癖になるなんて話、聞いたことないぞ。

英俊の姿を見つける。公園の遊歩道沿いにベンチが等間隔に置かれているのだが、そのうちの一つに座っていた。しかもなぜか英俊の足元には犬がいた。真っ白い巨大な犬だ。

「おい、英俊」息子に近づきながら俊一郎は言った。「その犬、どうしたんだ？　もしかして迷子か。あ、迷子っていうか、迷い犬か」

「お父さん、この犬飼っていい？」

「英俊、いきなり何を言い出すんだよ」

「さっきね、知らないお姉さんがやってきて、この犬を置いていったんだよ。よんどころない事情により飼えなくなってしまったから、是非あなたにもらってほしいって。あなたは優しい目をしているからきっといい飼い主になってくれるだろうって。ねえ、お父さん、飼っていいよね？」

「おいおい、無理に決まっているだろう。飼い主はどこに行ったんだよ」

俊一郎はあたりを見回すが、その知らないお姉さんの姿は見えない。

「お母さんも犬飼いたいって言ってた。それにうちのマンション、ペット可じゃん」

「まあ、そうだけど……」

俊一郎はスポーツドリンクと肉まんを英俊に渡した。英俊は肉まんを半分にちぎり、片方を巨大な犬にあげた。たった一口で犬は肉まんを食べてしまう。そして犬は俊一郎の方を見上げた。その肉まんも俺にくれ。そう訴えているような目つきだったので、俊一郎は体を背けて犬の視線から肉まんを隠した。

「この犬、秋田犬だよな」

「そうだよ」

「名前は？」

「キングっていうらしいよ」

「ふーん、キングか」

桐谷家では一千万円のために子供を作る予定は今のところない。一人っ子の英俊の遊び相手にちょうどいいかもしれなかった。

「ん？」俊一郎は息子の異変に気づいた。やや目を赤くしている。「英俊、どうした？　泣いてるのか？」

「違うよ。目にゴミが入っただけ」

英俊はそう言って目のあたりを手の甲で拭った。そして顔を上げて俊一郎に訊いてくる。

「ねえ、お父さん。方角的に世田谷ってどっちかな？」

「世田谷？　うーん、そうだな。あっちじゃないか」

俊一郎が北東の方角を指でさすと、英俊はそちらを向いて目を閉じた。そして十秒ほど、息子は黙禱(もくとう)をしていた。邪魔してはいけない気がして、俊一郎は黙って息子の様子を見ていた。目を開けた英俊に訊く。

「何してたんだ？」

「ちょっとね」と息子はいわくありげな顔つきで言った。隔世遺伝なのか、その顔は父が国会で野党の質問をはぐらかすときの表情とよく似ている。「ねえ、お父さん、キングと遊んできていい？」

「あまり遠くに行くんじゃないぞ」

英俊たちは芝生の方に歩いていき、サッカーボールを使って遊び始めた。その姿を見て俊一郎は思いついた。誘拐防止策としてあの犬は使える。美沙にそう説明すれば飼育の許可をもらえそうだ。

芝生の上では八歳になった息子と白い巨大な秋田犬が、今日初めて会ったとは思えないほど親密なムードでじゃれ合っている。

主要参考文献
『孤独の宰相 菅義偉とは何者だったのか』柳沢高志／文藝春秋
『総理』山口敬之／幻冬舎
『自壊する官邸 「一強」の落とし穴』朝日新聞取材班／朝日新書
『官邸崩壊 安倍政権迷走の一年』上杉隆／新潮社
『首相官邸の２８００日』長谷川榮一／新潮新書
『秘録・自民党政務調査会 16人の総理に仕えた男の真実の告白』田村重信／講談社
『内閣総理大臣』大下英治／ＭｄＮ新書
『プロ秘書だけが知っている永田町の秘密』畠山宏一／講談社＋α文庫
『報道現場』望月衣塑子／角川新書
『とてつもない日本』麻生太郎／新潮新書
『自衛官という生き方』廣幡賢一／イースト新書Ｑ
『桜華 防衛大学校女子卒業生の戦い』武田頼政／文藝春秋

初出 「STORY BOX」二〇二四年二月号～八月号掲載の同名作品を大幅加筆

本書のテキストデータを提供いたします。
視覚障害・肢体不自由などの理由で必要とされる方に、
本書のテキストデータを提供いたします。
こちらの二次元コードよりお申し込みのうえ、
テキストをダウンロードしてください。

横関 大（よこぜき・だい）

一九七五年、静岡県生まれ。武蔵大学人文学部卒業。二〇一〇年、『再会』で第56回江戸川乱歩賞を受賞し、デビュー。著書に、映像化された「K2 池袋署刑事課 神崎・黒木」シリーズや「ルパンの娘」シリーズ、『忍者に結婚は難しい』『メロスの翼』『戦国女刑事』など多数。

誘拐ジャパン

二〇二四年十一月四日　初版第一刷発行

著者　横関 大
発行者　石川和男
発行所　株式会社 小学館
〒一〇一-八〇〇一 東京都千代田区一ツ橋二-三-一
電話 編集〇三-三二三〇-四二六五
販売〇三-五二八一-三五五五
DTP　株式会社昭和ブライト
印刷所　萩原印刷株式会社
製本所　株式会社若林製本工場

造本には十分注意しておりますが、印刷・製本など製造上の不備がございましたら「制作局コールセンター」（フリーダイヤル〇一二〇-三三六-三四〇）にご連絡ください。（電話受付は土・日・祝休日を除く九時三十分〜十七時三十分です）

 ISBN978-4-09-386732-0